徐从辉◎著

复兴的想象

周作人对新文化的回应

上海教育出版社

徐从辉博士的专著《复兴的想象：周作人对新文化的回应》即将出版，多年的学术努力，有了一个小小的成果，这是一件让人高兴的事。

从专业角度讲，周作人研究不是一件太容易的事，尤其是对刚进入研究领域不久的青年人。曾有学者论及周氏兄弟，认为"他们在明清掌故、小说、笔记、野史等方面，都涉猎得很广。他们也同受教于章太炎，虽未传章氏的专门绝业，但国故学的常识都十分丰富，而且品位很高"。周作人读书很多，而且很杂。研究周作人的文学思想，很重要的基础工作之一，就是对周作人影响较大的一些笔记小说、明清掌故，乃至他翻译的一些外国作品要有所掌握，这样才能够对周作人的思想来源有一个比较清晰的了解。譬如 1930 年代周作人的有些杂论，都是与读书有关，他对社会时事的感受，常常不是直接发表议论，而是借读书体会，隐晦曲折加以表达。如果对一些杂著和笔记不了解，就无法体会到周作人在文章中所要表达的意思。除了这一知识门槛之外，具体到对周作人文学思想的评价，也是需要研究者用心辨别的。有一些文学史研究者的意见是：周作人五四时期倡导思想解放、人的文学。但"五四"之后，"周作人渐渐与时代的步伐脱节，心态日见颓唐，他的名字在青年心目中日益暗淡。到抗日战争起来，北平沦陷，周作人留在北平没有走，不久，就由于他对抗战前途的悲观，抵不住敌伪的迫诱，坠入叛国附敌的深渊"。上述意见，在周作人研究中，表现为对他 1920 年代之后的思想走向基本持否定态度。但这样的评价，与文学史进程有时不完全吻合。如 1920 年代初，茅盾改革《小说月报》时，频繁与周作人联系，希望获得他的支持。至于沈从文、废名、俞平伯等京派作家，更是终身受周作人文学思想的影响。1935 年上海良友图书公司出版《中国新文学大系》，分卷主编集一时之人选，胡适、鲁迅、茅盾、郑振铎等都在其中，周作人和郁达夫是散文卷的主编。这说明周作人的影响并没有减弱。甚至在 1938 年 2 月，周作人因参加有日本军部背景的"更生中国文化建设座谈会"而引发国内舆论一片谴责时，茅盾领衔的 18 位作家联名签署的《给周作人的一封公开信》，还是"忠告先生，希能幡然悔悟，急速离平，间到南来，参加抗敌建国工作"；而郭沫若则发表了《国难声中怀知堂》的文章。从这些文学史材料看，周作人在整个 1920 年代，乃至 1930 年代前半部分，还是享有很高的社会声望。所以，对一个文学史研究者而言，面对文学史的复杂情况，需要具体情况具体分析，而这种具体性的分寸拿捏，恰恰是对一个文学研究者研究水平的考验。好在徐从辉博士研究周作人已经有一些前期积累。早在攻读博士学位期间，他曾花费两年时间大量搜集、整理和阅读周作人研究资料，并编选了一百多万字的《周作人研究资料》。该书由天津人民出版社 2014 年出版。在此基础上，他撰写了《"东洋人的悲哀"：周作人与浮世绘》，论文发表在 2012 年第 6 期的《文学评论》上。这些研究积累，给他以一定的学术自信，也影响到他最终博士学位论文选题也是研究周作人。

徐从辉的博士论文是以 1924—1937 年之间周作人的文学思想作为研究对象，侧重从三方面来展开：一是人学的内涵，二是日常生活的艺术化，三是中国传统文化在现代条件下与古希腊、希伯来文化之间的关系。当然，其中还贯穿着他对中日文化之间关系的思考。他的这篇学位论文秉承研究者的客观研究的态度，对这一时期周作人的文学思想有较为独到的认识和梳理。周作人是新文化阵营中的领袖人物，但五四之后，他与陈独秀、鲁迅、胡适等不同，基本上是维持着一种不党不派的文学职业生涯。他在大学教书，注意力和兴趣几乎都在文学、文化方面，与现实政治保持着一定的距离。但这并不意味着他对中国社会、政治问题不关注不关心，对文学、文化问题缺乏敏感和思考，其实周作人有他自己的方式。他的《闭户读书论》等文章，鲁迅认为含有对当权者的一种批评和暗嘲。所以，在"五四"之后，周作人对中国的文学和文化，从建构角度讲，是有着自己的努力方向和社会影响，形成了一些学者所称谓的"周作人的道路和传统"。这道路和传统，在整个 1920

年代至 1930 年代前期，处于蓬勃发展的旺盛期，不仅有新的内容和文学文化实践，而且在社会上形成独特的影响，真正构成了不同于鲁迅、也不同于胡适的周作人的文学影响力量。徐从辉的博士论文依照自己的研究和对文学史的体会，强化了周作人在"五四"之后中国文学史发展过程中的作用和影响。他的这些努力，获得了答辩老师的好评。几年过去了，徐从辉在高校任教之余，依然不放弃周作人研究。他不仅发表了《周作人与抒情传统》等研究文章，还进一步修改学位论文，最终完成书稿，得以正式出版。

人文学术研究，需要洞见和坚持己见，也需要长久的积累与思考。徐从辉的周作人研究，是新世纪以来国内年轻学者中较为扎实的学术成果。书稿的出版，想必会使更多的研究者关注"五四"之后中国文学的复杂性和多样性，也会让徐从辉的学术研究进入一个更加广阔的领域，获得新的成绩。

是为序。

杨 扬

2016 年 2 月于上海寓所

目录

绪论

"伟大的捕风"

《圣经·传道书》：

传道者说：虚空的虚空，虚空的虚空，凡事都是虚空。

人一切的劳碌，就是他在日光之下的劳碌，有什么益处呢？

一代过去，一代又来，地却永远长存。

已有的事，后必再有；已行的事，后必再行。日光之下，并无新事。

已过的世代，无人纪念；将来的世代，后来的人也不纪念。

我专心用智慧寻求查究天下所作的一切事，乃知神叫世人所经练的是极重的劳苦。我见日光之下所作的一切事，都是虚空，都是捕风。

我心里议论说，我得了大智慧，胜过我以前在耶路撒冷的众人，而且我心中多经历智慧和知识的事。我又专心察明智慧、狂妄和愚昧，乃知这也是捕风。

1929年，周作人写下了《伟大的捕风》一文。谙熟《圣经》、一度有过翻译计划的他却宣布："在这里我不得不和传道者的意见分歧了。""察明同类之狂妄和愚昧，与思索个人之老死病苦，一样是伟大的事业，积极的人可以当一种重大的工作，在消极的也不失为一种有趣的消遣。虚空尽由他虚空，知道他是虚空，而又偏去追迹，去察明，那么这是很有意义的，这实在可以当得起说是伟大的捕风。"①追寻后五四时期的周作人，这未尝不是当时周作人心态的写照：由"呐喊"走向"沉思"，由"启蒙"走向"自己的园地"。

五四新文化落潮后，周作人一度彷徨，《小河》《寻路的人》《昼梦》《闭户读书论》等作品流露出周的犹疑和迷茫，但五四"人"的思想以及周"浙东人的脾气"使他依然进行着"伟大的捕风"。如果说鲁迅的"绝望之抗争"是绝地一击，回荡着"狼之子"嘶哑的哀嗥与激愤，那么后五四时期周作人对"虚空"的追迹更像晚霞夕晖中哀鸣的孤雁，独吟着飞翔的挽歌，抑或是窗前的一杯苦茶，温婉地咀嚼，染遍全身，也打湿了人生。

如果把周作人的这种"捕风"进一步具体化，在笔者看来，是周后五四时期对个人言说自由的坚持，是对"复兴"想象。"复兴千年前的旧文明"，也复兴孱弱的中国。这种"复兴"体现为作为个体的凡人对生活与艺术的回归和生活之艺术的倡导，它融会了儒家的日常人生化倾向，糅合了"科学"与"美"的思想；文艺上便是对抒情传统的追寻。"复兴"一词或可改作"综合性再创造"。之所以用"复兴"一词，是因为周更注重对以孔子为代表的原始儒家，以及晚明以来儒家的日常人生化这一取向的复兴，更注重对中国和两希文明中抒情传统的复兴。但这种"复兴"又是建立在现代"人学"思想的基础之上，因此周的"复兴"并不是完全意义上的复古，当然周的这种"复兴"带有理想化的想象。

回望周作人是一件有意义的事情。周氏兄弟为五四新文化运动的双塔，两人在后五四时期不同的道路抉择不仅具有重要的文学史意义，同样也具有思想文化史的意义。然而两人身后飞扬与落寞两种迥然不同的际遇却使我们从这一"接受史"中窥见"我们"的真面。直至今日，对周作人附逆的争议

---

① 周作人：《伟大的捕风》，1929年5月13日作，收《看云集》。

仍是我们谈论周作人的中心之一。作为一个研究者，对周作人的研究，并不是对周作人的褒扬和拔高，而是以平静的眼光来检阅他留给我们的"遗产"，包括他之于"个人""人""历史"的观察与思考，以及他的文学实绩、他的翻译实践等等。对于他的附逆，他无从逃脱"历史"的法则，但一个研究者更宜从思想文化的角度以超越的视野试图靠近和理解历史本身，也要正视周的另面。正如海德格尔之于德国，庞德之于美国。① "他（周作人）的这条道路本身亦作为近代文学在中国的命运的一个象征，具有完全不亚于鲁迅的重要性。"② 重读周作人，重回历史。

周作人是谁？百年之前这个名字恐怕很少有人知道。1913 年，从日本留学归来一年有余的他尚是一名中学英文教师，29 岁，风华正茂。百年之后，2020 年的今天，斯人已去 53 载，尸骨无存，周作人这个名字同样很少有人知道。历史是如此地吊诡，又是如此地反讽！曾经的繁华已禁不住历史风尘的掩埋和摧折，黯然凋零；然而历史的悲情仍让我们在故纸堆中寻求岁月的温度，感知当年的人和事。"周作人"这个名字，随着新文化大幕的拉开而熠熠生辉！

---

① 我更乐于把周作人作为一个杂家来看，但总体上看，他的文学翻译、文学批评、文学创作以及"思想革命"的成绩卓异，思想深广驳杂，当然他不幸卷入政治。毋庸讳言，周作人也像其他现代中国知识分子一样在一定时期具有国家与民族意识，但是思想与文化的追寻以及对东亚文化共通的某种认同，使其超越了一般意义上的民族沙文主义者。民族沙文主义和政治民族主义有个共同的特点，就是对国家与中央权威的强调与服从，而周相反，更强调对个人的尊重。他也不是一个文化民族主义者，他向来希望包括希腊在内的各种思想中科学与美的元素能对中国传统思想文化加以调和与影响。民族国家对于周而言，更多的是存在史意义上的概念。关于对周作人的定位，周作人本人曾谈及陶明志编的《周作人论》，唯独欣赏苏雪林所写的《周作人先生研究》。苏在此文中说道："与其说周作人先生是个文学家，不如说他是个思想家。"而周作人对自己的评价是："（我的随笔）因为年代不同，文笔与意见当然有些殊异，但是同在启蒙运动的空气中则是毫无意义的……"（《文坛之外》，1944）他把自己大半生的创作归之于启蒙。他在《苦口甘口》序中云："我一直不相信自己能写好文章，如或偶有可取，那么所取者也当在思想而不是文章。"虽有自谦，但也不是全无道理。周多次提到自己"道德家"的角色，但"浙东人的习气"却也难改，至于晚年在遗嘱中称自己的一生的文字"无足称道"，则不无对寄予启蒙厚望的文字遭际失败而喟叹的况味。而周的启蒙思想在苏雪林的认可后随着周的附逆而变得"一损俱损"，少有人提起。

② ［日］木山英雄：《文学复古与文学革命》，北京大学出版社 2004 年版，第 82 页。

新文化是什么？是启蒙①？是文艺复兴？是现代性的纵横开阖，还是后人随手拈来寻求自我合法性的道具？这种本质主义的或比附式的追寻或许并不重要，新文化就在岁月深处静静地躺着，等待追寻的人。容颜易老，生动的表情已随故事里欢蹦乱跳的故人渐渐散去，留给我们的是斑驳发黄的文字和含混模糊的期许；然而生命流传，我们想象着一场思想与文化的盛宴！

五四新文化②是中国20世纪以及当下不断重临的文化原点，无数学者为寻求中华民族的复兴之梦展开文化寻根之旅，然而在世纪风云的纵横开阖中，这种求索犹如负石的西绪福斯，承载了一次次的希冀与落寞。

如果把《新青年》创刊作为新文化运动的开始，那么2015年，五四新文化运动已是百年！新文化之于中国文化发展的未来究竟提供了什么样的价值参照？时过百年，我们今天来面对这一问题时仍有不解和迷茫。虽然历史"从来就不能完全摆脱神话性质"，是"一个解码和重新编码的过程"③，然而我们并不能放弃对历史真实的问寻！五四先贤和无数五四之子的文化探索余温犹存。翻阅泛黄的报刊，故纸堆中的人物翩然而至，目光蜿蜒到全球化语境的当下，磨砺着当下的文化神经。

让我们从头说起。

1933年7月，胡适在美国芝加哥大学比较宗教学系作题为"当代中国的文化走向"的系列演讲，后结集出版，题名《中国的文艺复兴》。胡适称新文化运动与欧洲的文艺复兴有着惊人的相似处，新文化运动是"一个古老民族

---

① 康德在《何谓启蒙》中指出：启蒙运动就是摆脱人类所处的未成年状态（或"未成熟状态"）。未成年就是人类在主观意志上屈从于理性无能的状态，屈从于接受他人居高临下的指导，即不经他人引导便无力运用自己的理智能力的权威主义态度。而摆脱未成年状态，就是人类自身向囿于无能状态的理性蒙昧进行挑战。（康德《历史理性批判文集》，商务印书馆1997年版，第22页）对于福柯而言，启蒙就是对"现在"的批判，是为了永久地激活某种态度，也就是激活哲学的气质。这种气质就是具有对我们的历史存在做永久批判的特征。（福柯：《福柯集》，上海远东出版社2003年版，第533页）

② 学界一般分为两个"五四"：一个是狭义的，指发生在1919年的五四学生爱国运动，与政治密切关联；另一个是广义的，指以文学革命为开端的思想文化运动，常被称为"新文化运动"或"新思潮"等。本文主要指后者。

③ ［美］海登怀特：《话语的转义》，大象出版社2011年版，第98、104页。

和古老文明的新生的运动"。① 胡适把新文化运动称作"中国的第五次文艺复兴"。1935 年胡适在香港大学演讲时重申了这一想法。他之所以把新文化运动看作文艺复兴,是因为"它包含着给予人们一个活文学,同时创造了新的人生观。它是对我国的传统的成见给予重新估价"。②1960 年代,胡适在《四十年来的文学革命》一文中也表达了把文学革命称作"中国的文艺复兴"的意愿,并重申白话作为"一个美丽的媒介"对于"活的文学"以及"现代中国文学"的重要性。③ 考察晚年的胡适,他表达了始终把五四新文化运动看作"中国的文艺复兴"之意愿。

何谓"文艺复兴"?据考证,中文"文艺复兴"一词最早出现在传教士编的丁酉(1837)年二月的《东西洋考每月统记传》中对西方"经书"的介绍。④陈衡哲 1925 年在《欧洲文艺复兴小史》中指出:"文艺复兴"(renaissance)有两个意义——复生(rebirth)与新生(new-birth),两者都不错,"大抵在文艺复兴的初期,他的倾向是偏于复古的;后来到了盛极将衰的时期,却又见到老树根上,到处产生新芽儿了"。⑤ 那么,新文化是文艺复兴吗?

1986 年,李泽厚发表《启蒙与救亡的双重变奏》,提出:因民族危机的深重,新文化运动作为文化思想的启蒙为政治救亡的任务所压倒,成为未竟的事业。

新文化运动是否如胡适所言,是中国的文艺复兴?还是如李泽厚所言,是中国的启蒙运动?"五四既非中国的文艺复兴,也非中国的启蒙运动。"⑥ 余英时如是说。无论是学理上的溯源,还是从话语权的生产来看,余英时以知识考古的方式向我们展示:五四是一个以变动不居的"心灵社群"为主体所

---

① 胡适:《中国的文艺复兴》,1933 年在芝加哥大学演讲,见胡适:《中国的文艺复兴》,外语教学与研究出版社 2001 年版,第 181 页。

② 胡适:《中国文艺复兴》,1935 年 1 月 4 日在香港大学演讲,载《联合书院学报》第 1 卷第 49 期,见《胡适全集》第 12 卷,安徽教育出版社 2003 年版,第 242 页。

③ 1961 年 1 月 10 日胡适作题为"四十年来的文学革命"的英文演讲,中文译稿载 1961 年 1 月 11 日台北《征信新闻》。见《胡适全集》第 12 卷,第 487 页。

④ 转引自罗志田:《裂变中的传承》,中华书局 2003 年版,第 57 页。

⑤ 陈衡哲:《欧洲文艺复兴小史》,商务印书馆,1939 年 12 月。

⑥ 余英时:《文艺复兴乎?启蒙运动乎?》,见余英时:《重寻胡适历程》,广西师范大学出版社 2004 年版,第 258 页。

组成的具有"多重面相性"和"多重方向性"的语义场。它既包括传统意义上的新文化者比如胡适、陈独秀、二周、蔡元培等人，也应把"国故"学者诸如王国维、陈寅恪、汤用彤，以及被新文化视为保守的学衡派比如梅光迪、吴宓诸人置于五四新文化的同一论述结构之中，使其成为新文化的组成部分。余展示了一个广阔的语义场。

虽然有学者指出，五四并未提出"打倒孔家店"的口号，而是"打孔家店"，意义有别；但有一点必须明确，那就是新文化运动时期，五四诸人反传统的激进主义倾向是明确的。钱玄同1923年8月致周作人的信中就表明对吴稚晖、陈独秀等人的"将东方化连根拔去，将西方化全盘采用"的主张表示赞同。[①] 钱本人也在新文化运动之时提出废除汉字，倡用世界语，"学外国文"，"读外国书"，"我以为今后的中国人，应该把所有的中国旧书尽行搁起，凡道理，智识，文学，样样都该学外国人，才能生存于二十世纪，做一个文明人"。[②] 不过，五四新文化高潮之后，五四同人出现了分化，有的走上了革命救亡的道路，有的则对之前的激进做法表示了反省。周作人、钱玄同等人即是其例。钱玄同1926年4月8日致周作人信："我们以后，不要再用那'必以吾辈所主张者为绝对之是而不容他人之匡正'的态度来作'诎诎'之相了。前几年那种排斥孔教，排斥旧文学的态度狠应改变……但即使盲目的崇拜孔教与旧文学，只要是他一人的信仰，不波及社会——波及社会，亦当以有害于社会为界——也应该听其自由。此意你以为然否？但我——钱玄同——个人的态度，则两年来早已变成'中外古今派'了。可是我是绝对的主张'今外'的；我的'古中'，是'今化的古'和'外化的中'，——换言之，'受过今外洗礼的古中'。"[③] 钱一改往日的激进态度，以宽容的姿态接纳不同的意见，成为海纳百川的中外古今派了。钱1927年8月2日致胡适信："我近来思想稍有变动，回想数年前所发谬论，十之八九都成忏悔之资料。今后大有'金人三缄其口'之趋势了。"[④] 钱从"全盘西化"到"古今中外派"，

---

① 钱玄同：《钱玄同文集》第6卷，中国人民大学出版社1999年版，第65页。
② 钱玄同：《钱玄同文集》第1卷，中国人民大学出版社1999年版，第220页。
③ 钱玄同：《钱玄同文集》第6卷，中国人民大学出版社1999年版，第75页。
④ 钱玄同：《钱玄同文集》第6卷，中国人民大学出版社1999年版，第118页。

其文化立场的转变意味深长。非钱独然，新文化运动整体上经历了一个由全盘西化到中西古今融合的过程，期间转变的轨迹尤为值得反思。

如上文所言，"文艺复兴"有复生（rebirth）与新生（new-birth）两种意义，就新文化运动而言，其激进的反传统倾向算不上文艺复兴。然而这并不意味着先贤们放弃了文艺复兴的文化努力与尝试。本书以 1924—1937 年（或曰"后五四时期"）周作人的文化选择为中心，展开对五四新文化的文艺复兴之梦的探寻。

一、作为方法的"周作人"与"后五四"

之所以以周作人的复兴思想为中心，是因为在我看来，它对于展开五四新文化的文艺复兴思想的分析具有方法论的意义。这缘于以下理由：

其一，周作人是五四新文化的重镇，是 20 世纪中国文学、文化史上"巨大而复杂的存在"。他的文化选择，尤其是后五四时期的文化选择，对于 20 世纪的中国具有特别的意义。从"思想革命"到"复兴千年前的旧文明"的转身究竟蕴含了何种文化逻辑？他所要复兴的"旧文明"的具体内涵又是什么？它和思想革命的命题有哪些联系和冲突？这些都是值得考察的对象。

其二，周作人的思想本身使然。五四新文化落潮之后，较之于陈独秀对政治的抱负，较之于胡适的"好政府主义"，较之于鲁迅的"左转"，较之于纷纷南下的文人学者，他选择了留守自己的园地，在这片几近荒凉的文化土地上，其带有自力性质的复兴之梦破土发芽。这一文化选择本身的含义值得考察，具体内涵将在后文展开。

之所以选择后五四时期（1924—1937 年）这一时间段，主要有两点考虑：其一，一般而言，五四新文化运动以 1915 年《新青年》的创刊为上限，以 1923 年的科学与玄学论争的平息为下限。当五四新文化迎来繁华之后的低潮，我们更容易从中看出历史的完整面目。在我看来，"后五四"不失为观察五四新文化运动乃至 20 世纪中国的一个重要窗口。当新文化运动初步确立近现代文明的转型之时，这种自我主体性刚刚完成仪式上的确立，随即又陷入了自我的内在矛盾的缠绕。如果说"五四"属于"大时代"，"后五四"同样属于，这既是一个血与火的年代，也是一个多元和纷争的时代。"后五四"可以构成对"五四"的重要关联。在逻辑上，"五四"并不意味着一定能够得出"后五四"，然而它们时间上的相继和文化上的承接却能够使"后五四"成为走近"五四"的一种方法。对"后五四"本体的考察意味着一种接近"五四"的努力，其实它本身亦有众多值得追寻的意义。因此"后五四"在这里具有本体论和方法论的双重意义。其二，对于周作人而言，1924 年，40 岁，不惑之年，以更加成熟的眼光看世界。经过五四时期狂热的乌托邦想象，比如世界主义、新村主义等思想实践，现实的种种沮丧使周作人不得不重新调整自己的姿态。新文化骤然烟消云散使他意识到自己之前的各种思想根本不足以应对中国产生的种种危机，《小河》《寻路的人》《昼梦》等篇章便是这样的叹惋与迷茫。但这同时也意味着另一种意义上"新生"的可能，《自己的园地》和《生活之艺术》的产生可以说是这种转型的流露。1924 年，周在《生活之艺术》中指出：生活之艺术即"微妙的混合与取舍"，是"本来的礼"，"中国现在所切要的是一种新的自由与新的节制，去建造中国的新文明，也就是复兴千年前的旧文明，也就是与西方文化的基础之希腊文明相合了"。① 周提出与古希腊文明相合的、以中国传统礼乐文明为基础的"复兴"之梦。

　　"后五四"这一概念来源于台湾大学教授殷海光，他称自己是"后五四"一代人，以示和胡适的区别。殷海光在 1967 年致张灏的信件中把自己归属于"a post May-fourthian"。② 殷作为一个自由主义人物具有浓厚的五四情结，自称"五四的儿子""a post May-fourthian"。及至临终，殷仍感慨自己的际遇浮沉与对理想的希冀："我是五四后期的人物（Post-May-Fourthian），正像许多后期的人物一样，没有机会享受到五四时代人物的声华，但却遭受着寂寞、凄凉和横逆。我恰好成长在中国的大动乱年代，在这个大动乱的年代，中国的文化传统被连根的摇撼着，而外来的观念与思想，又像狂风暴雨一般的冲

---

① 周作人：《生活之艺术》，载 1924 年 11 月 17 日《语丝》第 1 期，署开明。收《雨天的书》。

② 殷言："近年来，我常常要找到一个最适当的名词来名谓自己在中国这一激荡时代所扮演的角色。最近，我终于找到了。我自封为'a post May-fourthian'（五四后期人物）。这种人，being ruggedly individualistic（坚持特立独行），不属于任何团体，任何团体也不要他。这种人，吸收了五四的许多观念，五四的血液尚在他的血管里奔流，他也居然还保持着那一时代传衍下来的锐气和浪漫主义的色彩。然而，时代的变动毕竟来得太快了。"见殷海光著，张斌峰、何卓恩编：《殷海光文集（2）》，湖北人民出版社 2009 年版，第 214 页。

激而来。这个时代的知识分子，感受着种种思想学术的影响；有社会主义，有自由主义，有民主政治，也有传统思想的悖逆反应。每一种大的思想气流都形成各种不同的漩涡，使得置身其中的知识分子目眩神摇，无所适从。在这样的颠簸之中，每一个追求思想出路的人，陷身于希望与失望、呐喊与彷徨、悲观与乐观、尝试与独断之中。我个人正是在这样一个大浪潮中间试着摸索自己道路前进的人。"① 殷海光描述了后五四时期所具有的时代特征以及和五四的关联。也有译者把 "Post-May-Fourthian" 译为 "后五四人物"。章清在《思想之旅：殷海光的生平与志业》中写道："殷海光心路历程的意义在于，他不仅意识到自身的 '代'，还为自己做了界定，从而为我们思考 '后五四' 一代提供了重要参照。" 文中，章把 "Post-May-Fourthian" 译为 "后五四一代"。② 许纪霖进一步发挥了他的看法，提出 "六代知识分子" 的划分，其中包括 "后五四" 知识分子。③ 郭齐勇在《试论五四与后五四时期的文化保守主义思潮》一文中提出 "后五四时期"，文章把文化保守主义作为五四文化的传统之一，从 "前五四" "五四" 到 "后五四" 加以梳理，其中后五四时期的文化保守主义涉及 1923 至 1924 年的科玄论战，学衡派，1935 年的《中国本位文化建设宣言》，抗战时期的梁漱溟、张君劢、贺麟、唐君毅的文化活动，1949 年钱穆、唐君毅创办 "新亚书院"，1952 年张君劢、唐君毅、牟宗三、徐复观发表的《中国文化与世界》的宣言。④ 可知后五四时期在这里指五四新文化高潮后期。罗志田在《历史记忆中抹去的五四新文化研究》一文中提出关于 "后五四时期" 一些值得继续大力研究的问题，比如 1923 年 "科学与人生观" 之争、北伐后的 "人权论争" 以及 "九一八" 后的 "民主与独

---

① 殷海光：《病中语录》，1969 年 8 月 18 日记录，参殷海光著，张斌峰、何卓恩编：《殷海光文集（4）》，湖北人民出版社 2009 年版，第 305—306 页。

② 章清：《思想之旅：殷海光的生平与志业》，河南人民出版社 2006 年版，第 12 页。

③ 建国前有三代。第一代晚清知识分子，包括康、梁、严复、章太炎、蔡元培、王国维等，是中国最后一批士大夫。第二代即 "五四" 知识分子，鲁迅、胡适、陈独秀、李大钊、梁漱溟、周作人、陈寅恪等。第三代即 "后五四" 知识分子，他们多经历过五四运动，但是和 "五四" 知识分子不一样。"五四" 知识分子在 "五四" 运动当中多是老师，而 "后五四" 知识分子在 "五四" 运动当中多为学生，比如傅斯年、顾颉刚、罗隆基、闻一多等，他们成为五四白话文运动坚定的实践者。见许纪霖：《20 世纪中国六代知识分子》，《晚霞》，2007 年第 16 期。

④ 郭齐勇：《中国文化月刊》（台湾）1989 年 10 月第 121 期，见刘青峰编《历史的反响》，三联书店（香港）1990 年版，第 243—246 页。

裁"论争。① 这些论争可以见出思想界对"五四"理念的反思，也是"五四"理念在"后五四时期"的深入发展。如何继承、扬弃"五四"的理念是思想界学人所面对的一个重要课题。罗未言明后五四时期的具体时间范畴，但从其讨论问题的时间限度看来，大致是指从五四新文化分化的 1923 年到 1930 年代中期。作者分析了"后五四时期"被人们忽视的诸多问题，如五四精神的断裂、五四理念的转变、五四人的分化，等等。其鲜明的问题意识给了我很大的启发。复旦大学章清教授在《1920 年代：思想界的分裂与中国社会的重组——对〈新青年〉同人"后五四时期"思想分化的追踪》(《近代史研究》2004 年第 6 期) 一文亦引入了"后五四时期"这一概念，从政治和派系等多层因素分析了知识分子在"五四"运动之后的分化和组合。

本书中，我并不想寻求"后五四"这一概念的本质主义式的意义。其中"后五四时期"一方面大体指 1924 年"五四"新文化运动落潮到抗日战争全面爆发这段时间，另一方面表示这段时间的时代文化特征和"五四"时期既有关联又有所变异，也构成对五四新文化的一种延续和回应。因为虽然没有了"五四"的激昂，抗日的烽火也还没抵达，但其中亦孕育着冰与火，菊与刀。革命军的北伐，"三一八"的屠戮，革命文学的变奏，都使得这一时期非同寻常。也正是在这一时期，知识分子的分化与选择成为观察 20 世纪中国思想与文化的重要窗口。

二、分化与重组

1924 年，新文化的繁华渐渐风流云散。正如鲁迅的感慨：五四时期的思想革命的战士，现在又剩得几个呢？"有的高升，有的退隐，有的前进，我又经历了一回同一战阵中的伙伴不久还是会这么变化。"② 这种梦醒了无路可走的心态也并非鲁迅独有。

综观后五四时期的新文化诸将，陈独秀和李大钊信仰了马克思主义，建立了政党，而"出了研究室就入监狱，出了监狱就入研究室"的陈独秀最终被抛向历史的边缘，李大钊则遭受被军阀杀害的命运。蔡元培 1923 年 7 月远

---

① 罗志田：《历史记忆中抹去的五四新文化研究》，《读书》，1999 年第 5 期。
② 鲁迅：《〈自选集〉自序》，见《鲁迅全集》第 4 卷，人民文学出版社 2005 年版，第 469 页。

赴欧洲，直至 1926 年 2 月方回。1922 年底，北京发生"罗文干案"，蔡元培为抗议候任教育总长彭允彝愤而提出辞职。1923 年 1 月发表《不合作宣言》："……而这个职务，又适在北京，是最高立法机关行政机关所在的地方。止见他们一天天的堕落：议员的投票，看津贴有无；阁员的位置，禀军阀意旨；法律是舞文的工具；选举是金钱的决赛；不计是非，止计利害；不要人格，止要权利。这种恶浊的空气，一天一天地浓厚起来，我实在不能再受了。"①北大师生的"驱彭挽蔡"运动虽保留了蔡的校长名义，但北大的蔡元培时代基本结束了。回国后，曾经发起组织光复会、参加同盟会和出任中华民国临时政府教育总长的他徘徊于政治与学术理想之间，北大对于他来说已渐行渐远。胡适也渐渐放弃"二十年不谈政治的决心"，回归其实验主义哲学和自由主义政治。

作为五四新文化的另一中坚力量，新潮社年轻一代的知识分子多踏上了留学之路。傅斯年于 1920 年留学英国伦敦大学。1923 年 9 月至德国柏林大学。1926 年 10 月回国后赴广州任中山大学（戴季陶为校长）文学院院长兼国文、历史系主任。罗家伦、康白情于 1920 年秋获得穆藕初奖学金的资助，留学美国普林斯顿大学。1922 年秋，罗转入哥伦比亚大学。其后，赴德国柏林大学和法国巴黎大学学习。1926 年 6 月回国后，参加国民党北伐，成为蒋介石的马前卒，并于 1928 年执掌清华，对清华进行军事化管理，有"党化"清华的评语。

五四新文化诸将风流云散《新青年》1920 年上半年移至上海，并从本年 9 月起，成为上海共产主义小组的机关刊物；《新潮》由于人员变动、经费等方面的原因于 1922 年 6 月彻底终刊。

其实，从某种程度上而言，五四新文化运动伊始，作为第一代现代意义上的知识分子，从集结到新文化的旗帜下就没有停止过思想文化抉择上的分歧和争议，不过那时在"兼容并包"的原则下并没有构成大的分歧。但随着社会矛盾的日趋激化，这种思想文化抉择上的分歧逐步演化为行动层面的分裂和政治层面的分化。

如果说 1919 年的问题与主义之争尚限于学理上的争论，那么 1922 年的

---

① 蔡元培：《不合作宣言》，载 1923 年 1 月 25 日《申报》。

"非宗教大同盟"运动则使这种分歧更加明显化。当年春，北京爆发了"非基督教运动"。当世界基督教学生同盟决定于4月4日在中国北京清华学校举行第十一届大会的消息传来时，国内学生抗议与批判不断。3月9日，上海部分左派学生发表《非基督教学生同盟宣言》，宣布："我们反对资本主义，同时必须反对这拥护资本主义欺骗一般平民的现代基督教及基督教会。"[1]3月21日，北京成立了非宗教大同盟，发表宣言及通电，号召国人"扫除宗教之毒害"。[2]蔡元培、陈独秀、胡适、李大钊、丁文江等人纷纷予以响应支持；但周作人、钱玄同、沈兼士等人却发表《主张信教自由者的宣言》，称"我们不拥护任何宗教，也不赞成挑战的反对任何宗教。我们认为人们的信仰，应当有绝对的自由，不受任何人的干涉，除去法律的制裁以外"。[3]在周看来，学生声讨基督教的口气太过威严，一种"诏檄露布"的口气，令人感到"压迫与恐怖"[4]。其实，周对基督教文化也早有接触，在日本留学时期，周一度有翻译《圣经》的计划，后来因为有了译本便放弃了。周比较认同基督教文化中的"爱"与"宽恕"精神，甚至认为基督教对于新民，对于涤除国民劣根性有所裨益。但周对基督教也有所保留："其一是这新宗教的神切不可与旧的神的观念去同化，以致变成一个西装的玉皇大帝；其二是切不可造成教阀，去妨碍自由思想的发达。"[5]周认为中国的非宗教运动有一种盲目排外的倾向和民族主义的情绪并进而发展为对思想自由的障碍，情绪高于理性，冲动多于慎思，"自以为是科学思想与西方化，却缺少怀疑与宽容的精神，其实仍是东方式的攻击异端：倘若东方文化里有最大的毒害，这种专制的狂信必是其一"。[6]周作人们的思想和另一批新文化运动人的思想分歧已经显出端倪。[7]事隔多年之后，宽容与思想自由的重要性在胡适等人那里得到了重新回应："容忍是一切自由的根本；没

---

[1] 《非基督教学生同盟宣言》，载1922年3月17日《晨报》。
[2] 《非宗教大同盟公电及宣言》，载1922年3月20（21, 22）日《晨报》。
[3] 周作人等：《主张信教自由者的宣言》，载1922年3月31日《晨报》。
[4] 周作人：《报应》，载1922年3月29日《晨报副刊》，署式芬。
[5] 周作人：《山中杂信（六，致伏园）》，1921年9月3日作，载6日《晨报副刊》，署仲密。收《雨天的书》。
[6] 周作人：《济南道中之二》，1924年6月1日作，载9日《晨报副刊》，署开明。收《雨天的书》。
[7] 关于非宗教运动，详情参见哈迎飞：《周作人与非宗教运动》，《广州大学学报》（社会科学版）2007年第5期；尾崎文昭：《与陈独秀分道扬镳的周作人：以一九二二年非基督教运动中的冲突为中心》。

有容忍，就没有自由。"①胡反思了自身的经历、宗教自由史以及白话文运动等，不承认有"绝对之是"，劝诫自己更不能"以吾辈所主张者为绝对之是"。陈独秀把基督教看成西方文化侵略的一部分，家国危亡之语境、民族主义的情绪使陈对基督教加以排斥，而周作人们的宣言更多的出自对思想言论自由的坚持——以现在的后知之明来看，这一意义尤为重要！

除此之外，泰戈尔来华事件亦是其例。1924 年 4 月 12 日至 5 月 30 日，泰戈尔访华，受到中国的文学界、思想文化界甚至政治界，尤其是以梁启超、张君劢为代表的"东方文化派"和"玄学派"的热烈欢迎。但对于泰戈尔的到来也有不同的声音，陈独秀、瞿秋白等共产党人持反对态度。陈独秀、瞿秋白、恽代英、沈雁冰等人分别发表文章批判泰戈尔特别是他在中国的讲演。尤以陈独秀为烈，他先后发文十余篇，指出"像泰谷儿那样根本的反对物质文明科学与之混乱思想"根本没有翻译和介绍的必要②，"……他（泰戈尔）是一个什么东西"，指责之激切超出了人们的想象。实际行动层面，一些左派青年还组成"驱象团"，到泰戈尔讲演的会场散发批判泰戈尔的文章和传单。泰戈尔第一次向北京青年公开演讲，就有反对者散发"我们为什么反对泰戈尔"的传单，要撵他走。5 月 10 日，泰戈尔在真光影戏院对北京青年学生进行第二次演讲。演讲前，胡适不得不再次警告泰戈尔的反对者："外国对于泰戈尔，有取反对态度者，余于此不能无言。余以为对于泰戈尔之赞成或反对，均不成问题，惟无论赞成或反对，均需先了解泰戈尔，乃能发生重大之意义，若并未了解泰戈尔而遽加反对，则大不可……"③然而胡适的警告仍未收到实际效果，泰戈尔仍遭到反对者"激颜厉色要送他走"的待遇。

围绕泰戈尔访华，周作人有《"大人之危害"及其他》《太戈尔与耶稣》《济南道中之三》《"问星处"的预言》等几篇文章涉及。此次泰戈尔来访，周作人"在反对与欢迎两方面都不加入"，采取冷静观察的立场。其实，这当中隐含了对泰戈尔一个小小的不满，"我对太戈尔也有一点不满，这并非别事，

① 胡适：《容忍与自由》，载 1959 年 3 月 16 日《自由中国》第 20 卷第 6 期。
② 实庵：《我们为什么欢迎泰谷儿？》，载 1923 年 10 月 27 日《中国青年》第 2 期，见《陈独秀著作选编》卷 3，上海人民出版社 2009 年版（下同），第 137 页。
③ 参见 1924 年 5 月 11 日《晨报》。见孙宜学编：《诗人的精神：泰戈尔在中国》，江西高校出版社 2009 年版，第 62 页。

便是他以宗教家与诗人而来谈政治及文化，即便并不因吃了牛肉茶而敷衍，宗教的政治论与诗人的文化观总是不很靠得住的"。① 在周作人看来，泰戈尔的身份地位更宜定位在"宗教家""诗人"上，而不能超越自己的专业范围来谈政治文化问题。这延续了他在1918年《人的文学》中对泰戈尔的观点。周在此文指出："印度诗人 Tagore 做的小说，时时颂扬东方思想……"比如他的一篇小说描写一个寡妇"心的撒提（Suttee）"，一个守节的故事。"撒提"是印度古语，指寡妇与她丈夫的尸体一同焚化的习俗。周意在指责泰戈尔颂扬这种畸形的道德礼法。不过，正如有些研究者所指出的，泰戈尔并无赞美撒提之意。② 这是周对泰戈尔的一种误解。比较有意思的是，这种对泰戈尔理解的偏颇同样存在于鲁迅身上。鲁迅在《〈狭的笼〉译者附记》中写道："广大哉诗人的眼泪，我爱这攻击别国的'撒提'之幼稚的俄国盲人埃罗先珂，实在远过于赞美本国的'撒提'受过诺贝尔奖金的印度诗圣泰戈尔；我诅咒美而有毒的曼陀罗华。"③ 从两文的写作时间上看，当时两兄弟都在北京且住在一起，这种理解的偏激极有可能是其中一方影响另一方的结果。造成文本解读的偏颇或许来源于泰戈尔宣扬东方文明的主张，这在新文化运动除旧布新，宣扬西方文明，"打孔家店"之际是多么不合时宜。周氏兄弟先入为主的观念可能是造成文本误读的原因。但这并不影响周对泰戈尔的接纳，甚至为泰戈尔受到"驱象团"的白眼而打抱不平，言其"不幸而适来华"，受"无妄之灾"，因为他觉得"地主之谊的欢迎是应该的，如想借了他老先生的招牌来发售玄学便不正当，至于那些拥护科学的人群起反对，虽然其志可嘉，却也有点神经过敏了"——这更符合他文艺批评之宽容的主张。在这几篇文章中，周把矛头指向了"驱象团"的陈独秀们，认为怀疑与宽容是必要的精神，而攻击则会流入专制的狂信，泰戈尔反对运动即是如此。"他们自以为是科学思想与西方化，却缺少怀疑与宽容的精神，其实仍是东方式的攻击异端：倘若东方文化里有最大的毒害，这种专制的狂信必是其一了。"④ 这里包含着周作

---

① 周作人：《太戈尔与耶稣》，载1924年6月30日《晨报副刊》，署朴念仁。

② 参见英溪：《周作人对泰戈尔的误解》，《中国现代文学研究丛刊》2002年第3期。刘建：《在"有限"中证悟"无限"的欢乐》，2010年8月5日《社会科学报》。

③ 鲁迅：《〈狭的笼〉译者附记》，载1921年8月《新青年》第9卷第4号。

④ 周作人：《济南道中之三》，1924年6月10日作，载20日《晨报副刊》，署开明。收《雨天的书》。

人的双重寓意：一方面是感慨中国国民劣根性难以改变，思想的力量对群众的影响很小，并不是怕外来思想对国民的生活、思想带来什么影响，而是怕具有劣根性的国民难以接受或拒绝接受外来新思想的影响。在周作人看来，泰戈尔的演讲同杜威、罗素的演说一样，只会热闹一阵子，而对将来中国的生活不会产生什么影响，因为"中国遇见一点异分子便要'阻遏它向上的机会'"，这不能不说是国民的悲哀。其中蕴含了周作人对于新文化落潮后复古势力日盛的担忧以及"故鬼重来"的深刻观察，"新改宗的梁公正在这边讲演，'厚六大册'的柳公又在那边讲演——而且那部宝书也将问世，孔教的气势日盛一日了。反对的方面怎样？《新青年》里的老英雄哪里去了？'非宗教大同盟'里的小英雄哪里去了？"[①] 另一方面，周作人对于新文化同人由于缺乏"怀疑与宽容的精神"而导致"专制的狂信"保持警惕。具体而言，"驱象团"的行为本身已经构成了对新文化兼容并包精神的悖反，成为取缔思想、定于一尊的封建礼教思想的再生，它不仅存在于"老头子"，更在于"青年"，成为"历史唯一的用处是告诉人又要这么样了"的演绎。历史证明，周的这种警惕具有前瞻性和远见。

同样值得品味的还有鲁迅与胡适。和周作人相对平和相比，鲁迅多了一份激进。在《〈狭的笼〉译者附记》（1921 年 9 月）、《论照相之类》（1925 年 1 月）、《马上日记之二》（1926 年 7 月）、《无声的中国》（1927 年 3 月）、《骂杀与捧杀》（1934 年 11 月）等文中，鲁迅认同泰戈尔文坛之地位："现在没有声音的民族是那几种民族……印度除了泰戈尔，别的声音可还有？"（《无声的中国》）但谈及泰戈尔及相关人员时多有讥诮之意。[②] 对于鲁迅与泰戈尔访华已有相关研究，本文不再赘述。值得指出的是，周氏兄弟均未对泰戈尔的文学实绩或文化思想主张作出正面详细论述，都存在着一定的误读。两人对其声

---

① 周作人：《"予欲无言"》，1924 年 3 月 8 日《晨报副刊》，署荆生。

② 比如《马上日记之二》："这两年中，就我所听到的而言，有名的文学家来到中国的有四个。第一个自然是那最有名的泰戈尔即'竺震旦'，可惜被戴印度帽子的震旦人弄得一塌糊涂，终于莫名其妙而去；后来病倒在意大利，还电召震旦'诗哲'前往，然而也不知道"后事如何"。"《花边文学·骂杀与捧杀》："人近而事古的，我记起了泰戈尔。他到中国来了，开坛讲演，人给他摆出一张琴，烧上一炉香，左有林长民，右有徐志摩，各各头戴印度帽。徐诗人开始介绍了：'唵！叽哩咕噜，白云清风，银磬……当！'说得他像活神仙一样，于是我们的地上的青年们失望，离开了。神仙和凡人怎能不离开呢？"

望都不怀疑，但在接纳姿态上，周作人正如上文所论述的，显示出一种相对平和包容的姿态，而鲁迅多讥诮之语，当然其中不无性格使然。同时值得注意的是，胡适就泰戈尔来华一事所表现的态度。泰戈尔来华期间活跃着胡适的身影。按照胡适的西化主张，他对泰戈尔的东方文化优胜论是有所保留的，但是仍作出了欢迎的姿态，胡认为可以有不同的见解，但要尊重对方表达自身观点的自由。这与他深受美式教育，养成自由与民主的气质相关。正如他对 1925 年 11 月发生的群众焚烧晨报馆事件的思考："这几年以来，却很不同了。不容忍的空气充满了国中。并不是旧势力的容忍，他们早已没有摧残异己的能力了。最不容忍的乃是一班自命为最新人物的人……我怕的是这种不容忍的风气造成之后，这个社会要变成一个更残忍惨酷的社会，我们爱自由争自由的人怕没有立足容身之地了。"① 对于陈独秀请他发文批评的要求，他也未予响应。这一点上，胡适和周作人表现出惊人的相似性：对思想言论自由的捍卫，对专制的抗争。这种自由主义的立场也是他们的共通之处。

泰戈尔访华事件所激起的中国知识界各方面的反应成为中国知识界状况的一面镜子，也预示了新文化阵营继"问题与主义之争""非基督教运动""科玄论战"之后的进一步分裂。如果说"科玄论战"展示了"自由主义""激进主义"和"文化保守主义"的三元鼎立的轮廓，那么围绕泰戈尔访华事件的辩驳更加剧了新文化阵营的分裂。陈独秀将胡适与张君劢、徐志摩等人相提并论，大加讽刺，② 其激进溢于言表。陈独秀们的激进与不包容加剧了五四新文化人的分化。

以上只是新文化人思想分化之一斑，随之而来的流血事件更是给知识分子带来了极大的震动。费正清认为："随着学界革命和文化革命不断战胜传统秩序，它渐渐失去统一的目标：这个阵营内部分化成两大派，一些人倾向于

---

① 胡适：1925 年 12 月《致陈独秀信》，《胡适文集》卷 7，人民文学出版社 1998 年版，第 76 页。

② 陈讽刺刺道："在他（泰戈尔）讲演的会场中发散反对他的传单而反映出来的浓厚的反对空气之中，匆匆地'精神大为懊丧'地离开我们这个'君子之国'了。这自然是自况'如高空中之青天，知道太戈尔有如喜马拉亚山之诚实伟大'的徐志摩。歉然申说'任我们怎样的欢迎他似乎都不能表示我们对于他的崇慕与敬爱之心的百一'的郑振铎，'希望泰戈尔此次之来，可更增进华印间之友谊'的张君劢，以及'有礼的，能容忍'的，'君子国之国民'的胡适之——这诸位先生'很感着不快'的事啦！"见求实：《送泰戈尔——并慰失意的诸位招待先生》，1924 年 6 月 1 日《民国日报·觉悟》。

从事学术研究、改革和渐进演变，而另外一些人则倾向投身政治行动、暴动和暴力革命。"① 其实不仅仅是统一目标的渐渐失去，暴力和流血事件的发生进一步加剧了知识分子的分化。

"五卅惨案""三一八事件"，以及国民党的"清党"运动等，使知识分子认识到现实的残酷、生命的脆弱以及"文字"的无力。有的是自身经历了鲜血的考验，有的是身边的同事以身殉职，有的是自己的学生倒在屠刀之下。当刘和珍们被杀，当李大钊们被吊在绞刑架下，当鲁迅们被通缉，当周作人们仓皇躲藏，世界的一切都变了。知识分子这种对于"血"的独特的生命感受深入骨髓，使他们久久难以忘怀。这不仅和他们当初所信奉的新文化理想背道而驰，也是对人的基本生存权利的极大威胁。这种难以忘却的对"血"的纪念的文字在知识分子的笔下何其之多！

当朱自清参加"三一八"的游行，生平第一次听到枪声，"有鲜红的热血从上面滴到我的手背上，马褂上了，我立刻明白屠杀已在进行！"② 当他从死人身上跨过逃去，这种记忆是何等惊悚，何等不堪回首！"血是红的！血是红的！狂人在疾走，太阳在发抖！血是热的！血是热的！熔炉里的铁，火山的崩裂！血是长流的……"③ 这种带着体温的血色经历使他毕生难忘。

面对"三一八"的屠杀，鲁迅写下了这样一段话："这不是一件事的结束，是一件事的开头。墨写的谎说，决掩不住血写的事实。血债必须同物偿还。拖欠得愈久，就要付更大的利息！以上都是空话。笔写的，有什么相干？实弹打出来的却是青年的血。血不但不掩于墨写的谎语，不醉于墨写的挽歌，威力也压它不住，因为它已经骗不过，打不死了。"④ 然而这种悲愤也仅仅只能是转化为文字，但文字似乎并不能防止这样的事件再次发生，随后而来的"四一二"大屠杀证明了知识分子行之于文字努力的失败，最后的结论似乎只能是以"血"换"血"！历史给予了"革命"与"行动"充分的合法性！

---

① 费正清：《中国：传统与变迁》，世界知识出版社 2001 年版，第 521 页。
② 朱自清：《执政府大屠杀记》，见《朱自清全集》第 4 卷，江苏教育出版社 1990 年版，第 183 页。
③ 朱自清：《血歌》，见《朱自清全集》第 5 卷，江苏教育出版社 1990 年版，第 98—99 页。
④ 鲁迅：《无花的蔷薇之二》，原载 1926 年 3 月 29 日《语丝》第 72 期，见《鲁迅全集》第 3 卷，人民文学出版社 2005 年版（以下同），第 279—280 页。

　　流血事件的后果是可见的：它开启了"对知识阶级的恐怖时代"①，改变了知识分子的心灵图景，使他们不得不改变自己原来的愿景，面对现实。这也给知识分子带来挫败感和无力感，出于改变现实的急切的需要，他们中的一部分人选择了政治的道路。流血事件还改变了知识分子的版图分布，造成了文化中心的转移。鲜血和暴力加剧了知识分子转向和分化的速度，五四新文化运动所提出的语言革命、思想革命与文化革命已经不再是战场前线和话语中心。这意味着知识分子要么追随已经开始的轰轰烈烈的革命和政党斗争，要么退出时代的话语中心，成为历史的旁观者和反思者。第一种无疑更具诱惑力，因为五四知识分子从根本上说并没有摆脱"天下兴亡，匹夫有责"的思想意识，现实关怀和家国抱负使知识分子中的相当一部分人开始调整自己的思想，以适应革命的需要；也有部分知识分子继续悠游于各大高校，继续着书斋式的学者生活，直到抗日战争的爆发彻底打乱了他们日常生活的节奏。

　　1925 年之后，林语堂、鲁迅、顾颉刚、俞平伯、何思源、赵元任、罗常培、杨振声等大批知识分子纷纷南下。1927 年，随着北伐的胜利和国民政府在南方统治地位的巩固，渐渐形成了京派、左翼、海派以及国民党的党派文学并存的格局，文学与文化有了新的版图。

三、从"思想革命"到"自己的园地"

　　当新文化运动呈现出分化与重组之际，周作人的思想也经历了一些变化，这种变化随着五四新文化低潮的到来而展开。这和五四同人的分化、周作人新村主义的幻灭，以及周 1921 年经历一场大病而进行的人生姿态的调整等多重因素密切相关。

　　在我看来，周作人在后五四时期经历了两次身份认同的转换。第一次发生在五四新文化落潮之际，在经历了上文所言的分化与重组之后，周从思想启蒙者的身份转化为文艺工作者，体现为从开展"思想革命"到确立"自己的园地"为文艺；第二次发生在 1930 年代中期，周宣布"文学店铺"的关门，自称"海军出身""弃文从武"。周"落水"以后，完成了从一个杂家型的

---

① 周作人：《红楼内外》，1948 年 10 月 25 日、12 月 3 日《子曰丛刊》第 4、5 辑，署王寿遐。

文艺工作者到文人型政客的转变。下面我将联系周身份认同转变的背景及与之紧密相关的文艺与思想，对上述问题加以论述。

1922 年周作人发表《自己的园地》，提出"自己的园地是文艺"，而且这种文艺不同于"为艺术的艺术"和"为人生的艺术"，是一种"以个人为主人"、表现人生情思、使人获得"共鸣与感兴"的艺术，具有"独立的艺术美与无形的功利"①。这是周作人继 1921 年宣布"自己的胜业"②之后的再一次确认。这对于周作人而言是一个重要转折——从启蒙者的"思想革命"转向"自己的园地"：文艺。

新文化时期，周作人发表了《人的文学》《平民文学》《新文学的要求》等文进行"文学革命"，然而从实质上看乃是进行"思想革命"。周作人标举"人的文学"本意在于去发现人，"辟人荒"，是一份思想革命的宣言。司马长风指出，《人的文学》"严格的说，并不是文学理论，而是一篇人文主义论或人道主义论"。它把"文学独立之目的贬为养成人的道德，改善人的自治的手段"，陷入"文以载道"的迷途，"是'为人生而艺术'一派思想的先河"，甚至是革命文学、普罗文学的始作俑者。③ 在我看来，司马长风把周作人此论看作文学功利化的"始作俑者"稍有偏颇：一方面，中国早就有"文以载道"的传统；另一方面，梁启超早在 1902 年就在《论小说与群治之关系》中把小说作为新民的工具。但是，如果从文学的审美性来看，司马长风对周作人文学功利化倾向的批评倒也符合事实。五四新文化时期，周作人以文学为思想变革的武器，希望能造成"人的文学"，包括对新村主义在内的各种思想的提倡，以及建立新村北京支部——这些都可以看出其对各种主义理想的追求。周的这种追求和时代氛围具有很大的关系。然而这种高远的理想很快遭到了现实的打击。各种挫败的经验使周作人"由信仰而归于怀疑"④，于是转换自己的园地：生活与艺术。虽然这一时期周由于"浙东人的脾性"仍时有"呵佛骂祖"，未能放弃思想启蒙，但和新文化时期的高蹈飞扬有了不同。

---

① 周作人：《自己的园地》，1922 年 1 月 22 日《晨报副刊》，署仲密。收《自己的园地》。
② 周作人：《胜业》，1921 年 7 月 30 日《晨报副刊》，署子严。收《谈虎集》。
③ 司马长风：《周作人的文艺思想》，见《中国新文学史》（上卷），昭明出版社 1980 年版，第 262—264 页。
④ 周作人：《〈艺术与生活〉序二》，1930 年 10 月 30 日作。收《艺术与生活》。

1930 年代中期，周作人进行了第二次身份转换，宣布自己的"文学小铺""下匾歇业"，准备"弃文就武"。① 周在这里更大程度上是运用了反讽策略，是对左翼"赋得"文学的讥讽。针对左翼对其文章"不积极""小摆设"的指责，周作人认为自己的文章的毛病是"太积极"，认为文学不具有现实的功利价值，"无论大家怎样希望文章去治国平天下，归根结蒂还是一种自慰"。② 这是对包括鲁迅在内的左翼作家的抗争性回应。周希望文学是个人自由发声的表现，而不是"赋得文学""遵命文学"。周通过宣布"弃文从武"来表达自己的抗议。周真正实现"弃文从武"的转变应该是从他"落水"之后开始。笔者发现，周作人附逆时期在各种场合的演讲中对于自己身份的强调——自己是海军出身，是武人，而不是文人，③ 迥然不同于此前他对自己的定位。那么周作人为何会出现这种身份认同的变化？这一问题值得另文考察，但比较明确的是，周作人已经从一个"文人"走向一个文人型政客。这和 1920 年代初期宣布自己的园地是文艺时的他已经有了很大的不同。

本书将集中探讨后五四时期的周作人的复兴思想。作为杂家型的文艺工作者的周作人，和思想启蒙者的周作人以及文人型政客的周作人有所不同。虽然周作人在自述中称自己非文人学者，自己的工作只是"打杂，砍柴打水扫地一类的工作"。④ 然而从后五四时期周作人的文字与思想来看，他是一个杂家型的文艺工作者。当然这种身份认同的转变是重心的转变，前后两者并非是截然二分和对立的，常常相互交织与延宕。比如后五四时期周作人并非完全放弃五四时期的思想启蒙，"启蒙"的色彩依然有所余留，这也是周承认自己的文字不"平淡"的原因之所在。只是他不再信托各种主义信仰，不再认可文学的功利性取向。这种"启蒙"的延宕是周的性情及当时的历史语境所影响的结果。即使周作人在"落水"成为政客之后，仍未能摆脱其文人气

---

① 周作人：《弃文就武》，1934 年 12 月 22 日作，载 1935 年 1 月 6 日《独立评论》第 134 期，署知堂。收《苦茶随笔》。

② 周作人：《关于写文章》，1935 年 3 月 24 日《大公报》文艺副刊第 144 期，署知堂。收《苦茶随笔》。

③ 可参见附录一中《学问之用》《女子教育和一般中学教育的经验》《整个的中国文学》的演讲以及周在 1940 年代初期发表的言论。

④ 周作人：《周作人自述》，1934 年 12 月作。收 1934 年 12 月上海北新书局版陶明志编《周作人论》。

质，这一点可以在已有的许多史料中得到证明。周作人是一个复杂的客体，他的思想发展绝非三段论式的或直线式的，在不同的时期固有各自的特点，但其中的延宕和连续性也是可见的。所以，本书对后五四时期周作人思想与文学的论述仅仅是走近周作人、走近历史的方法之一种，是多面中的一面。

周作人后五四时期的思想和文学构成了对新文化的另类回应。之所以说"另类"，是因为周作人在后五四时期所坚持的对思想自由的言说回应了"权威主义"对言说自由的压抑；对生活之艺术的倡导及生活与艺术的回归所开创的"小叙事"回应了以革命文学和左翼文学等为代表的各种权力话语的"宏大叙事"；周对"抒情"文学观的标举有力地回应了把文学政治化、工具化的歧途。这些构成了后五四时期周作人独特的个人印记，构成了对主流叙事的另类回应，并呈现出"复兴"的特征，而这一切都统一在周作人的"人学"思想之下。

本书各章安排如下：

第一章主要考察周作人的语言与文体选择及其背后的思想对话。周作人的"复兴"想象是在五四新文化落潮和与革命文学、左翼文学代表的权力话语对话的语境下产生的。周通过"言志"与"载道""八股"的概念来反抗"遵命文学"。周运用"党八股""洋八股"等概念，一方面看到"八股"成为政党统一思想、削夺个人主体性的工具；另一方面"士"对"八股"思想的继承，表现为空喊口号，尚空谈，包括气节八股，缺少理性，没有实行，没有事功，更是超出了自己的岗位范围，文人谈武，武人谈文，或是"自己"一面浸在温泉里一面吆喝"冲上前去"的虚伪的爱国主义，它最终造成一个"八股"之时代、一个虚弱的中国。周对"八股"思想批判的背后，是其"己所不欲，勿施于人"的儒家思想和对人的生命权利尊重的现代人道主义思想。

第二章重在考察周的文学抒情观以及他对抒情传统的继承。文学作为"艺术"，是周念兹在兹的周遭。周的"言志"主张，其实是"缘情"，在周看来，"志"就是"情"。"情"在周作人的文学观中始终处于核心地位，不过由于不同时期语境不同，"情"的内涵有所转移。包括《雅歌》《国风》与"萨福"在内的抒情"美典"、两希文学中的抒情传统和中国文学自《诗经》以降的抒情传统，共同构成了周作人的抒情资源。

第三章考察周在后五四时期的文化选择，也即周的文化复兴的内涵及其生成语境。与对各种话语权力的疏离相对，周选择了对"艺术与生活自身"的热爱以及对"生活之艺术"的探求，转向一种凡人日常生活叙事，这是对儒家日常人生化的接洽。在周看来，人民的历史是日用人事的连续，凡人的日常生活本身就具有意义，也是"道"的体现者与归宿处。这种"小叙事"缝合了现代人道主义思想，构成对"博学鸿词"的反动，寄寓了审美与政治的张力。"生活之艺术"的提出则缘于蔼理斯的启发，它是"微妙地混和取与舍""禁欲与纵欲的调和"，是中国"本来的礼"，是"中庸"。这暗含着对中国远古的"礼乐传统"的美好想象和对当下文明方案的另类诉求：以凡人大众为主体，以日常生活为生命的常态形式，以中庸等原始儒家的人文价值为规范，融合"科学精神"与"美"，通向一个众生有情的世界。

第四章探讨周后五四时期的自由意识及其张力。周对包括左联、国民党右翼在内的各种权力话语的疏离，展现了一个具有自由意识的知识分子立场。与周相对，鲁迅在后五四时期"左转"，这显示出两人在历史语境、文艺观、文化空间和思想资源等方面的不同。周的自由意识既有西方自由主义的精神来源，又有中国文化中具有的"中庸""重知""疾虚妄"等精神传统。

第五章探讨周作人复兴思想的逻辑起点："人学"思想。现代"人学"思想是周作人思想的核心。在此基础上，周延伸出对"自由"的坚持、对生活之艺术的热爱与对文学抒情取向之偏好。周作人的"人学"思想来自诸多方面，儒家人文主义、蔼理斯的思想对周作人的"人学"思想产生重要影响。周作人的"人学"思想形成了"兽""人""鬼""神"的谱系："兽"是"人"的生理起点，"鬼"是对"人"的蛮性轮回的忧惧，而"神"则蕴含着周对压抑"人"的各种权力话语的反抗。周作人在后五四时期与各种话语的对话以及对"复兴"的想象是以这一思想谱系为逻辑起点的。

结语部分探讨周作人对于新文化运动本身的看法，以及和胡适所宣称的"文艺复兴"的比较。周作人更愿采取平实的眼光来看待，并不认为其是"文艺复兴"。五四新文化运动积蓄不够，持续时间也不够长久，其影响很快被政治与革命所压抑；新文化运动缺乏动力机制，尤其体现在"人"的方面，其中以"仕"的思想为烈。但这并不代表后五四时期的周作人放弃对中国"复兴"的想象。周更注重对以孔子为代表的原始儒家以及明清以来的儒家日常人生化取向的复兴，同时糅合了"科学"与"美"，文艺上周更注重对中国和两希文明中抒情传统的复兴，而这种复兴又是建立在现代"人学"思想的基础之上的。周作人以对思想自由的坚持，倡导"凡人的日常人生"和"抒情"文学，构成对新文化宏大叙事的另类回应。这种"复兴"的想象有别于其他五四新文化人对中国文化及文学的规划。

"后五四"时期"小品文" 的审美政治与文化逻辑

　　"小品文"是中国现代文学文体研究的一个重要命题,学界已取得一定的成果,但尚有开拓的空间,尤其是"小品文"这一概念的提出语境及其内在的审美政治与文化逻辑值得深入探究。本书认为,周作人"小品"概念的提出缘于 1921 年他在西山养病时对佛经的阅读,以周作人为代表的小品文实践对以左翼文学为代表的革命话语构成另一种回应,它隐含着以个人理性对抗革命狂欢,以文学的审美性对话革命文学工具性的企图,以及对各色"八股"的反动和解构。周重"实行""事功",而轻"空言""气节",开创了一种以平和冲淡、博识理趣、闲适苦涩为特征的文体范式,且具有"复兴"的意味。

　　五四的中国是个经历着"千年未有之变"的中国,各种思潮风起云涌。新文化高潮之后的后五四时期,依然充满矛盾与交锋。"五卅"、"三一八"、北伐、"九一八"、新生活运动、新启蒙运动……其中浴着血与火、生与死,鲁迅称之为"大时代"。① 然而,"闲适"的小品文却产生在浴着血与火的"大时代"。1930年代,周作人《中国新文学的源流》及沈启无《近代散文钞》印行,林语堂将其主编的《论语》由"幽默"转向"小品",并接连创刊《人间世》《宇宙风》,从而掀起全国范围内的小品热。1934年被称为"小品文年"。但小品文遭到包括革命文学、左翼文学在内的一些人的排斥和反对,产生了"小品文论战",尤以鲁迅的《小品文的危机》批评为人们所熟知。那么,在"大时代","小品文"文体实践的语境和思想逻辑是什么呢? 它为20世纪中国文学提供哪些经验? 这将是下文探讨的核心问题。

一、"信口信手,皆成律度":"小品文"的发生与实践

对于"小品",学界已有研究成果,但鲜有研究者指出周作人缘何提出小品文。对于"小品"这一概念,在周作人现有的作品中较早见之于他1921年在香山养病时所作的两篇文章。这在《山中杂信六》中有所记载:"我曾做了两篇《西山小品》,其一曰《一个乡民的死》,其二曰《卖汽水的人》。""这两篇小品是今年秋天在西山时所作,寄给几个日本的朋友所办的杂志《生长的星之群》,登在一卷九号上,现在又译成中国语,发表一回。"② 即刊于1922年2月的《小说月报》上。那么,为何此时周作人称自己的两篇文章为他以前从未称呼的"小品"呢? 学界鲜有论及,笔者以为这和他此时到香山养病有关。

1921年,周作人自6月始直至9月底一直在香山碧云寺养病,其间除写诗文、译著外,还读了一些佛经。1921年周作人日记③:

6月6日:"上午重九君来下午携来药及食物又梵纲经合注一部"。

6月8日:"上午乔风来下午二时去携来梵纲经直解一部"。

6月9日:"寄佛经流通处函。"

6月12日:"上午大哥来下午去携来梵纲经古迹记一部及诸画函件"。

---

① 1927年12月鲁迅在《〈尘影〉题辞》中写道:"在我自己,觉得中国现在是一个进向大时代的时代。但这所谓大,并不一定指可以由此得生,而也可以由此得死……这重压除去的时候,不是死,就是生。这才是大时代。"(《鲁迅全集》第3卷,人民文学出版社2005年版,第571页。)

② 周作人:《卖汽水的人》附记,1922年2月刊《小说月报》第13卷第2号。

③ 周作人:《周作人日记》(中),鲁迅博物馆藏,大象出版社1996年版第189—191页。

6月14日："下午风得玄同函振铎函流通处缁门警训等二部"。

6月19日："上午大哥来携来弥陀疏钞等书三部"。

6月20日："得佛经流通处寄来禅林宝训笔说三部一本"。

…………

"小品"一词最早来自佛教用语。南朝宋刘义庆《世说新语·文学》第43篇："殷中军读《小品》，下二百签，皆是精微，世之幽滞。尝欲与支道林辩之，竟不得。今《小品》犹存。"第45篇："遣弟子出都，语使过会稽。于时支公正讲《小品》。"南朝梁时刘孝标注："《释氏辩空经》，有详者焉，有略者焉，详者为《大品》，略者为《小品》。"① 鸠摩罗什译的《摩诃般若波罗蜜经》有两种译本，十卷本的称"小品般若经"，二十七卷的称"大品般若经"。"小品"是相对于"大品"而言的。后来，"小品"一词移用到文学领域，如明王纳谏编《苏长公小品》、王思任的《谑庵文饭小品》等，但其文体交杂，诗、词、赋、韵、散文等均包括在内。直至1920年代，"小品文"才在中国现代文坛风行，成为一种特定的文体。在我看来，住于寺庙读佛经的经历以及中国的小品传统，完全有可能激发周作人将"小品"由佛教用语移用到文学用语。

胡适1922年3月发表《五十年来中国之文学》一文，其中对"小品散文"的经典表述更是让"小品"声名远播。问题是，"小品散文"是不是周此前提出的"美文"呢？周作人之"美文"是"外国文学""论文"中"叙事与抒情"的一种。

1921年6月，周作人在《晨报》上发表了《美文》一文，提出"美文"这一概念：

外国文学里有一种所谓论文，其中大约可以分为两类。一批评的，是学术性的。二记述的，是艺术性的，又称作美文。这里边又可以分出叙事与抒情，但也有很多两者夹杂的。这种美文似乎在英语国民里最为发达，如中国所熟知的爱迭生，兰姆，欧文，霍桑诸人都做有很好的美文，近时高尔斯威西，吉欣，契斯透顿也是美文的好手。读好的论文，如读散文诗，因为他实

---

① 刘义庆著，刘孝标注、余嘉锡笺疏：《世说新语笺疏》，中华书局2011年版，第200页。

在是诗与散文中间的桥。中国古文里的序，记与说等，也可以说是美文的一类。但在现在的国语的文学里，还不曾见有这类文章，治新文学的人为什么不去试试呢？

这所谓的"外国文学里"的"记述的""艺术性的""论文"称之为"美文"，即源于英法两国文学中的"essay"。周作人为何此时提出"美文"这一概念呢？新文学运动初期，白话文运动企图打破文言文为士大夫所专用的士大夫传统和文人传统，寻求普遍性的认同；但林纾、章士钊等反对者贬斥"引车卖浆者之徒"所用白话文字卑陋不美。其实这道出了新文化运动初期白话文重"达意表情""明白清楚"，而少文词笔调的美感之缺憾。不同于坚决拒斥文言、坚守白话立场的胡适等人，周作人意识到借鉴传统资源的必要性。对于以明清小说文章为主或以现代民间言语为主的国语主张，周作人并不认同。周氏认为：明清小说专在叙事，却缺乏抒情和说理；民间言语组织单纯，言语贫乏。他主张采纳古语、方言和新名词以及语法的严密化，让白话"化为高深复杂，足以表现一切高上的精微的感情与思想，作为艺术学问的工具"，建立"一种合古今中外的分子融合而成的一种中国语"①。这种理想的国语在稍后又有了更精确的表述："我们所要的是一种国语，以白话（即口语）为基本，加入古文（词及成语，并不是成段的文章）方言及外来语，组织适宜，具有论理之精密与艺术之美。"②周作人认为古文并非铁板一块。一方面，周氏认识到古文缺乏文学价值——古文重在模拟，不能适应现代人的情思，常"文"不能尽"意"，他宣告"古文的寿命已尽"③。另一方面，周认识到古文"是古代的文章语，是现代文章语的先人"，"这个系属与趋势总还暗地里接续着"，它们的差异多是文体的，文字与语法是小部分。在古文专制时，"恶骂力攻都是对的"，但当其"逊位列入齐民"时，应承认其是华语文学的一分子，"把古文请进国语文学里来"④。周对语言的态度体现了他一贯的文艺上宽容主张，弱势者自由发展时对于压迫的势力不应忍受，而"当自己

① 周作人：《国语改造的意见》，1922 年 9 月 10 日《东方杂志》第 19 卷第 17 号。
② 周作人：《理想的国语：致玄同》，1925 年 7 月 26 日作，载 9 月 6 日《京报副刊·国语周刊》第 13 期。
③ 周作人：《古文之末路》，1925 年 6 月 14 日《京报副刊·国语周刊》第 1 期，署凯明。
④ 周作人：《国语文学谈》，1925 年 12 月 25 日作，载 1926 年 1 月 24 日《京报副刊》第 394 号。

成了已成势力之后，对于他人的自由发展，不可不取宽容的态度"。①周对古文的包容态度不仅来自作为散文家的周作人的散文创作实践经验，也体现了作为文学理论家的眼光。周氏突破了线性发展和非此即彼二元对立的思维模式，体现出兼容并包的情怀和鲜明的文学史意识。其实，"美文"的意义远不止对于旧文学的示威，它使得白话文的普及成为可能，也使白话文学更有生命力，有了另一种面貌。

但是后来，周作人对这种文体或类似文体给予不同的名称。1935年，他在《中国新文学大系·散文一集》所作的《导言》中说："以后美文的名称虽然未曾通行，事实上这种文章却渐渐发达，很有自成一部门的可能。"这种不再称为"美文"的"部门"，又陆续有过一些新的名称，如"随笔""小品""小品文""新散文""笔记"之类。"小品文"在1930年代初期达到顶峰：林语堂办了《论语》《人间世》等小品文杂志，1934年也被称为"小品文年"，还出现了"小品文论争"。

不过，在这一概念的理解上，往往由于使用者的不同而对小品文的理解各有侧重，比如朱自清、曾孟朴、李素伯、鲁迅、钟敬文、林语堂等人对小品文的评论。造成这种状况的原因是，两位小品文的先行者周作人、胡适都未对这一概念进行详细的界定。对这些互相缠杂的文体概念之间的辨析已有一些研究成果。郜元宝曾指出："周作人论文，看重货真价实的思想情趣、知识内容和写法上的自由率性，至于体裁形式，则随物赋形，不主一名，——有合适的名可，无则亦可，并无从体裁形式角度'提倡'什么的用意。""'名称不成问题'，关键是精神和写法的自由率性，'信口信手，皆成律度'。"②这一观点颇得要领。

本书对周作人的散文创作的考察，是将周作人散文论述与散文创作从这些不同阶段的权宜的说明中解放出来，归于素朴的"文"。从美文到小品文，周作人建立了现代散文话语，把现代文学的文体意识与思想蕴含推向一个新的高度。不过，这种现代文体意识的自觉与其说是受西方文学的影响，

---

① 周作人：《文艺上的宽容》，1922年2月5日《晨报副刊》，署仲密。

② 郜元宝：《从"美文"到"杂文"——周作人散文论述诸概念辨析》，《鲁迅研究月刊》2010年第1、2期。

不如说是中国散文传统的继承与复兴。周以为现代散文的发达在于"外援内应":"外援即是西洋的科学哲学与文学上的新思想之影响,内应即是历史的言志派文艺运动之复兴"。① 言志派文学即周在《中国新文学的源流》中所梳理的,将在后文展开。而且,相对于小说、戏剧与诗歌,"现代的散文在新文学中受外国的影响最少,这与其说是文学革命的,还不如说是文艺复兴的产物"。②

二、"言志"与"载道":"小品文"的审美政治

1920 年代中后期,随着革命文学的兴起,周作人,包括加入左联之前的鲁迅,都成为革命文学批判的对象。成仿吾在《完成我们的文学革命》中指出:"趣味是苟延残喘的老人或蹉跎岁月的资产阶级,是他们的玩意……而这种以趣味为中心的生活基调,它所暗示着的是一种在小天地中自己骗自己的自足,它所矜持着的是闲暇,闲暇,第三个闲暇。"③ 在其后的《从文学革命到革命文学》一文中又继续批评道:"他们是代表着有闲的资产阶级,或者睡在鼓里面的小资产阶级。他们超越在时代之上,他们已经这样过活了多年,如果北京的乌烟瘴气不用十万两无烟火药炸开的时候,他们也许永远这样过活的罢。"④ 成仿吾们批评革命年代小品文的"趣味"与"有闲"。小品文"有闲"吗?这样的批评似乎无法否认。关于"小品文"的审美特征,从当时的朱光潜、苏雪林、曹聚仁、胡兰成到当下的刘绪源、肖剑南以及卜立德、苏文瑜等人都有过经典的表述或系统的研究,可归结为"简洁""平淡自然""青涩""趣味""苦"等特点。如果小品文"有闲"的假设成立,那么在"大时代"里,小品文为何选择"有闲"一途?这是逃避,还是别有新声?

周作人对这种批评较早的回应是在《文学的贵族性》一文中。周对用第四阶级文学(无产阶级文学、平民文学)来攻击贵族文学表示异议。他认为

---

① 周作人:《〈中国新文学大系·散文一集〉编选感想》,载 1935 年 2 月 15 日《新小说》第 1 卷第 2 期。

② 周作人:《〈陶庵梦忆〉序》,1926 年 11 月 5 日作,载 12 月 18 日《语丝》第 110 期,署岂明。收《泽泻集》。

③ 成仿吾:《完成我们的文学革命》,1927 年 1 月 16 日《洪水》半月刊第 3 卷第 25 期。

④ 成仿吾:《从文学革命到革命文学》,1928 年 2 月 1 日《创造月刊》第 1 卷第 9 期。

"文学是表现思想与情感的，或者说是一种苦闷的象征"。它和社会运动、宗教同出于一个源流：苦闷。社会运动有乌托邦以求人生之满足，正如宗教有天堂乐土以求灵魂消灭之安慰，"社会运动仅就宗教之来世，而变为今世而已。社会运动一定要解决问题，完成理想；宗教则克苦自己，注意来生。可是文学则不然，单表现一种苦闷，一处理想，表现的手段与方法完成后，就算尽了它本身的能事，并不想到实行，或解决或完成其理想"。① 言下之意，文学虽和社会运动、宗教同源，却不具备改造社会、解决实际问题的功用。然而，周的这一说法似乎并不能成立。从周早期的作品来看，周 1908 年发表在《河南》杂志上的《论文章之意义暨其使命因及中国近时论文之失》就期待文章能有"国民精神进于美大"之使命。新文化时期，其《人的文学》《思想革命》等文更是发抒文学启蒙之用。但后五四时期，周为何"弃文而去"了呢？固然，中国革命的现实使周感到言说的无力，然而，这并未使他放弃了言说的努力，而是寄忧愤于"文抄"，于小品文。那么，面对革命文学的发难，周的用意究竟在何？这就要考察周后五四时期的散文创作。

这一时期，周的散文大致分为两类，时评和草木虫鱼式的"悠闲"小品。时评虽然没有周"闭户读书"之前"金刚怒目"式散文的锋芒，但仍不失对现实的关怀与激切。尤其是 1930 年代，周作人的文风趋于晦涩，以文抄公体、古诗等形式把时评寓于草木虫鱼和引经据典之中。细察之下，这类文章和古来托物言志的传统并无二致，但从批评的指向上来看，周文多是对于左翼而发。周对左翼的批评是通过对"八股"这一概念的操作来进行的，当然，对"八股"的批评并不仅仅局限于左翼文学。周有感于中国的"土八股""洋八股"和"党八股"，要打破"统一思想的理论"。周指出八股思想的顽固性和遗传性："八股算是已经死了，不过，它正如童话里的妖怪，被英雄剁做几块，它老人家整个是不活了，那一块一块的却都活着，从那妖形妖势上面看来，可以证明老妖的不死。"② 八股的危害在何？在周看来，八股的做法是轻思想重填谱，重形式而轻思想，以致沦为一种游戏，而消泯了现实的思想锋芒，成为众口一致的说辞。

① 周作人：《文学的贵族性》，1928 年 1 月 5 日、6 日《晨报副刊》。
② 周作人：《论八股文》，1930 年 5 月 19 日《骆驼草》第 2 期，署启明。收《看云集》。

八股文作为科举考试的工具带有了先天的功利性，最终堕落为统治阶层规训士子的一种手段，儒教思想成为士子的一种集体无意识，这大大削弱了士子的主体性。清初曲江廖燕著《二十七松堂集》十六卷，卷一《明太祖论》有云：

"吾以为明太祖以制义取士，与秦焚书之术无异，特明巧而秦拙耳，其欲愚天下之心则一也。

"明制士惟习四子书，兼通一经，试以八股，号为制义，中式者录之。士以为爵禄所在，日夜竭精敝神以攻其业，自四书一经外咸束高阁。虽图史满前，皆不暇目，以为妨吾之所为，于是天下之书不焚而自焚矣。非焚也。人不复读，与焚无异也。"

廖燕认为制义取士和秦朝的焚书坑儒没有什么区别，都在于一统思想，取缔士的主体性。对此周认为："治天下愚黔首的法子是考八股第一，读经次之，焚书坑儒最下。盖考八股则必读经，此外之书皆不复读，即不焚而自焚，又人人皆做八股以求功名，思想自然统一醇正，尚安事杀之坑之哉。至于得到一题目，各用其得意之做法，或正做或反做，标新立异以争胜，即所谓人人各异，那也是八股中应有之义……中国臣民自古喜做八股，秦暴虐无道，焚书以绝八股的材料，坑儒以灭八股的作者，而斯文之运一厄，其后历代虽用文章取士，终不得其法，至明太祖应天顺人而立八股，至于今五百余年风靡天下，流泽孔长焉。破承起讲那一套的八股为新党所推倒，现在的确已经没有了，但形式可灭而精神不死，此亦中国本位文化之一，可以夸示于世界者欤。新党推倒土八股，赶紧改做洋八股以及其他，其识时务之为俊杰耶，抑本能之自发，或国运之所趋耶。"①"土八股"形式虽灭而精神不死，成为新的"洋八股""党八股"，这是周的深刻观察。周深刻认识到八股之毒害，它剥夺士子的主体性，成为统治阶层统一思想的工具。周把"八股"推及左翼之"遵命文学"，认为"八股"最大的危险性在于它是一种"遵命文学"，以"个人"的消泯为代价，其目的在于博取"功名"："做'制艺'的人奉到题目，遵守'功令'，在应该说什么与怎样说的范围之内，尽力地显出本领

---

① 周作人：《关于焚书坑儒》，1935年9月16日刊《宇宙风》1集1期，署名知堂，收《苦竹杂记》。

来，显得好时便是'中式'，就是新贵人的举人进士了……吴稚晖公说过，中国有土八股，有洋八股，有党八股，我们在这里觉得未可以人废言。在这些八股做着的时候，大家还只是旧日的士大夫，虽然身上穿着洋服，嘴里咬着雪茄。"①周警惕的是时代在变而思想依旧，文学被用作党派斗争、争名夺利的工具，个人被置于集团的权威之中，丧失应有的独立地位。这和周五四时期所主张的个人主义的人间本位主义有着若干的契合之处。而且，在周看来，其动机似乎也值得怀疑。对贵族文学与平民文学的观察即是一例。"文学须有丰富之情感，敏锐的思想。有丰富之情感，敏锐的思想，而无表现的手段，不能谓之文学家。是则文学家在情感上，思想上及艺术上，全都要超出常人。所以，文学家实际上是精神上的贵族，与乎社会制度上之贵族迥乎不同。"而第三及第四两阶级"在思想上是一样的，全都想得到富贵尊荣，或者享有妻妾奴婢……"②思想上想求得"富贵尊荣"，或者"享有妻妾奴婢"的文学都是 Bourgeois 阶级的文学，无论其社会制度上的地位，哪怕是"平民文学"。反之则是反 Bourgeois 阶级。关于这一点可以说是周作人对文学的一个独特的分类和界定。周作人在《随感九七·爆竹》一文中进一步论述："有产者在升官发财中而希望更升更发者也，无产者希望将来升官发财者也，故生活上有两阶级，思想上只一阶级，即为升官发财之思想……"③这和鲁迅的观察颇有相通之处。"那末现在讲革命文学的，是拿了文学来达到他政治活动的一种工具，手段在宣传，目的在成功。""夫文而欲其载道，那末便迹近乎宗教上的宣传。"在周作人看来，以文学为工具的革命文学"和南方呐喊的口号，纸上的标语是一样的"。这是对革命文学意识形态化争锋相对的批评。所以，周企图以"平淡""自然"来对抗"革命浪漫"。

　　1930 年代，周作人在《中国新文学的源流》中提出了"言志"与"载道"的二元对立，这是对于胡适的线性进化的白话文学观的一种纠偏，具有进步意义。但严格上说，这并不是十分规范的学术论文，朱自清、钱钟书等人曾有论述。但从另一个层面说，周作人"言志"的提出更多缘于当时的革

① 启明：《论八股文》，1930 年 5 月 19 日《骆驼草》第 2 期。
② 周作人：《文学的贵族性》，1928 年 1 月 5 日、6 日《晨报副刊》。
③ 岂明：《爆竹》，1928 年 2 月 27 日《语丝》周刊第 4 卷第 9 期。

命文学和左翼文学。对周作人与左翼之间的紧张关系，丁文、张旭东等人已有研究，笔者不再赘述，但正如有研究者指出的那样："周作人的小品……无论怎样，都还处处可以找到他对黑暗的现实的各种各样的抗议的心情。"[1] 用周后来自己的解释，有些闲适表示的"实际上是一种愤懑"。[2]

我同时想指出的是，周的休闲的"小品文"和对左翼的疏离一脉相承，犹如硬币的两面，在絮絮叨叨的时评的另面则是周的抒情理想——通过以貌似悠闲的叙事来抗拒时代集团话语并抚平内心创伤的情感操练，以缓解他和世界的紧张关系。周引入了瓦屋纸窗、清泉绿茶、陶瓷茶具、尘梦、入厕读书、草木虫鱼等日常概念，这种小叙事无疑解构了激进主义的宏大叙事，不免引来批评。周的小叙事的资源既有中国传统文人的古典理想、道家之自然要义、儒家之中和思想，承接了自晚明小品以来的脉络，也有对英国的 essay以及日本永井荷风、谷崎润一郎等唯美主义思想和希腊神话的人间理想的继承。其中也蕴含了个人的理性自觉与审美偏好。在这些日常叙事中周建构出一个以凡人为主体的日用人生的历史，这迥然不同于民族国家的宏大叙事。人民的历史本来是日用人事的连续，天地之至道贯于日用人事，从格物中可以溯求到生活的真义。这种小叙事本身的意义已经超越了批评者所指责的"闲适"内涵，周的"言志"也即"个人"之志，并加上理性的清明。周多次强调文学要有"理性的调剂"，这种理性其实是指现代科学理性，是"现代觉醒的新人"的理性，是"人道主义"理性。周的小叙事企图以个人理性对抗革命狂欢，以文学的审美性对话革命文学的工具性，隐含着对各色"八股"的反动和解构，它构成了对以鲁迅以及左翼文学为代表的革命理性的另一种回应。布迪厄曾言："由于文学场和权力场或社会场在整体上的同源性规则，大部分文学策略是由多种条件决定的，很多'选择'都是双重行为，既是美学的又是政治的，既是内部的又是外部的。"[3] 周作人的文体选择蕴含着一种审美政治。简而言之，具有"平淡自然""自由率性"特征的小品文的审美政

---

① 阿英：《周作人》，《阿英全集》第 2 卷，安徽教育出版社 2003 年版，第 603—604 页。
② 周作人：《重刊〈袁中郎集〉序》，1934 年 11 月 13 日作，载 17 日《大公报》文艺副刊第 120 期，署知堂。收《苦茶随笔》。
③ ［法］皮埃尔·布迪厄：《艺术的法则——文学场的生成和结构》，刘晖译，中央编译出版社 2001年版，第 248 页。

治根植于特定的历史语境之中。

三、"重知"与"实行"："事功"思想的重构与弥散

如果仅仅停留在上文中周对革命文学、左翼文学的回应，似乎并没有完全切中周文思想路径的要害，也并没有完全回答周为何"消极度日"。在一个烽火连天、举国抗战的年代，小品文为何要以"有闲"来"超越"这一时代？类似对小品文的批评从小品文的产生之日一直到当下都没有停止过，对这一领域关注的人都不难了解。因此，除了上文对于小品文产生语境及其审美政治的梳理，有必要进一步澄清周这一问题的思想路径。我认为"节气"与"事功"是回应这一问题的重要概念。先从《岳飞与秦桧》一文说起。

1930年代，随着日军的步步紧逼，北大清华等高校南迁，一大批知识分子纷纷南下，留守北京的周作人此时发表了《弃文就武》《关于英雄崇拜》《岳飞与秦桧》等文，耐人寻味。尤其是在《岳飞与秦桧》一文中，周声援吕思勉，扬秦抑岳，引起非议与指责。吕在其著作《白话本国史》第三编"近古史下"中对岳飞与秦桧有如下评语：

"大将如宗泽及韩岳张刘等都是招群盗而用之，既未训练，又无纪律，全靠不住。而中央政府既无权力，诸将就自然骄横起来，其结果反弄成将骄卒惰的样子。"

又云："我说，秦桧一定要跑回来，正是他爱国之处，始终坚持和议，是他有识力肯负责任之处，云云。"

关于吕的《白话本国史》一案史学界已有研究成果。[①] 吕的治史思想受到正当其时的新文化整理国故、"重新估定一切价值"思想的影响，强调考据求真。然而随着民族危机的加深，其时的国民政府希望通过推崇岳飞的民族精神来抵御外辱。1935年，国民党上海市党部基于历史教育与现实的考量责令吕修改《白话本国史》。这一查禁令引起了周的注意。周在《岳飞与秦桧》

---

① 最新成果参王萌：《吕思勉〈白话本国史〉查禁风波探析》，《华东师范大学学报》（哲学社会科学版），2015年第2期；刘超：《民族英雄的尺度：〈白话本国史〉教科书案研究》，《安徽史学》2015年第2期。

中对吕的观点基本认同，"鄙人也不免觉得他笔锋稍带感情，在字句上不无可以商酌之处，至于意思却并不全错，至少也多有根据，有前人说过"。并举出俞正燮《癸巳存稿》卷八中的《岳武穆狱论》和《朱子语类》中对岳飞的论述，认为"现今崇拜岳飞唾骂秦桧的风气我想还是受了《精忠岳传》的影响，正与民间对于桃园三义的关公和水泊英雄的武二哥之尊敬有点情形相同。我们如根据现在的感情要去禁止吕思勉的书，对于与他同样的意见如上边所列朱子的语录也非先加以检讨不可。"周还以赵翼《廿二史札记》中的话卒篇点志："书生徒讲文理，不揣时势，未有不误人家国者……"① 也就是说周从吕思勉对岳飞、秦桧之历史重估延伸到抗战阴霾笼罩之当下的介入。周文显示出"还历史本来面目"的治史思想，其中重要的一点就是：气节不能代替客观现实，不能代替"事功"，也不能代替"实行"。《英雄崇拜》② 中，针对有人提倡民族英雄崇拜，以统一思想与情感，周以为"难于去挑出这么一个古人来"：关、岳的信仰是从说唱戏上得来，关羽得益于罗贯中，岳飞得益于《精忠岳传》；至于文人者如文天祥、史可法，周认为其死固然"应当表示钦敬"，但"不能算是我的模范"，因为这种死法无益于国家社会，于事无补，"徒有气节而无事功"，"误国殃民"。

面对日军对中国的侵略，周作人曾强调不能迷信"公理战胜"，依靠开会游行、口号标语来抵抗侵略，"吴公稚晖说过，他用机关枪打过来，我就用机关枪打过去，这是世界上可悲的现象，但这却就是生存竞争上唯一的出路。修武备，这是现在中国最要紧的事"。③ 这是周面对侵略所秉持的态度。其实，这种态度也即周后来所谓的"重知的态度"④，尊重科学精神，尊重"常识"。重知强调实行，而不是空喊口号，"我们高叫了多少年的取消不平等条约的口号，实际上有若何成绩，连三十四年前的辛丑条约还条条存在……以后总该注重实行，不要再想以笔舌成事，因这与画符念咒相去不远，究竟不能有

---

① 周作人：《岳飞与秦桧》，1935 年 3 月 21 日《华北日报·每日文艺》第 108 期，署不知。收《苦茶随笔》。

② 周作人：《英雄崇拜》，1935 年 4 月 21 日《华北日报·每日文艺》第 139 期，署不知。收《苦茶随笔》。

③ 周作人：《关于征兵》，1931 年 10 月 27 日在北京大学学生会抗日救国会讲。收《看云集》。

④ 周作人：《情理》，1935 年 5 月 12 日《实报·星期偶感》，署知堂。收《苦茶随笔》。

什么效用也"。① 重知更不是"住在华贵的温泉旅馆而嚷着叫大众冲上前去革命"。这种重知求实的态度绝非那些"爱惜羽毛"的人所能为。

周 1930 年代屡次引用颜元、傅青主之言，现照抄一二：

"文章之祸，中于心则害心，中于身则害身，中于国家则害国家。陈文达曰，本朝自是文墨世界。当日读之，亦不觉其词之惨而意之悲也。"（《颜氏学记·年谱》）

"明亡天下，以士不务实事而囿虚习，其祸则自成祖之定《四书五经大全》始。三百年来仅一阳明能建事功，而攻者至今未已，皆由科举俗学入人之蔽已深故也。"（《颜氏学记·颜李弟子录》）

"仔细想来，便此技到绝顶要他何用？文事武备暗暗底吃了他没影子亏，要将此事算接孔孟之脉，真恶心杀，真恶心杀。"（傅青主《书成化弘治文后》）

颜元和其弟子李恕谷等组成颜李学派，是清代初期思想领域颇具影响的一个学术流派，标榜"实学"，以"实文、实行、实体、实用"为学术宗旨，与清初官方提倡的宋明理学相对立。颜批评程朱理学的空疏，认为其远离了经世致用的"真儒学"；提倡一个"习"字，名所居曰"习斋"，即凡学一件事都要用实地练习功夫。梁启超称之为"实践主义""实用主义"。周对颜李之说援引与重构，是因为"西学新政又已化为道学时文，故颜李之说成为今日的对症服药，令人警醒"。周更重视务实，重事功，而不是不顾实际的空喊口号。这种"实行""事功"和虚假的爱国主义形成对比。李劼对此有过精彩的论述："中国人的传统惯例却总是将亡国的责任推到文人美女身上。比如人们一说起明末，便会津津乐道于钱谦益的附道，或陈圆圆的误国。因此，当时的所谓抗日，在军人是有没有能力迎敌，而在文人则是有没有本事媚俗。越是身处民众同仇敌忾群情激昂的关头，文化人的媚俗就越是成为其安身立命的基本功夫。日本人大军压境，文化人纷纷南下，逃到一个远离日本军队的地方，成立一个抗敌协会，从而获得双重的安全：抗敌的安全，只消在话语上表示一下，不用担心真枪实弹地喋血沙场；还有媚俗带来的安全，经由一

---

① 周作人：《常识》，1935 年 6 月 16 日《实报·星期偶感》，署知堂。收《苦竹杂记》。

番对日本军队千里迢迢的催动气功式的语言抵抗，在民众面前轻而易举地获得了抗日学者抗日作家的光荣，不用担心还会承担什么亡国的罪责。"①亡国之责推之于文人美女，实不应该。政府军力不敌导致平民百姓生命受到威胁，我们不去责备其时的国民党政府，反而苛责于一介百姓，要求凡人以"英雄"之舍身来成就未能卫戍家国的政府之虚伪口号，其中的逻辑不免荒诞，覆巢之下安有完卵？尤其是生活在太平时代的人们不能一味苛责乱世中人。本书无意为周辩护或批评别种文学之空言，只是进一步梳理周的思想路径以飨学人。

这种重知、重实行而非空言渐渐转化为知识分子的岗位意识，"武人不谈文，文人不谈武"，"武人高唱读经固无异于用《孝经》退贼，文人喜纸上谈兵，而脑袋瓜儿里只有南渡一策"。②具体来说，要"自知""尽心""言行相顾"。③中国传统知识分子带有先天的政治性，学而优则仕，然而，经史子集并非包治百病，尤其是在日新月异的20世纪。这一思想也得到后来的研究者余英时的响应："'士'的传统虽然在现代结构中消失了，'士'的幽灵却仍然以种种方式，或深或浅地缠绕在现代中国知识人的身上。'五四'时代知识人追求'民主'与'科学'，若从行为模式上作深入的观察，仍不脱'士以天下为己任'的流风余韵。"④日本学者佐藤慎一有这样的观察："中国古典世界本身就是一个宏伟的知识体系，其宏伟的程度如岛田虔次所言，'到1750年中国出版的书籍的总数，比到这一年为止世界上除中文之外所印刷的书籍的总数还要多'。值得一学的都应该包含在其中，关于人与社会各种问题的解答都包含在其中。其中人与社会的真理记述在经书中，解决问题的先例则积蓄在史书中。士大夫的任务就是正确地解释这些书籍，发现确切的答案……但是终究不能找到确切的解答。这是因为经过产业革命与政治革命而成长起来的西方诸国的力量——政治力、经济力与军事力——在人类历史上本身就是前所未有的，如何翻阅中国的古典也不可能道出确切的解

---

① 李劼：《作为唐·吉诃德的鲁迅和作为哈姆雷特的周作人》，见 http://www.aisixiang.com/data/15736.html。

② 周作人：《煮药漫抄》，1935年7月作，载8月3日《大公报·小公园》。收《苦竹杂记》。

③ 周作人：《责任》，1935年8月25日《实报副刊·星期偶感》，署知堂。收《苦竹杂记》。

④ 余英时：《士与中国文化·新版序》，上海人民出版社2003年1月版，第6页。

答来。"① 这是中国"士大夫"的悲哀，也是国之悲哀！周一再强调五四以来逐步确立的"现代知识分子的岗位意识"意在避免"故鬼重来"，历史悲剧之重演，这也正是对传统"士"的一种关照与审视。这在当下亦不失意义。周作人作为自由主义知识分子拒绝了对政治力量的依附，是"在价值转换中获得成功者"②。也正是因为以上原因，周之"小品文"话语才和其五四时期的创作有了较大的分野和不同。

简而言之，"言志"与"事功"是理解周文思想路径的两个关键词。"言志"是对"各色八股"的反动，是自由言说之张举；"事功"及其所包含的"重知""实行"精神则是对抗 1930 年代"公理"崇拜、"节气"迷信的又一言说，其中不无蕴含周"文艺复兴"之梦想。虽然如此，周仍被卷进了巨大的历史漩涡。这些舍生求实的"事功"勇气和文化穿越的梦想，在残酷的现实面前只有让位于自身的求生意志或别种设想③，并一步步走进暗的所在，弥散在大历史的崇高客体之中，这也许是周所始料未及的。

---

① ［日］伊藤慎一：《近代中国的知识分子与文明》，江苏人民出版社 2011 年 4 月版，第 18—19 页。
② 陈思和：《关于周作人的传记》，《中国现代文学研究丛刊》1991 年第 3 期。陈在另文《现代知识分子岗位意识的确立：〈知堂文集〉》(《杭州师范学院学报》(社会科学版) 2004 年第 1 期）中指出，中国现代知识分子经历了从传统士大夫的庙堂价值取向向民间岗位价值取向的转变，周作人是继王国维之后实现这种价值取向转变的第二人。即从"广场"撤离，回归"民间社会，"并承认其价值。
③ 关于周作人的附逆，学界已有较多成果，本文不再探讨。

第二章

有情的文学：周作人与"抒情"传统

本章意在梳理周作人"抒情"文学观的内涵。周之"言志"实即"抒情"。《圣经》之《雅歌》、《诗经》之《国风》以及"萨福"构成了周之抒情美典。两希文学中的抒情传统和中国文学自《诗经》以降的抒情传统共同构成了周之抒情资源。这是五四时期周之文学观的重要转变，也回应了后五四时期的文学之用。

周作人1965年在自己的遗言中写道："余一生文字无足称道，唯暮年所译希腊对话是五十年来的心愿，识者当自知之。"那么，除去其晚年所译的《路吉阿诺斯对话集》外，周作人所写的大量文字真的"无足称道"吗？周在自己的遗言中是自谦还是对自己的文字不满？时间往前推移。在1940年代，周作人屡次在不同场合的演讲中称自己是海军出身，不是文人。这种变化可以推至1930年代，周在自述中写道："他原是水师出身，自己知道并非文人，更不是学者，他的工作只是打杂，砍柴打水扫地一类的工作……"① 周的这一角色定位的转移和 1920 年代形成了对比，那时的他即使声称自己的"文学小店"已关门，仍不忘"闭户读书"。周有着知识分子岗位意识的自觉，这和 1930 年代中后期及 1940 年代前期有着较大的反差，毋庸置疑，"苦住时期"他的地位角色的变化是一个极为重要的原因。这种角色意识的变化无疑也是对自己文字的一种否定。重返周作人的文学书写，是什么原因造成周对自己文字的不满？这就要考察周的文学价值标准的依据何在。

一、周作人的"抒情"文学观的建构

新文化运动时期，周能够很快成为其中的中流砥柱，和他的文学批评家的身份是分不开的。周在这一时期分别发表了《人的文学》《平民的文学》《思想革命》《新文学的要求》《个性的文学》《文艺上的宽容》等一系列文章，并为当时饱受非议的郁达夫、汪静之鸣不平，书写了《"沉沦"》《情诗》《什么是不道德的文学》等文。综观周这一时期的文学理论主张，主要体现为他对思想革命重要性的重视，也即提倡人道主义的个人主义的人间本位主义的文学，寻求文学精神的普遍与真挚。后五四时期，周不再寻求思想上的"布道"，更注重文学自主性的追求，"情"的意义由此凸显。

从文艺起源上论文学的本质，新文化运动时期的周作人更倚重"情本体"，认为一切艺术都是作者情感的表现。周时常引用《诗大序》中的一段话："情动于中而形于言；言之不足，故嗟叹之；嗟叹之不足，故咏歌之；咏歌之不足，故不知手之舞之，足之蹈之也。"周认为原始社会的人因为情动于中，不能自已，所以用了种种的形式将它表现出来，后来这种感情和仪式分离开来成为艺术，但这种"神人合一，物我无间的体验"是共通的。周作人的这种文学观在托尔斯泰的《什么是艺术》、克鲁泡特金的文学观，以及安特莱夫（Leonid-Andrejev）、康刺特（Joseph Conrad）、福勒忒等人的文学思想中找到依据。

一切的艺术都有这个特性，——使人们合一。各种的艺术都使感染着艺

---

① 周作人：《周作人自述》，1934 年 12 月作。收 1934 年 12 月上海北新书局版陶明志编《周作人论》。

术家的感情的人，精神上与艺术家合一，又与感受着同一印象的人合一。——托尔斯泰

我们的不幸，便是在大家对于别人的心灵、生命、苦痛、习惯、意向、愿望，都很少理解，而且几于全无。我是治文学的，我之所以觉得文学的可尊，便因其最高上的事业，是在拭去一切的界限与距离。——安特莱夫

小说的比事实更要明了的美，是他的艺术价值；但有更重要的地方，人道主义派所据以判断他的价值的，却是他的能使人认知同类的存在的那种力量。总之，艺术之所以可贵，因为他是一切骄傲偏见憎恨的否定，因为他是社会化的。——福勒忒[①]

文学因为造成情感的共通而使人们尝试理解沟通，这是文学可贵可尊之处。周在《圣书与中国文学》一文中比较了中国的经学研究和欧洲的圣书研究。在周看来，作为文艺上人道主义思想源泉的圣书的研究给中国的经学研究提供了参照。周批评中国古人研究方法之误，例如对《国风》中恋爱诗的研究，近代龚橙在《诗本谊》中认为"《关雎》，思得淑女配君子也"，《郑风》中"《女日鸡鸣》，淫女思有家也"。周认为这两篇只是恋爱诗，分不出什么"美刺"，但注者却据《易林》的"鸡鸣同兴，思配无家"断为"为淫女之思明甚"，逃不出"郑声淫"的成见。周言：即使他这样大胆的人，也还不能完全摆脱三家遗说的束缚；倘若离开了正经古说训这些观念，用纯粹的历史批评的方法，将它当作国民文学去研究，一定可以得到更为满足的结果。周在这里虽突出了作为文学研究方法的重要性，但其更注重的是文学是人之情的凸显。周并认为"希腊古代的颂歌（Hymn）史诗（Epic）戏剧（Drama）发达的历史，觉得都是这样的情形"。[②] 不过新文化运动时期，周作人的文学观尚带有"思想革命"启蒙的色彩，这一点上文已经论述。

其实，在日本留学时期周作人就注意到了文学的情感之用。在《论文章之意义暨其使命因及中国近时论文之失》一文中周论及文章的特性："盖精

---

① 周作人：《圣书与中国文学》，1920 年 11 月 30 日在燕京大学文学会讲，载 1921 年 1 月 10 日《小说月报》第 12 卷第 1 号，署周作人。收《艺术与生活》。

② 周作人：《新文学的要求》，1920 年 1 月 6 日在北京少年学会讲，载 1 月 8 日《晨报副刊》，署周作人。收《点滴》《艺术与生活》。

神为物，不可自见，必有所附丽而后见。凡诸文化，无不然矣，而在文章为特著。何也？人生之始，首在求存。衣服饮食居处之需，为生活所必取，故实艺遂生之事即文物之曙光，第其所养者至粗于人，理为极浅。迨文明渐进，养生既全，而神明之地欲然觉不足，则美术兴焉。凡自土木金石绘画音乐以及文章，虽耳目之治不同，而感人则一。特文章为物，独隔外尘，托质至微，与心灵直接，故其用亦至神。言，心声也；字，心画也。自心发之，亦以心受之。感现之间，既有以见他缘，亦因可觇自境。英人珂尔堙普（Courthope）曰：'文章之中可见国民之心意，犹史册之记民生也。'德人海勒兑尔（Herder）字之曰民声。吾国昔称诗言志。（古时纯粹文章，殆惟诗歌，此外皆悬疑问耳。）夫志者，心之所希，根于至情，自然而流露，不可或遏，人间之天籁也。"①"试观上古，文章首出，厥惟风诗。原数三千余篇中，十三国美感至情，曲折深微，皆于是乎在，本无愧于天地至文，乃至删诗之时，而运遂厄。"②周在此处指出文章与心灵情感的关系，认为"言，心声也；字，心画也"。并论及中国的诗言志传统，认为志是至情的自然流露。周的这一观点也受到美国人宏德（Hunt）的影响。宏德在其《文章论》指出："文章者，人生思想之形现，出自意象、感情、风味（Taste），笔为文书，脱离学术，遍及都凡，皆得领解（Intelligible），又生兴趣（Interesting）者也。"③周的这一观点在后来的新文学运动及其后得到延续。虽然在文学的功用上周的观点前后有所变化，比如上文就带有民族主义的强烈诉求，希望能借助文学改革国民精神，但周作人在文学的实质这一问题也即文学本体论上的观点具有内在的延续性。

周作人对文学"情"之诉求，寻求文学的无功利性是在后五四时期自我认同归于"自己的园地"之后。尤其是革命文学兴起之后，周作人更突出了文学的情感表达的主体性，而不是作为一种"为政治的目的，革命的目的，社会运动的工具"。他说："文学之所以为文学，乃在抒情的一点上"，"工具

---

① 周作人：《论文章之意义暨其使命因及中国近时论文之失》，1908 年 5 月至 6 月《河南》第 4、5 期，署独应。

② 此处恐有误，"三千馀篇"？"十三国"？见《周作人散文全集》卷一第 92 页。未查到原文，暂存疑。

③ 转引自周作人：《论文章之意义暨其使命因及中国近时论文之失》，同上。

式的文学，理论上事实上全是靠不住的"。① 周反对把文学工具化，不赞成
"团体的作品""民众的文学"。

1930 年代初期，周作人通过《中国新文学的源流》② 提出了"言志"与
"载道"的循环。文学是什么？在周看来，文学没有一个本质化的概念。周的
大致意见则是："文学是用美妙的形式，将作者独特的思想和感情传达出来，
使看的人能因而得到愉快的一种东西。"这延续了他此前对于这一问题的看
法，也即《诗大序》对于诗的看法："情动于中而形于言，言之不足，故嗟叹
之；嗟叹之不足，故咏歌之；咏歌之不足，不知手之舞之，足之蹈之也。"③
周说道："我的意见，说来是无异于这几句话的。文学只有感情没有目的。若
必谓是有目的的，那么也单是以'说出'为目的。"包括在文学的起源上，周
仍然延续了此前的"宗教说"："文学本是宗教的一部分，只因二者的性质不
同，所以到后来又从宗教里分化了出来。"在这里我们也可以看出周作人对
于文学功用的意见发生了变化。在留日时期，他受 Hunt 文学观和民族主义思
潮的影响，在《论文章之意义暨其使命因及中国近时论文之失》中曾指出文
学的使命："文章使命在裁铸高义鸿思，汇合阐发之也。浅言之，所谓言中有
物。""文章使命在阐释时代精神，的然无误也。""文章使命在阐释人情，以示
世也。""文章使命在发扬神思，趣人生以进于高尚也。"时光逾越到现在，周
则认为"文学只有感情没有目的"，"只是以表达作者的思想感情为满足的，
此外再无目的之可言。里面，没有多大鼓动的力量，也没有教训，只能令人
聊以快意"。"欲使文学有用也可以，但那样已是变相的文学了。""在打架的
时候，椅子墨盒可以打人，然而打人却终非椅子和墨盒的真正用处。文学亦
然。"为什么有这样的变化？下文中周分析了文学的两种潮流。在周看来，文

---

① 周作人：《文学与常识》，1929 年 2 月 28 日在燕京大学国文学会讲，载 3 月 15 日《燕京大学校
　刊》第 24 期，署周作人讲、李北风笔述。
② 周作人：《中国新文学的源流》，1932 年 2—4 月在辅仁大学所作的讲演，共 8 次，按日（次）分
　篇，由学生邓恭仁（广铭）记录，本人校阅后曾单独印行，此即据单行本。北京人文书店 1932
　年 9 月第 1 版，署周作人著。
③ 朱自清在分析《诗大序》中的这段话时指出：文中说"在心为志，发言为诗"，却又说"情动于中
　而形于言"，又说"吟咏情性，以风其上"。《正义》云"情谓哀乐之情"，"志"与"情"原可以是
　同义词，感于哀乐，"以风其上"，就是"言志"。（见朱自清《诗言志辨》，《朱自清全集》第六卷，
　江苏教育出版社 1990 年版，第 150 页）但后来"志"与"情"分离，"志"更多的关乎政教。

学从宗教分化出来以后，便造成两种潮流：（甲）诗言志——言志派；（乙）文以载道——载道派，主张以文学为工具。两种文学潮流的起伏，便造成了中国文学史。

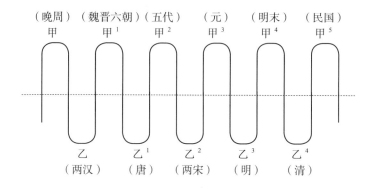

周认为中国文学始终是"言志"与"载道"两种互相反对的力量的起伏，并把新文学的源流上溯至明朝的公安派和竟陵派，其"独抒性灵，不拘格套"等文学主张便是对载道思想的一种反动。周对于清代的各种文学的内容和形式的差别用以下图表以示区别：

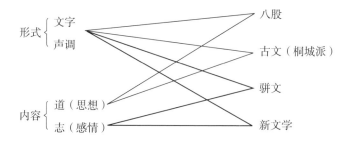

如周所言，八股文以形式为主，以发挥圣贤之道为内容。桐城派古文形式和思想并重。骈文的出发点为感情，稍偏于形式。新文学则感情和形式并重。周对清代桐城派的批评在于：桐城派诸人不仅是文人，而且是道学家，在他们看来"文即是道"，近于八股。至此，新文学区别于其他文学的不同之处在于以志（感情）为重心，周在后文中也指出白话文的使用也在于便于感情的抒发。从中我们可以看出周对于文学尤其是新文学抒情观的一贯的坚持。当然此文也并非严格的论文，也存在一些矛盾，缺乏严密的学理基础。比如批评桐城派"文以载道"，但新文学运动本身也面临着这样的质问：通过文学表达"西洋的科学哲学各方面的思想"不同样是道吗？只不过一个是旧的，一个是新的。"言志"与"载道"是对立的两元关系吗？钱钟书、朱自清等人曾表达了不同的意见①，周也在其后对自己的"言志"主张有所解释："不佞从前谈文章谓有言志载道两派，而以言志为是。或疑诗言志，文以载道，二者本以诗文分，我所说有点缠夹，又或疑志与道并无若何殊异，今我又屡言文之有益于世道人心，似乎这里的纠纷更是明白了。这所疑的固然是事出有因，可是说清楚了当然是查无实据。我当时用这两个名称的时候的确有一种主观，不曾说得明了，我的意思以为言志是代表《诗经》的，这所谓志即是诗人各自的情感，而载道是代表唐宋文的，这所谓道乃是八大家共通的教义，所以二者是绝不相同的。现在如觉得有点缠夹，不妨加以说明云：凡载自己之道者即是言志，言他人之志者亦是载道。"②周意在张明个人的言志对于各色"八股"反动之必要。情感的抒发是周作人文学本体论的核心之所在。周认为"志"即"情"。周1940年代曾回忆自己对《诗经》之喜爱："我读《诗经》，最喜《国风》以及《小雅》的一部分，随便举出来，如'黍离'、'兔爰'、'氓之蚩蚩'、'谷风'、'燕燕于飞'，至今都还了了记得。其忧生悯乱之情更是与年俱增的深切的感到，此正如闻神之托宣，语语打人心坎，此种真诗，人岂有不懂得者哉。……（我）以为我们从文艺里只能于异中求同，在异时代或异种族的文化中寻出共通的人性来，这才觉得有意义，也即是有意思。《诗经》云'诗言志'，《诗序》又云'情动于中而形于言'，然则志也就是动于中的情也。世间或曰神或

---

① 参中书君：《评周作人的〈新文学的源流〉》，1932年11月1日《新月》第4卷第4期；朱自清："现代有人用'言志'和'载道'标明中国文学的主流，说这两个主流的起伏造成了中国文学史。'言志'的本义原跟'载道'差不多，两者并不冲突，现时却变得和'载道'对立起来。"见朱自清《诗言志辨》，《朱自清全集》第六卷，江苏教育出版社1990年版，第130页。其后，朱在西南联大教授《中国文学批评研究》课程时仍不忘对周的批评："近来文学批评里常把言志与载道对言，以为言志是个人的抒情，而载道是文以载道。载道，为'五四'以来所反对。但最近又主载道，不过所载之道不同。但是，言志实即载道，二者不应对立。"见《朱自清中国文学批评研究讲义》（刘晶雯整理），天津古籍出版社2004年版，第1页。

② 周作人：《自己所能做的》，1937年4月24日作，载6月1日《宇宙风》第42期，署知堂。收《秉烛后谈》。

曰国家，分出许多间隔来。但此只以理论，若是情则不但无隔而且无不可通……"① 文学的高贵处在于抹去隔阂与距离，在于自我的自由言说。周作人思想情感表达的重心，由明澈的科学的情感转向个人对于自我言说自由的坚持，但这并不意味着放弃前者，在周后来的文字中我们可以看到周对两者的承延。

为了下文的行文，有必要在这里澄清周作人与朱自清在"言志"与"载道"上的分歧，这也是周作人思想的一个重要命题或概念。

何谓"诗言志"？何谓诗？《说文》云：诗，志也。从"言"，"寺"声。诗即志也。何谓志？据闻一多考证："志有三个意义：一记忆，二记录，三怀抱，这三个意义正代表诗的发展途径上三个主要阶段。志字从'屮'，卜辞'屮'作'㞢'，从'止'下'一'，象人足停止在地上，所以'屮'本训停止。卜辞'其雨庚生'犹言'将雨，至庚日而止'。志从'屮'从心，本义是停止在心上。停在心上亦可说是藏在心里，故《荀子·解蔽篇》曰'志也者臧（藏）也'，《注》曰'在心为志'，正谓藏在心，《诗序》疏曰'蕴藏在心谓之为志'，最为确诂。"② 闻一多认为无文字时代凭记忆，文字产生后则记载，记忆、记载皆曰志。"一切记载既皆谓之志，而韵文产生又必早于散文，那么最初的志（记载）就没有不是诗（韵语）的了。"由此，歌的本质是抒情的，而诗的本质是记事的。或者这样说：古代歌是后世诗的范围，而古代诗是后世史的领域，诗即史。后来"诗""志"分离，"诗"约定为韵文史，散文史为"志"。诗与歌合流促成了《三百篇》的诞生。脍炙人口的《国风》与《小雅》，是《三百篇》的"最精彩部分"，是诗歌合流"最美满的成绩"。如果说闻一多的考察还不够完备，朱自清则进行了严谨的考证。

朱自清的《诗言志辨》由《自序》《诗言志》《比兴》《诗教》《正变》五部分组成。其中《诗言志》最初发表于《语言与文学》（中华书局 1937 年 6 月印行），题目是《诗言志说》，这一部分也是全书的核心部分。朱自清《诗

---

① 周作人：《钱译〈万叶集〉跋》，1941 年 4 月 3 日《新中国报·学艺》第 112 期，署知堂。

② 闻一多：《诗与歌》，原载 1939 年 6 月 5 日昆明《中央日报》副刊《平明》第 16 期，见《闻一多全集》第 10 卷，湖北人民出版社 2004 年版，第 8 页。

言志辨》的考证动力，更多的来自对周作人论文学言志与载道二分法的质疑 ①。朱自清认为"诗""志"语源上是一致的，"诗"本来就是被用来表达"志"、歌咏"怀抱"的，"志"或"言志"，都与"礼"相关。诗人所抒发的怀抱，乎关个人修身，或关国家治乱，都与"政教"分不开，是中国古代"政教"文学思想的一部分，实质与"文以载道"没有区别。同时朱自清指出，中国古代当然也有传达感情的诗歌，并形成了代表这种创作倾向的主张，那就是"诗缘情"的意念。不过，"诗缘情"说产生比较晚，影响也难与"诗言志"说相比，不足以改变中国诗歌的"政教"传统。正如邬国平所指出的："诗言志"本义表现怀抱，体现讽诵，反映政教，或可以称之为"以诗明道"，故与"文载道"是一致的。"诗缘情"则是诗人表现个人情感，无关政教。但"诗言志"是更为悠久的传统，也体现出中国文学传统的政教特征。② 在这一点上，邬是把朱自清的观点进行更深层次的考证。但观点是一致的，认可中国文学的政教特征以及"诗言志"较"缘情"更为久远。

　　由此，我们也看到颇具政教化特征的"诗言志"对诗歌的个人情感因素的忽视。然而这并不意味着《诗经》中没有注重"缘情"的诗歌，《国风》与《小雅》大部分是抒情诗，朱自清认为那时虽然有抒情的诗歌，但还没有抒情的自觉："《诗经》里一半是'缘情'之作，乐工保存它们却只为了它们的声调，为了它们可以供歌唱。那时代是还没有'诗缘情'的自觉的。"对此，吴小如曾提出质疑，并不认同朱把"缘情"与"言志"对立起来。他认为"志"的涵义总有"情"的成分在内，"言志"统摄"道"与"情"，先秦时偏政教，两汉以后近"缘情"，稍晚出现"载道"代替"言志"之说。认为两者没有必要对立起来。③ 吴消解了"缘情"与"言志"的对立。邬溯源了"诗言志"作为更悠久传统的政教特征，吴则梳理出"言志"与"缘情"在不同历史时期内涵的变迁。可以看出，只有结合具体的历史语境才能还原其本义，而没有

① 　参李少雍：《朱自清先生对古典文学研究的贡献》，《文学遗产》1991 年第 1 期；刘绍瑾：《朱自清〈诗言志辨〉的写作背景及其学术意义》，见徐中玉、郭豫适主编《古代文学理论研究》第二十二辑，华东师范大学出版社 2004 年，第 222—231 页。

② 　参邬国平：《朱自清与〈诗言志辨〉》（上、下），《古典文学知识》2009 年第 1、2 期。

③ 　吴小如：《读朱自清先生〈诗言志辨〉》，《北京大学学报》（哲学社会科学版），1984 年第 6 期。

一个本质化的概念。

由此我们或大致可以看出，周作人运用的"诗言志"的内涵实际上相当于"诗缘情"的内涵，注重个人感情的抒发。周对"言志"概念的偏离或缘于其疏于对考证的专注，正如他在1920年代中期提出复兴千年前的"礼"的概念一样，都是周作人一种个人化的理想化的想象，并没有经过严格的学术梳理，进而造成他和朱自清概念所指的错位。当然在这些概念背后，周更注重概念中所体现出的意义的实质内涵。

继续回到周作人对于文学本体的判断这一问题上。周在1920年代曾进行过美文、小品文的尝试，这也是他企图追求文学之美的一种努力，但由于文体的限制，我们并不能以此作为文学审美价值的标准。下面我将继续循着上文的思路，寻求周所标举的范本。周作人在评价自己学生废名的作品《莫须有先生》时指出："《莫须有先生》的文章的好处，似乎可以旧式批语评之曰，情生文，文生情。这好像是一道流水，大约总是向东去朝宗于海，他流过的地方，凡有什么汊港湾曲，总得灌注潆洄一番，有什么岩石水草，总要披拂抚弄一下子才再往前去，这都不是他的行程的主脑，但除去了这些也就别无行程了。"①周认同情文并茂的作品是好作品，这一点在其后的《自己所能做的》一文中更明白地提出来："我谈文章，系根据自己写及读国文所得的经验，以文情并茂为贵。"②周推崇情文并茂，反对宣扬"教义"。

至此，我们可以看出，周作人在文学的价值尺度上始终秉承文学是情感的表达之一的说法，"情"在周作人的文学观中始终处于核心地位，不过由于不同时期语境不同，"情"的内涵有所转移。五四时期，周侧重的是明澈的科学的现代人道主义之情，以期达到文学的无用之用——启蒙主义的效果；而在后五四时期，周侧重的是个人之情的抒发，以对抗"主义"与"集团"对个人感情抒发的压抑。无论怎样，周的文学价值取向始终围绕"情"，这种文学观念对于俞平伯、废名及沈从文、汪曾祺等人产生了重要的影响，他们书

① 周作人：《〈莫须有先生传〉序》，1932年2月6日作，载3月20日《鞭策》周刊第1卷第3期，署岂明。
② 周作人：《自己所能做的》，1937年4月24日作，载6月1日《宇宙风》第42期，署知堂。收《秉烛后谈》。

写了极有生命力的抒情文学作品。当然，这一潮流自有它的传统，在现代文学史上也并非周作人一人扛起抒情文学的大旗。纵观中国的现代文学时期，周对抒情文学观的发掘和坚持可谓寥寥无几（关于这一问题将在下文中展开），其实周的抒情文学观是一种理论上的践行，并非代表其文学创作就是在这一理念指导之下进行的。在笔者看来，周确实有少数优秀的抒情文学作品，但多数作品用周作人的话说充满了"道"的意味——当然它是一种"新的道德"，这是周作人"浙东人的脾气"使然，也是周作人对自己的文字不满的原因。那么，在周看来，优秀的文学作品应该是怎样的呢？

周作人在《文学的艺术》译本序中把文学作品按照生命力的长短分别比作"仙人"和"健康的老人"两种。"第一种大抵是诉于感情的创作，诉于理知的议论类则多属于第二种，而世俗的圣经贤传却难得全列在内，这是很有意思的事。据我看来，希伯来的圣书中就只是《雅歌》与《传道书》是不老的，和中国的《诗经》之《国风》《小雅》相同，此外不得不暂时委屈。希腊没有经典，他的史诗戏剧里却更多找得出仙人的分子来了。中国不知道到底有没有国教，总之在散文著作上历来逃不脱'道'的枷锁，韵文却不知怎的似乎走上了别一条路，虽然论诗的人喜欢拉了《毛诗》《楚辞》的旧话来附会忠君爱国，然而后来的美人香草还只是真的男女之情，这是一件很可喜的奇迹。莫非中国的诗与文真是出自不同的传统的么？但总之中国散文上这便成了一个大障碍，这方面的成绩也就难与希腊相比了。"[①] 周把《圣经》中的《雅歌》与《传道书》，《诗经》之《国风》《小雅》比作文学中的"仙人"。希腊虽没有经典，却可从史诗戏剧中找出"仙人的分子"来。如果要从希腊文学中找出周所推崇的"仙人的分子"，在我看来，便是萨福——希腊有名的抒情诗人，只是萨福流传下来的作品较少，但这并不妨碍周作人对她的推崇。

周作人对《圣经》之《雅歌》、《诗经》之《国风》以及萨福的推崇由来已久，下文将以《雅歌》《国风》和古希腊抒情女诗人萨福为中心展开分析，进一步探讨周作人抒情文学观究竟包含着怎样的内容。

---

① 周作人：《〈文学的艺术〉译本序》，1933 年 7 月 9 日作。收《苦雨斋序跋文》。

二、周作人的"美典"①：以《雅歌》《国风》与"萨福"为中心

《诗经》和《圣经》都是中西文学的渊源之作，对后世的文学与文化都产生了极大的影响。对于《圣经》，周作人极为熟稔，曾一度准备翻译。《圣经》的一些思想也为周所接受，比如爱与恕等。回到上文的问题：为什么周作人如此推崇《圣经》之《雅歌》与《传道书》，《诗经》之《国风》《小雅》？当然周自言它们是"诉于感情的创作"，因而列入"仙人"之中。那么，为了考察周之"诉于感情的创作"，我们有必要进行文本分析，以更明确其中之意。由于篇幅的原因，仅以《雅歌》《国风》与"萨福"中的部分诗篇为例。

《雅歌》是《圣经》中集中爱恋诗歌的篇章。虽然周对《旧约》中的禁欲思想和妇女观不以为然，但他认为《雅歌》是"特别的作品"，因为其中充满了热烈的爱恋。以前的研究者把《雅歌》看作宗教诗，借爱情表现灵魂与教会的关系。美国神学博士谟尔（G. F. Moore）在所著《旧约的文学》第二十四章内说："这书（指《雅歌》）中反复申说的一个题旨，是男女间的热烈的官能的恋爱。……在一世纪时，这书虽然题着所罗门的名字，在严正的宗派看来不是圣经；后来等到他们发现——或者不如说加上——了一个譬喻的意义，说他是借了夫妇的爱情在那里咏叹神与以色列的关系，这才将他收到经文里去。"②周赞同后来的"恋爱说"。"这实在是普通的恋爱歌，并没有别的奥义。英国摩尔敦（Moulton）教授等以为他是一篇牧歌，所叙的是所罗门王的事。但美国谟尔博士说这是结婚时所唱的情歌的总集，所罗门不过是新郎的一种美称，这话似乎更为确实。"③随着对《圣经》文学研究的深入，"情歌说"已经得到了人们普遍地接受。

《国风》是《诗经》的重要篇章，也集中了大量的恋爱诗。《诗经》是我国最早的一部诗歌总集，原称《诗》或《诗三百》，收集了周初至春秋中叶

---

① "美典"出自高友工《美典》（生活·读书·新知三联书店，2008年版），指在文化史中形成的艺术典范，如中国的唐诗、草书、宋元绘画等。
② 转引自周作人：《〈旧约〉与恋爱诗》，1921年1月1日《新青年》第8卷第5号，署仲密。收《谈龙集》。
③ 周作人：《欧洲古代文学上的妇女观》，1921年7月21日作，载10月《妇女杂志》第7卷第10号，署周作人。

五百多年间的作品。孔子有言："不学《诗》，无以言。"（《论语·季氏》）"《诗三百》，一言以蔽之，曰：思无邪。"（《论语·为政》）。及至汉代被尊奉为"经"。按照思想内容和表现手法，人们把《诗经》分为《风》《雅》《颂》。《风》分十五国风，共有诗 160 篇。《雅》分《大雅》《小雅》，共有诗 105 篇。《颂》分《周颂》《鲁颂》《商颂》，共有诗 40 篇。《风》按国别编排。《雅》《颂》则以十篇为一组，以每组首篇的篇名为组名。比如《小雅》中从《鹿鸣》到《鱼丽》的十篇，就称为"鹿鸣之什"。关于"风"，有不同的说法。《毛诗序》："风，风也；风以动之，教以化之。……上以风化下，下以风刺上，主文而谲谏，言之者无罪，闻之者足戒，故曰风。"意谓风化教育以感人，讽喻劝谏以规过。朱熹则认为："凡诗之所谓'风'者，多出于里巷歌谣之作，所谓男女相与咏歌各言其情者也。"（《诗集传·序》）顾颉刚则认为风为土乐，为声调。所谓"雅"，朱熹认为："雅者正也，正乐之歌也。"（《诗集传·小雅·序》）"《小雅》，燕飨之乐也；《大雅》，朝会之乐也。"所谓"颂"，朱熹概括为："颂者，宗庙之乐歌。"鲁迅认为《诗经》"以性质言，风者，闾巷之情诗；雅者，朝廷之乐歌；颂者，宗庙之乐歌也"。（《诗集传》）关于风雅颂的考证注疏可谓众家纷纭，本章的目的不在于这些考证，而是关注《国风》与《小雅》的这一部分的内容。和其他部分相比，这两部分集中了关于恋爱和婚姻的诗。

关于《诗经》和《雅歌》的比较研究当前学界已有一些成果，而我所关注的是两者中的抒情分子，这也是周一直嘉许的。

毋庸讳言，对爱情的歌咏是两者共同的主题。《诗经》产生于二三千年前的初民社会，民风淳朴。"初民社会，男女婚姻尚无礼教的约束，即使以后有了礼教的制约，统治者为了发展生产力，繁育人口，也还作了一些补充的规定，即：每年仲春时节，凡是超龄未婚男女，可以自找对象，奔者不禁。故歌唱爱情的诗篇，有不少是自由、大胆和开放的。"① 年轻的小伙和姑娘自由地幽会和相恋，如《召南·野有死麕》："野有死麕，白茅包之。有女怀春，吉士诱之。林有朴樕，野有死鹿。白茅纯束，有女如玉。舒而脱脱兮，无感我帨兮，无使尨也吠。"可以说，在这些优美的情歌中我们感受到的是情之自

---

① 陈子展、杜月村编著：《国学经典导读·诗经》，中国国际广播出版社 2011 年版，第 27 页。

由抒发，或等待，或惆怅，或恩爱，或热烈。我们从中感受到最自然健康的人性形式。《雅歌》虽然在《圣经》中所占比例极小，但是阅读《圣经》你就会发现《雅歌》与其他章节的不同。在这里，没有上帝的威严，没有男尊女卑，没有说教与布道（以上也是周所反对的），也没有民族的苦难兴衰。这里有的是奔放热烈的爱情言说与最自然的人性光辉。《雅歌》：

2：1　我是沙仑的玫瑰花（或作水仙花），是谷中的百合花。〔新郎〕

2：2　我的佳偶在女子中，好像百合花在荆棘内。〔新娘〕

2：3　我的良人在男子中，如同苹果树在树林中。我欢欢喜喜坐在他的荫下，尝他果子的滋味，觉得甘甜。

2：4　他带我入筵宴所，以爱为旗在我以上。

2：5　求你们给我葡萄干增补我力，给我苹果畅快我心，因我思爱成病。

2：11　要给我们擒拿狐狸，就是毁坏葡萄园的小狐狸，因为我们的葡萄正在开花。

纯净直白的赞美，畅快的抒怀——"我思爱成病"，连同优美的自然意象——芳美的玫瑰与百合、静静的苹果树、生意盎然的葡萄园和调皮的小狐狸，构成了爱的伊甸园。

对爱情的痴痴追求或寻而不得的踯躅构成了情诗的主旋律。《雅歌》：

3：1　我夜间躺卧在床上，寻找我心所爱的。我寻找他，却寻不见。

3：2　我说，我要起来，游行城中，在街市上，在宽阔处，寻找我心所爱的。我寻找他，却寻不见。

3：3　城中巡逻看守的人遇见我。我问他们，你们看见我心所爱的没有。

3：4　我刚离开他们，就遇见我心所爱的。我拉住他，不容他走，领他入我母家，到怀我者的内室。

寻之不得仍要追寻，可见爱之迫切，"城中""街市上""宽阔处"，处处追寻。这种对情人的上下追寻使我们联想到《诗经》之《蒹葭》（《国风·秦风》）。

蒹葭苍苍，白露为霜。所谓伊人，在水一方，溯洄从之，道阻且长。溯游从之，宛在水中央。

蒹葭萋萋，白露未晞。所谓伊人，在水之湄。溯洄从之，道阻且跻。溯游从之，宛在水中坻。

　　蒹葭采采，白露未已。所谓伊人，在水之涘。溯洄从之，道阻且右。溯
游从之，宛在水中沚。

　　《蒹葭》是《诗经》中的抒情名篇，王国维在《人间词话》赞其"最得
风人深致""风格洒落"。诗中抒写了诗人渴慕伊人，不畏艰险、上下溯求
而不得的忧伤情怀。"道阻且长""道阻且跻""道阻且右"，爱之路曲折艰
险。尽管如此，诗人仍"溯洄从之""溯游从之"，上下求索，体现了诗人
爱之执着。"宛在水中央""宛在水中坻""宛在水中沚"，终究是镜中花，水
中月。秋水渺茫中，霜天烟江间，伊人仍是可望而不可即。这种婉约、朦
胧、含蓄的情致构成了《诗》之爱恋诗的一个重要特征，和《雅歌》的热烈
奔放形成对比。上文《雅歌》中"我拉住他，不容他走，领他入我母家，到
怀我者的内室"，这种情景在《诗经》中是不会出现的。试看《将仲子》(国
风·郑风)：

　　将仲子兮，无逾我里，无折我树杞。岂敢爱之？畏我父母。仲可怀也，
父母之言亦可畏也。

　　将仲子兮，无逾我墙，无折我树桑。岂敢爱之？畏我诸兄。仲可怀也，
诸兄之言亦可畏也。

　　将仲子兮，无逾我园，无折我树檀。岂敢爱之？畏人之多言。仲可怀也，
人之多言亦可畏也。

　　"无逾我里""无逾我墙""无逾我园""无折我树杞""无折我树桑""无折我
树檀"，两情相悦却小心翼翼，因为畏"父母""诸兄""人之多言"。可见诗中
人既爱自己的情人，又怕遭到他人的非议。其实，这种状况可谓《诗经》爱
恋诗之缩影。中国初民社会是一个礼乐社会，中庸、节制构成了中国文化的
一大特色，这种文化体现到情人的爱恋之中便为表达的委婉含蓄，即使男女
约会也常常借赠送信物表达爱慕之情。如《静女》(《国风·邶风》)：

　　静女其姝，俟我于城隅。爱而不见，搔首踟蹰。

　　静女其娈，贻我彤管。彤管有炜，说怿女美。

　　自牧归荑，洵美且异。匪女之为美，美人之贻。

　　爱之等待的抒怀构成了《诗经》爱恋诗的重要内容。《采葛》(国风·王

风）："彼采葛兮，一日不见，如三月兮！彼采萧兮，一日不见，如三秋兮！彼采艾兮，一日不见，如三岁兮！"《子衿》（《国风·郑风》）："青青子衿，悠悠我心。纵我不往，子宁不嗣音？青青子佩，悠悠我思。纵我不往，子宁不来？挑兮达兮，在城阙兮。一日不见，如三月兮。"等待的日子被拉长延展，这种焦灼的等待与期盼和相见的欢喜组成了爱情的二重唱《风雨》（《国风·郑风》）："风雨凄凄，鸡鸣喈喈。既见君子，云胡不夷？风雨潇潇，鸡鸣胶胶。既见君子，云胡不瘳？风雨如晦，鸡鸣不已。既见君子，云胡不喜？"

综上，我们可以看到《诗经》中的抒情模式一个重要的特点就是：爱情的期盼、等待、相见及爱之阻隔。重点抒写怀人之思。这种感情常常和物境融为一体，"物"起到或赋或比或兴的作用，风格含蓄内敛，而在《雅歌》中却流露出热情奔放的情调。《雅歌》中有多处对身体的比喻。如帕子内的眼比作"鸽子眼"，头发如同"山羊卧倒在基列山旁"，牙齿如同"新剪毛的一群母羊"，唇好像"一条朱红线"，颈似"大卫建造收藏军器的高台"，两乳像"百合花中吃草的一对小鹿"，大腿像"美玉"，肚脐如"圆杯"，腰如"一堆麦子"，口如"上好的酒"……

这种对身体的譬喻意象迥然不同于中国传统的审美意象。"两乳""大腿""肚脐"在中国的传统身体书写中极少出现。"母羊""高台""麦子"等对身体的譬喻也是如此。这要归根于不同的文化背景。

《雅歌》中对身体的书写从牙齿、唇、颈到两乳、肚脐，而且散发出性的意味，比如有研究认为"肚脐如圆杯，不缺调和的酒"中的"圆杯"就是女性生殖器的象征，这在《诗经》中几乎是没有的。如《硕人》："手如柔荑，肤如凝脂，领如蝤蛴，齿如瓠犀，螓首蛾眉，巧笑倩兮，美目盼兮。"其中也仅仅写到了手、肤、领、齿部位，其他部位均未涉及。这种情色或性的禁忌在《诗经》中属于常态；而在《雅歌》中，"只有私处和臀部才是禁忌语"。不难理解，在《诗》被奉为"经"之后，作为育人的教材要遵奉儒家的道德伦理规范。相比较，《雅歌》更为开放，其开篇即为："愿他用口与我亲嘴，因你的爱情比酒更美。"

斯洛伐克汉学家马利安·高利克对于此曾指出，《雅歌》与《诗经》的抒情性特征体现为："《雅歌》多用暗喻式（metaphoric）语言来表达现实的审美维度，而《诗经》多用提喻式（synecdochic）语言突显更为严格的伦理价值。《雅歌》粗犷，而《诗经》内敛。尽管两部作品的人物不同，但都使用了明喻（similes）。"高利克并把《雅歌》向上溯源为希伯来民族的发祥地美索不达米亚，赤裸奔放的美索不达米亚情歌影响了希伯来情歌的形成，而后者吸取了前者的某些元素并有所超越，获得更多的美感。"中国没有自己的伊南娜或杜慕次，伊斯塔或搭模斯，阿斯塔特或书玛妮图。因此，爱情女神及其恋人们在中国是缺失的，即便他们曾经以某种鲜为人知的方式出现过，也从未流传下来。"① 这是高利克观察之深的地方。

虽然爱的方式风格不同，但都共同指向了爱之期盼与明净的感情，至真至纯。《雅歌》虽热烈奔放但并不污秽；对《诗经》，孔子则言："一言以蔽之，曰：思无邪。"《毛诗大序》认为，《风》是个人"发乎情，止乎礼义"。这些都是建立在共通的人性基础上的。

除此之外，无论是《国风》还是《雅歌》都具有较强的音乐性。从艺术起源上看，诗、乐、舞是一体的；历史上，诗教与礼教、乐教也互为一体，互相配合。"诗为乐章，诗乐合一"是个古老的传统。《诗经》305篇也皆可合乐歌唱，以四言为主，兼有杂言。在结构上多用重章叠句的形式加强抒情效果。回旋反复，可以增强诗歌的音乐感和节奏感，更充分地抒发情感，达到回旋跌宕的艺术效果。语言上多用双声叠韵、叠字联绵词来状物、拟声。在押韵上，有的句句押韵，有的隔句押韵，有的一韵到底，有的中途转韵。语言形式上的特征配合音乐可以很好地抒发情志。而《雅歌》原是古代以色列民族民间流传的情诗，《雅歌》通常被作为《圣经》中最优美的诗篇在逾越节诵读咏唱。一如"爱之坚强"的流传：

8：6　求你将我放在你心上如印记，带在你臂上如戳记。因为爱情如死之坚强，嫉恨如阴间之残忍。所发的电光，是火焰的电光，是耶和华的烈焰。

8：7　爱情众水不能熄灭，大水也不能淹没。若有人拿家中所有的财宝要换爱情，就全被藐视。

《传道书》也为周作人所推崇，多次引用，由于篇幅所限，暂不论，仅以

---

① ［斯洛伐克］马利安·高利克：《〈雅歌〉与〈诗经〉的比较研究》，《基督教文化学刊》，2011年第1期。

部分原文附于注释；① 但其抒情的隽永与凝练可见一斑。

周作人称"圣书与中国新文学的关系，可以分作精神和形式的两面"，②
圣书给予了中国新文学的人道主义思想以及文体等方面的影响。周作人认为
"《雅歌》的价值全是文学上的，因为他本是恋爱歌集；那些宗教的解释，都
是后人附加上去的了"。并认为《雅歌》中的诗句"爱情如死之坚强，嫉恨
如阴间之残忍"是极好的诗句，是真挚的男女关系的极致。对于周作人而
言，男女关系并非不洁的事，爱与嫉妒也是人性中的自然现象。周在这里
肯定了《雅歌》的文学价值，并指出其抒情价值——"是真挚的男女关系的
极致"。

《雅歌》热情奔放，有着游牧的野性与质朴；《诗经》多温柔敦厚，情意
深婉，朴实无华，含蓄内向。如果说《雅歌》似热情飞扬的摩登女郎，《国
风》之爱恋则似略带羞涩的窈窕淑女；但她们都是最淳朴、天然、健康而明
净的情感形式。或可以这样说，这正是周作人所企盼和召唤的人性形式。这
种"情"也深深影响了周作人的美学选择，对古希腊文化的念兹在兹亦是出

---

① 《传道书》1：1　在耶路撒冷作王，大卫的儿子，传道者的言语。

　　1：2　传道者说：虚空的虚空，虚空的虚空，凡事都是虚空。

　　1：3　人一切的劳碌，就是他在日光之下的劳碌，有什么益处呢？

　　1：4　一代过去，一代又来，地却永远长存。

　　1：5　日头出来，日头落下，急归所出之地。

　　1：6　风往南刮，又向北转，不住地旋转，而且返回转行原道。

　　1：7　江河都往海里流，海却不满；江河从何处流，仍归还何处。

　　1：8　万事令人厌烦（或作"万物满有困乏"），人不能说尽。眼看，看不饱；耳听，听不足。

　　1：9　已有的事，后必再有；已行的事，后必再行。日光之下，并无新事。

　　1：10　岂有一件事人能指着说这是新的？哪知，在我们以前的世代，早已有了。

　　1：11　已过的世代，无人记念；将来的世代，后来的人也不记念。

　　1：12　我传道者在耶路撒冷作过以色列的王。

　　1：13　我专心用智慧寻求查究天下所作的一切事，乃知神叫世人所经练的，是极重的劳苦。

　　1：14　我见日光之下所作的一切事，都是虚空，都是捕风。

　　1：15　弯曲的不能变直，缺少的不能足数。

　　1：16　我心里议论说，我得了大智慧，胜过我以前在耶路撒冷的众人，而且我心中多经历智慧和知识的事。

　　1：17　我又专心察明智慧、狂妄和愚昧，乃知这也是捕风。

　　1：18　因为多有智慧，就多有愁烦；加增知识的，就加增忧伤。

② 周作人：《圣书与中国文学》，1920 年 11 月 30 日在燕京大学文学会讲，载 1921 年 1 月 10 日《小
说月报》第 12 卷第 1 号，署周作人。收《艺术与生活》。

于"情"之美好。

正如《圣经》之《雅歌》和《诗经》之《国风》《小雅》构成周作人抒情资源的重要内容，希腊的抒情诗同样是周作人抒情资源的重要组成部分。"希腊古代诗皆合乐，假管弦之力，以表情思，补言语之不足。""抒情之歌，与纪事之诗相对。又分两类，一曰独吟，一曰合唱。"① 在抒情诗中，萨福（Sappho）的作品是其中优秀的代表。周对古希腊著名抒情诗人萨福推崇备至："（古）希腊的抒情诗虽然流存的很少，但因为有一个女诗人萨普福（Sappho），便占了世界第一的位置。"② 萨福生活在大约公元前七到六世纪之间，是与荷马相比肩的女诗人。希腊神话中有九个女神司文章音乐之事，萨福被柏拉图称为"第十文艺女神"。据说雅典立法者梭伦（Solon）闻侄辈吟颂萨福之诗，大悦，即令传授。或问何必哑哑，答云"俾吾得学此而后死"。韦格耳在《其他萨波诗的断片》中很遗憾萨福诗文的散佚："这好像是从被盗劫的珠宝匣子的底里捡拾起几颗散落的珠子，悲哀的去加在从前是无价之宝的项圈的一握碎片上边，连同此外一；整片，这就是那不可思议的宝藏所被强人们遗留下的所有的一切了。"他评价萨福："凡是有识之士，无论在古代或是我们的时代，当无不知道，萨波的诗是应当列入人类的最大的艺术成就之中的，这也只是凭了她的诗才可以来对于她加以判断。"（转引自周文《关于萨波》）田晓菲以诗性的语言评价萨福说："在欧美文学传统里，如果荷马是父亲，那么萨福就是母亲，是姊妹，是情人。她的歌声热情奔放，绰约闪烁，飘摇不定，穿过两千六百年的黑暗，像火一样燃烧，如大理石一样清凉。然而每当我们侧耳细听，就只有冷泉潺湲，在阿佛洛狄忒残缺不全的石像脚下哽咽。没有萨福。只有我们对她的呼唤，从幽谷传来回声。"③ 当然，由于年代久远加上萨福的诗散佚极多，所以后人的想象和建构成为"萨福"的重要组成部分。换言之，现在我们谈论的萨福更多是后世建构出来的萨福。即使如此，这并不影响我们对"'萨福'：一个欧美文学传统的生成"的想象和

① 周作人：《欧洲文学史》，河北教育出版社 2002 年版，第 15 页。
② 周作人：《欧洲古代文学上的妇女观》，1921 年 7 月 21 日作，载 10 月《妇女杂志》第 7 卷第 10 号。
③ 田晓菲编译：《"萨福"：一个欧美文学传统的生成》，生活·读书·新知三联书店，2003 年版引言。

重构。

对于这样的一个抒情诗人，周作人早有译介的心愿："介绍希腊女诗人萨波到中国来的心愿，我是怀的很久了。"①（《希腊女诗人萨波》序言）因为查禁的原因，萨福的诗文遗传下来的很少，但"花虽不多，都是蔷薇"。周极喜欢其诗文，在 1914 年就刊文《艺文杂话五·萨福》《希腊女诗人》进行介绍，称其诗"情文并胜，而比物丽词尤极美妙"②，并对萨福诗文赏析。1918 年作为北京大学丛书的《欧洲文学史》出版，在第三章《歌》中周再次肯定了其在文学史上的地位。其后，周作人先后发表了《欧洲古代文学上的妇女观》（1921）、《希腊的小诗》（1923）、《希腊女诗人（二）》（1926）、《萨普福的〈赠所欢〉》（1927）、《蔷薇颊的故事》（1931）等文对萨福及其诗文介绍。新中国成立后，周作人在 1908 年英国华耳敦编的《萨波诗集》、1926 年海恩斯编的集子以及 1932 年韦格耳著的传记《勒斯婆思的萨波，她的生活与其时代》等资料的基础上编译了《希腊女诗人萨波》③。晚年，周作人在回忆自己在古希腊文艺上所做的工作时，对萨福的译介表示满意："我弄古希腊的东西，最早是那一册《希腊拟曲》，还是在一九三二年译成，第二年由商务印书馆出版的。第二种乃是《希腊女诗人萨波》，一九四九年编译好了，经上海出版公司印行了三千册，就绝版了。这乃是一种以介绍萨波遗诗为主的评传，因为她的诗被古来基督教的皇帝所禁止、焚毁，后人采集佚文止存八十章左右，还多是一句两句，要想单独译述，只有十多页罢了，在这评传里却几乎收容了她全部遗诗，所以这本小册子可以说是介绍她的诗与人的。"④

周对萨福的诗的翻译也是慎之又慎，以求保存原诗的风韵。从周作人的翻译史来看，周甚至先后对其中的诗篇翻译多次，精益求精，唯恐翻译上的失误造成对原文的损伤，但对于萨福的推崇使他甘为之译介。"我真是十二分

① 周作人：《〈希腊女诗人萨波〉序言》，1949 年 8 月 2 日作。收《希腊女诗人萨波》，上海出版公司 1951 年版。

② 周作人：《希腊女诗人》，1914 年 4 月 19 日作，载绍兴《禹域日报》（发表具体日期不清，见钟叔河《周作人散文全集》第一卷，广西师范大学出版社 2009 年版，第 337 页），署启明。1926 年 4 月 12 日载《语丝》第 74 期时内容有所增加。

③ ［英］韦格耳著，周遐寿译：《希腊女诗人萨波》，上海出版公司 1951 年版。

④ 周作人：《我的工作一》，1962 年 9 月 9 日作，收入《知堂回想录》（一八四）。

的狂妄，这才敢来译述萨普福的这篇残诗。像斯温朋（Swinburne）那样精通希腊文学具有诗歌天才的人还说不敢翻译，何况别人，更不必说不懂诗的我了。然而，译诗的人觉得难，因为要译为可以与原本相比的好诗确是不可能，我的意思却不过想介绍这二千五百年前的希腊女诗人，译述她的诗意，所以还敢一试，但是也不免太大胆了。"① 除周外，邵洵美、朱湘、徐志摩也译过萨福的诗。

萨福其人的生平及其时代不在本章的考察范围之内，本章意在探讨萨福诗歌的特性或特征。如公元前一世纪的历史学家狄奥尼索斯（Dionysus）所指出的："有一种文学风格，不以壮丽，而以优雅与精致取胜……永远选择最婉妙和谐的字眼，追求悠扬的音节，以达到优美动人的效果。"② 萨福的诗歌即是如此。

据周作人考证，今天所留存的萨福的诗，只有两三篇是完全的，其余都是断片。据说她的诗共九卷，每卷有一千行以上，故现在留存的只有百分之五而已。田晓菲重新考证辑录了萨福的诗文，编译为《"萨福"：一个欧美文学传统的生成》。下文对萨福诗文的分析将以周的翻译为基础。

萨福的抒情诗具有热烈奔放的特点，以较为出名的《赠所欢》为例。

赠所欢 ③

Phainetai moi kenos isos theoisin—Sappho

我看他真是神仙中人，

他和你对面坐着，

近听你甜蜜的谈话，

与娇媚的笑声；

这使我胸中心跳怦怦。

我只略略的望见你，

---

① 周作人：《萨普福的〈赠所欢〉》，载 1927 年 11 月《燕大月刊》第 3 卷第 1、2 期合刊，署周作人译。

② 转引自田晓菲编译：《"萨福"：一个欧美文学传统的生成》，生活·读书·新知三联书店 2003 年版，第 15 页。

③ 周作人：《萨普福的〈赠所欢〉》，1925 年 3 月 17 日译，载 30 日《语丝》第 20 期，署开明译。收《谈龙集》。后有删改，载于 1927 年 11 月《燕大月刊》第 3 卷第 1、2 期合刊，署周作人译。

> 我便不能出声，
>
> 舌头木强了，
>
> 微妙的火走遍我的全身，
>
> 眼睛看不见什么，
>
> 耳中但闻嗡嗡的声音，
>
> 汗流遍身，
>
> 全体只是颤震，
>
> 我比草色还要苍白，
>
> 衰弱有如垂死的人。
>
> 但是我将拼出一切，既是这般不幸。……

这里的"所欢"指萨福的女友亚那克多利亚（Anaktoria）。萨福是个同性恋者，据说萨福在故乡列色波恩讲学，从者百许人，有十四女友及女弟子最相亲，亚那克多利亚为其中一人。当然亦有其他种种说法，比如有学者认为嫉妒的对象可以是诗中的男子，也可以是女子，或是恋爱中的两个人。或者认为这首诗表达了萨福无力与男子竞争，对失去女子的担忧及绝望。[1] 也有研究者认为这位男子的存在仅仅是一种修辞的需要，他不必是真实存在的人，而是对诗人对女子赞叹的一种修辞。[2] 无论怎样，我们都可以透过诗文感受到作者的情感之不可控："心跳怦怦"，"舌头木强了"，"眼睛看不见什么"，"耳中但闻嗡嗡的声音"，"汗流遍身"，这种生理特征的直接书写，表现出爱恋中人爱不可得的强烈情绪。卡尔森在《厄洛斯：苦甜》中指出萨福诗中的三角处境，勾勒了"欲望"的处境：欲望如要存在，必须被延宕，被阻隔，一旦爱与被爱者的距离消失，延宕被解除，欲望也就不再存在，"厄洛斯是一个动词"。三世纪的朗吉诺思（Longinus）在其《崇高论》（Peri Hypsous）中评价道："这些征候都是恋爱的真的结果，但此诗的好处如上边所说却在于把最显著的情状加以精审的选择与配合。"

以下几句是萨福作品中以恋爱诗闻名的《寄所爱》的片段：

---

① 转引自裔昭印：《萨福与古希腊女同性恋》，《史林》2009 年第 3 期。

② 田晓菲编译：《"萨福"：一个欧美文学传统的生成》，生活·读书·新知三联书店 2003 年版，第77 页。

1　爱（Eros）摇我的心，如山风落在栎树的中间。（断片四二）

2　爱摇动我，——融化支体的爱，苦甜，不可抗的物。（同四十）

3　看了美的人，必是善的。善的也就将要美了。（断片百一）

诗文用词简约。第1句抒写了被爱所激动摇荡的心。第2句尤为优美，爱融化肢体、不可抗拒，使人联想起"乱我心者，今日之日多烦忧"，"抽刀断水水更流，举杯销愁愁更愁"。这种挥之不去、无法排遣的正是爱，其中有着苦——爱之未得，亦有甜——爱之美好的无限遐想。"苦甜"后来成为许多诗人的爱用语。第3句则有着哲学的隽永与耐人寻味。

再来看一些片段。

1　凉风喁嚅，过棠棣枝间，睡意自流，自颤叶而下。

2　月落星沉，良夜已半，光阴自逝，而吾今独卧。/月落了，昴星也降了，正是夜半，时光过去了，我独自睡着。

3　黄昏呀，你招回一切，光明的早晨所驱散的一切，你招回绵羊，招回山羊，招回小孩到母亲的旁边。

4　你来了，那很好，因为你已经来了，虽然是在远处，已在信里面来了。我在想望你，你长使的心以爱而燃烧着。多多祝福你，正如美的萨波所说，不单是祝福几次一如我们分别的日子那么多，却是永久的祝福。

5　我有一个好女儿，身材像是一朵黄金花，这就是可爱的克来伊思，我不希望那美的勒色波思，也不再要那整个的吕提亚。①

诗文第1句通过拟人的手法把"凉风""睡意"形容得惟妙惟肖，两者同时构成一种参照。第2句"/"前和后的诗句分别是周在不同时期对诗句的翻译，语言上文言与白话的使用造成意境的微妙差别。前者简约古朴更关联了月落星沉的夜半，光阴悄无声息地流逝，这种静更衬托出"独卧"的难眠；而后者的直白则消除了这种意蕴。但无论怎样，"月""星""夜""时光"等意象的运用都衬托出眠之寂寞。第3句极佳，令人仿佛听闻时间悄悄流淌的声音，自然有情，人亦脉脉，暮霭中返途的群羊和归家的孩子都披上了祥和温情的光辉。另一译者水建馥评其"晨光暮色，在诗人笔下同时写来，天衣无

① 周作人：《希腊女诗人（二）》，1926年3月9日作，载4月12日《语丝》第47期，署岂明。收《自己的园地》。

缝"。① 第 4 句则是直抒胸臆，诗人为爱期盼为爱燃烧的心态跃然如生，并化作永久的祝福。第 5 句同样是直抒胸臆，这首诗被周称为"觉得很是可喜"的萨福诗。勒色波思岛是萨福的故乡，吕提亚为小亚细亚的希腊属地，克来伊思据说是萨福的女儿。

萨福有的诗还充溢着自然之美。精密细致的感觉、沉思明净的欣赏掩不住对自然的喜悦之情，具有自然俊逸之美。

"风信子的花光耀花人的眼睛。"

"野生风信子，在山边为牧人踏在脚下，可是还在地上紫红的开着。"

"地卡，你将花篓加在你美发上面，是用你的柔软的手所编的茴香的小枝，因为戴花的多受到有福的神们的慈惠，但是不顾及那些不着花鬘的人。"（周注为：原文四行，分二节，今译为散文，所以连写了。）

整体而言，萨福的抒情诗有一种炽热的温度，对情毫不掩饰地表露，并以简约的语言形式把情与自然融为一体。吉尔伯特·默雷在《古希腊文学史》中评论萨福的诗说："她所关心的只是儿女情长的、多半是柔情绵绵、内省自遣的东西……她的爱情诗涉及范围虽然狭隘，但表达思慕之情的辞句艳丽无比，这种思慕之情过于热切，不免带一点感伤情调；同时情真意切，用不着隐喻和引人遐想的词藻。"②

以上是周译的萨福诗作。由于翻译会不可避免地丧失原有的音节和韵律，以致有"诗不可译"之说。"我相信只有原本是诗，不但是不可译，也不可改写的。诚实的翻译只是原诗的讲解，像书房里先生讲唐诗给我们听一样，虽是述说诗意，却不是诗了……因此我们的最大野心不过在述说诗意之外，想保存百一的风韵，虽然这在译述希腊诗上明知是不可能的事。"③ 原本的希腊抒情诗是有韵律的，和音乐交映在一起。"累斯博斯岛被认为是希腊歌曲的源泉，在米蒂利尼，上等人家的妇女可以参加社交集会，写诗和吟诗。萨福的诗，就是一边弹着竖琴，一边吟唱的。"④ 萨福的有些诗具有"萨福调"：每节

① 水建馥：《古希腊抒情诗选》，人民文学出版社 1988 年版，第 114 页。
② ［英］吉尔伯特·默雷著，孙席珍等译：《古希腊文学史》，上海译文出版社 2007 年版，第 70 页。
③ 周作人：《希腊的小诗》，1923 年 7 月 11 日《晨报·文学旬刊》第 5 号，署周作人。收《谈龙集》。
④ 罗洛译：《萨福抒情诗集》，百花文艺出版社 1989 年版，第 2—3 页。

的首三行的节调是长短、长短、长短短、长短、长短，第四行是长短短、长短。周认为"这种节奏应当是由击鼓声而想起的"，虽然在翻译过程中原来的语言之美便失去了，但作品本身的佳妙依然可以窥见一斑。"简单与坦白，这确实是萨波的最显明的美妙处之一，也正因为这些品性，与她的谨严的对于美的言语之选择，她的经过洗录的流利以及正确的节调，使得她的诗占有独特的地位，并且加上一种魔力，凡是她所要说的话，都使人无可非议。"（周文《萨波的爱神颂歌》，见《希腊女诗人萨波》十二）那么这种奔放直抒之情在音乐的伴奏下更具有一种打动人心的力量。

如果说古希腊文学分为壮美和优美、崇高和典雅，那么周的风格和精神气质更倾向于后一类。萨福歌咏爱情，唯美率真的优美之作受到周作人的喜爱亦属自然。进一步而言，周作人对萨福抒情诗的欣赏更多地包含着对希腊文学、希腊文化的诉求，这种诉求是建立在周对希腊文学能够体现"人情之微"体认的基础上。希腊文化中的爱美、现世精神给予周作人以很大的影响，萨福的抒情诗更多的体现了远古希腊人在自然状态下的人性之美。这种人情人性之美辉映了周的人道主义思想，也照亮了周在一个文学言说受压抑的时代中的前行之路。

综上，两希文学中的抒情传统和中国文学自《诗经》以降的抒情传统共同构成了周作人的抒情资源。无论是爱之热烈奔放，还是情之婉约含蓄，都建立在一个自然而又充满生命力的人性之基础上。这种真实的性情既是周对远古时代"生"之热烈的美好想象，也是周对当下各种"八股"的反拨和对未来文学的一种寄托。这种抒情资源也深深影响了沈从文等一些中国现代作家的抒情书写①，以建造起一座供奉"人性"的希腊神庙，表现"一种优美、健康、自然，而又不悖乎人性的人生形式"。

三、周作人与抒情传统及对新文学观的回应

通过上文的分析，我们可以看到，周作人抒情资源既有中国自《诗经》以来的抒情传统，也包含了对圣经中抒情和古希腊抒情诗的继承。这种继承

---

① 参王本朝：《沈从文与基督教文化》，《赣南师范学院学报》2001 年第 2 期；厉盼盼：《〈雅歌〉对沈从文创作的影响》，《圣经文学研究》第四辑，2010 年版，第 339—352 页。

融合了多种风格，包括婉约朦胧含蓄之美、粗犷率真之美等，但其要义并未有变化，那就是自然人性之热烈，流露出对理想人性的向往。虽然周作人在1930年代更突出了抒情中的个人主义倾向、个人自由言志的需要，但那是对以左翼文学为代表的一种回应。或许我们会进一步思考：左翼文学叙事也不乏抒情，比如郭沫若等人的诗作流露出革命浪漫主义的抒情色彩，这又如何和周作人所标举的抒情相区分？这就需要考虑到对周作人抒情文学观的定位问题。为此，我们有必要简单梳理一下关于抒情传统的研究现状。

1940年，沈从文写下了《从徐志摩作品学习"抒情"》《从周作人鲁迅作品学习抒情》以及《由冰心到废名》等文。他对周氏兄弟的抒情作如下品读："一个近于静静的独白；一个近乎恨恨的咒诅。一个充满人情温暖的爱，理性明莹虚廓，如秋天，如秋水，于事不隔；一个充满对于人事的厌憎，情感有所蔽塞，多愤激，易恼怒，语言转见出异常天真。"然而"同是一个中年人对于人生的观照，表现感慨"。① "两个批评者（胡适、朱光潜）的文章，都以叙事说理明白见长，却一致推重周作人的散文为具有朴素的美。这种朴素的美，很影响到十年来过去与当前未来中国文学使用文字的趋向。它的影响也许是部分的，然而将永远是健康而合乎人性的。"② "周作人的小品文，鲁迅的杂感文，在二十年来中国新文学活动中，正说明两种倾向：前者代表田园诗人的抒情，后者代表艰苦斗士的作战。同样是看明白了'人生'，同源而异流：一取退隐态度，只在消极态度上追求人生，大有自得其乐意味；一取迎战态度，冷嘲热讽，短兵相接，在积极态度上正视人生，也俨然自得其乐。"③ 沈的文学批评与其文学创作一样，追求文学独立的审美趣味和前现代的人性理想，重视作家的审美气质和艺术自身的美学规律，这一点和周有着更多的共通处。

新中国成立后，对于抒情论述的研究，海外汉学尤为瞩目，以陈世骧、高友工、普实克等人为代表。70年代以后，则有柯庆明、吕正惠、蔡英俊、

---

① 沈从文：原载1940年10月16日《国文月刊》第3期"习作例举"，署名沈从文。见《沈从文全集》（第16卷），北岳文艺出版社2002年版，第251页。
② 沈从文：《沈从文全集》（第16卷），北岳文艺出版社2002年版，第265页。
③ 沈从文：《沈从文全集》（第16卷），北岳文艺出版社2002年版，第266页。

陈国球、萧驰、王德威等人。

在陈世骧看来，"中国文学的荣耀并不在史诗；它的光荣在别处，在抒情的传统里"。① 抒情传统始于作为唱文的《诗经》，它弥漫着个人弦音——人类日常的挂虑和切身的某种哀求。继《诗经》之后的《楚辞》呈现给我们不同样式的抒情诗祭歌——颂词、悲诗、悼亡诗，它们奠定了中国文学的抒情道统。其后的汉乐府和赋推进和拓广了抒情的趋势，并在后来的世代绵延不息。中国文学的抒情传统是在和西方的史诗传统的参照下建立的。西方的史诗和戏剧注重冲突与张力，重结构布局、情节和角色；而对于中国的抒情诗而言，"关注意象和音响挑动万有的力量"。"这种力量由内在情感和移情气势维系，通篇和谐。""就整体而论，我们说中国文学的道统是一种抒情的道统。"②

高友工则侧重通过语言分析和知识论的方法对抒情进行本体论式的论述。在他看来，至少有两种对峙的创作态度为文学史的主流，影响到文学体类的发展。"一种是以'表现心境'为理想的'抒情'传统，这里自然其'本体'是个人的'心境'，而这'代体'即是所代表的'本体'的延续；另一种是以'模仿创造物境'为理想的'描写、叙述传统'，其本体是外在的'物境'，其'代体'是另一独立的'本体'；而创造模仿者是二者之外的另一主体。"③"抒情"与"描述"的对照也即"心境"与"物境"的对照。"描述"也即描述的对象或内容独立于"描述过程"；而"抒情"则是"抒情过程"与"抒写对象"合一的。并把中国言志传统中"以言为不足，以志为心之全体的精神"视为抒情的真谛，故这一"抒情传统"形成"言志传统"的一个主流。故而，"抒情"并非一个传统上的"体类"概念，而是带有哲学意味。"不只是专指某一诗体、文体，也不限于某一种主题、题素。广义的定义涵盖了整个文化史中某一些（可能同属一背景、阶层、社会、时代）的'意识形态'，包括他们的'价值'、'理想'，以及他们具体表现这种'意识'的方式。更具体的说，我所用的'抒情传统'是指这种'理想'最圆满的体现是在'抒情

① 陈世骧：《中国的抒情传统》，《陈世骧文存》，辽宁教育出版社 1998 年版，第 2 页。
② 陈世骧：《中国的抒情传统》，《陈世骧文存》，辽宁教育出版社 1998 年版，第 5 页。
③ 高友工：《美典：中国文学研究论集》，生活·读书·新知三联书店 2008 年版，第 75—76 页。

诗'这个大的'体类'之中。"① 高同时认为："任何伟大的文化必然地会包括这两种传统，但也必然地会有所偏爱；正如伟大的作家虽然兼有两者，但依然会倾向于其一……我们才有'抒情小说'、'抒情戏剧'、'叙事诗'、'咏物诗'等等体类的出现。"② 这种非民粹主义和非二元对立的看法表现出其可贵而宽广的眼光，而且分析极为细腻，但其西方式的分析哲学式的方法难免遭到中国传统文论支持者的批评。

捷克汉学家普实克则对 20 世纪初期的新文学的发生作重点考察，他认为："就其内在品质以及与现实的关系而言，这场文学（新文学）变革的特征可以概括如下：在旧文学中占据主导地位的抒情性——为了审美目的而创作的散文，以及戏剧，都具有一种特殊的抒情品质——现在被史诗性所取代，因为连现代话剧也更接近叙事，而不是抒情。这本身就意味着对现实的态度的改变。在过去，对现实的观察、体验、冥思，都具有典型的抒情性；而现在，对现实的忠实反映、描写和分析，成为了现代散文的主要目的。中国古代诗歌和散文使用的文学手法是综合，而现代散文（当然还有现代诗歌）的手法是分析。"③ 普实克认为中国抒情传统的式微和"史诗的"文学的兴起，有赖于世纪之交文学秩序的解散和创作者的主观意识和个人主义的萌发。普实克的这一观察与判断不无左翼立场的兴寄。

与普实克相比，王德威笔下对抒情传统有另一番的解读：西方定义下的"抒情"（lyricism）与个人主义挂钩，是晚近的、浪漫主义的表征一端而已。侧重于个人、主体与自我的论述。"晚清、'五四'语境下的'抒情'含义远过于此。'抒情'不仅标示一种文类风格而已，更指向一组政教论述、知识方法、感官符号、生存情境的编码形式，因此对西方启蒙、浪漫主义以降的情感论述可以提供极大的对话余地。"④ 王所强调的抒情主义是想重返中国传统文学或文论里面关于抒情的表述。这一线索包括《楚辞·九章》中诗

---

① 高友工：《美典：中国文学研究论集》，生活·读书·新知三联书店 2008 年版，第 83 页。
② 高友工：《美典：中国文学研究论集》，生活·读书·新知三联书店 2008 年版，第 77 页。
③ ［捷克］亚罗斯拉夫·普实克：《抒情与史诗：现代中国文学论集》，上海三联书店 2010 年版，第 39 页。
④ 王德威：《抒情传统与中国现代性》，生活·读书·新知三联书店 2010 年版，第 5 页。

"发愤以抒情"的问题，也包括了儒家从《论语》以来的诗教中所产生的对于"礼""乐"的一种乌托邦式的憧憬，以及老庄哲学、魏晋美学、陆机《文赋》的"诗缘情而起"等。"不再只是把它当作抒情诗歌，也把它当作一个审美的观念、一种生活形态的可能性。""抒情与史诗并非一般文类的标签而已，而可延伸为话语模式，情感功能，以及最重要的，社会政治想象。"而其理论动机是给予这样的一种现实："一般以为二十世纪中国文学的典范不外革命与启蒙，这一典范的声音标记可以鲁迅的'呐喊'为代表。相形之下，抒情话语要么被贬为与时代的'历史意识'无关，要么被看作现实主义律令以外的小道。"① 也即对中国现代文学的论述开辟出除启蒙与革命之外的另一论述途径。

　　我们或可以从以上视域中看出周的文学抒情史观的意义。首先，周所谓的"言志"传统其实是"缘情"传统，我们在这里叫作抒情传统，对于文学史的意义是明显的。周作人通过自己心中的"美典"，寻求文学中的"仙人"分子，以建立新文学的典范。周的抒情史观的建构采择了中国以及两希文明中的抒情传统，这在某种意义上是一次文学复兴的尝试和想象。虽然周在其中夹杂了现代人道主义的内涵，然而这种人道主义和周作人所向往的礼乐传统接近。因此，在我看来，周的文学抒情史观并非一种所谓的审美"现代性"，但和审美现代性反抗技术理性和工具理性的内涵并无二致②。周如果以此来关照自己的文字，难免对其产生不满。事实上，周作人的文学实践并不如他所想象的那样"余一生文字无足道矣"，他的文学作品尤其是一些美文在文学史上的价值已经取得公认。更重要的地方在于，周作人的文学批评和文学抒情史观的确立，为文学史书写提供了一个极为重要的价值参照。

　　作为总结，我简要概括一下周作人抒情文学史观的主要内涵：

---

① 季进：《抒情传统与中国现代性——王德威教授访谈录》，《书城》2008 年第 6 期。

② 马泰·卡林内斯库在《现代性的五副面孔》中把现代性分为启蒙现代性和审美现代性，前者是现代性自身的认同力量，以社会为主，张扬理性；后者是现代性的反抗力量，以个人为本体，用审美主义来对抗技术理性和工具理性。见马泰·卡林内斯库：《现代性的五副面孔》，顾爱彬等译，商务印书馆 2002 年版，第 48 页。

在文学的功用上，主张文学的无功利性，拒绝工具论、载道论。如果说五四新文化时期"人的文学"的提出尚带有一定的启蒙色彩，在后五四时期，周更追求文学的独立性、审美无功利性，拒绝为任何主义代言。

在书写主体上，强调"个人"情感的抒发，防止"个人"沦为集团的利用的工具。"个体"和"人类"相通。后五四时期，周作人对"八股"思想的一再拒斥和反抗，就是为了能够使"个人"发声言志，避免个人的主体性受到各种权力话语的压迫。

在表现形式上，更重视抒情分子的形式。周通过自己心中的"美典"，即《诗经》之《国风》、《圣经》之《雅歌》、古希腊之"萨福"，向我们展示了文学的抒情传统，它们是具有生命力的"仙子"。周一再强调文学要有"生命"，文学是人的心灵史，文学是人性的悲喜歌哭。

在文学的思想内涵上，更重视"情"之内涵，也就是表现优美健康的自然人性，或者说人的"求生意志"，追求健全美好生活的愿望。这种求生意志是"人类""个人"的共通之处，也和现代人道主义的某些内涵紧密相连。

另外，周的文学抒情观，并不局限于中国的抒情传统，它同时包含两希文化中的抒情传统，这也是文学超越性的表现——文学连接着"个人"与"人类"，超越了国界和民族。当然这一视界缘于周作人开阔的世界文学的眼光。这一契机和陈世骧对中国文学抒情传统的提出背后的世界文学视野不谋而合，不过周对抒情传统的重视较早，而且两人的问题意识、出发点和文化语境也有很大的分野。

如果进一步向前追溯，我们可看到王国维在《文学小言》中提出文学的无功利性，认为"铺缀的文学"与"文绣的文学"不是真正的文学，文学是"游戏的事业"："文学者，游戏的事业也。人之势力用于生存竞争而有余，于是发而为游戏。婉娈之儿，有父母以衣食之，以卵翼之，无所谓争存之事也。其势力无所发泄，于是作种种之游戏。逮争存之事亟，而游戏之道息矣。唯精神上之势力独优，而又不必以生事为急者，然后终身得保其游戏之性质。而成人以后，又不能以小儿之游戏为满足，于是对其自己之感情及所观察之事物而摹写之，咏叹之，以发泄所储蓄之势力。故民族文化之发达，非达一定之程度，则不能有文学；而个人之汲汲于争存者，决无文学家之资格也。"① 王认为文学有二元质：景与情。前者是客观的，知识的；后者是主观的，感情的。并提出"抒情的文学"(《离骚》、诗词皆是)与"叙事的文学"(谓叙事诗、诗史、戏曲等，非谓散文也)②，认为后者尚处于"幼稚之时代"。

鲁迅早年在《摩罗诗力说》中亦提出纯文学观："由纯文学上言之，则以一切美术之本质，皆在观听之人，为之兴感怡悦。文章为美术之一，质当亦然，与个人暨邦国之存，无所系属，实利离尽，究理弗存。……故文章之于人生，其为用决不次于衣食，宫室，道德。盖缘人在两间，必有时自觉以勤劬，有时丧我而恍惚，时必致力于善生，时必忘其善生之事而入于醇乐，时或活动于现实之区，时或神驰于理想之域；苟致力于其偏，是谓之不具足。严冬永留，春气不至，生其躯壳，死其精魂，其人虽生，而人生之道失。文章不用之用，其在斯乎？……涵养人之神思，即文章之职与用也。"③ "好的文艺作品，向来多是不受别人命令，不顾利害，自然而然地从心中流露的东西。"④ 然而鲁迅虽然重视文学的独立性，其文字多半却在致"用"。其实周作人的文字多半也和启蒙与当时的政治保持着联系，不过他所倡导和实践的"美文"倒是保持了审美的维度。

木山英雄曾比较了周氏兄弟的文学无功利性和王国维的文学无功利性："周氏兄弟共通的反功利主义，是遵循庄子式的'无用之用'的逻辑，希图依靠文学的力量使同胞纯粹无垢的灵魂觉醒，从而使衰弱的古老文明保有再生的希望：在这一意义上，他们的反功利主义是为远大的功利服务的。而王国维所追求的，是以席勒美学的'游戏'为极致的、于己是对深刻的厌世主义和忧郁症的直接慰藉的纯文学。"⑤ 其实，虽然周氏兄弟同是"无用之用"，但一个和现实保持了密切联系，进行着激切的战斗，一个和现实保持了某种程

---

① 王国维著，周锡山编校：《王国维集》，中国社会科学出版社 2008 年版，第 22 页。
② 王国维的这一观点在董乃斌《论中国文学史抒情和叙事两大传统》(《社会科学》2010 年第 3 期)一文中得到更详尽的发挥。
③ 鲁迅：《摩罗诗力说》，见《鲁迅全集》第 1 卷，人民文学出版社 2005 年版，第 73—74 页。
④ 鲁迅：《革命时代的文学》，《鲁迅全集》第 3 卷，人民文学出版社 2005 年版，第 437 页。
⑤ ［日］木山英雄著，赵京华编译：《文学复古与文学革命：中国现代文学思想论集》，北京大学出版社 2004 年版，第 224—225 页。

度的疏离。尤其是在后五四时期，周氏兄弟的分野更为明显。

同是抒情，鲁迅之"情"洋溢着普实克所言的"主观主义"和"个人主义"的倾向，尼采的生命意志在鲁迅这里发遑扬声，鲁迅激切幽愤的"呐喊"和"无物之阵"的悲凉形成其独特的"情"之坐标；周作人的"情"则是知命守己而又追逐"捕风"的"求生意志"，他在自然人性的基础上建造了优美健康而富有节制的人性形式，发抒着一个凡人的日常生命的悲欢，"抒情"文学也因此成为他诉求在"个人"基础之上的"人类"共通的美典，也是他自我慰藉、对抗外在之物而终未能付诸实行的忧郁之殇。

如果我们把周作人的抒情文学观放置于后五四时期的语境之中，我们就会发现它的可贵意义。后五四时期，由于革命与"建国"的任务压倒了一切，新文化所标举的思想文化革命退出了时代话语中心，知识分子也在其列。在革命的宏大叙事中，文学被绑上了战车，成为党派政治宣传的工具。无论是革命文学、左翼文学还是国民党的党化文学莫不如此，文艺学术成为党派政治翻云覆雨的道具。当然，这种招纳的企图也招致抵抗和拒绝。一部分人拒绝党派的"招安"，从事独立性的自主性的研究，他们拓展出"广场意识"之外的另一条道路。旷新年指出 1928 年发端的"30 年代文学"所具有的鲜明特点："它以无产阶级革命文学的倡导和对'五四'资产阶级现代性的'文化批判'与'五四'产生了自觉的、明显的断裂。它是马克思主义的启蒙运动，是无产阶级的'五四'。"它生长在尖锐严峻的阶级斗争和民族危机中，并在 1930 年代经过中共的运用达到了中国传统文学观念中"经国之大业、不朽之盛世"的最高理想境界。"1928 年的'文化批判'是马克思主义的启蒙运动，是对于现代资本主义文化和知识谱系的颠覆。它在对"五四"时期刚刚初步建立起来的科学、民主、个人主义、人性，以及艺术自治等概念的合理性批判中，有力地展开了唯物辩证主义、无产阶级、集体主义、阶级性，以及无产阶级文学等概念和主题。"[1] 文学深深打上了政治意识形态的烙印。相比较，周作人的抒情文学观把文学放置于更久远的时空中，以普遍的人性为根柢，具有长久的生命力！

---

[1] 旷新年：《1928 革命文学》，山东教育出版社 1998 年版，第 1、47 页。

反观当下林林总总的文学史书写，它们给予了我们一个多元化的回答，但无论是"进化论""阶级论"还是"启蒙论""现代性论"，① 无不带有时代思潮的影子。我们虽然无可逃脱"一切历史都是当代史"的胁迫，但是仍应有悠游远眺的从容，以世界文学的眼光来观察中国文学史的书写。周作人在《人的文学》中指出："一、文学是人性的，不是兽性的，也不是神性的；二、文学是人类的，也是个人的，却不是种族的，国家的，乡土及家族的。"几十年之后，周的这一具有世界意识的人本主义信念仍不断得到了响应："'人的文学'是要求发掘普遍的人性，探讨'理想的人性'，用周作人当时的话：'重新要发现人，去辟人荒！'这种文学要求显然不是五四以后新文学发展之所趋。大多数的新文学作品，是被夏志清先生所谓的'感时忧国'的胸怀所笼罩。但在今天的我们仍然难以超越某种狭猛的视野，忘却当年'放眼世界，关怀人类'之理想。"② 这种感慨愿能使我们透过"当下性"的迷雾，以更高更远的眼光来创作中国文学的"美典"，也是世界的"美典"。周作人的抒情文学史观给予我们的意义也在于此。

---

① 黄修己在《论中国现代文学史的阐释体系》（《学术研究》2007 年第 8 期）一文中归纳了中国现代文学史书写最常见的几种阐释体系。**一是进化论的阐释体系**。以进化论为文学革命的理论依据，如胡适的《白话文学史》："文学者，随时代而变迁者也。一时代有一时代之文学，乃文明进化之公理也。"强调今胜于昔，新文学胜于旧文学，肯定白话文学的合法性，否认则不然。**二是阶级论的阐释体系**。把阶级斗争作为社会进化的动力，文学亦是阶级斗争的表现。这种阐释体系构成建国后中国新文学史建构的指导思想。以"反映论"为其哲学基础。在文学功能上，坚持"工具论"或"武器论"，即认为文学是阶级斗争的工具或武器。整个文学都是围绕毛泽东的创建人民文学而描述，文学史写作包括古代文学史写作都要强调阶级分析，如王瑶的《中国新文学史稿》。**三是启蒙论的阐释体系**。在"新启蒙"的 1980 年代提出，启蒙主义思潮促成了新文学研究领域的启蒙论阐释体系的形成，取代了以往占主导地位的阶级论、新民主主义论阐释体系的政治视角，侧重从思想史、文化史的角度认识新文学。1985 年李泽厚提出"救亡压倒启蒙"命题，认为五四启蒙精神未得到发展。刘再复提出中国社会运动重心转移等原因，导致启蒙精神失落。黄子平、钱理群、陈平原提出"20 世纪中国文学"的概念，高度评价五四启蒙主义文学，认为 20 世纪中国文学的总主题是"改造民族灵魂"、审美风格是"悲凉"等，这些启蒙文学的特征为 20 世纪文学的总体特征。启蒙论把复杂性和丰富性简单化了。**四是现代性的阐释体系**，是西方"后现代"思潮对我国的冲击。现代性的提出缘于西方对现代性的反思。这一概念来自思想史，应用到文学领域则偏重于文学的思想性问题，尚未深入探讨文学自身问题。"进化论还讲文体的演进；阶级论在政治第一的前提下还有艺术第二；启蒙论就偏重于思想了，到了现代性就更把新文学拉进中国现代思想史去了。所以有人质疑这是'思想史取替文学史'。"而且现代性这一概念的具有混杂性、模糊性、分歧性。

② 张灏：《幽暗意识与民主传统》，新星出版社 2010 年版，第 224 页。

周作人的抒情文学史观与周作人所向往的生命境界互为表征。他所追求的是一个没有神像、没有圣书、众生有情有礼的世界。有情，故而悲悯，故而相爱，故而没有不必要的杀伤；有礼，故而有节制，故而中庸，这是通达大同世界之路。虽然在现实面前，这仅仅是他的虚妄，但也开启了他对现代文明方案的另类想象。历史总是与诗人互为反讽，作为"诗人"的周作人的"抒情"终被置于觥筹交错的宴席上，被束于铁窗，也终归于红卫兵皮鞭之后尸骨无存的悲怆，这悲怆对于现代中国知识分子也具有象征意义。

以沈从文《抽象的抒情》的开篇作为本章的结语："生命在发展中，变化是常态，矛盾是常态，毁灭是常态。生命本身不能凝固，凝固即近于死亡或真正死亡。惟转化为文字，为形象，为音符，为节奏，可望将生命某一形式，某一种状态，凝固下来，形成生命另外一种存在和延续，通过长长的时间，通过遥遥的空间，让另外一时另一地生存的人，彼此生命流注，无有阻隔。文学艺术的可贵在此。文学艺术的形成，本身也可说即充满了一种生命延长扩大的愿望。至少人类数千年来，这种挣扎方式已经成为一种习惯，得到认可……" ①

---

① 沈从文：《抽象的抒情》，见《沈从文全集》(第16卷)，北岳文艺出版社2002年版，第527页。

第三章
"生活之艺术"与"礼乐"方案

后五四时期的周作人一个重要的思想转向便是不再寻求各种"主义"的张扬和"布道",用他自己的话来说就是"梦想家与传道者的气味渐渐地有点淡薄下去了",对周而言,"这种生活在满足自己的趣味之外恐怕没有多大的觉世的效力,人道主义的文学也正是如此"。"以前我所爱好的艺术与生活之某种相,现在我大抵仍是爱好,不过目的稍有转移,以前我似乎多喜欢那边所隐现的主义,现在所爱的乃是在那艺术与生活自身罢了。"[①] 周转向一种日常生活叙事,一种不同于热烈的迫切的情爱喜悲的日常感情的追寻。"情之热烈深切者,如恋爱的苦甜,离合生死的悲喜,自然可以造成种种的长篇巨制,但是在我们的日常的生活里,充满着没有这样迫切而也一样的真实的感情……足以代表我们这刹那的内生活的变迁,在或一意义上这倒是我们的真

---

① 周作人:《〈艺术与生活〉序》,1926 年 8 月 10 日作,载 22 日《语丝》第 93 期,署岂明。收《艺术与生活》。

的生活。"① 周把感时忧国的现代人道主义立场缝合进日常生活的"小叙事"，这种"小叙事"既是对"博学鸿词"各种八股的反动，也蕴含着把日常生活领域纳入审美范畴的努力。

后五四时期，日常生活成为理解周作人的关键词。第一个原因是，日常生活成为周现实人生遭际的一部分。

我们可以进一步考察周作人的日常生活史。

对于 1930 年代生活在北京的知识分子而言，时代的紧张空气和校园的舒缓节奏紧密地交叠在一起。后五四时期，新文化中心南移，国民党完成对北京的统治并进行了严格的新闻舆论的监控；同时，北京城又笼罩在日本入侵的阴影之下。然而这种政治上的压迫似乎并没有彻底改变校园舒徐自如的教学氛围。对于周作人而言，日常教学、演讲、同人互访、宴饮、购书、读书、藏书、写作、翻译，构成了后五四时期周作人生活史的主线。

日常教学：对于以教书著译为业的周作人而言，教学成为周作人的日常生活。周这一时期，曾在北大、北平大学女子学院、孔德学院、辅仁大学、燕京大学授课。1927 年 8 月，张作霖解散北京大学，改为京师大学，把北大、女师大、北师大、女子大学等九所学校合并为京师大学校，周拒绝了京师大学校女一院的聘书，而仅仅担任作为北大"孑遗"的北大国学馆导师和学术审议员。1928 年 8 月，国民政府将 6 月刚刚由京师大学校更名的中华大学改为北平大学，并实行大学区制，划北平、天津、河北、热河为"北平大学区"。11 月，北平大学成立，周作人回到北大，代理文学院国文系主任及日本文学系主任。1929 年 10 月他辞去北平大学女子学院国文系主任之职。1930 年在燕京大学休假一年。1931 年 8 月，周作人辞去在各校的兼职，专任北京大学研究教授。相对于朋辈的高升与远迁，周仍苦住于北京一地执教。1928 年，周曾对江绍原谈起这种状况："朋友中多已高升了，玄伯开滦局长、北平政务分会委员，尹默河北省政府委员，叔平兼士半农古物保存会委员，玄同国语统一会委员，幼渔管天文台！只有我和耀辰还在做'布衣'，但耀辰恐不久亦须'出仕'，因他旦夕此意而凤举等则颇想抬他出来，凤举自己尚未有印

---

① 周作人：《论小诗》，1922 年 6 月 13 日作，载 21 日、22 日《晨报副刊》，署仲密。收《自己的园地》。

绶，唯其必有一颗印可拿则是必然之事，故亦可以'官'论矣，观于每天坐了借来的汽车各处跑，可以知其贵忙矣。我所等候的只是'中华大学'或者还有'日本文学系'，我仍旧可去教几点钟书，假如没有则亦罢了，反正过去一年也关出在'京大'之外，也仍可以敷衍过日也。"① 如果说这种心态可能具有"当下"的局限性，然而放到后五四时期的周作人日常生活而言，作为一个教员，平淡而又不失丰泽可谓是一个简单的概括。"平淡"的是如水的生活，周以教书著译为生，不时也有经济上的担忧，这一状况在他和江绍原的通信中有所流露："北平大学早已无钱，三月份发了一成，惊弓之鸟大有高飞之意，日前教员会决定，如四月末不蒙付清，则从五月朔（一号）起即将'恕不'上课，尚不知李书华大人何以善其后也。"② "北大垫发三月份薪，别的学院则只发一成，今日报载可有卅万汇到，或可再支持一个月。"③ "大学区取消……假如下学年可以照常开学，我拟全回'北大'去（现只算 1/2 prof），从头办日文学系（从预科起），外边拉散车的时间拟减少，如师大女师大皆不复去矣。"④ "丰泽"的是周仍可以过着一个文人闲趣和自由的生活，比如宴饮、演讲。

宴饮：据《周作人日记》《周作人年谱》记载，1929 年 1 月 1 日，元旦集宴，来者：沈士远、沈尹默、沈兼士、马幼渔、马隅卿、刘半农、钱玄同、俞平伯、徐祖正、张凤举等人。1 月 2 日，北海濠濮间赴星星社之会；1 月 26 日，在苦雨斋宴胡适，出席者：马幼渔、刘半农、张凤举、沈尹默等人。1 月 27 日，北海团城参加骆驼同人集会。10 月 15 日，往燕京大学，冰心、吴文藻招午餐。10 月 26 日下午，同北京大学和孔德学院同人，在中山公园水榭为即将赴法留学的张凤举饯行，出席者 47 人。11 月 6 日，午至德国饭店，赴沈兼士招宴，为张凤举饯行。11 月 14 日，往燕京大学，赴冰心邀便饭，许地山亦来。

1930 年代初期宴饮尤为频繁。1933 年 7 月朱光潜回国，出任北京大学西

---

① 周作人 1928 年 7 月 19 日致江绍原信，见《周作人早年佚简笺注》，四川文艺出版社 1992 年版（下同），第 87—88 页。

② 周作人 1929 年 4 月 19 日致江绍原信，见《周作人早年佚简笺注》，第 167 页。

③ 周作人 1929 年 5 月 4 日致江绍原信，见《周作人早年佚简笺注》，第 172 页。

④ 周作人 1929 年 6 月 21 日致江绍原信，见《周作人早年佚简笺注》，第 174 页。

语系教授，还在北大中文系、清华大学、辅仁大学等处主讲"文艺心理学"和"诗论"。他在住处地安门里的慈慧殿三号举办的"读诗会"，常常受到同人以及文艺爱好者的欢迎。从1933年起，他在家里经常举办文学沙龙，"每月一至两次，参加的人实在不少，北大有梁宗岱、冯至、孙大雨、罗念生、周作人、叶公超、废名、卞之琳、何其芳、徐芳等，清华有朱自清、俞平伯、李健吾、林庚、曹葆华等，此外还有冰心、凌叔华、林徽因、周煦良、萧乾、沈樱、杨刚、陈世骧、沈从文、张兆和，以及当时在北京的两位英国诗人尤连·伯罗和阿立通等"。① 周作人是其中之一。

同年8月沈从文到北京，9月他和杨振声主编《大公报·文艺副刊》，编委除此二人外还有朱自清、周作人、林徽因、邓以蛰。作为主要编务的承担者，沈从文更是经常邀请同人每月一聚，周作人自然经常出席。10月22日，沈与杨在北海漪澜堂招宴，出席者周作人、俞平伯、废名、余上沅、朱光潜、郑振铎等；② 11月26日，周参加《大公报·文艺副刊》在丰泽园的聚会，另有朱自清、杨振声、李健吾、巴金、梁思成夫妇等人出席；③ 1934年1月21日，参加《大公报·文艺副刊》在丰泽园的聚会，出席者另有胡适、闻一多、朱自清、叶公超等人；2月25日，3月17日，4月29日，5月27日，6月24日……周均参加了《大公报·文艺副刊》大约每月一次的聚会。④ 除此之外，周作人有时也参加其他宴饮活动，比如同人相访相邀，饯别，婚丧，生日宴，茶话会，其他文学社招宴，林徽因的"太太客厅"活动，学生年终聚餐，等等。中国文人自古就有宴饮之习。对现代中国知识分子来说，宴饮也是重要的文学场域之一，它对文人的文学交流和感情联络起到非常重要的作用。周作人对宴饮活动的参与或是可以给他带来一种集体的归属感，纾解现实而带来的压抑与孤寂，保持心灵自由之一途吧。

演讲：1929年2月8日，往孔德学校演讲；18日往第一师范学院演讲；28日，往燕京大学国文学会演讲。3月1日，参加孔德学校开学典礼；10日，往

① 商金林：《朱光潜与中国现代文学》，安徽教育出版社1995年版，第92页。
② 参吴世勇编：《沈从文年谱》，天津人民出版社2006年版，第141页。
③ 参吴世勇编：《沈从文年谱》，天津人民出版社2006年版，第144页。
④ 张菊香、张铁荣编：《周作人年谱》，天津人民出版社2000年版，第441—461页。

妇女协会演讲；12 日，往燕京大学国文学会演讲；15 日，往北平大学法学院健行社演讲。5 月 22 日，往清华大学为终南社中国文学会演讲。10 月 10 日，往孔德学院参加国庆纪念会并演讲……这样的演讲记录非常多①，并且不仅仅局限于北平一地，周也时常去天津演讲。如，1930 年 11 月 8 日上午在天津女师学院演讲，下午在南开大学演讲；11 月 28 日下午在河北大学演讲；29 日在保定第二女子师范、保定第二师范学院演讲……不再一一举例。1934 年七、八月间，周携夫人羽太信子去日本进行了近两个月的探亲访问，引起较大反响。总之，后五四时期的下半段，周演讲的次数比较频繁，所去的学校也从北京的北大、清华、辅仁、北京工学院到天津的师范学院等院校。周之所以有如此频繁的讲演与其文名不可分开：周在五四新文化运动时期奠定了其文坛上的地位，后五四时期，新文化时期的中坚人物南移，周无疑成为北京文坛上的屈指可数的权威人物，受邀演讲也是情理之中的事情。

购书读书藏书：周一生购书读书藏书甚多，从周作人日记中可以看出，他自留日时期就开始购书，日记后面常有所购书目。周作人回国后，有时也和日本的有些书店比如东京丸善书店保持联系，常有图书从日本寄来。在非常时期，取书甚至会带来一些意想不到的麻烦，"近来北平反日会雷厉风行，凡自日本寄来的，即使是英文也要扣留，故取书亦是一种冒险也"。②周在《隅田川两岸一览》一文中谈及自己的嗜好，在一一否定酒、茶、旧戏、电影、音乐、书画及古董之后，说："所谓嗜好到底是什么呢？这是极平常的一件事，便是喜欢找点书看罢了。看书真是平常小事，不过我又有点小小不同，因为架上所有的旧书固然也拿出来翻阅或检查，我所喜欢的是能够得到新书，不论古今中外新刊旧印，凡是我觉得值得一看的，拿到手时很有一种愉快，古人诗云，老见异书犹眼明，或者可以说明这个意思。天下异书多矣，只要有钱本来无妨'每天一种'，然而这又不可能，让步到每周每旬，还是不能一定办到，结果是愈久等愈希罕，好像吃铜槌饭者（铜槌者铜锣的槌也，乡间

---

① 止庵编的《周作人演讲集》中仅收录极为少量的周作人演讲，大量的演讲记录未被发现或者已经散佚，虽然近几年来也陆续发现了周的一些演讲记录，但和周作人一生的演讲比起来少之又少，此项工作有待进一步发掘整理。

② 周作人 1929 年 4 月 19 日致江绍原信，见《周作人早年佚简笺注》，第 167 页。

称一日两餐曰扁担饭，一餐则云铜槌饭），捏起饭碗自然更显出加倍的馋痨，虽然知道有旁人笑话也都管不得了。"① 其实，购书成为周作人重要的生活开支之一。1927 年，九所学校合并为京师大学校，周仅仅担任作为北大"孑遗"的北大国学馆导师和学术审议员，这在一定程度上也导致周的经济来源减少。"我的经济状况总是如此，只是老板的款不能如约寄下，因此不免时时发生困难耳。"② 周作人曾对江绍原谈起："近来无钱买书，稍觉无聊，殆犹妇女之不能买衣饰欤？"③ "近日少买书，但亦不能戒净，稍搜三四种关于希腊文学宗教的书，虽在黄连树下亦不能忘弹琴也，可笑之至也。"④ "买书之兴仍不浅，只可惜钱仍不够……"⑤ "近颇想购书而不敢花钱。"⑥ "苦雨斋中已稍整顿，因新从拍买得了几个旧书架，把凌乱的书稍为整理了。"⑦ 多年后，在鲁迅藏书险被出售事件中，周作人在其中扮演了一个不光彩的角色，周曾言自己愿意出钱购买鲁迅的部分书。学界对其这种行为多有批评，我也同意这一批评，但从另一个角度可以看出周作人对书之痴。王锡荣曾有这样的观察："当初鲁迅搬离八道湾时，两人唯一的一次正面冲突，就是为了这些书，以致后来两人相互指责对方抢了自己的书——鲁迅谈到自己一些书没有从八道湾取出来时说是'悉委盗窟中'，而周作人写文章骂鲁迅是'破脚骨'，意谓强抢了他的书……"⑧ 以上可见周作人对书之痴爱。周作人日记中也时见其购书的记录。周读书之广就更不必说了，1930 年代，周称自己为"文抄公"。从其文抄公体的散文中已经可以看到这一点了。以上这些构成周作人生活史的主线，周的日常生活经验构成了其通向"生活与艺术"的一途。

日常生活成为理解周的关键词的第二个原因是，"生活之艺术"的提出。1924 年，周作人提出"生活之艺术"。"生活之艺术"这个名称，用中国固有的字来说便是所谓"礼"。斯谛耳博士在《仪礼》序上说："礼节并不单是一

① 周作人：《隅田川两岸一览》，1935 年 11 月 3 日刊《大公报》，署名知堂，收入《苦竹杂记》。
② 周作人 1928 年 7 月 19 日致江绍原信，见《周作人早年佚简笺注》，第 87 页。
③ 周作人 1927 年 9 月 27 日致江绍原信，见《周作人早年佚简笺注》，第 34 页。
④ 周作人 1927 年 11 月 1 日致江绍原信，见《周作人早年佚简笺注》，第 38 页。
⑤ 周作人 1929 年 1 月 5 日致江绍原信，见《周作人早年佚简笺注》，第 130 页。
⑥ 周作人 1929 年 5 月 4 日致江绍原信，见《周作人早年佚简笺注》，第 172 页。
⑦ 周作人 1929 年 6 月 21 日致江绍原信，见《周作人早年佚简笺注》，第 174 页。
⑧ 王锡荣：《周作人生平疑案》，广西师范大学出版社 2005 年版，第 272 页。

套仪式，空虚无用，如后世所沿袭者。这是用以养成自制与整饬的动作之习惯，唯有能理解万物感受一切之心的人才有这样安详的容止。"①周作人赞成辜鸿铭把"礼"译成 Art，而不是 Rite，就含有对现在的"礼"之思考。周希望恢复"本来的礼"，而不是现在已经堕落的礼仪礼教。按照周的理解，这种近于 Art 的"本来的礼"意味着一种新的自由与节制，在于"禁欲与纵欲的调和"，依据蔼理斯的话来说便是："生活之艺术，其方法只在于微妙地混合取与舍二者而已。"这种生活的艺术更接近中国的中庸，《中庸》云："天命之谓性，率性之谓道，修道之谓教。"对于周来说，"中国现在所切要的是一种新的自由与新的节制，去建造中国的新文明，也就是复兴千年前的旧文明，也就是与西方文化的基础值希腊文明相合一了。这些话或者说的太大太高了，但据我想舍此中国别无得救之道……"②在周看来，这种接近中国传统之中庸的"节制""取舍"与"调和"成为"生活"的艺术或方法，周进一步把它升华为建构中国新文明的方法。

1930 年代，周作人更明确地指出："礼即是人情物理的归结，知礼者必懂得情理。思想通达，能节制自己，能宽容别人，这样才不愧为文明人。"③周常自称儒家，而儒家的精神在于消极的道家和彻底积极的法家之间。陶渊明《饮酒》诗中言及孔子："汲汲鲁中叟，弥缝使其淳。凤鸟虽不至，礼乐暂得新。"这几句诗获得周的高度认同："把孔氏之儒的精神全表白出来了。"④我们可以看到，周氏把西方的现代人道主义思想嫁接到中国的"本来的礼"，或者说是"礼乐传统"，这仿佛有说西方的"Art"中国"古已有之"的嫌疑。但是周作人的这一观点是经过五四退潮之后的洗礼而进行的努力。新村主义在内的新理想主义的破灭，使他放弃了各种"主义"和宏大的社会改造。周早在 1922 年就看到人的本性改变之困难，只能以"影响"渐进地改变："以遗传的国民性为素地，尽他本质上的可能的量去承受各方面的影响，使其融和沁透，合为一体，连续变化下去，造成一个永久而常新的国民性，正如人

---

① 周作人：《生活之艺术》，1924 年 11 月 17 日《语丝》第 1 期，署开明。收《雨天的书》。
② 同上。
③ 周作人：《关于孟母》，1935 年 5 月 19 日《独立评论》第 151 号，署知堂。收《苦茶随笔》。
④ 周作人：《自己所能做的》，1937 年 4 月 24 日作，载 6 月 1 日《宇宙风》第 42 期，署知堂。收《秉烛后谈》。

的遗传之逐代增入异分子而不失其根本的性格。"① 上文中提到周对陶渊明的
"弥缝"加以认同，这也说明其"影响说"思想的延续性和一致性。

一、"现在所爱的乃是在那艺术与生活自身罢了"

如前文所言，周作人在后五四时期，转向对"艺术与生活自身"的追求。
家乡的乌篷船，打篷的雨声，欸乃的橹声，赤了足的孩子，水田里的蛤蟆，
檐头麻雀的啾啁，故乡城外的娱园，故乡的野菜，北京的茶食，喝茶，苍蝇，
禹迹寺，夜糖，风物民俗，两性伦常，凡人的日常都涌现到他的笔下。这对
于周作人而言无疑是一个转折，他从宏大叙事中抽身而去，转向对凡人日用
的关注。这种转变当然也是一个渐进的过程。虽然周在其文章中仍不时隐晦
地"呵佛骂祖"，但和五四时期的高歌猛进相比减弱了它的热度，幽暗了它的
光芒。我们在其笔下看到的是一个过了"不惑之年"的"智者"形象。此前
的受挫经验使周感到有些绝望，世界与时间簇拥着冥冥而来，四周都是黑暗，
但他并不甘心沉坠其中，为黑暗所吞噬。作为人"永远在于过渡时代"，现在
仅仅只是过去与未来的一个交点，而且人不能在时间的川流中入浴两次。周
选择了"闲静的招呼那熹微的晨光"与感谢落日，"将那光明固定的炬火递在
他的手内，我们自己就隐没到黑暗里去。"这种将"绝望"置之死地而后死的
意识和鲁迅的"中间物"意识何其相似。不过和鲁迅"绝望之为虚妄，正与
希望相同"的激愤有所不同，周选择了"冷眼"看世界，在命运惘惘威胁的
底色中沉淀自己的亮色。转身后的周作人选择了对凡人日用生活的书写，下
面我将对周作人的文本进行简略分析。

喝茶当于瓦屋纸窗之下，清泉绿茶，用素雅的陶瓷茶具，同二三人共饮，
得半日之闲，可抵十年的尘梦。喝茶之后，再去继续修各人的胜业，无论为
名为利，都无不可，但偶然的片刻优游乃正亦断不可少。②

这段文字写于 1922 年，新文化运动高潮刚过，周经历一场大病之后复
出，与《过去的生命》中所表现出的梦想者的悲观迷惘相比，周在这里表现
出一种悠游与从容。这是周确定自己的"胜业"之后的一次转向，他把之前

① 周作人：《国粹与欧化》，1922 年 2 月 12 日《晨报副刊》，署仲密。收《自己的园地》。
② 周作人：《喝茶》，1924 年 12 月 29 日《语丝》第 7 号，署开明。收《雨天的书》。

比如"新村的理想"之类的主义与梦想转移到泥土的朴实与可触可感、环绕于我们周遭的日常生活。"喝茶""瓦屋纸窗""清泉绿茶""二三人共饮",这些意象的选择与运用使我们体会到日常生活的从容,其实这正是周所设想的。周在《上下身》中以一日本艺术家为例:"百余年前日本有一个艺术家是精通茶道的,有一回去旅行,每到驿站必取出茶具,悠然的点起茶来自喝。有人规劝他说,行旅中何必如此,他答得好:'行旅中难道不是生活么。'这样想的人才真能尊重并享乐他的生活。沛德(W. Pater)曾说,我们生活的目的不是经验之果而是经验本身。"①周作人的生活观把人生的诸多方面放置在一个平等的视角加以检视,吃喝拉撒、饮食男女均是人生不可或缺的部分,也应该成为我们关注和考察的对象。人的生活中大抵包括饮食、恋爱、生育、工作、老死等事情,周认为它们都是生活整体中的不可分割的一部分,并且没有上下等之别。

> 我们于日用必需的东西以外,必须还有一点无用的游戏与享乐,生活才觉得有意思。我们看夕阳,看秋河,看花,听雨,闻香,喝不求解渴的酒,吃不求饱的点心,都是生活上的必要的——虽然是无用的装点,而且愈精炼愈好。②

在这段文字中,"看夕阳,看秋河,看花,听雨,闻香"成为"日用必需的东西"以外的一种生活点缀,正是这种"装点"使生活充满"意思"。对周而言,这是一种文人雅趣,也是人生必不可少的"余裕"。雅趣尚好在周作人这里被赋予了别样的意义。

然而我认为并不能因此低估这种生活美学的政治能量。周作人早年就注意到了日常趣味好尚的价值意义。周作人认为文明之基础在于趣味好尚的培养,"一国文化之高下,以国民灵蠢之异为差,故趣味好尚之节,似属细微,然其影响则甚大"。中国文明的衰落并不全在于物质文明的不具备,精神同样有所"未逮"。国人趣味浅俗,感觉迟钝:见诸色彩者"非受剧烈刺激,莫能觉识",视觉不敏;见诸声音者"中国古乐及今不传,八音之中仅存

---

① 周作人:《上下身》,1925年2月2日《语丝》第12期,署开明。收《雨天的书》。
② 周作人:《北京的茶食》,1924年2月作,载3月18日《晨报副刊》,署陶然。收《雨天的书》《泽泻集》。

其半"，国人谈论辄作大声，为耳之钝；见诸文章者缺乏审美之力，为神经之钝。"其弊则灵明渐丧，高上优美之趣弗能觉识，必有剧烈之刺激，始足以爽其意。故承平之时易流于腐败，及际乱世，淫杀尤甚，（中国土匪之祸，外国所鲜见）古有其例。今即不言此，第以中国方将新造文明以图自强，使民德不昌，短于智慧，则物质之事且难达其高深，超形之学更不足论，于文明何有乎？故革除旧习，施以教养，使高上其趣味，以渐进于灵智，是迹似微末，实为文明之基础也。"① 周作人从日常的趣味好尚中见出文明的消长，意见可谓精辟。周喜李笠翁的《闲情偶拾》一书，居处饮食及男女日用纤悉不遗，"纤悉讲人生日用处正是那书的独得处"。② 而且"道"就在凡俗的日常生活之中，人民的历史也是日用人事的连续。"顾日新序中所说：访诸父老，证以前闻，纠谬摘讹，秩然有体。庄子谓道在蝼蚁，道在尿溺。夫蝼蚁尿溺至微且浊矣，而不嫌每下而愈况，盖天地之至道贯于日用人事，其传之于世者皆其可笔之于书者也。"③ 其实不仅仅是对日常生活的凸显，而且相对于中国的史传传统，周更重视尘世凡人的悲喜："我们不必记英雄豪杰的事业，才子佳人的幸福，只应记载世间普通男女的悲欢成败。因为英雄豪杰才子佳人，是世间不常见的人；普通的男女是大多数，我们也便是其中的一人，所以其事更为普遍，也更为切己。"④ 这也为其后五四时期周的趣味养成设下伏笔。其实，如果我们进一步观察，周作人的这种日常生活转向和儒家的日常人生化不无关系。

《大学》有"三纲领"和"八条目"，"三纲领"即明明德、新民、止于至善；"八条目"即格物、致知、诚意、正心、修身、齐家、治国、平天下。"八条目""三纲领"是儒家实现"内圣外王"的根本方法。"内圣"即"内求于己"，也即"格物、致知、诚意、正心、修身"。"外王"表"外用于世"，即"齐家、治国、平天下"。可以说《大学》把人生哲学和政治哲学融为一体。

---

① 周作人：《文明之基础》，1910 年 7 月 28 日《绍兴公报》，署起孟。
② 周作人：《笠翁与随园》，1935 年 9 月 6 日刊《大公报》，署名知堂，收入《苦竹杂记》。
③ 周作人：《〈清嘉录〉》，1934 年 3 月 4 日作，载 10 日《大公报》文艺副刊第 48 期，署岂明。收《夜读抄》。
④ 周作人：《平民的文学》，1918 年 12 月 20 日作，载 1919 年 1 月 19 日《每周评论》第 5 期，署仲密。收《点滴》《艺术与生活》。

1930 年代周作人常称自己是"儒家"而非"儒教徒","半是儒家半释家"。周作人对儒家思想的思考伴随其一生,从反儒到近儒以及自称"儒家"有个过程。①

在笔者看来,周作人的儒家更近于原始儒家或者是日常人生化了的儒家。周作人在其生活哲学中把"格物、致知、诚意、正心、修身、齐家、治国、平天下"八条目中的"齐家、治国、平天下"的政治哲学抹去,而剩下的"格物、致知、诚意、正心、修身"的人生哲学正是周所择取的,这也正代表了儒家的日常人生化趋向。

余英时有一洞见:儒家的日常人生化最迟在明清时代已开始萌芽。特别是王阳明以来的儒家有一个重要的转变:不像宋儒那样把"道"的实现寄托在建制上面,寄托于"圣王贤相",而是转向普通百姓在日常人生中各自成圣成贤,回到了先秦儒家"人人可以成尧舜"的原始命题,打破了"内圣外王"的古老神话。日常人生化的儒家只能直接在私领域中实现,儒家在修身齐家的层次上仍可以发挥重要作用,但对于治国、平天下而言,儒家只能以"背景文化"的地位投射间接的影响力,并非和公领域完全断绝了关系。② 余英时论证了原始儒家的日常人生化倾向和自明清以来的儒家日常人生化的转向。余对宋明之际"士风"的转变有过这样的观察:由"得君行道""以天下为己任"转向"思不出其位"和"百姓日用之道"。而这一转变的原因在于:政治上,由宋至明,"士"的优容地位下降为"九儒、十丐"的转变消泯了他们的政治主体意识,"得君行道"无从谈起;经济上,16 世纪市场经济的发展为明代"士"的社会空间和文化空间的开拓提供了经济基础。故宋王安石、二程、朱熹、陆九渊的"得君行道"到了明代王守仁及其门人呈现出以上变异。③ 王守仁的门人主要是指泰州学派,有论者称之为"中国历史中第一个真正意义上的思想启蒙学派",创始人王艮有个主要的思想观念是"百姓日用是道",他认为"愚夫愚妇"都"能知能行","百姓日用条理处,即是圣人之条

① 哈迎飞:《论周作人的儒释观》,《文学评论》2009 年第 5 期。
② 余英时:《儒家思想与日常人生》,见《中国思想传统及其现代变迁》,广西师范大学出版社 2004 年版,第 130—136 页。
③ 余英时:《士与中国文化·新版序》,上海人民出版社 2003 年版,第 3—4 页。

理处"，"圣人之道，无异于百姓日用，凡有异者，皆谓之异端"。"百姓日用"
成为检验"道"的标准。李贽（李卓吾）是泰州学派的重要传人之一，他发
展了王艮的"百姓日用即道"的思想，提出"穿衣吃饭是人伦物理"和"人
即道"等命题："穿衣吃饭，即是人伦物理。除却穿衣吃饭，无伦物矣。世间
种种皆衣与饭类耳，故举衣与饭而世间种种自然在其中。"①而李贽正是周作
人所宣称服膺的中国"思想界三贤"之一，周晚年回忆，"中国古人中给我影
响的有三个人尤其是李卓吾，对于我最有力量"。②周作人常常引用焦里堂的
一段话："先君子尝曰，人生不过饮食男女，非饮食无以生，非男女无以生
生。唯我欲生，人亦欲生，我欲生生，人亦欲生生，孟子好货色之说尽之矣。
不必摒去我之欲生，我之所生生，但不忘人之所生，人之所生生。循学《易》
三十年，乃知先人此言圣人不易。"周对此评价道："此意思至浅近，却亦以
是就极深远，是我所谓常识，故亦即真理也。"③在周、李看来，饮食男女等
日常人生是人的生命本能的重要组成部分，也是"道"的体现者。当然李贽
的"凡圣如一"平等思想、"疾虚妄"的精神也给予了周很多的影响。

　　周作人的这种日常人生化转向的原因，一方面是中国传统"士"的解
体，"岗位"下移。中国有着两千多年的"士"的传统。从孔子的"士志于
道"，曾参的"士不可以不弘毅"，到宋范仲淹的"先天下之忧而忧，后天下
之乐而乐"，晚明东林人物的"事事关心"，"士"一直承担着修齐治平之责。
然而"士"常和中国的科举制度连在一起，他们通过科举考试而"仕"，进
入权力世界，参政"治天下"。1905 年科举废除，儒家建制被渐渐取缔。余
英时曾指出：辛亥革命以来，儒家的建制开始全面地解体，儒家的经训言行
在中小学堂所容纳的比例越来越少，而且并未找到现代的传播方式。儒家
通过建制化而全面支配中国人的生活秩序的时代一去不复返。④现代知识分
子（intellectual）渐渐取代"士"。现代学校、出版机构的建立，报纸杂志的

---

① 李贽：《焚书》（第 1 卷），中华书局 1974 年版，第 10 页。
② 周作人：《一封信（致中共领导人）》，1949 年 7 月 4 日作，见《新文学史料》1987 年第 6 期。
③ 周作人：《汉文学的传统》，1940 年 3 月 27 日作，载 5 月 1 日《中国文艺》第 2 卷第 3 期，署知
　堂。收《药堂杂文》。
④ 余英时：《儒家思想与日常人生》，见《中国思想传统及其现代变迁》，广西师范大学出版社 2004
　年版，第 131—132 页。

发行，西学的引进，使现代知识分子有了不同于传统"士"的思想面貌。虽然如此，在很长的一段时间内，"士"的幽灵并未散去。尤其是对于新文化运动的第一、二代知识分子而言，他们都有着很深的旧学根基，参政"治天下"的思想在他们身上或强或弱地存在着。当新文化运动落潮之后，尤其是遭遇鲜血和暴力革命之后，他们的分化也是必然的，有的希望"得君行道"，走上了政治之途，有的则选取了日常人生化的转向。在另外一种意义上，"日常人生化"也是一种"道"，也即上文所提的源自原始儒家和明清时代的"百姓日用是道"。这种"凡人的日常人生"具有现代意义：一方面，将"凡人"或"百姓"和"圣人"放到一个水平线上，这是平等意识关照下的结果；另一方面，"日用人生"和"国"与"天下"具有对等的意义。道体现在"日用"，"道在屎溺"；"日用"又是"道"的归宿，因此凡人的日常人生也具有了现代的意义。而且，"凡人的日用"具有人类的共通性和普适性，超越了国族界限。许杰在《周作人论》中有过深刻的观察："周作人是个中庸主义者，他虽然是一个新文坛上的人物，但实在却是穿上近代的衣裳的士大夫。"[1] 不过，另一方面，许把"士大夫"思想一体化、标签化了，而且以社会进化的观点批评周"浅薄的人道主义"。周对凡人日常的选择代表了众多现代知识人的选择方向之一，正如陈思和的概括：从广场意识转向民间岗位[2]。总之，周的对生活与艺术的转向是儒家日常人生化的体现，是主体意识从"治国、平天下"的政治哲学向"格物、致知、诚意、正心、修身"为代表的人生哲学的转移，并加入了现代意识。但这种凡人日常人生的转向并不代表它完全割裂了和政治哲学的关系。这种凡人日常人生的美学同样蕴含有巨大的美学与政治能量。

如果说这一时期（1920年代上半期），周作人是把对妇女、儿童、两性的关注作为宣扬其人学思想的重要组成部分的，那么在1930年代，日常生活的突出又被赋予了政治内涵。下面我将以浮世绘为例，来探讨周作人如何在这一日常的美学形式中寄寓了政治的张力。[3]

---

[1] 许杰：《周作人论》，载1934年7月1日《文学》第3卷第1号。

[2] 陈思和：《现代知识分子岗位意识的确立：〈知堂文集〉》，《杭州师范学院学报》（社会科学版）2004年第1期。文中陈思和认为周作人在《知堂文集》里完成知识分子价值取向的转变，即由知识分子的广场意识转向普通的民间岗位，并比之于王国维、陈寅恪。

[3] 关于浮世绘的论述已发表，见《东洋人的悲哀：周作人与浮世绘》，《文学评论》2012年第6期。

　　浮世绘是日本江户时代兴起的一种以描写百姓风俗和风景为主题的民间版画艺术，它主要表现江户市井中活生生的人物及场景，如俳优、歌舞伎、妓女、美人、浪人、花街柳巷、红楼翠阁、旅游风光等，被称为"江户时代形象的百科全书"。主要题材类型有美人绘（吉原游女）、役者绘（歌舞伎演员）和风俗绘。"浮世"来自佛教用语，意谓繁华放任却又虚无短暂的尘世。这些版画的题材多是歌舞伎与茶社的生活场景，流露出"人生苦短，需及时行乐"之意。浮世绘的兴起和江户庶民文化的繁荣密切相关。浮世绘的出现也是日本美术第一次真正意义上从贵族绘画转向民间绘画。大和绘和风俗画是浮世绘内容上的母胎，浮世绘同时融合了中国明清版画艺术以及西方绘画艺术。不同于以往的狩野派大师，市井画家成为浮世绘主要的创作者。江户时期农民、商人、手工业者、浪人等市民阶层迅速崛起，他们的经济力量打破了将军们的艺术霸权，通过新的美学眼光，创造了新的艺术形式，而且印刷技术的发展也使浮世绘大规模的生产与消费成为可能。日本出现许多著名的浮世绘大师，菱川师宣、铃木春信、鸟居清长、喜多川歌麿、东洲斋写乐、葛饰北斋、歌川广重等。19世纪后半期，浮世绘被传入西方，其优雅流畅的线条、明快鲜艳的平涂色彩、二维空间、庶民题材构成的东方情调对马奈、梵高、惠斯勒、莫奈、博纳尔、毕加索等人产生启发和影响。

　　周作人与浮世绘的渊源大致可以追溯到留日时期。当时，在大阪由《雅俗文库》发行了浮世绘杂志《此花》，《此花》先后出版24期，周均收藏并受到较大影响。周作人颇为喜欢菱川师宣、铃木春信、喜多川歌麿、歌川丰国、葛饰北斋等人的画作，并收藏了部分。新文化运动时期周作人发表了《日本之浮世绘》①一文，对浮世绘进行了简介，包括浮世绘发展简史、制作与特色、研究等。到了1930年代和1940年代初期，浮世绘引起了周作人的极大的兴趣，周曾多次著文表示对浮世绘的兴致。在《谈日本文化书》和《谈日本文化书之二》（1936）、《〈隅田川两岸一览〉》（1936）、《日本之再认识》（1942）、《关于日本画家》（1943）、《川柳》（1944）等文多次提及浮世绘，并赞誉有加："世界上所作版画最精好的要算日本。江户时代民众玩弄的浮世绘

---

① 周作人：《一蒉轩杂录·日本之浮世绘》，1917年4月《叒社丛刊》第4期，署启明。

至今已经成为珍物，但其画工雕工印工们的伎俩也实在高明，别人不易企及。中国康熙时的所谓姑苏画制作亦颇精工，本国似已无存，只在黑田氏编的《支那古板画图录》上见到若干，唯比浮世绘总差一筹耳。"① 周感慨中国没有浮世绘这样的画作，那么周为什么会有如此的感慨呢？

周作人对自己之于浮世绘的兴趣曾有这样的解释："一，对于线画，着色画，木板画，有儿童时代爱好之情。二，这些画家自称大和绘师，离开了正统的画派，自成一家的风格。三，所画的是市井风俗，可以看作江户生活一部分的画本。在那时候我也用力读'川柳'，这个理由很有关系。"② 而周作人更看中第二个理由。在浮世绘之外周作人同样爱好别的画家，如鸟羽僧正、池大雅堂、耳鸟斋、尾形光琳以及光悦宗达、小川芋钱子等离开美术史上大宗的支派画家。"觉得更是气分相近也。"相比较孩童时代的爱好的延续，周作人更重视"气分"上的相近。简言之，浮世绘离开了正统画派，自成一家，这和周作人一贯的对"载道"的反动一脉相承。这一点在他对《绘本隅田川两岸一览》的鉴赏中也同样能体现出来。周作人曾得葛饰北斋画《绘本隅田川两岸一览》风俗绘卷图画刊行会重刻本（大正六年），每页题有狂歌。周作人表示"很喜欢"。永井荷风曾对《绘本隅田川两岸一览》有这样的描述：

书共三卷，其画面恰如展开绘卷似地从上卷至下卷连续地将四时的隅田川两岸的风光收入一览。开卷第一出现的光景乃是高轮的天亮。孤寂地将斗篷裹身的马上旅人的后边，跟着戴了同样的笠的几个行人，互相前后地走过站着斟茶女郎的茶店门口。茶店的芦帘不知道有多少家地沿着海岸接连下去，成为半圆形，一望不断，远远地在港口的波上有一只带着正月的松枝装饰的大渔船，巍然地与晴空中的富士一同竖着他的帆樯。第二图里有戴头巾穿礼服的武士，市民，工头，带着小孩的妇女，穿花衫的姑娘，挑担的仆夫，都趁在一只渡船里，两个舟子腰间挂着大烟管袋，立在船的头尾用竹篙刺船，这就是佃之渡。③

① 周作人：《关于画廊》，1935年2月21日作，载3月10日《水星》第1卷第6期，署知堂。收《苦茶随笔》时改题为《〈画廊集〉序》。
② 周作人：《关于日本画家》，1943年8月1日《艺文杂志》第1卷第2期，署药堂。收《药堂杂文》。
③ 周作人：《〈隅田川两岸一览〉》，1935年10月19日作，载11月3日《大公报·文艺副刊》第36期，署知堂。收《苦竹杂记》。

天空、斗篷裹身的马上旅人、茶店、芦帘、女郎、渔船；武士、市民、工头、带着小孩的妇女、穿花衫的姑娘、挑担的仆夫……画面有着朴素的底子，浓厚的生活气息，风俗景色栩栩如生。周陶醉于浮世绘，并想起国内的《十竹斋笺谱》，但周认为那“总是士大夫的玩意儿罢了”。历史上，木版画起源于中国，而日本的木版画也受到 17 世纪传入的明清木版插图本如《芥子园画传》《十竹斋书画谱》《八种画谱》的影响。在周作人看来，来自中国民间与日本浮世绘相仿的“姑苏板”的图画则“大都是吉语的画，如五子登科之类，或是戏文，其描画风俗景色的绝少。这一点与浮世绘很不相同。我们可以说姑苏板是十竹斋的通俗化，但压根儿同是士大夫思想，穷则画五子登科，达则画岁寒三友，其雅俗之分只是楼上与楼下耳”。① “日本的民间画师画妓女，画戏子，画市井风俗，也画山水景色，但绝无抽象或寓意画，这是很特别的一件事。《古板画图录》的姑苏画里却就有好些寓意画，如五子登科、得胜封侯等，这与店号喜欢用吉利字样一样，可以说是中国人的一种脾气，也是文以载道的主义的表现吧？”② 从周作人对浮世绘的鉴赏我们可以看出周的鉴赏方式与作为艺术者的鉴赏方式有所不同，周并不关注画面的构图、线条、技法等，而是关注画面内容或者说题材所透露出的思想情趣。那么对于周作人来说浮世绘的非美术意义是什么？在笔者看来，除了浮世绘所具有的民俗学的意义 ③、对“载道”的反动之外，还有一个重要的原因：浮世绘传递了永井荷风所说的“东洋人的悲哀”。而周作人的“东洋人的悲哀”是建立在对永井荷风“东洋人的悲哀”的体认的基础之上的，因此，我们有必要确认永井荷风“东洋人的悲哀”的内涵，进而构成理解周作人的基础。

永井荷风为什么会有“我非威耳哈仑（Verhaeren）似的比利时人而是日本人也，生来就和他们的运命及境遇迥异的东洋人也”这样的感慨呢？他的“东洋人的悲哀”的指向是什么呢？

这和“大逆事件”的发生及明治维新紧密相关。1910 年日本发生了“大

---

① 周作人：《〈隅田川两岸一览〉》，1935 年 10 月 19 日作，载 11 月 3 日《大公报·文艺副刊》第 36 期，署知堂。收《苦竹杂记》。

② 周作人：《关于画廊》，1935 年 2 月 21 日作，载 3 月 10 日《水星》第 1 卷第 6 期，署知堂。

③ 参见董炳月：《异乡的浮世绘》，《读书》，2001 年第 3 期。

逆事件"即"幸德事件"。是年日本政府大肆镇压日本的社会主义运动，对全国的社会主义者进行逮捕，封闭工会，禁止出版一切进步书刊，并对被捕的数百名社会主义者进行秘密审判，诬陷日本社会主义先驱幸德秋水等人"大逆不道，图谋暗杀天皇，制造暴乱，犯了暗杀天皇未遂罪"。1911 年 1 月将幸德秋水等 12 人处以绞刑。如果说江户时代是日本封建社会的最后阶段，与中国的清代相仿，那么 1868 年，明治政府完成了倒幕的任务，进入资本主义体制。明治天皇在著名的《五条誓文》后誓言："兹欲行我国前所未有之变革"，脱亚入欧。明治初年，日本对欧美思想趋之若鹜，英国穆勒、维兰德、巴克尔的功利主义、自由主义，法国卢梭和孟德斯鸠的天赋人权论、自由思想，德国冯台尔曼和古奈斯特的国家主义，美国的人道主义等思想在日本得到大力译介和宣传，文明开化成为社会思潮主流，各种自由民权运动方兴未艾。然而明治维新，这一日式的不彻底的"没有资产阶级的资产阶级革命"，并没有根除封建主义的毒瘤。明治中后期日本唯我独尊的国粹主义取代了对欧美的热衷，宣扬日本优越论和侵略思想。1894 年志贺重昂的《日本风景论》出版，宣扬"日本是亚洲的前辈国，开发亚洲人文乃是日本人天职之所在"的"扩张有理论"。日本侵犯朝鲜、中国、韩国。1903 年，受英国谢夫莱《社会主义真髓》的启发，作为社会民主党重要成员的幸德秋水出版了《社会主义神髓》，宣扬社会主义，"社会主义不承认现在的国家权力，更排斥军备和战争"，"在意味着民主的同时也意味着伟大的世界和平主义"，"社会主义国家非阶级的国家，乃平等社会也；非专制国家，乃博爱之社会也……"①它和片山潜的《我的社会主义》在社会上产生很大反响。然而，幸德等人及其思想受到镇压。"大逆事件"发生时，永井荷风正担任庆应义塾文科教授，他常常看到载着"囚犯"的马车驶向日比谷法院。永井荷风时常想："真正的野蛮不就是指明治那样的时代吗？"身为一个东洋的文学工作者，看到历史的重来而不能有所抗争，这正是永井荷风所忧惧的，所以永井荷风"东洋人的悲哀"蕴含着一个专制时代文人的无奈，它体现为对专制制度、对压迫思想自由的抗争。永井荷风创作的《法国故事》《新归国者日记》和《欢乐》遭到当局的

① 转引自宋成有：《新编日本近代史》，北京大学出版社 2006 年版，第 284 页。

查禁，这对曾经留学、工作于美国、法国，深受西方人道主义影响，崇尚人性自由的永井荷风而言是一个沉重的打击，他对近代日本深感愤怒和失望，这使他后来憎恶明治文明，并在其作品中体现出对明治政府的非人性的国家主义的批判。他在短篇小说《火花》（1919）中曾回顾"大逆事件"给他的打击："迄今我在社会上所见所闻的事件中，还从来没有过像这样令人产生不可名状的厌恶心情的。我既然是个文学家，就不应当对这个思想问题保持沉默。小说家左拉不是曾经因为在德莱菲斯事件上主持正义而亡命国外吗？可是我和社会上的文学家都一言未发。不知怎的，我总觉得难以忍受良心上的痛苦。我因自己是个文学家而感到极大羞耻。从这时起，我就想不如把自己的创作降低到江户时代作家那样一种格调上去。"① 作为文学工作者，对当下社会的批判无力使他转而沉湎于江户时代诙谐性质的文学创作。此外，明治维新在某些方面摧毁了传统中的文明，由全盘欧化带来的新式咖啡厅、歌剧院、企业等使日本的自然景观遭受欧化的摧残。这对永井荷风这位对日本文学传统有所继承的现代作家而言是一大冲击。他在《日和下驮》一文中书写了被称作"日和下驮"的木屐的漫步，这一象征着对日本现代化不信任的木屐漫步追寻着渐行渐远的江户文化。身处一个专制与压迫的社会，永井荷风遥想江户时代木板画的悲哀的色彩：

在油画的色里有着强的意味，有着主张，能表示出制作者的精神。与这正相反，假如在木板画的瞌睡似的色彩里也有制作者的精神，那么这只是专制时代萎靡的人心之反映而已。这暗示出那样暗黑时代的恐怖与悲哀与疲劳，在这一点上我觉得正如闻娼妇啜泣的微声，深不能忘记那悲苦无告的色调。我与现社会相接触，常见强者之极其强暴而感到义愤的时候，想起这无告的色彩之美，因了潜存的哀诉的旋律而将暗黑的过去再现出来，我忽然了解东洋固有的专制的精神之为何，深悟空言正义之不免为愚了。希腊美术发生于以亚坡隆为神的国土，浮世绘则由与虫豸同样的平民之手制作于日光晒不到的小胡同的杂院里。现在虽云时代全已变革，要之只是外观罢了。若以合理的眼光一看破其外皮，则武断政治的精神与百年以前毫无所异。江户木板画

① ［日］永井荷风：《火花》，转自王健宜：《日本近现代文学史》，世界知识出版社 2010 年版，第 140—141 页。

之悲哀的色彩至今全无时间的间隔，深深沁入我们的胸底，常传亲密的私语者，盖非偶然也。①

永井荷风此文作于 1913 年，正是"大逆事件"发生后不久，也是第一次世界大战爆发的前夜。他从"木板画的瞌睡似的色彩"里看出"专制时代萎靡的人心"，那"悲苦无告的色调""哀诉的旋律"再现了"暗黑的过去"和"东洋固有的专制精神"，时光拉回到现在，"武断政治的精神与百年以前毫无所异"。江户时代是一个有着严格等级的专制社会，在皇室和宫廷贵族之下，士（武士）是特权阶级，农、工、商是庶民，庶民若是对武士无理，武士可以将其斩杀，包括生活的区域都有着严格的区划。浮世绘则是"与虫豸同样的平民之手制作于日光晒不到的小胡同的杂院里"，因而浮世绘也是一种压迫下的视觉艺术样式。没有阿波罗神祇的日本不可能产生像古希腊那样生意盎然的艺术，也不像西洋油画中"有着强的意味，有着主张"，这使永井荷风感到迥异于西洋的"东洋人的悲哀"。

然而浮世绘的平民世界给永井以慰藉，"浮世绘着实使我神游于浑然梦想之世界。浮世绘不像外国人所欣赏的那样仅仅止于美术的价值。对于我来说，着实感到了宗教般的精神慰藉。这种特殊的美术产自受压迫的江户平民之手，不断蒙受政府的迫害，并且获得完满的发展……浮世绘不正隐隐奏响着不屈于政府迫害，显示着平民意气的凯歌吗？它不正标明对抗宫营艺术的虚妄的真正自由艺术的胜利吗？"② 浮世绘中的世界也流淌出悲哀。浮世绘中的人物多是艺伎、妓女等下层平民，而艺伎、妓女为生活所迫，卖艺卖身，她们表面看起来风情万种、妖艳幽玄，但内心悲凉凄苦，永井荷风从浮世绘中"如闻娼妇啜泣的微声"，这是对当时社会的无声抗争。明治末期，妇女解放运动也得到较大发展，他们争取妇女的选举权、结社权、公民权、精神解放等。1911 年成立的青鞜社的刊物《青鞜》在创刊号上发表平冢雷鸟《女性原本是太阳》一文，疾呼"女性的自由解放"："本来，女性实际是太阳，是真正的人。如今，女性是月亮，是依靠他人而生，依靠他人的光芒而发光，一副病

---

① ［日］永井荷风：《江户艺术论》，转自周作人《关于命运》，1935 年 4 月 21 日《大公报》文艺副刊第 148 期。

② ［日］永井荷风：《浮世绘鉴赏》，选自《永井荷风散文选》，百花文艺出版社 1997 年版，第 166 页。

人苍白容颜的月亮。""被遮蔽了的我们必须夺回太阳。"① 妇女解放运动的兴起自然激起了本就具有人道主义精神的永井，从浮世绘那悲哀的色彩里他体验到了一种情感上的休戚与共："凡是无常无告无望的，使人无端嗟叹此世只是一梦的，这样的一切东西，于我都是可亲，于我都是可怀。"简言之，永井荷风从浮世绘这一艺术形式的背后体验到日本文化的黑暗面并未减少，但又在艺术形式中获得共鸣，找到了美和意义。

永井荷风对于浮世绘的思考可以启发我们对周作人与浮世绘中"东洋人的悲哀"之关系的思考。永井荷风是日本著名的唯美主义作家，周作人1918年在《日本近三十年小说之发达》一文中对永井荷风的"新主观主义"进行介绍。1935年周作人在回答《宇宙风》杂志"二十四年我的爱读书"的提问时列了三本书，其中一本便是永井荷风《冬天的蝇》，而此后的多篇文章中也屡次提到了永井荷风。永井荷风也是周作人比较钦慕的日本作家之一。那么为什么永井荷风的这段文字能够引起周作人的共鸣呢？

如果说永井荷风笔下的"东洋"侧重于日本，周作人笔下的"东洋"则重点指向东亚或亚洲。这当中包含着对东亚文化共同体的自觉认同，而这种文化认同既有历史文化的渊源，也有日本留学经历给周作人带来的对日本文化的体认等多方面的因素，其中"大亚洲主义"思想的影响不可忽视。1923年5月日本京都帝国大学美术史教授泽邨专太郎在北京大学演讲《东洋美术的精神》时就指出："日本某批评家曾经说过句话，'亚细亚是一个整个儿'（Asia is one）。这句话的确笼统暧昧了一点，但是从世界文化的全体来说，里面却有至理在……"② 东亚文化一元的观念可以进一步追溯至19世纪末20世纪初流行于日本的大亚洲主义思想。它取法于19世纪20年代美国的门罗主义及19世纪中后期由美国、沙俄资产阶级所提倡的"泛美主义""泛斯拉夫主义"的形式，意在倡导亚洲国家联合起来对抗西方列强。但右翼大亚洲主义者强调亚洲国家联合起来的同时，却主张建立以日本为霸主的新的殖民体系，带有浓烈的侵略色彩。左翼倡导的是亚洲各民族团结起来同时保持平等关系的主张。孙中山出于中国革命的需要曾倡导大亚洲主义，意旨更接近左

---

① 转引自宋成有：《新编日本近代史》，北京大学出版社2006年版，第293页。
② ［日］泽邨专太郎：《东洋美术的精神》，载1923年5月21日《北京大学日刊》第1244号。

翼。1924 年他在日本对神户商业会议所等团体做了"大亚洲主义"的专题演讲，提出"大亚洲主义"就是亚洲受痛苦的民族要怎么样才可以抵抗欧洲强盛民族的问题。汪精卫抗战投日后于 1940 年建立了伪南京国民政府，把孙中山的"大亚洲主义"歪曲为"新生政权"的理论依据，11 月发表《东亚联盟中国同志会成立训词》，将"大亚洲主义"与日本发起的"东亚联盟"运动联系起来。太平洋战争爆发后，汪精卫为配合日本建立"大东亚共荣圈"的战略目标，更是极力宣传"大亚洲主义"，并鼓吹"集团国家""黄色人种革命"等，成为日本侵略中国的合法外衣。周作人 1942 年 5 月与伪宣传部长林柏生前往参观建国大学的致词中就明确提出"东亚文化一元"[1]的观点。周作人在考察东亚文字的共通性以及道德观念和宗教精神等内容的基础上提出"东亚的文化是一元的"。周作人言说的时机很容易让我们联想到汪伪政府所倡导的大东亚主义。不可否认的是，周作人提出东亚文化的一元有其内在的文化逻辑和由于留学及家庭而带来的情感认同。

周作人留日时期，日本的唐朝遗风使周作人觉得"一半是异域，一半却是古昔，而这古昔乃是健全地活在异域的"。一个古老的文化中国在异域的流风余韵，给一个身在异国的学子以无比的慰藉。周作人推崇古希腊文化，他对日本文化的推崇使他把日本比作"小希腊"。"我以为日本人古今不变的特性还是在别地方，这个据我想有两点可说，一是现世思想，与中国是共通的，二是美之爱好，这似乎是中国所缺乏。此二者大抵与古希腊有点相近，不过力量自然要薄弱些，有人曾称日本为小希腊，我觉得这倒不是谬奖。"[2] 日本的衣食住使周作人感到无比的舒适惬意。当然周的太太羽太信子是一位日本市民阶层出身的女子，这无疑影响周对日本文化的认同。

然而苦住时期的周作人的文化认同仍然遭遇了危机，这个认同危机随着日本侵华而逐步加重。周作人一面看到日本人的"爱美"（这在文学艺术以及衣食住的形式上都可看出），另一方面却也看到"丑"的一面。"不知道为什么在对中国的行动显得那么不怕丑"，抗战前发生的"藏本事件""河北自治事件""走私事件"等让周作人觉得文化方面的路已经走不通。日本两次大的

---

① 周作人：《东亚文化一元论》，载 1942 年 7 月《麒麟》第 2 卷第 7 期。
② 周作人：《日本管窥》，载 1935 年 5 月 13 日《国闻周报》第 12 卷第 18 期。

改革——大化革新和明治维新，分别是对中国隋唐和西欧文化的学习，然而，"我看日本现在情形完全是一个反动的局面，分析言之其分子有二，其一是反中国文化的，即是对于大化革新的反动，其二是反西洋文化的，即是对于明治维新的反动"。① 日本明治维新后，"反西洋文化的反动也旋即抬头"。周联想到日本的"负恩杀师"，从而企图关闭文化艺术的管窥，从宗教信仰的源头上寻找原因。在周看来，中国人的信仰是功利的，低级而不热烈；而日本则在他们的崇拜仪式中显出壮丁抬神舆式的神凭或"神人和融"的状态。"日本的上层思想界容纳有中国的儒家与印度的佛教，近来又加上西洋的哲学科学，然其民族的根本信仰还是似从南洋来的神道教，他一直支配着国民的思想感情。""不懂得日本神道教信徒的精神状态便决不能明白日本的许多事情。"② 周从日本的神道教信仰看出日本的"反动"来，从而为中日文化找出异质性的成分，"东亚文化一元"的观点也面临着被肢解、被分裂的危险。然而周作人是否真的如其所声明的那样关闭其日本研究的大门了呢？事实并非如此。从周作人的创作来看，这种由东亚文化内部的分裂而带来的焦虑一直萦绕着他，但他并未放弃对东亚文化的关注，并且这种焦虑带来的失望促进了周作人"东洋人的悲哀"的形成。那么周的"东洋人的悲哀"到底指向什么？根据周的行文，结合永井荷风所体认的"东洋人的悲哀"，笔者认为大致有以下几个方面：

对妇女与性问题关注的延续。周作人在五四新文化运动中逐步形成其人学思想，关注妇女、性与儿童等"人"的问题，翻译和介绍了大量的相关著作，包括与谢野晶子的《贞操论》、凯本特的《爱的成年》、蔼理斯的性学思想，并探讨"人"的生活，新村主义即是新文化运动落潮之前周作人人的生活之理想。在周作人所反复引用的永井荷风的文字中，我们看到永井荷风对这些人学问题的重现，难怪能够引起周作人的共鸣。新文化运动的高潮过后，"人"的问题依然十分迫切。周作人在《女人的禁忌》《男人与女人》等文章中同样批评了中国的多妻问题，以及妓女问题、传统的男尊女卑观念等。为妇女代言是周作人人学思想重要的部分，这一点已经成为学界共识，即使

① 周作人：《日本管窥之四》，载 1937 年 7 月 28 日《国闻周报》第 14 卷第 25 期。
② 同上。

在"苦住时期",周作人依然未放弃坚持言说的努力。浮世绘中日本妇女的运命引起了周作人的共鸣,其中就包含着对中国当下妇女状况的感慨。而周作人情文并茂的翻译又使得这段文字充满浓厚的抒情意味和画面感,让人难以忘怀。

对凡人的日用人事的关注,对"专制""载道"与"八股"的反动,对思想自由与"言志"空间的寻求。从"非基督教大同盟"事件、"三一八"事件、"四一二"事件以及《奉天时报》事件等等,我们可以看出周作人对钳制思想自由、专制镇压的反抗。包括在与中国左翼文学的对话中,我们也可看到他对于左翼文艺政策所表现出来的"统一思想"之倾向的反拨,对"遵命文学"的抵制。他发展了"八股"的概念,断定1930年代是"八股文化大成"之时代:"土八股之外加以洋八股,又加以党八股",一样都是功利文。这样的功利文会导致思想自由被专制所压抑,"人"难免会变成"非人",而这也是周作人所担心的。五四时期的人学理想在周作人的"苦住时期"并未彻底放弃,而是变更了话语体系,更多的是从中国的传统文化资源中发展出"人情物理""中庸"等人学命题,从凡人的日用历史中发掘,企图建构另一种人学图景。他所关心的是全人类共通的主体性,其所建立的是共通的人类通性,"人民的历史本来是日用人事的连续"①。正如苏文瑜所观察到的:"周的脉络中最具意义者,是他将日常生活物质文化高置于国家之上","日常的小变化是整个宇宙运行的一小部分,生活中的器物和风俗本身的意义与重要性超越了它们的物质和任何潜在的功利的意识形态价值。在日常生活和宇宙之间,我们拥有凡人的历史,而不是国族的历史"②。周从东亚的艺术中感受到凡人的日常受到压抑的历史。

浮世绘中的素朴的风景、凡人的喜悲正和中国一些绘画中的士大夫功名思想形成对比,这些带有浓郁抒情气质和日常生活气息的绘画传达了一种悠然自乐,而这种"言志"的倾向正和"载道派"形成不同的色调。浮世绘也传达了一种冥冥中忧郁的悲哀,这是"东洋"所共有的,这是生活在一个专

---

① 周作人:《〈清嘉录〉》,载1934年3月10日《大公报》文艺副刊第48期。

② Susan Daruvala, *Zhou Zuoren and An Alternative Chinese Response to Modernity*, Harvard University Press, 2000. p.147.

制时代一个凡人的悲哀，也是妇女运命的悲哀。简而言之，浮世绘中所体现的"东洋人的悲哀"在周作人这里，成为他以自己的人学思想关照东亚文明的审美感知结果，是他把关于东亚文明思考的"大叙事"企图缝合进浮世绘的日常"小叙事"的尝试，但东亚文化的内在分裂使他的这种尝试遭到了历史的戏谑。

由上，我们可以看到周作人的日常生活的美学中蕴含了极大的政治能量。这种政治能量显然对抗着以左翼文学为代表的宏大叙事。周在日常生活的小叙事中也实现了自我主体的确认和升华，并以其文学叙事的方式深深影响了京派文学。这也正如赵园对《诗经》的敏锐观察："《诗经》不曾如印度的《梨俱吠陀》一样成为宗教圣典。虽然儒家之徒、迂腐文士强加给它有关风教的题旨，千载之下读来，它们仍然是生活的诗，没有因岁月而磨损掉其所由产生的生动情趣。在中国，有时也只有这种生活情趣，才是对抗'风教'的真正力量。"①

我在这里还要指出的是：周对日常生活小叙事由尝试走向主导，并不是在时间上与宏大的国族叙事构成截然二分，而是采用渐变的方式。这种尝试大约从 1921 年到 1928 年，直到 1930 年代才真正走向稳定成熟（我认为，比较吊诡的是，周的一些很有艺术价值的作品多发生在尝试时期）。即使在成熟时期，周也并没有拒绝宏大叙事的书写，或暗寓其于小叙事之中。这样看来，周的凡人日常的小叙事和具有国族诉求的大叙事构成了一种回旋缠绕的美学，随着时间的推移，小叙事渐渐占据了上风。

如果说周作人对于日常生活主体目标的确认使他找到了自己为之书写的方向，那么我们会进一步追问：日常生活将如何展开？用周作人的话来说，便是"生活之艺术"，这也是周作人所言说的重点。

二、"生活之艺术，其方法只在于微妙地混合取与舍二者而已"

1924 年，周作人在《语丝》创刊号上发表《生活之艺术》一文。从周作人的行文可知，"生活之艺术"的逻辑起点发端于蔼理斯的性心理学、人类学

---

① 赵园：《京味小说与北京人"生活的艺术"》，《文艺研究》1988 年第 5 期。

的思想。

在笔者看来，周作人此时"生活之艺术"设想的提出，直接缘于蔼理斯影响。蔼理斯在 1923 年出版了他的著作 *The Dance of Life*（《生命之舞》）。在书中，蔼理斯论述了舞蹈、思想、写作、宗教与道德的艺术，这些可以总结为生活的艺术。书中一开篇就说道："人们一直难以认清这样一个事实：即他们的生活完全是一种艺术。"① 从周作人其他的行文来看，他正是仔细阅读过本书。周作人在 1924 年 2 月 14 日《晨报副镌》上发表了《花炮的趣味》一文，开篇即引用蔼理斯《生命之舞》第一章的一段话，并对蔼理斯提到的中国人喜欢花炮这一现象做出评论，而这篇文章的写作时间却是"甲子年立春日"，也即 1924 年 2 月 5 日。这说明周作人此时已经阅读过该书。周作人在同年 2 月 23 日发表在《晨报副刊》上的《蔼理斯的话》，直接引用了蔼理斯关于"生活之艺术"的观点："生活之艺术，其方法只在于微妙地混和取与舍二者而已。"还引用了蔼理斯在《性的心理研究》第六卷跋文中所映射出的人生观。

《生活之艺术》则发表于同年 11 月 17 日的《语丝》上。文中周再次提到蔼理斯对于生活之艺术的独到见解：

"把生活当作一种艺术，微妙地美地生活……生活之艺术只在禁欲与纵欲的调和。蔼理斯对于这个问题很有精到的意见，他排斥宗教的禁欲主义，但以为禁欲亦是人性的一面，欢乐与节制二者并存，并不相反而实相成。人有禁欲的倾向，即所以防欢乐的过量，并即以增欢乐的强度，他在《圣芳济与其他》一文中曾说道：'有人以此二者（即禁欲与耽溺）之一为其生活的唯一目的者，其人将在尚未生活之前早已死了。有人先将其一推至极端，再转而之他，其人才真能了解人生是什么，日后将被记念为模范的圣徒。但是始终尊重这二重理想者，那才是知生活法的明智的大师。……一切生活是一个建设与破坏，一个取进与付出，一个永远的构成作用与分解作用的循环。要正当地生活，我们须得模仿大自然的豪华与其严肃。'

"他又说过，'生活之艺术，其方法只在于微妙地混和取与舍二者而已'。

---

① ［英］蔼理斯著，徐钟珏、蒋明译：《生命之舞》，生活·读书·新知三联书店 1989 年版，第 1 页。

更是简明的说出这个意思来了。"①

我们可以看出周作人对蔼理斯"生活之艺术"观点的继承，也可以看出正如周作人后来所一再言说的对于蔼理斯的服膺。当然，周作人不仅仅是从蔼理斯"生活之艺术"观点得到启发，在其他一些问题上，也存在着对蔼理斯的继承。比如对于中国古代文明，蔼理斯曾在《生命之舞》一书中高度赞扬了古中国和古希腊所具有的高度文明："整个生活，甚至连政府，都是艺术，就如音乐和舞蹈一样。"② 文中蔼理斯引用了马可·波罗和培雷拉对中国的赞美，在他们看来，中国各处呈现出歌舞升平、美好而富有人性的景象，人们在日常生活中表现出优雅的行为，看不到乞丐。培雷拉认为中国人谦恭而殷勤的礼节超越了其他任何民族。当然这与当时中国的强盛相关。蔼理斯认为"中国人的生活属于一种平衡美学气质及其过度发展的艺术"，并加以论证。比如："整个古代和现代中国一直普及儒家制度，坚持儒家的礼仪，即使这种形式上的礼仪已与孔子原来'礼'的含意相去甚远，即使孔子早已作古，中国人对礼仪的讲究程度丝毫不减。尽管这种礼仪早已变成一种外在的形式主义。""中国人爱花、爱亭台楼阁、爱风景、爱诗词绘画，这些都体现了一个民族的温和性。但同时他们又提倡禁欲主义，这又表现了他们无情的一面。"③ 蔼理斯对中国"礼"与"禁欲"的看法对周作人产生了影响。周作人在《生活之艺术》中提出"复兴千年前的旧文明"，恢复"本来的礼"。他对中庸的重视以及对中国纵欲与禁欲两个极端的批判，都与蔼理斯有着莫大的关联。可以说，周作人"生活之艺术"理念直接来源于蔼理斯，周把它嫁接到中国的情境中进行创造性转化。

多年后，周作人在《关于自己》一文中提到自己文艺文化批评所受到的影响。对于周而言，克鲁泡金、勃阑兑思给自己的影响多是文艺批评方面，而文化批评的影响则来自蔼理斯。

蔼理斯是医师，是性的心理研究专家……但是读到《断言》中的《论加沙诺伐》，《论圣芳济及其他》，这才使我了悟，生活之艺术原来即是那难似

① 周作人：《蔼理斯的话》，1924 年 2 月 23 日《晨报副刊》，署荆生。收《雨天的书》。
② ［英］蔼理斯著，徐钟珏、蒋明译：《生命之舞》，生活·读书·新知三联书店 1989 年版，第 4 页。
③ ［英］蔼理斯著，徐钟珏、蒋明译：《生命之舞》，生活·读书·新知三联书店 1989 年版，第 24 页。

易的中庸。他在《圣芳济》中说："生活之艺术，其方法只在于微妙地混和取与舍二者而已。"又云："要正当地生活，我们须得模仿大自然的豪华与其严肃。"我就此意又演之曰，生活之艺术即中庸，即节制，即为纵欲的禁欲，——虽然这看去似稍有语病。蔼理斯的理论如此，至于事实则具在性的心理研究中。①

上文中的一些观点我们并不陌生，因为在之前的《生活之艺术》一文中已经提及，那么至此我们可以将周作人"生活之艺术"的核心概念罗列如下：

（1）"生活之艺术，其方法只在于微妙地混和取与舍二者而已"，"禁欲与纵欲的调和"，"模仿大自然的豪华与其严肃"。

（2）"生活之艺术这个名称，用中国固有的字来说便是所谓礼。"要"复兴千年前的旧文明"，恢复"本来的礼"，现在"中国的礼早已丧失"，还"略存于茶酒之间而已"。

（3）"生活之艺术即中庸"。

第一点比较容易理解，对于主张性道德改革的周作人而言，对生活的看法更多的来源于自然人性论，在调和的基础上建立起生活的艺术。

理解第二点，对于"礼"这一具有悠久历史的范畴则要梳理一番，为何周要复兴"本来的礼"？"本来的礼"和后来的礼有什么区别？它和"中庸"构成怎样的关系？

礼可以追溯至上古时期的原始礼仪与歌舞，及至后人又对前代礼乐进行加工和改造。先秦时期，最典型的便是周公和孔子对礼乐的加工改造。"西周周公对于礼的第一次加工和改造，经过这次加工，减轻了礼的交易性质而增加了德与刑的内容；同时也添加了乐的成分，遂有周公'制礼作乐'的记载。春秋时代的孔子又有对于礼的第二次加工改造，去掉了礼的商业内容，而以仁和礼作为人类行为的准则，同时整顿了趋于紊乱的乐，所以他说：'礼云礼云，玉帛云乎哉；乐云乐云，钟鼓云乎哉。'遂有孔子'删诗书，定礼乐'的记录。"②其中最重要的变化是礼乐由服务神转向服务人，由宗教的鬼神祭祀转向以祖宗祭祀为主，也即重心从人和超自然事物之间的关系转向人与人之

---

① 周作人：《关于自己》，1937年7月22日作，载12月21日《宇宙风》第55期，署知堂。

② 杨向奎：《宗周社会与礼乐文明》，人民出版社1992年版，第244页。

间的关系。"乐"常常属于"礼"的一部分，周人把表达情感的诗歌、音乐和舞蹈笼统称为"乐"。"广义的礼，风俗信仰、礼仪制度无所不包；狭义的礼，包括礼物、礼仪两部分。'乐'属于与'礼'结合在一起的'仪'，所以我们往往是礼乐合称。"① "乐"就实质而言也是"礼"，行礼常需要乐来配合，祭祀、朝聘、宴飨、乡射等场合需要乐，"礼非乐不行，乐非礼不举"。对于《诗》，"古人行礼。有辞，有乐，有仪，三者密切配合，不可分离。《诗》即行礼之辞，《雅》《颂》虽用于贵族，但与国风相同，都可用于表达心志。表达之时，都要配乐，因此《诗》可歌，可诵。清人魏源云：'古之学者，歌诗三百，弦诗三百，舞诗三百，未有离礼乐以为诗者。'"② 子曰："兴于诗，立于礼，成于乐。"（《论语·泰伯》）

礼以情为本。儒家认为礼由人情创制而成，也即"缘情制礼"。人情大体"喜、怒、哀、惧、爱、恶、欲"七种。《礼记·礼运》云：

> 饮食男女，人之大欲存焉。死亡贫苦，人之大恶存焉。故欲、恶者，心之大端也。人藏其心，不可测度也。美恶皆在其心，不见其色也。欲以一穷之，舍礼何以哉！

人有各种欲望，必须通过礼加以约束，使其不致危害社会，但这种约束不能脱离人情。也即本乎人情，以礼加以节制，方可天下太平。

南宋史学家郑樵在《礼以情为本》一文中有精辟论述：

> 礼本于人情，情生而礼随之。古者民淳事简，礼制虽未有，然斯民不能无室家之情，则冠婚之礼已萌乎其中；不能无追慕之情，则丧祭之礼已萌乎其中；不能无交际之情，则乡射之礼已萌乎其中。自是以还，日趋于文。燔黍捭豚，足以尽相爱之礼矣；必以为未足，积而至于笾豆鼎俎。徐行后长，足以尽相敬之礼矣；必以为未足，积而至于宾主百拜。其文非不盛也，然即其真情而观之，则笾豆鼎俎未必如燔黍捭豚相爱之厚也，宾主百拜未必如徐行后长相亲之密也。大抵礼有本有文，情者其本也。③

① 杨向奎：《宗周社会与礼乐文明》，人民出版社 1992 年版，第 352 页。
② 参张焕君：《制礼作乐：先秦儒家礼学的形成与特征》，中国社会科学出版社 2010 年版，第 38—39 页。
③ 转引自张焕君：《制礼作乐：先秦儒家礼学的形成与特征》，中国社会科学出版社 2010 年版，第 32—33 页。

在郑看来，"礼"萌芽于古代社会的人之常情，但后代社会日趋文饰，不如古代情真意切，渐渐流于形式。

孟德斯鸠认为中国古代的立法者把宗教、法律、习俗及风尚融为一体，中国政体的成功在于遵守礼仪，中国人一生都在实践礼仪，而"中国的政体原则一旦被抛弃，道德一旦沦丧，国家立即就陷入无政府状态，革命随即爆发"。他指出：中国的立法者维持秩序的有效手段是让人们敬重父亲，也敬重长者、老师、官员、皇帝。同理，后者也应回应关爱给子女、幼者、学生、属下、臣民。这些礼仪构成民族的普遍精神。看似无关紧要的礼仪其实密切关联着举国的基本政体。帝国的治国理念建立在治家的基础之上。"只要其中一项被削减，国家就会因此而动摇。儿媳每天清晨是否前去侍候婆婆，此事本身无关紧要。可是，我们如果想到，这些日常细节不断地唤起必须铭刻在心中的一种感情，而正是每个人心中的这种感情构成了中华帝国的治国精神，我们就会明白，此类具体行为没有一件是可有可无的。"①

礼，这一攸关社稷、家国兴衰的使命竟以日常生活细节的养成来维系支撑，建立从家到国，从底部到上层的秩序，以使国家机器的运转得以丝缝合严，建立起帝国的宏伟大厦。孟德斯鸠对"礼"在中国政体中的地位作用、得以普及的原因、"礼"与刑罚作用的比较、"礼"的实施（礼仪和仪规）、"礼"与民族精神治国精神之间的关系等方面进行了阐释。在他看来，"礼"将宗教、法律、习俗和风尚融为一体，这些"日常细节"的"礼"是维持中国国族精神的根基。安乐哲将"礼"理解为日常的习惯性行为，礼将优雅的礼仪化的经验化约为日常的例行之事。"人生深刻意义的实现，并不在于那些短暂的'重大'事件。正是通过日常的例行之事，人生得到了丰富。"②

上文呈现了两种形态的"礼"："以情为本"的"礼"和趋于文饰与成规的"礼"。前者是人性的自然流露，后者渐渐脱离了"情"之本，成为维系天下太平、日益工具化的"礼"。那么周作人所说的"本来的礼"到底是哪一阶

① ［法］孟德斯鸠著，许明龙译：《论法的精神》（上），商务印书馆2009年版，第325—327页。
② 安乐哲、赫大维著，彭国翔译：《切中伦常：〈中庸〉的新诠与新译》，中国社会科学出版社2011年版，第73页。

段与形态的"礼"？周并没有言明，这也遭到了重民俗考证的江绍原的疑问：这个礼"不知道先生倒推到怎样古的时代？"[1] 在江绍原看来，"本来的礼"不过是周作人理想化的用以对抗"宋以来的道学家"的礼。周作如此回答："我所谓的'本来的礼'，实在只是我空想中以为应当如此的礼，至于曾通行于什么年代，我不能确切回答，大约不曾有过这样的一个时代也说不定……'生活之艺术'（The Art of Living）觉得大意与'礼'字相近，所以那样的说，这原是'理论'上的而非事实上的话。"[2] 其实，周此前曾对"礼"有所设想："礼义原是本于人情的，但是现在社会上所说的礼义却并不然，只是旧习惯的一种不自然的遗留，处处阻碍人性的自由活动，所以在他范围里，情也就没有生长的余地了。"[3] 由此可见，周所谓"本来的礼"在意味上更接近一种节制与整饬，是周的理论设想与建构，其目的在于对当下的生活构成一种反动。但从周对"中庸"的推崇来看，周所指的礼又和儒家的中庸紧密结合，接近孔子之礼。原始礼仪敬神，祭祀时会有"人殉""人牲"现象；西周以后，神天观念动摇而走向人，周公提出敬德思想以补天，思想信仰从"天人之际"走向"人人之际"；孔子继承发扬了周公这一思想，树立了"人人之际"的思想，人成为世界的主人。具有人道主义思想的周作人自然倾向于孔子之礼。不过，以现代的眼光加以审视，即使是孔子所推崇的周代礼乐也并非完美。周代礼乐毕竟包含有等级制度，乐须合德合礼，乐的规模大小与社会等级挂钩，"周人把本是表达个体情感的乐，人为地使乐繁缛化"。[4]

再来看第三点，中庸是儒家哲学思想的重要范畴，周为何说"生活之艺术即中庸"呢？中庸和礼乐有关联吗？周作人常自称儒家，而非儒教徒。周曾说自己的思想"在知与情两面分别承受西洋与日本的影响为多，意的方面则纯是中国的，不但未受外来感化而发生变动，还一直以此为标准，去酌量容纳异国的影响。这个我向来称之为儒家精神，虽然似乎有点笼统，与汉以

---

[1] 江绍原：《礼的问题》（致周作人），1924 年 11 月 17 日作，载 12 月 1 日《语丝》第 3 期，署江绍原。

[2] 周作人：《礼的问题》（致江绍原），1924 年 11 月 20 日作，载 12 月 1 日《语丝》第 3 期，署周作人。

[3] 周作人：《情诗》，1922 年 10 月 12 日《晨报副刊》，署周作人。收《自己的园地》。

[4] 刘清河、李锐：《先秦礼乐》，北京师范大学出版社 2009 年版，第 145 页。

后尤其是宋以后的儒教显有不同"。① 儒家思想影响了周作人,当然周作人思想中也融入了佛、道等思想的成分。那么儒家思想给了周作人哪些影响? 其中一个重要的思想是中庸思想。从 1924 年起周在《生活之艺术》中就推崇中庸:"其实这生活的艺术在有礼节重中庸的中国本来不是什么新奇的事物,如《中庸》的起头说,'天命之谓性,率性之谓道,修道之谓教',照我的解说即是很明白的这种主张。不过后代的人都只拿去讲章旨节旨,没有人实行罢了。我不是说半部《中庸》可以济世,但以表示中国可以了解这个思想。"② 直到 1930 年代他还念念不忘中庸:"我觉得在《论语》里孔子压根儿只是个哲人,不是全知全能的教主,虽然后世的儒教徒要奉他做祖师,我总以为他不是耶稣而是梭格拉底之流亚……我从小读《论语》,现在得到的结果,除中庸思想外,乃是一点对于隐者的同情,这恐怕也是出于读经救国论者'意表之外'的罢?"③ 中庸对周作人意味着什么?

先从《中庸》说起。《中庸》原为《礼记》中的一篇,朱熹将其选入"四书",与《大学》《论语》《孟子》齐名,分 33 章,3600 余字,为语录体著作。作者一般认为是孔子之孙子思。"子思忧道学之失其传而作也。"(朱熹)何为"道"? 朱熹说是尧舜临民治国的"躬行心得之余",即"人心惟危,道心惟微,惟精惟一,允执厥中"。《中庸》即围绕这"十六字箴言"展开。

孔子在《论语·雍也》言:"中庸之为德也,其至矣乎! 民鲜久也。"这表明"中庸"是先于孔子之前而存在的至高德行,百姓很少能做到。《中庸》可以视为"儒家重构此一至德的理论体系"。④

"中庸"一词的意义⑤,可参《中庸》第六章对舜的描述:"执其两端,用

---

① 周作人:《我的杂学》(1—20) 1944 年 7 月 5 日完稿,其中 1—12 连刊于 1944 年 5 月 13 至 8 月 26 日《华北新报·文学》第 1—12 期,署知堂。收《苦口甘口》。

② 周作人:《生活之艺术》,1924 年 11 月 17 日《语丝》第 1 期,署开明。收《雨天的书》。

③ 周作人:《〈论语〉小记》,1935 年 1 月 10 日刊《水星》第 1 卷第 4 期。

④ 傅佩荣:《傅佩荣译解大学中庸》(精装版),东方出版社 2012 年版,第 5 页。

⑤ 不同的研究者有不同的理解,对"中庸"一词的翻译亦如是。James Legge 译为"The Doctrine of the Mean";E. R Hughes 译为"the Mean - in-Action";辜鸿铭译为"Central Harmony";Ezra Pound 译为"The Unwobbling Pivot";杜维明译为"Centrality and Commonality";郑玄将"庸"解释为"用";朱熹将"庸"解释为"常";安乐哲将中庸译为"Focusing the Familiar Affairs of the Day"。参安乐哲、赫大维著,彭国翔译:《切中伦常:〈中庸〉的新诠与新译》,中国社会科学出版社 2011 年版,第 107 页。

其中于民。"中庸即"用中"，若"用中"，则要具备"智仁勇"三达德。"用"兼含智与勇，"中"不离仁，仁的体现是善，实行在五达道中，即"君臣、父子、夫妇、昆弟、朋友之交。"《中庸》第二章中仲尼曰："君子中庸，小人反中庸。君子之中庸也，君子而时中；小人之反中庸也，小人而无忌惮也。"朱熹注"中庸"为："中庸者，不偏不倚，无过不及，而平常之理，乃天命所当然，精微之极致也。"1905 年，辜鸿铭在其《英译〈中庸〉序》中向欧洲人介绍说："中国字'中'的意思是中心的，——因此有正确的、真实的、公正的和恰好的意思；'庸'字的意思是共同的、一般的、平常的——因此有普遍的意思。这两个中国字合起来的意思就是正确之真实，公正恰当的普遍标准，简而言之，即关于正确的普通常识。"① 辜鸿铭的这一理解和周作人后来所提倡的"常识"有若干契合。自汉《中庸》单行本问世后，对其注疏与整理多有其人，不具述。金克木在《主题学的应用》一文中对《四书》作如下概括："一、《大学》——政治纲领。二、《中庸》——哲学核心。三、《论语》——基本原理。四、《孟子》——思想体系。"② 《中庸》是形而上之"道"。二程言："中庸始言一理，中散为万事，末复合为一理。"③ "中庸之言，放之则弥六合，卷之则退藏于密。"④ 中庸融合了孔孟与庄老学说，钱穆在《中国文化特质》中说："中国孔孟儒家多言人文，庄老道家多言自然。《中庸》《易传》乃晚出书，始会通此两家以为说。"⑤ 中庸可以说是儒学乃至东方文化安身立命的根基。

那么，"中庸"和"礼乐"有什么内在的关联吗？在刘清河、李锐看来，先秦礼乐具有"中和"的审美特征。"'和'主要借助'乐'来实现的，然而'礼'的基本精神也包括了'和'的因素。礼和乐都是效法天地自然的。"⑥ 中和是中国古典美学术语，其特性是刚柔并济，协调和谐，充分体现"中庸之道"。先秦礼仪中的人伦、婚姻及饮食之礼等均体现出这一精神。孔子毕生为

① 辜鸿铭著，黄兴涛编：《辜鸿铭文集》（下），海南出版社 1996 年版，第 509 页。
② 张岱年等：《国学今论》，辽宁教育出版社 1991 年版，第 33 页。
③ 程颢、程颐：《二程集》，中华书局 1981 年版，第 140 页。
④ 程颢、程颐：《二程集》，中华书局 1981 年版，第 130 页。
⑤ 胡道静：《国学大师论国学》（上），东方出版中心 1998 年版，第 132 页。
⑥ 刘清河、李锐：《先秦礼乐》，北京师范大学出版社 2009 年版，第 124 页。

复兴周礼而奔走，"最完美的'礼'必须符合孔子的'中庸之道'"①。

然而，有不少研究者对于周作人的中庸思想存有争议。钱理群曾指出：周作人提出"复兴千年前的旧文明"，要恢复原始儒学，即孔孟所倡导的礼、恕、仁、中庸等，并以此为基础融道与法，创造一个新的文明。这与康有为的托古改制有某些相似之处。"周作人在三十年代鼓吹回到孔孟那里去，则是要以儒家为中心的封建正统思想体系来冒充、代替资产阶级民主主义，对抗马克思主义，这是彻头彻尾的倒退和反动。"②另一个研究者舒芜评价周作人的中庸主义："周作人从反封建的前列，一退而为封建的异端的护法，再退而与封建妖孽汉奸政客同流，其间一条曲径通幽，就是中庸主义。中庸主义是颓废的东西，是衰落的产物。"③钱理群与舒芜对儒学的理解和新中国建立以后直至 1980 年代初期的文化与政治语境紧密相关。1980 年代初期，随着拨乱反正的展开，对文革的反思成为文化界、思想界的重要议题之一，文学创作上则有伤痕文学等思潮的体现。同时改革开放后西方思想涌入，使其渐渐成为批判中国传统文化的思想资源。傅汝成也指出周作人"新儒学"思想的局限性。他认为："复兴千年前的旧文明""文化至上主义""儒学文化中心论"等"新儒学"理论主张，虽然表达了周作人改造社会现实、抵御外来文化侵略等主观愿望，但这种在传统知识分子文化心态和周作人"历史轮回观"等基础上建立起来的理论，立论依据是错误的，客观上也没有起到过任何积极作用，而它的负面影响却十分明显。周作人附逆期间"儒学文化中心论"主张，与"曲线救国论"没有质的区别④。傅并没有言明其立论依据，他把周附逆期间所有的思想和行为都一体化了，一概否定。

相对而言，随着时代文化的多元取向，一些研究者对于周作人之于儒家的理解渐渐走出时代的迷思，富有新的视野。胡辉杰指出周作人中庸思想所具有的合理性："周作人以中庸为核心的'儒家的人文主义（Humanism）'的复兴是属于比较理性而不情绪化、比较缓慢而不急进的方案之一，并不

① 刘清河、李锐：《先秦礼乐》，北京师范大学出版社 2009 年版，第 126 页。
② 钱理群：《试论鲁迅与周作人的思想发展道路》，《中国现代文学研究丛刊》1981 年第 4 期。
③ 舒芜：《周作人概观》，湖南人民出版社 1986 年版，第 108 页。
④ 傅汝成：《漫谈周作人的"新儒学"思想》，《河南广播电视大学学报》2001 年第 4 期。

完全是一种乌托邦梦想。无论是就其本身的内在逻辑而言，还是从历史发展的方向来看，它都有其自身存在的合理性依据和意义，代表了中国文化、文明发展的道路。"① 胡论证了周作人以中庸为核心的"儒家的人文主义（Humanism）"复兴的合法性。

众多研究者对于包括中庸在内的儒家思想的不同理解也见证了我们走近周作人的曲折。对于周作人而言，生活的艺术在于中庸，在于节制。中庸是儒家的重要思想。周自称儒家而非儒教徒。"自己可以算是孔子的朋友，远在许多徒孙之上。"② 在周看来，"人禽之辨"在于人能够学会调节，富有理智。"因为他知道己之外有人，己亦在人中，于是有两种对外的态度，消极的是恕，积极的是仁。假如人类有什么动物所无的文化，我想这个该是的，至于汽车飞机枪炮之流无论怎么精巧便利，实在还只是爪牙筋肉之用的延长发达，拿去夸示于动物，但能表出量的进展而非是质的差异。"③ 周把中庸、仁与恕视为人之为人的本质性的东西。

子曰："忠恕，违道不远，施诸己而不愿，亦勿施于人。"（《中庸》第十三章）子曰："己所不欲，勿施于人。"（《论语·颜渊》）

子贡问曰："有一言而可以终身行者乎？"子曰："其恕乎！己所不欲，勿施于人。"（《论语·卫灵公》）

周十分推崇孔子的"己所不欲，勿施于人"。在周看来，人类的文化亦有恶的事情，如暗杀、卖淫、文字思想狱、为文明或王道的侵略，这些都是禽兽所不为的事。周希望孔子的这一思想成为一种具有普世价值的行为准则，"作我们东洋各国的当头棒喝者"。

总之，周作人的"生活之艺术"，一个不断滑动的概念，是"禁欲与纵欲的调和"，是"礼乐"，是"中庸"。它在不同层次上指向一个近似的目标："人"的生活。它是在现代人道主义视角检验下的"人"的生活，和孔子的"己所不欲，勿施于人"等思想相接应，它生长在周对中国礼乐传统"复兴"的想象之中。

---

① 胡辉杰：《周作人中庸思想研究》，湖南大学出版社 2010 年版，第 20 页。
② 周作人：《〈逸语〉与〈论语〉》，1936 年 4 月 16 日刊《宇宙风》第 15 期。
③ 同上。

三、"科学精神"与"美"

如周作人所一再宣称的:"生活之艺术,其方法只在于微妙地混和取与舍二者而已。"那么对于周作人而言,到底取舍了哪些东西呢?如前文所示,他舍去了各种"八股"专制思想、野蛮思想,吸取儒家的中庸之道以及佛、道等部分思想,除此之外,他还融合了"科学精神"与"美"。

由于中国传统文化更大程度上是"心性之学",晚明黄、王、顾对此有所反省,他们欲破宋明理学内向的心性的局限,拓展向外型思路。以牟宗三、徐复观、张君劢、唐君毅为代表的当代新儒家1958年发表在香港杂志《民主评论》上的《为中国文化敬告世界人士宣言》中对此有所总结,中国缺乏科学精神在于中国的思想重视道德实践,而缺乏对客观世界的判断,直到明末的王船山、顾亭林、黄梨洲才意识到道德主体内缩的弊病。中国之缺理论科学之精神传统,故到清代,其学者之精神虽欲向外通,其对外面世界所注意及者,仍归于诸外在之文物书籍,……终乃精神僵固于此文物书籍之中,内既失宋明儒对于道德主体之觉悟,外亦不能正德以利用厚生,遂产生中国文化精神之更大闭塞。"① 这意味着人不仅仅是道德的主体,而且要兼自觉为政治的主体、认识的主体及实用技术活动的主体。其实"科学精神"的缺乏已经为现代文明的先行者所觉察。五四以后,除了以《新青年》为代表的五四同人对科学与民主的大声呼唤外,更著名的便是发生在1920年代的科玄论战。然而,文化"复古"、思想"复古"并没有停止,周作人对于"故鬼重来"的忧惧也在于此。如何才能涤除各种形式的"复古""八股"等,在周看来,科学精神是可以借鉴的一副良方。

周对希腊比较推崇,认为科学精神来源于古希腊。"西方文明特色之一是'科学发达',但其主线来自希腊。希腊文明差不多是一切学术的始祖,现在通常文学上科学上的用语,差不多以来自希腊的居多。"② 柏拉图曾说好学是希腊人的特性。希腊人对知识有一种不计功利的追求。周作人对欧几里得、

---

① 封祖盛编:《当代新儒家》,生活·读书·新知三联书店1989年版,第28—29页。
② 周作人:《希腊闲话》,1926年12月1日在北京大学二院讲,载1926年12月24日《新生》第1卷第2期,署周作人讲、朱契记录。

阿基米德的科学精神极为欣赏。在《希腊人的好学》一文中，周通过翻译介绍了两人的不计功利的科学精神。

"关于他（欧几里得）的生平与性格我们几于一无所知，虽然有他的两件轶事流传下来，颇能表示出真的科学精神。其一是说普多勒迈问他，可否把他的那学问弄得更容易些，他回答道，大王，往几何学去是并没有御道的。又云，有一弟子习过设题后问他道，我学了这些有什么利益呢？他就叫一个奴隶来说道，去拿两角钱来给这厮，因为他是一定要用他所学的东西去赚钱的。后来他的名声愈大……

…………

"亚奇默得（Archimedes）于基督二八七年前生于须拉库色，至二一二年前他的故乡被罗马所攻取，他叫一个罗马兵站开点，不要踹坏地上所画的图，遂被杀。起重时用的滑车，抽水时用的螺旋，还有在须拉库色被围的时候所发明的种种机械，都足证明他的实用的才能，而且这也是他说的话：给我一块立足的地方，我将去转动这大地。但他的真的兴趣是在纯粹数学上，自己觉得那圆柱对于圆球是三与二之比的发明乃是他最大的成功。"①

欧几里得对纯几何的钻研，阿基米德的被杀前研究的忘我与专注，他们的研究都超出了现实功利的范围，正是这种不计功利的求知与科学精神成就了古希腊科学的发达；而"中国似乎向来缺少希腊那种科学与美术的精神"②。在周作人看来，中国人喜讲实用，结果无知无得，格物往往等于谈玄，又有许多自然之伦理化的鸟兽生活传说，这造成了中国科学精神的缺失。为此，周从中国的传统溯源，以造成影响国民素养的因子。周作人认为"礼就是人情物理"，其实就是希望在人性的基础上能够加以科学精神的调节，为此，周作人从中国的文化传统中寻找出"重知"与"疾虚妄"的精神。

周作人从孔子的《论语》中读出"重知"的精神资源。

《为政第二》云：

"子曰：'由，诲汝知之乎？知之为知之，不知为不知，是知也。'"

---

① ［英］瑞德：《希腊晚世文学史》，见周作人：《希腊人的好学》，1936 年 8 月作，载 12 月 20 日《西北风》第 14 期，署知堂。收《瓜豆集》。
② 周作人：《〈希腊拟曲〉序》，1932 年 6 月 24 日作，署周作人。

《先进第十一》云：

"季路问事鬼神。子曰：'未能事人，焉能事鬼？'曰：'敢问死？'曰：'未知生，焉知死？'"

《子路第十三》云：

"樊迟请学稼。子曰：'吾不如老农。'请学为圃，子曰：'吾不如老圃。'"

《卫灵公第十五》记卫灵公问陈，孔子也答说"军旅之事，未之学也。"

周作人推崇这种重知的精神，"孔子这样看重知行的诚实，是我所最佩服的一件事"。① 周作人认为这种重知的态度是中国最好的思想，是科学精神的源泉。"我觉得中国有顶好的事情，便是讲情理，其极坏的地方便是不讲情理。随处皆是物理人情，只要人去细心考察，能知者即可渐进为贤人，不知者终为愚人，恶人。《礼记》云，饮食男女人之大欲存焉，死亡贫苦人之大恶存焉。《管子》云，仓廪实则知礼节，衣食足则知荣辱。这都是千古不变的名言，因为合情理。"② 苏格拉底把哲学定义为"爱智慧"，其重要观点是：自己知道自己无知。周甚至把自己的名号也改为"知堂"，含有重知精神。周由重知的科学精神衍生出"文人不谈武，武人不谈文"的岗位意识。"盖《大学》难懂，武人不读正是言之要也，大刀难使，文人不耍便是行之至也，此即是智与仁也。"需要指出的是，这种"重知"的精神饱含着人文价值判断，和科学技术的概念有所不同，"科学"一词最早由日本明治维新时期的西周将"Science"翻译而来，严复、康有为等人渐渐用其取代了中国传统的"格致"。其实新文化时期，"科学"也含有人文色彩，被尊为"赛先生"，并和"德先生"一起成为国人追求的目标。然而在 20 世纪初期，西方社会已表现出由于科技的发展可能带给人类造成灾难的警惕，如英国作家福斯特、伍尔芙、赫胥黎等人作品中展示的，机器操控了人类，成为被仇恨的对象。而中国的知识分子则予以拥抱，那是因为中国还处在工业革命的前夕。简言之，"重知""科学"被国人赋予了改变落后命运、追求未来美好世界的想象。

---

① 周作人：《逸语与论语并说到孔子的益友》，1936 年 2 月作，载 4 月 16 日《宇宙风》第 15 期，署知堂。收《风雨谈》时改题为《论语与逸语》。

② 周作人：《情理》（星期偶感一），1935 年 5 月 12 日刊《实报》。

　　1920 年代始，周写出一些科学小品。所谓科学小品，周曾这样解释："内容说科学而有文章之美者。"周写科学小品除了对抗"文艺政策"的征召外，其实有着格物致知、探求科学精神之意。有研究者统计："周作人一生尝试、创作了 160 余篇以生物为主，兼及气象、药学、农学、工艺学等科学小品，其数量虽仅占周氏散文的百分之一，却使他成为写作科学小品数量最多的现代作家之一。"①周作人如此之多的科学小品的创作不能不说有普及科学之意。这当然也离不开其科学素养。虽然周是海军出身，后从事文学，但对自然科学、社会科学也保持有浓厚的兴趣，其兴趣从生物学、人类学、性心理学到医学等领域。周阅读了英国怀德的《色耳彭自然史》、法国法布耳的《昆虫记》、英国汤木生（J. A. Thomson）的《动物生活的秘密》与《自然史研究》等大量书籍，其中也包括中国的一些医学、农学、博物等学科的书籍。周非常重视这些知识素养，用他自己的话说便是"妨碍自己成为某一家的信徒"，这使他能以更宽博的眼光破除迷信。周把这些知识比作"常识"。"所谓常识乃只是根据现代科学证明的普通知识，在初中的几种学科里原已略备，只须稍稍活用就是了……"②周认为做些科普的工作总比"专叫口号贴标语""画符念咒"要好得多。

　　周把这种"重知"的精神和中国古代士人"疾虚妄"的精神紧密联系在一起。周对于中国欧化严重的言论不以为然，反而认为是"道士气秀才气以及官气"太多了，"想要救治，却正用得着科学精神，这本来是希腊文明的产物，不过至近代而始光大，实在也即是王仲任所谓疾虚妄的精神，也本是儒家所具有者也。我不知怎的觉得西哲如蔼理斯等的思想实在与李俞诸君还是一鼻孔出着气的，所不同的只是后者靠直觉懂得了人情物理，前者则从学理通过了来，事实虽是差不多，但更是确实，盖智慧从知识上来者其根基自深固也。"③王充，东汉哲学家，字仲任，会稽上虞人（今属绍兴），著《论衡》，一扫当时的天人感应的思潮和神仙谶纬学说。王不迷信权威，充满了批判精神。针对儒者由于对所谓圣人的膜拜而迷信书传记载造成的谬误，王充作

---

①　庄萱：《科学小品：诗与科学的融合》，《福建师范大学学报》（哲学社会科学版）2010 年第 1 期。

②　周作人：《常识》，1935 年 6 月 16 日《实报·星期偶感》，署知堂。收《苦竹杂记》。

③　周作人：《读书的经验》，1940 年 5 月《新光》杂志第 2 期。收《药堂杂文》。

《问孔》《刺孟》《非韩》等篇，破除偶像崇拜。针对自然现象，王在《论衡》中以科学的实证精神与怀疑精神予以解释。周对"思想界三贤"王充、李卓吾和俞理初的推崇也离不开他们身上所具有的"重知""疾虚妄"精神。"王充在东汉虚妄迷信盛行的时代，以怀疑的精神作《论衡》，虽然对于伦理道德不曾说及，而那种偶像破坏的精神与力量却是极大，给思想界开了一个透气的孔，这可以算是第一个思想革命家。中间隔了千余年，到明末出了一位李贽'通称李卓吾'，写了一部《藏书》，以平等自由的眼光，评论古来史上的人物，对于君臣夫妇两纲加以小打击，如说武则天卓文君冯道都很不错，可说是近代很难得的明达见解，可是他被御史参奏惑乱人心，严拿治罪，死在监狱内，王仲任也被后世守正之士斥不孝，却是这已在千百年之后了。第三个是清代的俞正燮，他有好些文章都是替女人说话，幸而没有遇到什么灾难。上下千八百年，总算出了三位大人物，我们中国亦足以自豪了。"①1930 年代周对"思想家三贤"的念兹在兹的一再言说离不了他们所体现出的科学精神：重知、疾虚妄，其中也包括偶像破坏。周既可以之抵抗外来的话语权力的压迫，又可以和自己的"复兴"之梦紧密关联。

如果说科学精神是周"人情物理"中"物理"或"知"的一面，那么，"美"更接近"人情"，"美"是周作人进行中国"文艺复兴"而撷取的另一重要因素。周作人曾著文说自己所受的影响主要是西方和日本的"知"与"情"，而"意"则来自中国。

周作人对希腊文化的认同主要体现在"爱美"的思想上，而希腊神话是这一精神的主要体现者。希腊是欧洲文明的发源地，周作人也较早与希腊文化结缘。据其介绍，"一九〇八年起首学习古希腊语，读的还是那些克什诺芬（Xenophon）的《行军记》和柏拉图（Platon）的答问，我的目的却是想要翻译《新约》，至少是《四福音书》"。②他在日本立教大学时便开始在三一书院去旁听希腊语的《路加福音》讲义。他在该校读书时希腊语成绩为 98 分。③周作人对希腊文化极为推崇："希腊是古代诸文明的总汇，又是现代诸文明的

---

① 周作人：《道义之事功化》，1945 年 11 月 7 日作。收《知堂乙酉文编》。
② 周作人：《希腊拟曲》序，1932 年 6 月 24 日作，《希腊拟曲》，商务印书馆 1934 年初版。
③ 波多野真矢：《周作人与立教大学》，《鲁迅研究月刊》2001 年第 2 期。

来源，无论科学哲学文学美术，推究上去无一不与他有重大的关系。"① "西洋的科学文明发源于希腊罗马，要输入西洋的科学文明，就要了解中古时代希腊罗马的人文科学。"② 1917 年周作人进入北大，9 月受聘为北大文科教授，讲授《欧洲文学史》和《希腊罗马文学史》课程。周作人日记亦有相关记录：1917 年 9 月 22 日起"草讲义"；23 日，"录希腊文史讲义第一章了"；27 日，"草近世文学史讲义第二章了"。③ 至 1918 年 6 月完成了《欧洲文学史》的编纂工作。可以说，这一时期的授课对周作人的希腊研究产生重要影响。周到晚年也一直从事着希腊文学的译介工作，以至于在遗嘱之中还念念不忘希腊神话。④ 那么希腊文化究竟对于周作人具有何种意义，以至于成为周矢志不渝的工作之一？在我看来便是"美"之精神的召唤。

周作人在《欧洲文学史》中指出欧洲文明源于两希，史家谓之为"人性二元"。物质与精神为人生根本，个人与民族皆是如此，但性有偏至。希腊思想代表世间法，基督教则是出世。希伯来思想为灵之宗教，吁求天国之幸福；希腊重体，求现世之乐。周并把英国 Frederick Robertson 的希腊思想四要义（无间之奋斗、现世主义、美之崇拜、人神之崇拜）合并为"美之宗教"与"现世思想"。⑤

"以美与爱，乃能导人止于至善"。希腊神话中，神人同形，神尤完美，不同于巴比伦、埃及有着"人身兽首"可怕形象的神，不同于中国的神：三头六臂青面獠牙奇形怪状，也与希伯来的禁拜偶像有所不同。希腊造像，都是很美的，尽显人体之美。"人唯爱美，乃能自一物以及众物，自形色之美，以及美行美意，终乃至于绝对美。以美与爱，乃能导人止于至善，此实

---

① 周作人：《在希腊诸岛·附记》，载 1921 年 10 月 10 日《小说月报》第 12 卷第 10 号。收《永日集》。

② 周作人：《略谈中西文学》，1936 年 4 月 15 日作，载 4 月 20 日武汉《人间世》第 1 期，署周作人。

③ 周作人：《周作人日记》（影印本）第 1 卷，大象出版社 1996 年版，第 696—697 页。

④ 周作人在遗嘱中颇有悲怆，"死后即付火葬，或循例骨灰亦随便埋却。人死声消迹灭，最是理想"。然而还念念不忘希腊神话，"余一生文字，无足称道。唯暮年所译希腊对话，是五十年来的心愿，识者当自知之。（但是阿波多洛斯的神话译本，高阁十余年尚未能出版，则亦是幻想罢了。）"见《周作人散文全集》第 14 卷，第 320 页。

⑤ 周作人：《欧洲文学史》，止庵校，河北教育出版社 2002 年版，第 55 页。

Platon 美之宗教观,足为希腊思想代表者也。"①

为了美,希腊的美术家与诗人荡涤了神话及宗教中的恐怖分子。希腊神话中,地母是万物之给予者与保护者,如爱斯屈洛斯在《奠者》中说道:"招大地来,她使万物生,养育他们,又收他们回她的胎里。"但在原始民族看来鬼很可怕,自然死人的守护者地母也就很可怕,于是地母被想象为戈耳共,其面乃一鬼脸(Gorgoneion),拖舌,瞪眼,露出獠牙,头发为长蛇,一个恐怖的面具。但希腊人不能丑恶,把它变成一个可爱的含愁的女人的面貌。"这是希腊的美术家与诗人的职务,来涤除宗教中的恐怖分子。这是我们对于希腊的神话作者的最大的负债。"② 这种宗教的净化,恐怖之驱除,在另地之精灵蔼利女斯(Erinys)上也可以看出。蔼利女斯如字义所示,是"愤怒者",即是怒鬼,要求报复之被杀害的鬼魂(现在常称为复仇女神),和戈耳共形象非常相近,但经过诗人的想象之力,她们变为欧默尼特思(Eumenides),即"慈惠神女",住在雅典的战神山(Areopagos)上,"庄严神女"(Semnae)的洞窟里。"亚耳戈思地方左近有三方献纳的浮雕,刻出庄严神女的像,并没有一点可怕的东西;她们不是蔼利女斯了,不是那悲剧里的可厌恶的恐怖物,她们是三个镇静的主母似的形象,左手拿着花果,即繁殖的记号,右手执蛇,但现在已不是责苦与报复之象征,乃只是表示地下,食物与财富之源的地下而已。"③

从上我们可以看出,希腊精神避开了恐怖与愤怒而转向和平与友爱。虽然偶有野蛮精神的残留,比如雅典娜的护心镜上还常有戈耳共恐怖的影像存在。但在奥林匹斯诸神中粗暴及恐怖分子大抵都已洗去,成为诗化的神话。

希腊的神在形体上与人相同,行为举动亦与人相同。神不是全能的神,

---

① 周作人:《欧洲文学史》,止庵校,河北教育出版社 2002 年版,第 56 页。
② [英]哈利孙:《论鬼脸》,载 1925 年 8 月 31 日《语丝》第 42 期,署凯明译。收《永日集》时改为《论山母》之一节,题为《戈耳共》(Gorgon)。
③ [英]哈利孙:《论山母》,载 1928 年 1 月 1 日《北新》第 2 卷第 5 号,署岂明译。收周作人《永日集》。这是哈利孙女士(Jane E. Harrison)所著《希腊神话》的第三章,原书在 1924 年出版,为"我们对于希腊罗马的负债"丛书(Our Debt to Greece and Rome)的第 26 篇。哈利孙女士生于 1850 年,著名的希腊学者,著有《希腊宗教研究序论》等书多种。周作人在附记中表示"本书中三四两章我最喜欢,前年秋天曾将戈耳共一节抄出,登在《语丝》上,可是没有工夫全译,直到现在才能抽空写出"。

他们有爱恋，也打仗，也受伤。这是一种人格化的神，周作人称之为"神人"，比较能干一些的人，他们的理想生活不外人的生活。这种"美"的思想是属于人间的，充满了凡人情怀和情趣。在周作人看来，希腊神话之所以是美的神话，是因为"希腊宗教没有经典，没有主教，各庙宇的祭师只管祭礼以及占示的事，并不说教，其神史的编述属于诗人画家，神学的讨论则属于哲学家"。[①] 克洛诺斯吞吃自己的子女，是野蛮遗留，但在神话中成为一个插话，饶有滑稽之趣，由宗教转向文艺，不似圣书中耶和华严厉的面孔。

那么，为什么印度和埃及等国的神话不美而希腊的神话却充满了美呢？在周作人看来，这要归功于希腊的诗人和美术家。宗教都有两种分子：仪式与神话。宗教的冲动在于生命的保存与发展，原始宗教驱除与招纳的仪式也是"求生意志"的表现；而神话是人造象的结果。在精气信仰（Animism）时代，神是无所不在的不可捉摸的力或物，没有特别的人格、品性与行述，仿佛罗马的"威力"（Numina），是超人间的，不是人性的和人形的。直到后来，赋予其人格化、人形化（Anthropomorphism）及兽形化（Theriomorphism），才有了神话和神史。可以说在神话的起源上各国基本相同。"希腊的宗教没有专门的祭司们，也没有一定的圣书，保存宗教上的传说的只是一班诗人和美术家。所以他们能把原始时代传下来的丑陋的分子，逐渐美化。"在哈利孙看来："诃美洛思（Homeros）是史诗传统的全体，诗人之民族即古代希腊人的传统的书。希腊民族不是受祭司支配而是受诗人支配的，照'诗人'（Poetes）这字的原义，这确是'造作者'，艺术家的民族。"[②] "希腊的宗教的材料，在神学（案即神话）与仪式两部分，在发展的较古各时期上，大抵与别的民族的相同。我们在那里可以找到鬼魂精灵与自然神，祖先崇拜，家族宗教，部落宗教，神之人形化，神国之组织，个人宗教，魔术，被除，祈祷，祭献，人类宗教的一切原质及其变化。希腊宗教的特色并不是材料，只在他的运用

① 周作人：《关于希腊神话》，1947 年 6 月 8 日作，为英国劳斯原著《希腊的神与英雄》的译后附记。
② ［英］哈利孙：《希腊神话引言》，载 1926 年 8 月 28 日《语丝》第 94 期，署岂明译。收周作人《谈龙集》。

上。在希腊人中间宗教的想象与宗教的动作，虽然在他们行为上并非全无影响，却常发动成为人类活动的两种很不相同的形式，——此二者平常看作与宗教相远的，其实乃不然。这两种形式是艺术，文字的或造形的，与哲学。凭了艺术与哲学的作用，野蛮分子均被消除，因为愚昧丑恶与恐怖均因此净化了，宗教不但无力为恶，而且还有积极的为善的能力了。"① 宗教因为诗人们的净化消除野蛮与恐怖的分子，而富有美善的能力。

周作人对劳斯（W. H. D. Rouse）的《古希腊的神与英雄与人》颇为喜欢，认为著者始终不忘记他是一个学人、机智家与滑稽家，喜其文充满了娱乐与趣味。比如潘多拉的故事劳斯这样写道：

她很是好奇，想要知道那大瓶子是怎么的。她问道，丈夫，那瓶子里是什么呀？你没有打开过，取出谷子或是油来，或者我们用的什么东西。厄比美透斯说道，亲爱的，这不是你管的事。那是我哥哥的，他不喜欢别人去乱动它。班陀拉假装满足了的样子，却是等着，一到厄比美透斯离了家，她就直奔向瓶子去，拿开那个盖子。②

对于结果著者只说道，"到得普洛美透斯回来看见这些情形的时候，他的兄弟所能说的只是这一句话道，我是多么一个傻子！"周作人以为这一结果里"很有教训的机会"，但著者"写的很幽默也是很艺术的"。周作人进一步和中国的文以载道对比，认为中国喜欢读经，中国的文学文化缺乏趣味，充满政治教条与教训。周作人把神话中的情趣用以成为反载道的工具，并希望能以希腊神话"美"的精神来拔除当下中国人民的内心因为专制和科举的重压而充斥着的丑恶与恐怖。③

中国和希腊都有现世主义，但是中国由于缺少希腊爱美的特长，现世便流于俗恶。因此对于周作人而言，希腊这种"美术精神"正是中国所要弥补和学习的。当然周作人又把希腊人尚美和现世思想的发达归结为其民具有"中和之性（Sophrosyne）"，有节制，以放逸（Hybris）为大戒。故其文

---

① 周作人：《希腊神话一》，1934 年 3 月刊《青年界》第 5 卷第 3 期。
② 转引自周作人：《希腊的神与英雄与人》，1935 年 1 月 28 日作，载 2 月 3 日《大公报》文艺副刊第 137 期，署知堂。收《苦茶随笔》。
③ 周作人：《我的杂学·希腊神话》，载 1944 年 6 月 11 日《华北新报·文学》。收《苦口甘口》。

学"有悲哀恐怖之情，而无凶残之景"；戏剧"不明演杀伤事迹，仅以影写出之"；美术"安闲"；雕刻之像"多静而少动"。希腊人有一种特性，"热烈的求生的欲望"："不是只求苟延残喘的活命，乃是希求美的健全的充实的生活"。周作人认同"二希"文明中如"人性的二元"。"希腊思想是肉的，希伯来思想是灵的；希腊是现世的，希伯来是永生的。希腊以人体为最美，所以神人同形，又同生活，神便是完全具足的人，神性便是理想的充实的人生。希伯来以为人是照着上帝的形象造成，所以偏重人类所分得的神性，要将他扩充起来，与神接近一致合一。这两种思想当初分立，互相撑拒，造成近代的文明，到得现代渐有融合的现象。"①

不仅仅希腊具有美的精神，在周作人看来，日本同样具有这一精神。周作人一生尤其喜欢希腊文化和日本文化，也曾把日本比作"小希腊"。"我以为日本人古今不变的特性还是在别地方，这个据我想有两点可说，一是现世思想，与中国是共通的，二是美之爱好，这似乎是中国所缺乏。此二者大抵与古希腊有点相近，不过力量自然要薄弱些，有人曾称日本为小希腊，我觉得这倒不是谬奖。"②周对于日本文化的喜欢或缘于他在日本长达六年的留学生活，留学时期的他也是民族主义的信徒，自然包含着对民族文化复兴的诉求，这一诉求在日本的文化中找到慰安。东京的"唐朝遗风"，使他有"一半是异域，一半却是古昔"的感觉，觉得中国的古昔仍健全地活在异域。他把日本比作自己的"第二故乡"，包括他的妻子羽太信子也是日本人。绍兴、杭州、南京、东京与北京，这几个地标成为周作人文化经验的重要来源之地。对于日本，则是因为周作人长于斯而日本又具有重要的文化先导地位而在周的生涯中获得特别意义。日本的起居、衣食、文学与"唐朝遗风"都给予了周作人很深的印象。

在这里，我考察日本文化对周作人的影响，重点在于艺术与生活。对于日本的政治，周作人前前后后观点变化较大，不在本章的考察之列。这两者

---

① 周作人：《圣书与中国文学》，1920年11月30日在燕京大学文学会讲，载1921年1月10日《小说月报》第12卷第1号，署周作人。收《艺术与生活》。

② 周作人：《日本管窥》，1935年5月13日《国闻周报》第12卷第18期，署知堂。收《苦茶随笔》。

之间的关系，周作人曾有一个譬喻——"便服"与"铁甲"。战时要穿上铁甲，但在家中或路上常穿着便服，"便服装束"才是日常的常态，才是真相。毋宁说，周作人择取了更日常更常态化的文化作为其考察和审美的对象。

周作人留学六年，其后翻译了大量的日本近现代文学作品、短歌、俳句以及古典文学作品，比如《徒然草》《枕草子》《狂言十番》《日本狂言选》《浮世澡堂·浮世理发馆》《平家物语》《如梦记》《古事记》等。周作人的各种译作中，日本部分占据了相当一部分。他还写过《日本管窥》系列、《怀东京》《谈俳文》《谈日本文化书》《关于日本画家》《日本近三十年小说之发达》《日本的人情美》《日本的衣食住》和《日本与中国》等一系列文章。

出于个人性分与习惯的原因，周作人对于日本素朴清淡的生活比较喜欢。东京的食物清淡质素，没有富家的多油多粉，与绍兴寻常民家相近，为周作人所喜。日本的房屋也简易质素，清疏有致。日本生活中清洁、有礼、洒脱的习俗也为周氏所喜。比如对于裸体的态度周认为不必"骇俗"，"日本人对于裸体的观念本来是颇近于健全的，前后受了中国与西洋的影响，略见歪曲……"①对于日本民间的赤足周也以为是"一件很健全很美的事"，这固有对中国国内女子缠足的反对，最重要的是取其"任其自然"。周较重视日本的性观念，1918年便翻译了与谢野晶子的《贞操论》。有研究者将日本的性观念概括为："涤荡了性耻辱感和不洁感，对'肉'的美和丑均能正视而不加臧否的'性自然观'；区分'义理'和'情义'，强调'个人享受不能侵入人生大事'的'性节制观'；眷恋'物哀'情调，热衷追求'爱与死互相完成'的'情死观'。这三方面合而为一，共同铸就了融现世性和神圣性为一体的日本性文化。"②日本的两性观念对周灵肉一致的主张或是一种启发。

在周作人看来，日本国民性有个优点即富于人情。他以和辻哲郎在《古代日本文化》中论"《古事记》之艺术的价值"中的结论来说明自己的切身体会：

《古事记》中的深度的缺乏，即以此有情的人生观作为补偿。《古事记》

---

① 周作人：《日本的混堂》，1937年7月12日作，载11月10日《西风》周年纪念特大号，署知堂。收《秉烛后谈》时改题为《谈混堂》。

② 徐敏：《论日本文化对周作人女性思想的影响》，《外国文学研究》2001年第2期。

全体上牧歌的美，便是这润泽的心情的流露。缺乏深度即使是弱点，总还没有缺乏这个润泽的心情那样重大。支那集录古神话传说的史书在大与深的两点上或者比《古事记》为优，但当作艺术论恐不能及《古事记》罢。为什么呢？因为它感情不足，特别如上边所说的润泽的心情显然不足。《古事记》虽说是小孩似的书，但在它的美上未必劣于大人的书也。

"有情的人生观""牧歌的美"，正是周感到"亲近的地方"。① 它的笔致有一种润泽的心情。这种润泽有情的人生情致在文艺上也有所体现。周作人涉猎日本文艺甚多，俳谐、俳文、杂俳、川柳、狂歌、小呗、俗曲、洒落本、滑稽本、落语以及浮世绘、大津绘、民艺等。周尤其喜欢永井荷风和谷崎润一郎的随笔。

永井荷风以小说得名，但周并不喜欢，而是喜欢诸如《荷风杂稿》《荷风随笔》《下谷丛话》《日和下驮》与《江户艺术论》等散文笔记。周尤喜《日和下驮》。《日和下驮》是东京市中散步的记事，内分日和下驮、淫祠、树、地图、寺、水附渡船、露地、闲地、崖、坂、夕阳附富士眺望等十一篇。"日和下驮"是木屐之一种，即晴天屐，普通的木屐两齿幅宽，全屐用一木雕成，齿是用竹片另嵌，趾前有覆。为便于对此文的感知，摘引一部分：

但是我所喜欢曳屐走到的东京市中的废址，大抵单是平凡的景色，只令我个人感到兴趣，却不容易说明其特征的。例如一边为炮兵工厂的砖墙所限的小石川的富坂刚要走完的地方，在左侧有一条沟渠。沿着这水流，向着阎魔去的一个小胡同，即是一例。两旁的房屋都很低，路也随便弯来弯去，洋油漆的招牌以及仿洋式的玻璃门等一家都没有，除却有时飘着冰店的旗子以外，小胡同的眺望没有一点什么色彩，住家就只是那些裁缝店烤白薯店粗点心店灯笼店等，营着从前的职业勉强度日的人家。我在新开路的住家门口常看见堂皇地挂着些什么商会什么事务所的木牌，莫名其妙地总对于新时代的这种企业引起不安之念，又对于那些主谋者的人物很感到危险。倒是在这样贫穷的小胡同里营着从前的职业劳苦度日的老人们，我见了在同情与悲哀之上还不禁起尊敬之念。同时又想到这样人家的独养女儿或者会成了介绍所的

---

① 周作人：《日本的人情美》，1925 年 1 月 26 日《语丝》第 11 期，署开明。收《雨天的书》。

饵食，现今在什么地方当艺妓也说不定，于是照例想起日本固有的忠孝思想与人身卖买的习惯之关系，再下去是这结果所及于现代社会之影响等，想进种种复杂的事情里边去了。①

优美素朴的笔致回旋着"物哀"情思，这哀思来自正逐步走向欧美化的明治维新初期，"营着从前的职业勉强度日的人家"的小店在永井荷风看起来"没有一点什么色彩"，而旁边便是现代化的企业。美好的往昔将被正在到来的"新时代"所取代，这正是他所忧虑的。"荷风是由憎恶绝望于现代化的东京而直接返回到残留着旧时代的生活意识和情趣的旧街小巷，并由此追溯近世的江户，在浮世绘、平民艺术和边缘的俗文化中发现了传统世界的秩序与美。"② 这种思想和其在《江户艺术论》中那种"东洋人的悲哀"融为一体。

周通过这些生活仪式中的琐碎细节、民俗风物体验其中的情致，"从表面去看，那是无益的事，须得着眼于其情感生活，能够了解几分对于自然与人生态度"。③ 其实周对永井和谷崎的共鸣除了共同的文明感受外，其中重要的一点在于其笔致下所体现出的人情之美。

可以说，"科学精神"和"美"（或者说"知"与"情""物理人情"）构成了生活之艺术的重要内涵。我们可以看出，周糅合了古希腊的科学精神及爱美精神，日本的人情美和中国先贤的"重知""疾虚妄"精神。正是这种精神的择取使周和载道主义者有了根本的分野。周自称受了科学的影响，没有宗教情绪："对于载道卫道奉教吃教的朋友都有点隔膜，虽然能体谅他们而终少同情，能宽容而心里还是疏远。因此我看书时遇见正学的思想正宗的文章都望望然去之，真真连一眼都不瞟。"④ 周也希望通过这种文化整合能够渐进地改变中国的不健全："不佞之意以为当重常识以救治之，此虽似是十八世纪的老药方，但在精神不健全的中国或者正是对症服药亦未可知。"⑤

① ［日］永井荷风：《日和下驮》，转引自周作人：《东京散策记》，1935 年 5 月 5 日刊《人间世》第 27 期。
② 赵京华：《周作人与永井荷风、谷崎润一郎》，《中国现代文学研究丛刊》1998 年第 2 期。
③ 周作人：《缘日》，1940 年 6 月 21 日作，载 8 月 1 日《中国文艺》第 2 卷第 6 期，署知堂。收《药味集》。
④ 周作人：《〈苦竹杂记〉题记》，1935 年 11 月 17 日刊《大公报》，署名知堂。收入《苦竹杂记》。
⑤ 周作人：《关于孟母》，1935 年 5 月 19 日刊《独立评论》第 151 号。

总之，周作人对生活与艺术的回归，发掘出凡人的日常人生，接洽了原始儒家和自晚明以来儒家日常人生化的倾向，这种生活美学删去了儒家的政治哲学，而保留了人生哲学，爆发出极大的政治能量，这种"小叙事"构成了对后五四时期国族"宏大叙事"的另类回应。生活之艺术在于"微妙地混合取与舍"，是中国"本来的礼"，是儒家的"中庸"，是"人情物理"。生活之艺术的提出暗含着周作人对中国远古"礼乐传统"的美好想象和对当下文明方案的另类诉求：以凡人大众为主体，日常生活是生命的常态形式，以中庸等为价值规范，融合"科学精神"与"美"，通向一个有"情"有"理"的世界。

第四章

"左联"与"右翼"之间："自由意识"及其张力

　　自由主义、马克思主义和儒家思想是 20 世纪中国文化的三大思潮。表现在文学领域，其中就有自由主义文学。一般而言，中国的自由主义文学和社会自由主义具有一种同构关系。胡适和周作人常被称为中国自由主义文学的代言人，"当胡适在《易卜生主义》中提倡表现个性的文学，周作人提倡'人的文学'，开辟'自己的园地'的时候，他们实际上是在提倡自由主义文学"。① 但是，另一方面，中国的自由主义者常常是反对以儒家为主的传统文化的，他们将中国传统文化视为中国走向现代性的障碍。这其中常伴生出一些矛盾，比如周作人，他常和胡适一起被视为自由主义者，但是他本人又自称"半是儒家半释家"。周的思想到底应该归入其中的哪一种？如何看待其中

---

① 刘川鄂：《中国自由主义文学论稿》，武汉出版社 2000 年版，第 18 页。

蕴含的矛盾与冲突？为展现周的思想面貌，我将把周置于后五四时期与各种话语对话的时代语境之中。在一个纷争与动荡的年代，面对自己的兄长鲁迅的"左转"，面对"左联"的革命激情，面对国民党"右翼"的文化民族主义及革命律令，周将如何自处？周的思想面貌也将通过与别种思想的碰撞与比较而呈现。

一、周作人与鲁迅的"左转"

之所以把周作人和鲁迅单独做一个比较，是为了进一步探讨除兄弟失和的因素外，是什么原因导致了两人走上了不同的道路？同为新文化运动的重镇，两人思想道路的选择或许能够带给我们观察二十世纪中国思想与文化的重要契机。五四新文化运动中的周氏兄弟对于众多问题的看法有着众多的相似与契合，即使在 1923 年兄弟失和之后的一段时间内。然而两人最终选择了两条不同的道路：一人留守北京，继续着"苦雨斋"里的生活，保持着"自由主义"的立场；一人自 1926 年从北京南下后，辗转厦门、广州、上海，日趋激进，并最终加入左联，进行着"战斗的"杂文创作。两人开创了两种新文学传统 ①，并对后来的新文学的发展产生深远影响。在笔者看来，两种文类审美风格的分野是有着不同的历史语境、文艺观、文化空间和思想资源的区分。

其一，鲁迅文艺思想的转变和文体选择和当时的历史语境密不可分。随着五四新文化的落潮，以及 1920 年代中后期"革命"形势的变化，尤其是一些革命文学作家对鲁迅的围剿，鲁迅的文艺思想经历了一个渐变的过程。鲁迅在《三闲集序言》中曾说道："我有一件事要感谢创造社的，是他们'挤'我看了几种科学底文艺论，明白了先前的文艺史家们说了一大堆，还是纠缠不清的疑问。并且因此译了一本普列汉诺夫的《艺术论》，以救正我——还因我而及于别人——的只信进化论的偏颇。"② 这可以看作是鲁迅文艺思想变化的一个信号。鲁迅的文艺思想是以民族危机为逻辑起点的。早在日本留学时期，受梁启超《新民说》（1901 年）和《论小说与群治之关系》（1902 年）的

---

① 孙郁：《当代文学中的周作人传统》，《当代作家评论》2001 年第 4 期。
② 鲁迅：《三闲集序言》，《鲁迅全集》第 4 卷，人民文学出版社 2005 年版（下同），第 6 页。

影响，① 他把文艺作为感化社会、振兴民族精神之途："文章之于人生，其为用决不次于衣食，宫室，宗教，道德。"在鲁迅看来，文学可以"涵养人之神思""启人生之阀机"，他以世界文学的眼光来"别求新声于异邦"，呼唤精神界之战士："今索诸中国，为精神界之战士者安在？"② 在《文化偏至论》中，他"别立新宗"，与西方之强在于"物质文明"或"社会民主政治"的主张不同，提出："欧美之强……根柢在人"，进而主张："掊物质而张灵明，任个人而排众数。人既发扬踔厉矣，则邦国亦以兴起。""个性张，沙聚之邦，由是转为人国。人国既建，乃始雄厉无前，屹然独见于天下。""是故将生存两间，角逐列国是务，其首在立人，人立而后凡事举；若其道术，乃必尊个性而张精神。"③ 把"立人"作为"立国"、实现民族复兴的基本之道。五四新文化时期，鲁迅通过《狂人日记》《阿 Q 正传》等文学创作，把文学和下层民众的启蒙紧密的结合起来。然而后五四时期，面对"五卅事件""三一八惨案"以及"大革命"的失败，他感到文学的无力："泪揩了，血消了；屠伯们逍遥复逍遥，用钢刀的，用软刀的。然而我只有'杂感'而已。"④ 虽然坚守文学的独立性，但不再相信文学的"革命"伟力："因为好的文艺作品，向来多是不受别人命令，不顾利害，自然而然地从心中流露的东西；如果先挂起一个题目，做起文章来，那又何异于八股，在文学中并无价值，更说不到能否感动人了。""自然也有人以为文学于革命是有伟力的，但我个人总觉得怀疑，文学总是一种余裕的产物，可以表示一民族的文化，倒是真的。"⑤ 这未尝不是"文学"屡屡遭际"革命"后的挫折在鲁迅落寞心情的一种反映，面对压迫、虐

---

① 梁启超在《新民说》中提出："今日欲抵挡列强之民族帝国主义，以挽浩劫而拯生灵，惟有我行我民族主义之一策，而欲实行民族主义于中国，舍新民末由"；在《论小说与群治之关系》中进一步提出："欲新一国之民，不可不先新一国之小说。故欲新道德，必新小说；欲新宗教，必新小说；欲新风俗，必新小说；欲新学艺，必新小说；乃至欲新人心、欲新人格，必新小说。""今日欲改良群治，必自小说界革命始；欲新民，必自新小说始。"这些影响在周作人的《鲁迅与清末文坛》《关于鲁迅之二》等文中有所记录。
② 令飞：《摩罗诗力说》，1908 年 2、3 月《河南》月刊第 2、3 号。见《鲁迅全集》第 1 卷，第 65—103 页。
③ 迅行：《文化偏至论》，1908 年 8 月《河南》月刊第 7 号，见《鲁迅全集》第 1 卷，第 45—58 页。
④ 鲁迅：《而已集·题辞》，1926 年 10 月 14 日，见《鲁迅全集》第 3 卷，第 425 页。
⑤ 鲁迅：《革命时代的文学——四月八日在黄埔军官学校讲》(1927 年)，《鲁迅全集》第 3 卷，第 437、442 页。

待与杀戮，鲁迅看到了文学的"无用"，"大同的世界，怕一时未必到来……但改革最快的还是火与剑"。①

促成鲁迅由对民众启蒙的"思想革命"到社会革命、无产阶级革命转向的自然还有以后期创造社、太阳社为代表的革命文学的"围剿"。1928 年 3 月 1 日在《太阳月刊》三月号上，钱杏邨发表了《死去了的阿 Q 时代》，称："在事实上看来，鲁迅终竟不是这个时代的表现者，他的著作内含的思想，也不足以代表十年来的中国文艺思潮！"随后，钱杏邨以及弱水、李初梨、冯乃超、彭康、杜荃等人在《太阳月刊》《战线》《文化批判》《我们月刊》等刊物上发文对鲁迅进行大规模围剿，称鲁迅是"五四时的林琴南先生""文坛的老骑士""中国的 Don Quixote""彻头彻尾的小资产阶级者""文艺战上的封建余孽"，对鲁迅不遗余力地加以攻击。革命文学以其道德力量、政治立场及社会蓝图的设想通过对观念及语言的操作爆发出强大的美学能量，"革命文学"一时成为流行，但同时也构成一种话语压迫。

对于革命与文学之间的关系以及革命文学，鲁迅有着清醒的认识。一方面他一针见血地指出："世间往往误以为两种文学为革命文学：一是在一方的指挥刀的掩护之下，斥骂他的敌手的；一是纸面上写着许多'打，打'，'杀，杀'，或'血，血'的。"他指出"赋得革命，五言八韵"终究不过是"一面鼓"。②"革命的被杀于反革命的。反革命的被杀于革命的。不革命的或当作革命的而被杀于反革命的，或当作反革命的而被杀于革命的……革命，革革命，革革革命，革革……""曾将阔气的要复古，正在阔气的要保持现状，未曾阔气的要革新。大抵如是。"③ 在革命与文学的关系上，他反对"指挥刀""指挥文人"，同时也承认"创作是有社会性的"。另一方面，鲁迅由于受到革命文学的围剿而不得不做出反思或者某种调整。

鲁迅由于北洋政府的迫害而南下，然而"四一二"的屠杀让鲁迅"目瞪口呆"。到了上海虽然看不到战场上的炮火，却感受到了文坛的硝烟。"创造

---

① 鲁迅：《两地书·十》，《鲁迅全集》第 11 卷，第 40 页。
② 鲁迅：《革命文学》，载 1927 年 10 月 21 日上海《民众旬刊》第 5 期，见《鲁迅全集》第 3 卷，第 567—568 页。
③ 鲁迅：《小杂感》，1927 年 9 月 24 日作，载 12 月 17 日《语丝》周刊第 4 卷第 1 期。见《鲁迅全集》第 3 卷，第 555—556 页。

社，太阳社，'正人君子'的新月社中人，都说我不好，……"①

这种由北京而厦门而广州而上海的辗转，以及重重的迫压与围剿带给他的是失落与沮丧，正如有研究者所指出的："他不甘心被人视为落伍，不甘心被新兴的潮流摒诸河岸，几乎从踏进上海的那一天起，他就自觉不自觉地想要跟上新的思潮，要重返文学和社会的中心，要找回那已经失去的社会战士和思想先驱的自信，要摆脱那局外人的沮丧和孤独。"② 这种身份认同的危机以及精神危机迫使他做出某种调整，也是他后来加入左联的原因之一。当然，还有后文将提到的他对自由主义文人的失望，以及他对中国传统文化的深深的质疑乃至绝望。周作人则在1920年代中后期走向了另一条路：恢复千年前的"礼"。

这种调整也由此带来精神与理论的焦虑与努力，正如上文所言对无产阶级文艺理论的翻译与学习，瞿秋白曾有著名概括："鲁迅从进化论进到阶级论，从绅士阶级的逆子贰臣进到无产阶级和劳动群众的真正的友人，以至于战士。"③ 但这种论断未免有些偏颇。鲁迅也只是说纠正他"只信进化论的偏颇"，事实上，鲁迅从留日时期到晚年，都始终是个进化论者，只是到了后期，对于进化论的认识有所深入和发展，或者说阶级论和进化论并非二元对立关系，而是马克思主义思想学说成为鲁迅所关注的重心所在。鲁迅所特别提到的对他产生影响的普列汉诺夫的《艺术论》阐释了阶级论与进化论的关系。在普列汉诺夫看来，唯物史观并不和达尔文相矛盾，而是研究领域的不同，并在达尔文生物进化论的基础上言明达尔文所未言明的东西，即由生物学移用到社会现象的研究。"他（达尔文）是考察了作为动物种的人类的起源的。唯物史观的支持者，是想要说明这物种的历史底命运。他们的研究的领域，恰恰从达尔文主义者的研究的终结之处，从那地方开头。"④ 普列汉诺夫的艺术论正是把作为"情感和思想的具体底形象底表现"的艺术的考察从"种的概念"移向"现实的条件"（历史的概念）。在他看来，"一切所与的民族的艺术，为他的心理所规定，他的心理，为他的状态所创造，而他的状态，

---

① 鲁迅：《三闲集·序言》，1932年4月24日作，见《鲁迅全集》第4卷，第4页。
② 王晓明：《无法直面的人生——鲁迅传》，上海文艺出版社1993年版，第164页。
③ 何凝：《鲁迅杂感选集·序言》，上海青光书局1933年版，第20—21页。
④ ［俄］普列汉诺夫：《艺术论》，见《鲁迅译文全集》第5卷，福建教育出版社2008年版，第163页。

则到底被限定于他的生产力和他的生产关系。"① "我所抱的见解，是社会底意识，由社会底存在而被决定。凡在支持这种见解的人，则分明是一切'观念形态'——以及艺术和所谓美文学——乃是表现所与的社会，或——倘我们以分了阶级的社会问题之际，则——所与的社会阶级的努力和心情的。"② 只有社会条件才决定着生理的可能性怎么转变为社会的现实性。简言之，作为审美活动的艺术"美底愉乐的根柢里"伏着"功用"，或者说艺术初是来自功利，而后移至审美。从而把社会、种族和阶级的功利主义见解引入艺术。"文学——国民底精神底本性的反映——就是创造这本性的历史底条件本身的出产。"③ 普列汉诺夫重美感的社会功利性的美学思想有力地回应了康德关于美是没有任何利害关系而喜爱的东西的观念。

鲁迅从 1929 年开始发表普列汉诺夫的译文，1930 年 7 月《艺术论》作为"科学的艺术论丛书"由上海光华书局出版。鲁迅对普列汉诺夫也评价甚高："蒲力汗诺夫也给马克斯主义艺术理论放下了基础。他的艺术论虽然还未能俨然成一个体系，但所遗留的含有方法和成果的著作，却不只作为后人研究的对象，也不愧成为建立马克斯主义艺术理论，社会学底美学的古典底文献的了。"④ 从早年受到以尼采、叔本华为代表的唯意志论和施蒂纳为代表的唯我论的影响到 1930 年代对马克思主义思想学说的服膺，从注重个性主义与"立人"到对社会集体力量的张扬，这不能不是一个重要的转变，甚至后来鲁迅倡导无产阶级文学。这既是革命形势发展的结果，也是鲁迅文艺思想转变的结果。正是在这样的思想背景下，杂感文成为晚期鲁迅一种重要的文体选择。鲁迅对杂文的选择一方面既有如上的"文学之用"的动机，同时也有着自觉的文体意识。相比较而言，周作人一直居于北京，压抑式的城市文化气质和学院式的松散使他在一定程度上既疏离了话语权力斗争的中心，也保持着和现实的疏离，他也没有像鲁迅那样辗转奔波。这些历史际遇成为其"闲适"式的小品文创作的背景。

---

① ［俄］普列汉诺夫：《艺术论》，见《鲁迅译文全集》第 5 卷，福建教育出版社 2008 年版，第 186—187 页。

② ［俄］普列汉诺夫：《艺术论》，见《鲁迅译文全集》第 5 卷，福建教育出版社 2008 年版，第 223 页。

③ ［俄］普列汉诺夫：《艺术论》，见《鲁迅译文全集》第 5 卷，福建教育出版社 2008 年版，第 183 页。

④ 鲁迅：《艺术论·序》，见《鲁迅译文全集》第 5 卷，福建教育出版社 2008 年版，第 152 页。

其二,文化空间。后五四时期,北京与上海可以说分属于两种不同的文化空间与文学场。新文化运动高潮过后,新文化的阵营出现了分化,北京呈现出一片肃杀的文化景象,正如鲁迅的感慨,五四时期的思想革命的战士,现在又剩得几个呢?尤其是 1926 年的"三一八"惨案以及 1927 年的军阀镇压,使得大批知识分子南下。1928 年 7 月国民党完成全国形式的统一,北京被国民党接管。1930 年代北京更是处于国民党白色恐怖和日军侵略的阴霾之下。文学中心的南移使北京变得较为冷清,文人的活动常常通过沙龙,或者比如《大公报》文艺副刊这样的聚会来形成活动领域,这种形式具有松散的特点,但是由于北京的文化高压政策,使这种言论空间变得非常有限。而后五四时期的上海,作家的写作空间较北京要宽松得多。有研究者指出,30 年代左翼文学思潮的出现,和上海的租界文化有着密切的关系:"普罗文学的成长,首先和租界较宽松自由的政治话语环境分不开。租界当局执行言论自由政策,对于作家说什么,写什么,不大干涉。普罗作家利用租界政党统治薄弱的有利环境,来创作革命文学……对于大多数知识分子和工商民众来说,普罗文学的革命煽情描写,以及对民族主义的强调,无疑预示了黑暗租界的一种出路。普罗文学革命加恋爱的叙述模式,更是令租界的凡俗市民兴奋不已。普罗文学在租界中成为一种时尚文学潮流,也就不是什么怪事了。"[①]同时革命文学与商业操作也有密切的联系。后五四时期北京上海由于特殊的文化空间,形成"京派"与"海派"的分野,周氏兄弟的文学创作在这一不同的文化分野中形成自己的文学文化标记。

其三,思想资源。周氏兄弟虽然都曾留学日本,但由于两人的个性与成长环境的差异,两人对文化资源的选择也各有侧重,尤其是周氏兄弟分道扬镳之后两人的思想资源的差异更加鲜明地凸显出来。除了上文的现实语境和文化空间的不同之外,思想资源的不同构成周氏兄弟文体选择和叙事征候不同的内在因素。以对英国文化的态度为例。

鲁迅是个比较复杂的人:一方面有着强烈的文化自卑心理,以西方文明为师,把中国比喻成黑暗的"铁屋子";另一方面又有着强烈的自尊,对英美文化不以为然,对英美的自由主义也无兴趣。在大家都熟知的与林语堂翻

① 李永东:《租借文化与 30 年代文学》,上海三联书店出版 2006 年版,第 92—93 页。

脸的例子中，可以看出鲁迅特别反感、鄙视"买办文人""崇洋媚外"的奴才相、"西息相"。当同席的林语堂谈起自己以英语"吓"讲广东话的同胞时，鲁迅怒斥了林语堂。① 这中间可能纠缠着多种情感因素，但鲁迅和林语堂、梁实秋、陈西滢等具有自由主义思想的文人具有气质上的不同。鲁迅因为其早年经历的坎坷和对人情世事的洞察，也使他对社会变革抱有一种急切的诉求，对来自英美的徐缓的改良路线、"实验主义"并不看好。内心深处的悲观和对"血性"的诉求以激进的行为体现出来。包括在与友人的通信中这种态度也可以看到，1927 年致江绍原信中，鲁迅说："英美的作品我少看，也不大喜欢。"② 1935 年致胡风信："英作品多无聊（我和英国人是不对的）。"③ 鲁迅与英国人的人生态度、文化趣味总难以相合。但周作人就与之不同，周作人早在新文化运动时期就对英国文化的人类学、神话学、性心理学等有所汲取，哈里森、凯本特、泰勒等人都是周作人思想资源汲取的对象，尤其是英国的文明批评家性心理学家蔼理斯对其产生较大影响。周曾著文多次提到蔼理斯，"所读书中，于他最有影响的是英国蔼理斯的著作"。④ "蔼理斯（Havelock Ellis）是我所最佩服的一个思想家……其最大著作总要算是那六册的《性的心理研究》。这种精密的研究或者也还有别人能做，至于那样宽广的眼光，深厚的思想，实在是极不易得。我们对于这些学问原是外行人，但看了他的言论，得到不少利益，在我个人总可以确说，要比各种经典集合起来所给的更多。"⑤ 蔼理斯生前出版著作近 40 种，1940 年止，周作人收集蔼理斯的图书竟达 29 册。⑥ 可见周对于蔼理斯的情有独钟。而蔼理斯的思想来自于现代生理学、心理学等现代科学文明基础，这使周作人的文化立论建立在现代自然

---

① 陈望道：《关于鲁迅先生的片断回忆》，见山东师院聊城分院编：《鲁迅在上海》（一）1980 年版，第 34 页。

② 鲁迅：《致江绍原》，《鲁迅全集》第 12 卷，人民文学出版社 2005 年版，第 90 页。

③ 鲁迅：《致胡风》，《鲁迅全集》第 13 卷，人民文学出版社 2005 年版，第 458 页。

④ 周作人：《关于自己》，1937 年 7 月 22 日作，载 12 月 21 日《宇宙风》第 55 期，署知堂。

⑤ 周作人：《蔼理斯的话》，1924 年 2 月 23 日《晨报副刊》，署荆生。收《雨天的书》。

⑥ "蔼理斯是医师，是性的心理研究专家，所著书自七大册的《性的心理》以至文艺思想社会问题都有，一总有三十册以上，我所得的从《新精神》至去年所出的《选集》共只二十七册。"参见：《关于自己》，1937 年 7 月 22 日作，载 12 月 21 日《宇宙风》第 55 期。1940 年又购得蔼理斯的《我的生涯》（*My Life* 1939）、《从卢梭到普鲁斯忒》（*From Rousseau to Proust* 1935）。

科学、社会科学的基础上，同时也具有自由主义的色彩。这和鲁迅的激进形成了一个对比。

"大时代"以其大浪淘沙，血泪相伴淘洗着一个时代，周氏的"小品文"在特殊的历史语境、文化空间和思想与文学资源中形成了自己独特的话语方式，从而引领了一种以平和冲淡、博识理趣、闲适苦涩为其风神的小品散文派别，开创了与以鲁迅为代表的匕首投枪式杂文迥然有别的创作路向与文体范式。

二、周作人与"北方左联"

探讨周作人与左翼文学之间的关系 ①，北方左联是不可忽视的一个组成部分。虽然北方左联和中国左联并不存在隶属关系，在人员阵容及影响上也无法和中国左联相比，但同样都在中共的组织领导之下，有着相同的政治和文学方针。周作人定居北京，和远在上海的中国左联相比，北方左联成为近在眼前的存在。但就目前而言，周作人研究界对于这一问题鲜有探讨。

作为必要的前提，首先要简单介绍一下北方左联 ②。北方左翼作家联盟（以下简称北方左联）于 1930 年 9 月在北京成立。1928 年，国民党先后进占保定、天津和北京。同年，中共派陈潭秋、刘少奇和周恩来等到北方来加强领导。1930 年北方左翼文化运动兴起，当然它的成立也和 1930 年的 3 月在上海成立的中国左联及鲁迅的指导密不可分。北方左联是在中共领导下成立的左翼文化团体（其他还有社联、教联、剧联、语联、美联等）之一，受

---

① 前文第二章第二、三节已探讨周与左翼的关系。

② 目前关于北方左联的研究成果相对较少，主要有：

范伟：《北平左联与上海中国左联的关系辨析》，《东岳论丛》，2011 年第 3 期。

鲍国华、李丁卓：《天津左翼作家联盟成立的时间考辩》，《东岳论丛》，2011 年第 3 期。

［日］近藤龙哉：《〈文学杂志〉、〈文艺月报〉与左联活动探晴》，《东岳论丛》，2011 年第 3 期。

封世辉：《三十年代前期北平左翼文学刊物钩沉》，《现代文学研究丛刊》，1992 年第 1、2 期。

马俊江：《二十世纪三十年代北平小报与故都革命文艺青年：以〈觉今日报·文艺地带〉为线索的历史考察》，北大博士论文 2009 年。

何婧雅：《北平左翼文化迭动的发生：1927—1933》，中央民族大学硕士论文 2012 年。

中共北京市委党史研究室、中共天津市委党史资料征集委员会编：《北方左翼文化运动资料汇编》，北京出版社，1991 年版。

刘道华、黄小同：《中共北方地区党史研究（1920～1938）》，天津人民出版社，1998 年版。

中共北方局领导，宣传马克思主义和中国共产党的主张，其理论纲领明确指出：艺术的阶级性是历史的必然，而且艺术是阶级斗争的武器。"我们这联盟在艺术的反映上是属于无产阶级的；自然这个艺术要作为我们无产阶级解放斗争的武器。"① 其文艺方针可以归纳为：艺术是阶级斗争的武器。北方左联的成员有潘漠华、台静农、郑伯奇、宋之的、李文甫、孙席珍等，更多的是在校师生，"爱好文学，要求进步的青年"，其常见的活动形式比如组织读书会、文学社团等。其文学刊物有《文学杂志》《文艺月刊》《夜鹰》《前哨》等数十种。1930 年代，他们参与了纪念十月革命节、参加抗日救亡、请鲁迅演讲、公葬李大钊等活动。日常活动有：出版革命刊物、遇革命纪念日组织到人群集中的地方高喊革命口号、举行飞行集会、游行、散传单、粉刷标语等。刘少奇曾伤心纪念节上所造成的损失。认为纪念节的发传单、游行示威、喊口号、开会等无视敌人的戒备与迫害的冒险主义行为造成了我党"难以计算的"损失。②

　　在笔者所见的材料中，周作人是和北方左联保持一定距离的。周在后五四时期经过一段时间的落寞之后，又回到了作为大学教师这一基本角色，其日常活动除了教书外，主要是同人之间的往访，这在周作人日记中均可看到，包括参加《大公报》文艺副刊的聚会。另外孙席珍也是周交往的一位，在周作人日记中可以看到孙和周的往来情况。③ 孙席珍（1906—1984）是周作人的绍兴同乡，也是周作人的晚辈，1930 年代曾在北京师大、中国大学、北平大学女子文理学院任讲师。由于是中共党员，他积极参与左翼文化运动，包括发起组织北方左联，被推举为常委兼书记。1934 年，被国民党逮捕，次年出狱后任中国大学兼东北大学教授。1936 年，中国左联解散，北方左联也随之解散，孙和曹靖华、李何林等另组北平作家协会，被选为常委兼书记。据其回忆，他在组织北平作家协会时曾经邀请周作人加入，但遭到周作人的谢绝："依照指示，北方左联也自动结束，但不对外宣布，同时另行筹组北平

---

① 《中国左翼作家联盟北方部理论纲领》，1931 年 1 月《转换》第 2 期。转自《北方左翼文化运动资料汇编》，北京出版社 1991 年版，第 47 页。

② 刘少奇：《肃清关门主义与冒险主义》，转引自张磐石：《我所了解的北平左翼文化运动》，见《北方左翼文化运动资料汇编》，北京出版社 1991 年版，第 279 页。

③ 参周作人：《周作人日记》（下），大象出版社 1996 年版。

作家协会……在平的文艺工作者绝大多数都加入了，只有鸳鸯派张恨水、新月派沈从文等个人人士依然站在阵线外面，周作人也谢绝参加。"① 螺旋（笔名）在批评左联右倾机会主义时也提到"开门主义开到投降，甚至对苦雨斋里的老弥陀，都跃动着幻想"。② 可见周作人一直是北方左联争取的对象，但周作人似乎并不领情，不为所动。当然，北方左联内部对周作人声音也并非统一。

下面我还将以谷万川为例，以此作为展示周作人与北方左联复杂关系的窗口之一。因为谷万川是北方左联的成员之一，更重要的是他也是和周有着密切关系或者说纠葛的人，借助谷万川与周作人的交往史，或许我们能了解周作人与北方左联之间的紧张关系。现在权且荡开一笔，先来看一下目前对于周作人与谷万川的关系的研究现状。两者关系中的周作人，多为研究者所诟病。一是周蛮横干涉女儿周静子与谷万川的恋情。谷万川"于师大学习期间与周作人的女儿静子相识并发生感情，后为周作人所阻。谷被捕后静子尚去探望，并准备托人营救之，也是周作人作梗乃罢。后谷被转解南京得悉此情精神上受到重创，至发病时乃詈声诉说其被捕系周作人所陷（其时狱友有楼适夷、陈沂等），又致书周作人大骂之。所以谷之发狂的诱因之一是周作人干扰其恋爱，这和周作人一贯倡导'新的性道德'恰背道而驰"。③ 此事"弄得他精神很痛苦，后来甚至有些神经不正常"。④ 这些结论为后来的研究者不假思索地加以接受，成为指责周作人言行不一，"对女性爱情和性的干涉"⑤的佐证。

当然这些指责也并非全部捕风捉影，但或有以下错误：忽略了历史语境的还原，或在传播的过程中出现误差的情况，或预设在先，引用材料片面。为厘清这件事，我们先梳理周作人与谷万川的交往史。这是考察这一事件的

① 孙席珍：《关于北方左联的事情》，载《北方左翼文化运动资料汇编》，北京出版社 1991 年版，第 295 页。
② 螺旋：《打击左联右倾机会主义》，载 1933 年 7 月《科学新闻》第 2 号，见《北方左翼文化运动资料汇编》，北京出版社 1991 年版，第 207—208 页。
③ 散木：《周作人的两个学生和弟子》，《文史精华》，2002 年第 9 期。
④ 曾和谷万川在三十年代一起编辑革命刊物《文学杂志》的"北平左联"的陆万美：《迎着敌人的刺刀坚持战斗的"北平左联"》，《中国现代文学研究丛刊》1980 年第 1 期。
⑤ 徐翔：《周作人女性观中的异质性成分》，《中国现代文学研究丛刊》2006 年第 6 期。

基础。据杨纤如在《北方左翼作家谷万川》①一文交代，谷万川的经历大致如下：

1905 年，出生在河北省望都县。

1924 年，考入北京师范大学附属中学。

1926 年，南方革命高涨，北伐军抵达武汉，黄埔军校迁汉口，谷万川中学未毕业就南下投考军校。据军校同学符浩的回忆，黄埔军校自第一期起，就有不少同学是由地下中国共产党组织派送的；万川是党组织派送的抑还是个人投考，不详，但谷万川至少 1927 年就是中共党员了。万川对符浩已不讳言自己是共产党员。

1929 年，谷万川又回到北平，考入北师大国文系学习。他办刊物，写文章，参加反帝大同盟活动。在《北平益世报》办《初步》副刊，发表了宣传革命文学、无产阶级文学的文章。"有的文章批评了周作人的文艺观。一九二七年以前，他与周作人有师生关系，建立过文学友谊；周出于资产阶级的本能，藐视并反对无产阶级文学，因而也就对万川不满。至此二人分道扬镳了。"

1930 年秋，北方左联成立，谷成为其中一员。与王志之、张松如、陈北鸥等师大同学办《文学杂志》等刊物。

1932 年，党内左倾路线盛，在南方军事胜利影响之下，谷接受党的任务，回到故乡河北望都县与王嘉楷等策划武装暴动。

1933 年 3 月，回北平，8 月在白庙胡同师大宿舍被捕入狱。

1933 年 9 月，与其他 36 名革命分子解往南京，押入陆军监狱，狱中万川受尽折磨，精神失常。后来被判处五年徒刑。"当年与万川关在一起的有楼适夷、陈沂等同志。据楼老回忆：万川自关进独自监狱后，依然斗争不息，终日怒斥敌人，滔滔不绝于口……听同狱人说，万川常说，他之被捕是周作人所陷，有人认为他语无伦次，其实这中间也有一段渊源。"所谓渊源即谷万川初受周作人赏识，但和周的女儿静子恋爱却为周所阻之事。另当年曾在南京陆军监狱任职的阮立成先生最近给楼适夷同志来信谈到有关谷万川一件事。

---

① 杨纤如：《北方左翼作家谷万川》,《新文学史料》, 1985 年第 1 期。下文的概述中加双引号的文字为直接引用文字。

"据万川对阮说，他曾与周作人之女周静子在同学期间感情相投，谷被捕被押在宪兵三团，静子曾往探监，并准备托人营救；事为周作人知道，多方阻止静子再去探望谷。谷被押解到南京后，得知此事，感情受到创伤，所以才愤愤写信骂周。"

1938 年初，日寇轰炸南京日繁，谷万川被释出狱。

············

1970 年 11 月，保定地区公安机关军管会竟以"现行反革命"的罪名将之枪杀！

这则材料成为后来研究者立论的基础，多被引证。但一些研究者省略了历史当事人见证及缺失历史发生多种可能性的定论，并以错传错。

谷万川 1924 年到北京就读时和周作人有往来，谷是《语丝》读者，看到《语丝》第 42 期《菜瓜蛇的故事》和第 44 期的《关于菜瓜蛇的通信》，谷写信给周讲述所知道的《大黑狼的故事》，周作人回信，于 1925 年 11 月 9 日第 51 期的《语丝》上以通信的形式刊登了《大黑狼的消息》，[①] 并对谷表示鼓励："来稿记录得极好。"此时谷还是北师大附中的学生。稍后不久，1926 年 5 月 17 日第 79 期《语丝》又刊登了谷根据自己的家乡直隶望都县的传说而记录整理的《僵尸》，周作人在后面加了按语，指出此类故事民俗等方面的价值："倘若有人把这类故事收集起来，调查他地理上的分布，再把古来的传说拿来比较，研究他历史上的变迁，那倒也是一件很有趣味的事罢。"1927 年 2 月 5 日《语丝》第 117 期刊登了关于民歌的通信《莲花落》，[②]周告知谷有关"莲花落"问询。后来在周作人的推荐下，1929 年谷万川的《大黑狼的故事》得以在上海亚东图书馆印行出版，周作人写序，[③] 对于去南方参加革命而归"似乎他对于革命已没有多大兴致"的谷万川寄予厚望："对于万川还只好照着自己的例劝他回转来弄那不革命的文学"，在周的眼里，"文学本来是不革命"，即使有"很巧的方法"，即"以文学代革命"，那也是"随营的朱墨文案"，"算作'军功'得保举"。其实，这里隐含着周作人对于南方兴起的革命文学的讥

---

① 周作人：《致谷万川〈大黑狼的消息〉》，1925 年 10 月 10 日作，载 11 月 9 日《语丝》第 52 期。
② 周作人：《莲花落》，谷万川于 1926 年 11 月 15 日作，周作人 20 日回。
③ 周作人：《大黑狼的故事》序，1928 年 12 月 22 日作。收《永日集》。

讽，并在下文中借"贬己"巧妙地表达出来："本来能革命的自然最好还是革命，无如现今革命已经截止，而且我又是不革命的人，不能自己浸在温泉里却用传声筒发命令，叫大众快步走，冲锋！"

然而这并不为已经是共产党员并且性格激进的谷万川所接受。据丁文考察①：1930 年 4 月 15 日，《新晨报副刊》上发表了谷万川第一篇批评周作人的文章《文学果无"煽动能力"耶？》，讥讽周作人自取其辱："如果不坐在象牙塔尖的棉花包上懒洋洋地说风凉话，谁也不来惹你。"在《答复周岂明先生》一文中斥责周作人为"鱼缸文学的权威者"，竭力丑化周作人的形象，极尽冷嘲热讽之能事。随后又写了《"误会"欤？"世故"欤？》《十洲先生的疑误半打》《所谓"某君也者"》《我的总答复》《向岂明先生道歉》五篇文章。以上是对谷万川及谷周交往的简单梳理。周谷冲突在我看来，有以下因素值得关注。

周、谷的文艺观的冲突。周作人五四时期就提出"人的文学"，主张人间本位的人道主义文学，不同于"为人生的文学"和"为艺术而艺术"的文学。在经历了北洋军阀的一系列的暴力事件和国民党的清党风波后，更是宣布了"闭户读书论"，转向"草木虫鱼"，转向了一个"爱智者"的立场，文学创作不再具有直接的现实针对性，却是往往微言大义，体察国民性。这和要求文学为政治服务，主张"文学就是宣传"的"革命文学"或"左翼文学"有明显不同。而此时历经革命后的谷万川却是弥趋激烈，他的《论文学上底腐败的自由主义》等文坚定宣传和践行无产阶级文学和政治，这和周作人构成了文艺观上的冲突。谷万川北师大的同学，北方左联的战友王志之回忆道："在我们的文艺战线上有一种公式教条气息，写作只讲'思想性'，不讲'艺术性'；只讲'理论'，不讲'生活'。我们办刊物，大家开会决定编辑的内容，把一个个拟定好的题目分配下来，然后又在会上讨论每篇文章的要点，大体确定以后，才由各人按'大纲'写作。"②左翼文学的弊病一直为周作人所诟，在 1930 年代发展为"言志"与"载道"文学的区分，在诸如《八股文》等文中更是对当代的"洋八股""党八股"抨击。他的散文创作便是对"八股"构

① 丁文：《周作人与 1930 年左翼文学批评的对峙与对话》，《中国现代文学研究丛刊》2009 年第 5 期。

② 王志之：《谷万川印象记》，《新文学史料》1985 年第 1 期。

成一种反动。

　　周、谷的个性冲突。谷万川在文艺上的成长与周作人的提携是分不开的，从发表文章，到推荐出版图书，周作人一直给予扶持。但是谷对周的批评及指责给两人的关系蒙上了阴影。多年之后，周作人仍不能忘怀，"多少年前有过一位青年，心想研究什么一种学问，那时曾经给予好些帮助，还有些西文书……不久他忽然左倾了，还要劝我附和他的文学论，这个我是始终不懂，只好敬谢不敏，他却寻上门来闹，有一回把外面南窗的玻璃打碎，那孙伏园正寄住的那里，吓得他一大跳。这位英雄在和平的时代曾纪录过民间故事，题曰大黑狼，所以亡友饼斋后来嘲笑我说，你这回被大黑狼咬了吧。他的意思是说活该，这个我自己也不能否认，不过这大黑狼实在乃是他的学生，我被咬得有点儿冤枉，虽然引狼入室自然也是我的责任"。① 多年以后，周作人对他的另一个徒弟沈启无进行"破门"，后仍念念不忘沈是"十足之'中山狼'"。② 我们不难想象谷万川以类似的行为回报周作人时，周的内心感受会怎样。而且两人的性格差异较大，周平和，谷激烈。谷在武汉军校时，爱上谢冰莹，但谢冰莹爱上了符号，谷万川感到很痛苦，甚至威胁谢："你如果遗弃了我，我就要杀掉你！我爱你爱到这个地步，你再也不要想逃脱……"，"你发誓不爱奇，只爱我"。后来谷意识到自己的错误，"又流着泪跪在谢冰莹面前表示忏悔，并且手里拿着自己画的画：一个犯罪的人，跪在十字架前忏悔。"③ 最后他还是离开了谢冰莹。谷万川疯狂激烈的举动并不局限于谢冰莹一人。谢冰莹回忆道："艾斯（即谷万川）原在师大读书，听说后来他的精神反常，拼命追求一位周小姐，有一次还打破了周家的玻璃窗，不久被送进疯人院。"④ "砸玻璃"一事在周作人的上文中已经提到，无论是出于追求周静子还是对周作人"为文"的不满，他毕竟采取了比较极端的行动，造成的后果也是可以想象得到的。

　　谷万川的共产党员和左联成员身份。据杨纤如在《北方左翼作家谷万川》

① 周作人：《遇狼的故事》，1944 年 3 月 6 日作，载 4 月 16 日《古今》第 45 期。收《苦口甘口》。

② 周作人 1961 年 7 月 31 日致鲍耀明信，见鲍耀明编：《周作人鲍耀明通信集》，河南大学出版社 2004 年版，第 69 页。

③ 谢冰莹：《女兵自传》中《亭子间的悲剧》，四川文艺出版社，1985 年版，第 221—223 页。

④ 谢冰莹：《女兵自传》中《偷饭吃》，四川文艺出版社，1985 年版，第 237—238 页。

中所记，谷至晚 1927 年就加入共产党……谷的革命热情是不容怀疑的，中学未毕业就去南方参加革命，回到北师大后不久，就加入北方左联，创办刊物，宣传无产阶级革命，假期间还回故乡策划暴动。然而，1928 年 7 月国民党完成全国形式的统一，北京被国民党接管。1931 年"九一八"事件发生，1932 年 3 月伪满洲国宣布独立。国民政府为了维稳自己的政权，建立自己在国际上的合法性，一直保持着对日妥协。然而日本的改革派进一步企图实现"华北自治"，蚕食华北，消除国民党在这一地区的影响，建立一个受日军严密控制的临时政权。直至 1936 年西安事变爆发，国共才形成统一的抗日战线。①

此时，共产党的一切活动处于地下状态。尤其是"九一八"事件后，国民党对主张抗日救国的人员进行镇压。北方左联的活动同样在镇压之列，"共产党及其领导下的一切革命组织处于地下状态，我们的一切活动——写粉笔标语、散发传单以及'飞行集会'都在秘密中进行，而且限于有组织的革命者"。②据谷的北师大附中和北师大同学、好友陈北鸥的回忆："师大当局竟宣布了三十二名积极主张抗日救国的学生名单，勒令他们立即迁出学校，于是这三十二名同学就被无理的开除出校，其中包括谷万川。那时候，校内一片白色恐怖，大有草木皆兵之势。即便有人问'谷万川住在哪里'这样一句一般的问话，就会使人心悸。"③作为北方左联分子之一的谷万川最终于 1933 年 8 日被捕入狱。

而谷万川和周静子恋爱之时，周作人是处于痛失爱女若子的悲恸之中的。1929 年 11 月，次女若子因医生误诊而病故，这种丧女之痛在周作人的行文和日记中均有表露。④逝者之痛转化为生者之爱，对于剩下的唯一的女儿静

---

① 参费正清编：《剑桥中华民国史（1912—1949 年）》（下卷），中国社会科学出版社 1994 年版，第 512 页。

② 王志之：《谷万川印象记》，《新文学史料》1985 年第 1 期。

③ 陈北鸥：《忆谷万川》，《新文学史料》1985 年第 1 期。

④ 周作人在《若子之死》中写道："睹物思人，人情所难免，况临终时神志清明，一切言动，历在心头，偶一念及，如触肿疡，有时深觉不可思议，如此情景，不堪回首，诚不知当时之何以能担负过去也。"周作人日记：12 月 4 日，下午因心情忧郁，女子学院临时告假。12 月 19 日，夜，想起一月前若子尚在人间及临终事，不禁泫然。12 月 22 日，在家，终日怅怅无所之。1930 年 1 月 5 日致胡适信："自思对于死生别无甚迷执，惟亲子之情未能恝然。"

子的婚恋之事周不能不高度关注，甚至干涉。况且他所面对的谷万川是一个负荷着"阴影"的谷万川："大黑狼"、激进左倾甚至随时都有生命危险的人。本文无意贬低谷万川，相反，谷的人生遭际颇令人感慨同情。但如果在上述的语境下来理解周作人对自己女儿恋爱的干涉，我们或许能够能解作为一个"父亲"的周作人的这一苦衷吧。

回到本文的问题，谷万川作为北方左联一分子的实例成为周与左联交往经验的一个部分，这和北方左联以及中国左联共同构成周对左联的经验与记忆。这其中的紧张关系只有在具体的语境中才能加以还原和言说，而非一语可以概括。有一点是确定的，周不喜欢北方左联口号式的政治式的以文学为工具的宣传。

在周与北方左联的关系中，公葬李大钊事件也是一个值得观察的窗口。1933 年 4 月北方文总联合革命互济会、反帝大同盟等组织发起公葬李大钊活动。参加人员有北方文总、北方左联、社联、剧联等大多数成员①，李大钊家属及其好友王烈、沈尹默、周作人、胡适、蒋梦麟等人都名列创议者之中。在中共地下党的领导和支持下，4 月 22 日举行公祭，23 日下葬。周参加了公祭并送花圈一个，祭仪 10 元，后付安葬捐款 20 元。周参加李的葬礼本属正常，因为红楼之谊。然而在一个非常时期，一个由中共组织的活动，周并未排斥，所遵循的是人之常情。其实他对李大钊后人的关照及对李藏书的保管与出版所做出的努力②，已经超出了意识形态的界限。在一个充斥着恐怖氛围与斗争哲学的时代，周以人道主义情怀诠释了自由主义的可贵。

周和左联整体上保持着一种疏离而不是对立的关系。他拒绝加入任何党派，这既是他企图保持自我身心自由的重要条件，也注定他将来不可能在一个高度组织化集中化的社会话语权中占有一席之地，他留给人们的只能是其思想和文学，一个文人的使命和命运。然而抗日战争爆发后，周却"匪夷所思"地"转身"而去，这也许是历史有太多的无奈吧！

---

① 《北方左翼文化运动资料汇编》，第 293 页。
② 可参贾芝：《关于周作人的一点史料——他与李大钊的一家》，《新文学史料》1983 年第 4 期；张菊香：《红楼奠基的深情——周作人与李大钊》，《党史纵横》1994 年第 7 期。

三、周作人与国民党"右翼"

上文探讨了周作人与左翼文学之间的紧张关系以及周氏兄弟思想道路选择的不同。上述问题也是学界研究的重点热点问题，但周作人与国民党右翼文学之间呈现的关系如何学界较少探讨。后五四时期，北京经历了政权更迭，从北洋政府到国民政府，考察周作人与北京当局之间的关系也变得饶有兴味，毕竟革命文学和左翼文学远在南方的广州和上海，那么对于眼下的当局及其文化文学场域，周作人作何反应呢？

对于周作人与北洋政府之间的关系，已有较多的研究①，为了保持行文的完整性，在这里仅作简单陈述。比如1925年周作人对北京师范大学风潮中被害学生的声援；五卅事件，周作人发表《黑背心》《日本与中国》《日本浪人与〈顺天时报〉》等文揭露和痛斥日本侵略者；"三一八"惨案发生时，周作人发表《关于三月十八日的死者》《死法》《新中国的女子》等文，在沉痛中痛斥；1927年3月北京军警为"灭赤"大量搜捕学生与教员，使得师生惶惶不可终日，周以为这是"三一八"空气的复活，入于"恐怖时代"，对此加以讥讽②，章太炎附和军阀"讨赤"，周作人发表《谢本师》。周作人在遭遇暴力、屠杀、专制时展现了其作为"叛徒"的一面。

周作人生活在军阀不停交替更换的北京，正如上文所展示，这是一个交织着生与死的时代，周作人曾经回忆自己所经历的难忘事件，比如"碰伤"事件。周把希望寄托在南方的革命政权，把它看作"民主思想"的化身，"南北之战，应改称民主思想与酋长思想之战才对"。③然而，1927年，国民党发动了"清党"运动，这场残酷的大屠杀打破了周作人的希望。周作人感到民族的虐杀性，仿佛又见到李小池《思痛记》中的情形。对于国民的劣根性周有更深刻的反省。对国人"杀乱党的嗜好"深有痛恶："无论是满清的杀革党，洪宪的杀民党，现在的杀共党，不管是非曲直，总之都是杀得很起劲，仿佛中国人不以杀人这件事当作除害的一种消极的手段，（倘若这是有效，）

① 舒芜：《周作人的是非功过》，辽宁教育出版社2000年版，第45—49页。
② 周作人：《灭赤救国》，1927年3月25日《语丝》第124期，署岂明。
③ 周作人：《南北》，1926年10月31日作，载11月6日《语丝》第104期，署岂明。收《谈虎集》。

却就把杀人当作目的，借了这个时候尽量地满足他的残酷贪淫的本性。"① 周认为虽然别国亦有嗜杀，但中国上至皇帝将军，下至流氓学者，皆是如此。是一种"根深蒂固"的遗传病，也是亡国之根。周对国人"嗜杀性"的发现是对现实世事的深深失望，也是对历史上被虐杀亡魂的追悼，并希望以反省为契机，建立对现代性的想象。它和鲁迅的"吃人"同出一辙，相互呼应。

被杀的人中包括自己的一些学生，被以"左派"的名义杀害，他悲愤地写道："至于那南方的杀人者是何心理状态，我们不得而青知，只觉得惊异：倘若这是军阀的常态，那么惊异也将消失，大家唯有复归于沉默，于是而沉默遂统一中国南北。"②"北方不必说，南方亦狂热地讨赤，仿佛国民党之宗旨是在灭共者，想更无暇来管别的闲事，'三一八'的死者恐怕终于是白死了。"③"我不知道国民党里的事情，不知道国民党终极的目的究竟是北伐还是讨赤，但从表面观察起来似乎以讨赤为近，而且成绩似亦不恶，即以所杀赤党数目而论，只广州一处有五千七百之多，实在比北方更为努力了。"④ 这种党争带来的排他性、嗜杀性使周作人感到深深的失望，"沉默遂统一中国南北"，正如鲁迅笔下之"无声的中国"。

问题更在于杀伐的队伍中竟立着昔日的友人：蔡元培、吴稚晖。他们或是"帮凶"，或是沉默。蔡元培和周作人是同乡，周作人1917年之所以能到北大，离不开他的帮助。周与蔡的分裂可能从1923年的"非宗教大同盟"运动开始，但这并不影响周对蔡的总体评价。1926年，蔡从欧洲回国后逗留沪杭无意北上，周于4月25日写信给蔡，恳切要求其北返："先生复归长校，不特在风雨飘摇之中，学校可望渐臻稳固，即个人亦可得请益之机会，实属至可欣幸之事……作人在北大将及十年，除教课外，于教务素不过问。今因先生不来北京，与北大前途关系至大，偶有所见，不敢缄默，敬以奉陈，狂愚之言，尚祈宽容是幸。"⑤ 可以看出，周对蔡之教育事业是持支持

---

① 周作人：《怎么说才好》，1927年9月20日作，载10月1日《语丝》第151期，署岂明。收《谈虎集》。
② 周作人：《偶感之三：青年朋友之死》，1927年7月5日作，载16日《语丝》第140期，署岂明。收《谈虎集》。
③ 周作人：《"三一八"的死者》，1928年1月3日作，载14日《语丝》第4卷第5期，署周作人。
④ 周作人：《新年通信：致衣萍》，1928年1月11日作，载2月4日《语丝》第4卷第8期，署岂明。
⑤ 周作人致蔡元培信，1926年5月28日《北京大学日报》1919号。

态度的，但"清党"发生后，周对蔡的态度发生了较大的变化，如上文中对蔡的批评。周先后在《猫脚抓》《怎么说才好》《功臣》等文中批评蔡对参与清党而造成的冤死青年"不能辞责"，以及蔡对屠杀行为的"视若无睹"。即使在私信中也不忘对蔡元培的批评。1928 年 8 月，国民党实行大学区制，划河北、热河、北平、天津为"北平大学区"，并改中华大学为北平大学，任命原代中华大学校长蔡元培主持校务的李润章为北平大学校长，遭到国民党平津党部和原北京大学师生的反对。前者反对实行大学区制；后者同时反对取消北京大学和任命李润章为北平大学校长。周作人在给江绍原的信中写到"唯反李（李润章）而不反蔡乃一奇，或者蔡公更善于作官可用为说明，至于瞎用武力似无甚关系，敝人在平所见闻未闻有若何武力也"。① 周对蔡元培参与清党的事件仍念念不忘。"北大将独立，校长则以蔡太史呼声为高，唯不佞甚反对……北大师生至今尚迷信蔡公，甚奇。至于不佞则反蔡而不拥李。近来狠想不做教员，只苦于无官可做，不然的确想改行也。"② 周对蔡的讥讽由此可见。

吴稚晖是中国近现代史上比较有特色的人物，在科玄论战中为科学派的中坚人物。吴主张"科学万能"，对国故、国粹颇不以为然。"这国故的臭东西，他本同小老婆鸦片相依为命，小老婆吸鸦片，又同升官发财相依为命。国学大省，政治无不腐败。因为孔孟老墨便是春秋乱世的产物。非再把它丢在厕所里三十年，现今鼓吹成一个干燥无味的物质文明，人家用机关枪打来，我也用机关枪对打，把中国站住了，再整理什么国故，毫不嫌迟。"③ 吴稚晖

---

① 周作人：《致江绍原》，1928 年 1 月 5 日作，见《周作人早年佚简笺注》，四川文艺出版社 1992 年版，第 130 页。

② 周作人：《致江绍原》，1929 年 7 月 20 日作，见《周作人早年佚简笺注》第 179—180 页。张挺等认为"周作人一贯持反蔡立场，与他当年初到北京大学时因客观原因未蒙蔡重用有关。见（《佚简笺注》第 183 页），此语恐有误。考察周蔡的交往史不难得出结论。不一一述，仅举一例：1926 年，蔡从欧洲回国后勾留沪杭无意北上，周于 4 月 25 日写信给蔡，恳切要求其北返："先生复归长校，不特在风雨飘摇之中，学校可望渐臻稳固，即个人亦可得请益之机会，实属至可欣幸之事……作人在北大将及十年，除教课外，于教务素不过问。今因先生不来北京，与北大前途关系至大，偶有所见，不敢缄默，敬以奉陈，狂愚之言，尚祈宽容是幸。"（见 5 月 28 日《北京大学日报》1919 号）蔡随即复函，谢其意。

③ 吴稚晖：《箴洋八股的理学》，见《吴稚晖全集》卷六，上海：群众图书公司 1927 年版，第 45 页。

是中国国语统一运动和提倡拼音文字的开创者之一,但在 1927 年的国民党的"清党"运动中扮演了一个极不光彩的角色。① 在周作人的记忆中,《青天白日报》记者二名与逃兵一同斩决,清党委员到甬斩决共党二名,上海枪决五名姓名不宣布,又枪决十名内有共党六名,广州捕共党一百十二人其中十三名即枪决,……清法着实不少,枪毙之外还有斩首……"② 面对昔日同人胡适、吴稚晖的沉默,他诘问道:"胡先生出去只见不文明的人力车而不见也似乎不很文明的斩首","这回吴先生却沉默了"。"白色恐怖绝不会比赤色的更好"。③ 周作人听闻吴稚晖致汪精卫函(发表于《大公报》)中挖苦在江浙被清的人,说他们无杀身成仁模样,叩头乞命,毕瑟可怜云云。周大加抨击,认为好生恶死人之常情,但不能成为嘲弄的资料,何况事实并不尽然。"吴君在南方不但鼓吹杀人,还要摇鼓他的毒舌,侮辱死者,此种残忍行为盖与漆髑髅为饮器无甚差异。有文化的民族,即有仇杀,亦至死而止,若戮辱尸骨,加以后身之恶名,则非极堕落野蛮之人不愿为也。吴君是十足老中国人,我们在他身上可以看出永乐乾隆的鬼来,于此足见遗传之可怕,而中国与文明之距离也还不知有若干万里。""今于吴老先生亦复如此,千年老尾既已显露,吾人何必更加指斥,直趋而过之可矣。"④ 吴"又忽发杀人之豪兴,发起清党之盛举,由青红帮司执行之责,于是残杀遂开始,共党之死者固不少,而无辜被害的尤多,凡略有桀骜不羁之青年非被屠戮亦在逃亡,而土豪

---

① 1927 年蒋介石预谋发动政变,3 月 27 日蒋由南京抵上海后,召吴稚晖、蔡元培等人密谈,吴对蒋说:"你今天身负军事和党国责任,此刻之心情,正如经书所说:'懔乎若朽索之驭六马',只有出之以戒惧恐惧,采坚持正确的毅力与决心,乃能无畏于横逆,而终厎于胜利成功。"(杨恺龄编:《民国吴稚晖先生敬恒年谱》,台湾商务印书馆 1981 年版第 68 页。)建议蒋下决心对共产党下手。当事人之一蒋梦麟回忆:"当时先生(吴稚晖)约蔡子民先生、邵元冲先生与余四人与总司令邻室住宿。吴蔡两先生与蒋总司令朝夕讨论清党大计,吴先生并相约清党明令未宣布以前我们四人不得离此外去,以免外人探知吴蔡两公行踪,多所推测。而这一'无盔甲的袁世凯'(指吴)尤为共产党人所注目。"(蒋梦麟:《一个富有意义的人生》,《传记文学》第 4 卷第 3 期。)转引自罗平汉:《布衣大佬 吴稚晖》,北京市:团结出版社 2010 年 1 月版第 184 页。吴蔡均参与了这次被称作"护党救国"的"清党"运动。其中的原因比较复杂,兹不赘述。
② 周作人:《人力车与斩决》,1927 年 7 月 16 日《语丝》第 40 期,署岂明。收《谈虎集》。
③ 周作人:《吴公何如? ——致荣甫先生》,1927 年 7 月 16 日作,载 23 日《语丝》第 141 期。
④ 周作人:《偶感之四(随感录四十)》,1927 年 9 月 17 日《语丝》第 149 期,署岂明。收《谈虎集》。

劣绅乃相率入党，荼毒乡里，莫知纪极，至今江浙一带稍知自爱者至以入党为耻，这都是吴委员的功劳。"① 周对吴的"八股文"之说常有引用，但是对于吴稚晖参与清党一事鞭挞不遗余力，从中也可以看出周的人道主义立场以及对自由主义的坚持。周的自由主义精神可以追溯到其早年的民族危机之中："即使老时不死，至地球末日，微尘世界，一切有情，皆归虚空，则亦必死。等是待死之身，不愿以血灌自由之苗，而甘以尸饱江鱼之腹，乌乎可哉？如生而痛苦，则何尚天年？死而无知，则何悲菹醢？吾身虽死，自由不死；吾身虽灭，原质不灭。"② 虽然每个阶段的任务不同，周作人的思想也有所变化，但其自由主义的立场并未改变，这和其以包含个人主义在内的人学思想紧密相关。

陈思和在反思五四一代知识分子时曾说："只有拒绝了对任何一种政治力量的依赖，坚持用个人主义的立场和观点去批评社会，推动社会进步，这样的知识分子才是自由主义知识分子。"③ 在此意义上，后五四时期的周作人也可以说是一位自由主义知识分子，这一点也得到学界的较多认可，刘川鄂在梳理中国自由主义文学时认为："现代中国文学史上出现的那些深受西方自由主义思想和文学观念影响的独立作家和松散组合的文学派别，他们创作的那些具有较浓厚的超政治超功利色彩，专注于人性探索和审美创造的文学作品及相关的文学现象。"④ 这些属于自由主义文学，并把周作人、胡适、林语堂、梁实秋、徐志摩等人的文学创作归入自由主义文学。

如果我们进一步深入探讨，我们会进一步追问：周作人的这种立场呈现了怎样的意义？自由主义的背后是面对怎样的逻辑？费正清曾有这样的观察："1921 年以后，由于共产党和国民党组织的发展，学界面临一场痛苦的抉择，学者或是避开政治埋头学术研究，或是以学术为政治的附庸。"⑤ 在笔者看来，文艺被绑上了政治的战车，自主性遭到碾压，思想文化研究自主性被

---

① 周作人：《功臣》，1927 年 10 月 15 日《语丝》第 153 期，署子荣。

② 周作人：《说死生》，1904 年 5 月 15 日《女子世界》第 5 期，署吴萍云。

③ 陈思和：《关于周作人传记》，《现代文学研究丛刊》1991 年，第 3 期。

④ 刘川鄂：《中国自由主义文学论稿》，武汉出版社 2000 年版，第 21 页。

⑤ 费正清：《中国：传统与变迁》，世界知识出版社 2001 年 9 月版，第 524 页。

压抑，自由主义的举步维艰，这些与个人主义 ① 与党派、国族的冲突有着莫大的关联。

　　国民党的指导思想、孙中山的三民主义和新文化注重个人主义精神之间有冲突。国民党对五四新文化的看法以孙中山和蒋介石为代表。孙中山曾积极支持五四学生运动，1920 年年初，孙表示新文化运动是思想界大变动，"实为最有价值之事"，虽然开始仅为出版界一二觉悟者的提倡，但大放异彩，收效伟大，并把新文化和革命的"攻心""革心"联系起来。"吾党欲收革命之成功，必有赖于思想之变化，兵法'攻心'，语曰'革心'，皆此之故。" ② 孙中山注重五四新文化思想变革之用，尤其是激发民众爱国热情的作用。但孙从民族主义的立场出发，并不完全接受新文化所倡导的思想。比如他对中国传统文化的接受上具有保守主义色彩。而新文化人在对待传统文化的态度上，是带有激进的反传统色彩。孙中山认为中国人是很和平、文明的民族。欧洲最新的文化其实在中国已经有几千年的历史了。"近来欧洲盛行的新文化，和所讲的无政府主义与共产主义，都是我们中国几千年以前的旧东西。" ③ 但中国固有的道德：忠孝、仁爱、信义与和平遭到了外来民族新文化的入侵。"一般醉心新文化的人，便排斥旧道德，以为有了新文化便可以不要旧道德。不知道我们固有的东西，如果是好的，当然是要保存，不好的才可以放弃。此刻正是新旧潮流相冲突的时候，一般国民都无所适从。" ④ 孙中山虽然承认中国文化传统中有不好的一面，但更强调有价值的一面。更以政治家、革命家的眼光发扬中国文化的主体性，以此砥砺国民与革命。孙中山的文化保守色

---

① 刘禾在《跨语际实践》第三章"个人主义话语"部分考察了"个人主义"话语的由来、在 20 世纪初中国文化场域中的"游走"和创新及民国初年关于个人主义的论辩，作者认为"个人主义"在中国的语境中从没获得过稳定的意义，也并不总是和"集体主义""国家主义""民族救亡"等群体的概念构成二元对立。"个人主义并不总是构成国族主义的对立面，启蒙运动也并非是民族救亡的反面。这两种话语中间的张力产生于历史本身的不稳定性，同时也源于它们之间的互相渗透，互相盘诘。"（刘禾：《跨语际实践》，三联书店 2008 年 3 月版，第 117 页。）我认同个人主义和国族之间的辩证关系，但这里主要考察的是它们之间的冲突关系，这里的"个人主义"主要是指人道主义下的个人主义。

② 孙中山：《致海外国民党同志函》（1920 年 1 月 29 日），《孙中山全集》第 5 卷，中华书局 2006 年版，第 210 页。

③ 孙中山：《三民主义》，见《孙中山全集》第 9 卷，中华书局 2006 年版，第 230 页。

④ 孙中山：《三民主义》，见《孙中山全集》第 9 卷，中华书局 2006 年版，第 243 页。

彩受到胡适等人的批评，胡适批评孙中山"抬高中国的旧政治思想和旧道德"，国民党的历史上"充满着这保存国粹和夸大传统文化的意味。"①尤其是对待个人自由的问题上，孙中山更是从一个革命家政治家的立场认识到政治团体中个人自由的不可能。孙中山在《民权主义》演讲中批评"新青年"所提倡的"自由"把什么界限都打破，流于极端个人主义、无政府主义。"中国人为什么是一片散沙呢？就是因为各人的自由太多。由于中国人自由太多，所以中国要革命。"②1924 年 11 月 3 日，孙中山在黄埔军官学校的告别演说中分析"近二三十年来"中国革命党屡次失败的原因，"我们的革命失败，是被什么东西打破的呢？""依我看起来，就是欧美的新思想打破的。中国的革命思想，本来是由欧美的新思想发生的……"，而欧美的革命思想是自由、平等。"中国革命之所以失败，是误于错解平等、自由。"革命是政治事业，是"大家结合起来，改革公共的事业"。"我们发生了革命，为什么又被平等、自由的思想打破呢？因为做人的事，在普通社会中有平等、自由，在政治团体中，便不能有平等、自由。政治团体中的分子有平等、自由，便打破政治的力量，分散了政治团体。所以民国十三年来革命不能成功，就是由于平等、自由的思想，冲破了政治团体……无论什么人在那一种团体之中，不管团体先有没有平等、自由，总是要自己个人有平等、自由。这种念头，最初是由学生冲动，一现成事实之初，不知道拿到别的地方去用，先便拿到自己家内用，去发生家庭革命，反对父兄，脱离家庭。再拿到学校内去用，闹起学潮来。""殊不知所争的是团体和外界的平等、自由，不是个人自己的平等、自由。中国现在的革命，都是争个人的平等、自由，不是争团体的平等、自由。所以每次革命，总是失败。"③孙中山是从革命家的战略立场，认为个体应该统一到团结的组织中去。个人和集体处于一个对立的地位，而且个人主义含有消极意义。他对列宁的建党经验赞赏有加：革命党要有自由，不要革命党员有自由，个人要绝对服从党的命令。孙中山把个人自由近同于个人的自私

---

① 胡适：《新文化运动与国民党》，载 1929 年《新月》月刊第 2 卷第 6—7 号合刊，见《胡适全集》第 21 卷，安徽教育出版社 2003 年版，第 444—445 页。

② 孙中山：《三民主义》，见《孙中山全集》第 9 卷，中华书局 2006 年版，第 281—282 页。

③ 孙中山：《在黄埔军官学校的告别演说》，见《孙中山全集》第 11 卷，中华书局 2006 年版，第 264—272 页。

自利，是与民族国家对立的一个概念。对此，胡适也有过批评，胡适认为孙中山只把新文化运动当作政治革命的工具："今日的国民党到处念诵'革命尚未成功'，却全不想促进'思想之变化'……压迫言论自由，妄想做到思想的统一。"① 胡适展示了难能可贵的批评勇气。

蒋介石执政后，基本上沿袭了孙中山的这一看法，肯定五四运动的爱国主义和民族主义立场，否定五四新文化运动的"偶像破坏"精神。认为新文化太幼稚、太危险。是不是提倡白话文就是新文化运动！是不是零星介绍一些西洋文艺就是新文化运动！是不是推翻礼教否定本国历史就是新文化运动！是不是打破一切纪律，扩张个人自由就是新文化运动！是不是盲目崇拜外国，毫无抉择的介绍和接受外来文化，就是新文化运动！"② 蒋介石不认同提倡白话文、推翻礼教、扩张个人自由就是新文化。后来甚至把"民主精神"解释为"纪律"，把"科学的意义"解释为"组织"。蒋从自己的立场对新文化进行了选择性的理解和重构。以此角度，也不难理解他和新文化的倡导者胡适的分歧。

从上我们似乎可以看出，国民党对五四新文化所宣扬的"个人"的反对。在我看来，在"个人"问题上，与其说是国民党高层反对五四新文化，不如说是对它的一种误读。孙、蒋是从政治革命的立场强调革命的组织性与纪律性，而新文化运动所宣扬的"个人主义"是在世界文明的思潮中对"人"的价值的发现，是在人类的历时中发掘人的生命的尊严与自由，而非指向"战时"的阶段性任务，两者意义实践的背景不同。这对服膺西方个人主义的知识分子而言是一种挑战。以胡适为例。1930年12月，胡在《胡适文选》的序中提倡"一种健全的个人主义的人生观"，明确了"国家自由"与"个人自由"的关系，即个人自由是国家的基石，因为"奴才"建立不了一个自由平等的国家。而"国家"常以"求国家自由"的名义牺牲了个人自由。胡适关于"个人自由"与"国家自由"的论述与孙中山颇为不同。在胡这儿，个人

① 胡适：《新文化运动与国民党》，载1929年《新月》月刊第2卷第6、7号合刊，见《胡适全集》第21卷，安徽教育出版社2003年版，第449页。
② 蒋介石：《哲学与教育对于青年的关系》，转引自周策纵《五四运动》，江苏人民出版社1999年6月版，第347页。

是终极目的。"争你们个人的自由，便是为国家争自由！"① 其后在纪念五四的文章中再次谈到个人主义，他区分了真假个人主义。假个人主义即为我主义，自私自利；真个人主义是个性主义：思想独立，不盲从。同时为自己的思想信仰负责，不惧权威，不怕杀身坐牢，不计个人利害。② 胡的这一区分极为重要，因为个人主义常常成为自私自利者的道具和代言。无论新文化时期，还是后来，均是如此。胡适更重视个人自由的重要性，它构成国家自由的前提，而不是奉自由之名的国家主义。胡适认同个人的思想自由和言论自由是五四新文化的重要遗产，"充分发展个人的才能"和"造成独立的人格"的个人主义是"新社会"与"新国家"的重要推动力。殷海光甚至反省三民主义就是一种"统战工具"，有其局限性。问题不止于此，个人和集体的冲突也是造成激进主义的原因之一。更重要的是由于对集体的高度统一，必然带来一定的排他性。表现在党派上，便是一党对另一党的排斥；表现在文化上，要求统一性，容不得异己的存在。胡适认为民国十五、十六年的国民革命运动并没有延续五四精神，"一是苏俄输入的党纪律，一是那几年的极端民族主义"。③ 铁纪律含着"不容忍"的态度，排斥异己，与五四提倡的自由主义相悖；民族主义也造就了"排外"，"拥护本国固有的文化"，"建立一个民族的国家"。胡适批评国民党的话后来也在革命文学和左翼文学中应验了。革命文学开始时，来自革命阵营中对鲁迅及周作人等人的指责便是一例。

其实标举"思想自由""兼容并包"的五四新文化内部本身就含有一种内在的冲突。比如激进主义的文化主张和思想自由的冲突。这到了后五四时期表现更甚。王造时评价新文化落潮之后的时代："新文化运动的影子没有了。又是一朝江山，又是一朝君臣，又是一个时代。"④ 这个时代显然不是此前的新文化时代，新文化主体阵营也产生了分化。

五四新文化知识分子中以陈独秀最为激进。在 1920 年 9 月发表的《谈政治》中陈称："我敢说：若不经过阶级战争，若不经过劳动阶级占领权力阶级

① 胡适：《介绍我自己的思想》，见《胡适文选》，亚东图书馆 1930 年版。
② 胡适：《个人自由与社会进步——再谈五四运动》，1935 年 5 月 12 日《独立评论》第 150 号。
③ 同上。
④ 参见罗志田：《西方的分裂：国际风云与五四前后中国思想的演变》，《中国社会科学》1999 年第 3 期。

地位的时代，德谟克拉西必然永远是资产阶级底利器。……我承认用革命的手段建设劳动阶级的国家，创造那禁止对内外一切掠夺的政治法律，为现代社会第一需要。"① 陈接受了暴力革命的观点，由早期民主启蒙立场转向激进的政党政治，由世界主义走向了民族主义，权力的集中带来个人精神自由的丧失。

对胡适而言，胡适留美期间受到实验主义哲学和自由主义政治理念的影响较大。1917 年胡适回国，听到张勋复辟的消息，觉得这是一个"极其自然的现象"。"打定二十年不谈政治的决心，要想在思想文艺上替中国政治建筑一个革新的基础。1918 年 12 月，我的朋友陈独秀、李守常等发起《每周评论》，那是一个谈政治的报，但我在《每周评论》做的文字，总不过是小说文艺一类，不曾谈过政治。"② 胡希望思想文艺层面问题的解决能够成为政治革新的基础。然而 1919 年 6 月，陈独秀被捕，胡适接办《每周评论》，针对当时的无政府主义和马克思主义的宣传，胡适在《每周评论》第 31 号上发表了《多研究些问题，少谈些主义》，希望能避免空谈，"把一切'主义'摆在脑背后"，多研究现实问题而对政治改良有所作用。直至《每周评论》被封近三年之后，胡适重新涉足政治，1922 年 5 月 14 日，胡适联络蔡元培、王宠惠、罗文干、汤尔和、陶孟和、梁漱溟、李大钊等教育界人士在《努力周报》发表《我们的政治主张》一文，提倡"好政府主义"，把政治改革的目标定位为"好政府"，作为改革中国政治的最低限度的要求。他在《我的歧路》中自述："我等候了两年零八个月，实在忍不住了。我现在出来谈政治，虽是国内的腐败政治激出来的，其实大部分是这几年的'高谈主义而不研究问题'的'新舆论界'把我激出来的。我现在的谈政治，只是实行我那'多研究问题，少谈主义'的主张。"③ 从实质上说，胡适从未放弃其实验主义哲学，其至思想文艺是其中的一部分罢了，也可以说胡适从未放弃对现实的关怀，因此也不难理解其后来对政治的参与。总体上看，胡适展现了一个自由主义知识人的批判立场。

---

① 陈独秀：《谈政治》，载 1920 年 9 月 1 日《新青年》第 8 卷第 1 号。
② 胡适：《我的歧路》，见《胡适全集》第 2 卷，安徽教育出版社 2003 年版，第 476 页。
③ 胡适：《我的歧路》，见《胡适全集》第 2 卷，安徽教育出版社 2003 年版，第 469 页。

新文化运动启动时，《新青年》同人相约"不批评时政"的。但这一约定并不表明他们不关心政治，而是企图要从思想文化入手，从根本上解决中国的问题。和《新青年》的激进相比，"《新潮》和《新青年》同是进步期刊，都宣传新思想、新文化，宣传'赛先生'（即 Science，科学）与'德先生'（即 Democracy，民主），但在办刊方向上却稍有不同：（1）《新青年》偏重于政治、思想、理论论述；《新潮》则偏重于思想、文学方面，介绍一些外国文学。（2）《新青年》内部从一开始就分为左、右两派，斗争激烈，直至最后彻底分开；《新潮》的路线相比之下则稍'右'一些"。① 这里的"右"，意味着和政治行动一定程度的疏离。其办刊的宗旨也是学术为本、文化优先的原则。其主将傅斯年、罗家伦也是抱着学术救国的思想留学。然而归国后，1926年，傅斯年便说，希望中国出现一位有能力的"独裁者"，"他将把秩序与文明强加给我们"。1936年，罗家伦选定希特勒著的《我之奋斗》为商务印书馆的"星期标准书"。他们两人这些同新文化运动时候那种"自由知识分子"定位大相径庭的言行，表面上殊为难解，但其时并非特例，确是知识分子思想潮流之一种。②

被罗家伦视为楷模的蔡元培，也有军事化的思想。正如有学者指出的："罗家伦在清华厉行军训的做法，与蔡元培的思想主张有着清晰的内在联系。"③ 蔡曾在北大组建学生军，及至1924年远走欧洲时仍不忘写信给罗家伦等人谈及此事，认为先从学生训练开始，然后由学校推及商工农社会。蔡的军国民教育思想源于家国的危机，效法日、德，以培养学生"整齐严肃，绝对服从"之精神。这一问题在他1919年9月撰写的《战后之中国教育问题》一文中说得比较清楚："欧战以后，世界事物无不改变，教育也要随之而改变的。战前教育偏重国家主义，战后教育定将奉行世界主义。"④ 对于晚清民初的知识分子而言，如何摆脱民族被辱被打的命运，重塑家国共同体，也许军事化是一种直接有效的介入方式，我们也无可厚非。但是，我们也看到另一

---

① 俞平伯：《回忆〈新潮〉》，见《五四运动亲历记》，中国文史出版社1999年版，第326页。
② 可参见林贤治：《五四之魂》，《书屋》1999年第6期。
③ 张晓唯：《罗家伦时代的清华大学》，《人民政协报·春秋周刊》2004年12月16日。
④ 蔡元培：《蔡元培全集》，中华书局1984年版，第335页。

方面，思想文化文学领域的独立性被严重削弱了，被要求统一到"主流"中去，甚至遭到排挤和打击。笔者无意对人物进行价值评判，而是力图呈现在"大时代"之中文学、思想、文化与政治之间的张力，以及人物思想的脉动，从而尝试着走近历史，理解历史，反省历史。

综上，在与后五四时期各种权力话语对话的过程中，周展示了个人的独立，不依附于任何的党派和组织，同时，又有对言论自由的坚持，尤其是对权威话语的反抗，不想其成为钳制个人自由的工具。这其实和其五四时期的主张一脉相承。但对于弱者又展示出宽容的一面。如果用关键词来概括周的思想面貌的话，那就是："个人主义""言论自由""宽容"。

而这些又常常成为自由主义的关键词。当然，自由主义从西方引进，有诸多概念和不同的派别。中国的自由主义从严复、梁启超的引进伊始，在1920年代以后又分为新自由主义与社会民主主义等等。这是一个比较复杂的问题。笔者也无意于这些概念的辨析。但大体而言，周对个体意志的强调、对言论自由的坚持、对权威的反抗可以构成自由主义的内容之一。然而，周和胡适并不相同，胡除了对个人主义、宽容的强调外，还重于社会制度的顶层设计，这是周所不具备的。而周在后五四时期也展示出和胡不同的地方，也即其所宣称的"半是儒家半释家"的思想面貌，尤其体现为中国传统"士"的自在精神。它涵盖了孔子的"己所不欲，勿施于人"的仁，庄子的"逍遥游"，以及陶渊明"悠然见南山"式的隐逸。这也使周的"自由主义"内涵变得驳杂，故我名之为"自由意识"。观察后五四时期的周作人，他与各种权力话语的对话实为"个人主义"发声，以免形成在集权专制下"无声的中国"；他从新文化运动就信守的"文艺上的宽容"成为多元对话的重要保障；他对草木虫鱼、故乡风物的书写乃是寄沉痛于幽微，格物致知，同时实现个人的放逐与自在。

简言之，"自由主义"和中国以儒家为代表的文化传统并非不可通约，虽然新文化运动时期，出现了较为激进的反传统倾向，中国传统文化成为西学的对立面，儒学自然也就成为西方的自由主义反对的对象。但它们具有一些共识共通。比如有学者指出的儒家的中庸之道和自由主义的宽容禀性可以形成良性互动。自由主义对权威的反抗也暗合中国"疾虚妄""重知"的精神，如前文中所提周所称的"思想界三贤"王充、李卓吾、俞理初身上所体现出的"疾虚妄""重知"等等。周企图从中国传统的文化资源中寻出现代精神来以实现文艺复兴之梦。后五四时期，胡适的"整理国故"就蕴含着还中国传统文化本来面目的努力。周作人对礼乐传统的倡导，自称是"孔子的朋友"，都含有文化复兴之意。"自由主义"和中国文化传统的隐逸自在以及"疾虚妄""重知"精神都统一在周作人身上，也是周所言称的两个鬼——"流氓鬼"和"绅士鬼"之体现。

周作人在后五四时期与革命文学、左翼文学为代表的权力话语对话的过程中展现了一个具有"自由意识"的知识分子的处境，他看似"悠闲"的小品文固然有疏离时代的成分，但也体现出对于他对于权力话语的一种抗争：寄反抗性于文学，疏离权威话语，保持自身言说自由的一种努力。这也是个人主义精神的个体对抗主流或权威话语压迫的一种体现。而周所有这些思想的基石就是他的人学思想，这将是下一章所要探讨的内容。

第五章

"复兴"的起点："人"的发现与危机

　　以上从语言文体、抒情文学观、生活之艺术与礼乐文化、自由意识四个方面展示了周作人复兴思想的内涵及其语境，然而我们或要进一步追问：其复兴思想的根源在何？在笔者看来，是其人学思想。五四新文化运动时期，作为五四新文学重镇之一的周作人提出了一系列重要的思想和文学命题，其中最重要的便是"人的文学"，他围绕这一命题先后发表了或翻译了一系列文章，这不仅是他个人学术思想的重要积累，也是五四新文化的重要成果之一。"人的文学"也从此成为引领新文学的重要典范和动力。然而，五四新文化高潮过去之后，"人的文学"或者说其中的"人学"思想面临着严峻的挑战和调整，周作人在后五四时期在与各种话语的对话中依然进行了"人"的坚守，并进行了调整，发展出"礼""人情物理""言志与载道"等众多表述。本章拟解决的问题是：作为周作人重要成果的"人"或"人的文学"的重要内涵是什么？这一思想在后五四时期遭遇了怎样的话语困境？周作人进行了怎样的调整？虽然有些问题学界已经探讨，但是在我看来依然缺少深入性，缺少对于后五四时期调整的勾联和对比。

一、周作人的人学思想

作为探讨的前提，本文有必要先对"人的文学"这一重要的概念进行解读分析，我以为这是进入周作人文学与思想世界的一个重要的切入口，否则下文的展开将缺少对话的基础。本文将以《人的文学》《思想革命》《新文学的要求》等文作为文本分析的重点。

《人的文学》发表于 1918 年 12 月 15 日的《新青年》5 卷 6 号上。这篇文章与其说是探讨文学本身的问题，不如说是探讨新文学所应秉持的思想价值尺度，这一观点在稍后的一篇文章《思想革命》[①]一文中有明确的表述："（文学）若思想本质不良，徒有文字，也有什么用处呢？"与其他重视语言变革的文学革命者对比而言，周作人更看重文学的思想革命功用。当然这在后五四时期有所调整，即不再视文学为功利性的工具，而是具有独立的审美价值。不过依然延绵潜伏着文学的思想价值取向。从这一意义上，这篇文章更应看作一篇五四思想革命的力作。

文章开篇提出提倡的新文学是"人的文学"，反对非人的文学。何谓"人"？周首先指出欧洲历史上的"人"的发现史："第一次是在十五世纪，于是出了宗教改革与文艺复兴两个结果。第二次成了法国大革命，第三次大约便是欧战以后将来的未知事件了。"周作人并未指出欧洲的"人的发现"的具体内涵，这对于谙熟欧洲文学史的他或许并不必要，但我们做一简单梳理或许能帮助我们更好地理解周作人的话中之意。

人从来就没有对自己有一个自明性的认识，如希腊神庙上刻着的"认识你自己"。何谓"人"？斯芬克斯之谜以及美少年那喀索斯之死等传说就包含着古希腊人对"人"的思索。这些关于"人"的形象（image）（而非"人"的观念 idea）的想象成为西方世界人学思想的源头之一。"第一次是在十五世纪，于是出了宗教改革与文艺复兴两个结果。"主要是指文艺复兴和宗教改革

① 周作人：《思想革命》，1919 年 3 月 2 日《每周评论》第 11 期，署仲密。收《谈虎集》。

中"人的发现"。雅各布·布克哈特指出：文艺复兴为"人"的发现的时代。作为但丁的后继者彼得拉克喊出了"我同时爱她的肉体和灵魂"，他在《秘密》一诗中宣称："我不想变成上帝，或者居住在永恒之中，或者把天地抱在怀里。属于人的那种光荣对我已经够了。这是我祈求的一切，我自己是凡人，我只要求凡人的幸福。"①从某种层面上说，这是感性和原欲的"人"的发现，遥映了古希腊的文化精神。他也被称为"第一个近代人"。其后，薄伽丘挑战了教会的禁欲主义，寻回失落的自然人性，高呼人欲的天然合理。这种从反对性禁忌开始的反禁欲主义转向了人自身，这是"人"的一种自我发现，也是"人"的观念的重要转变。但仅止于自然人性似乎还不够，法国作家拉伯雷在此基础上，又发掘了人智之于人的重要意义，人智即拥有真正的知识，也即当时的人文科学，而非宗教神学。如果说薄伽丘对"人"的追寻建立在自然人性的舒展和爱欲的实现上，那么拉伯雷则提出了完善的新"人"理想：如《巨人传》中神瓶的启示"畅饮知识，畅饮真理，畅饮爱情"。以上是前期人文主义的主要的文化内涵，主要传承和复兴了古希腊-罗马文化传统。但是后期人文主义对人又有了新的重构。文艺复兴运动所反对的是被教会异化的上帝：上帝的理性力量和博爱被夸大为无所不能的"神"力，"灵"取代了"肉"，并对"人"构成一种极大的压抑。但基督教的理性精神和博爱精神等人文主义思想在后期人文主义这里被吸收和融入，所以"原欲＋人智＋上帝＝后期人文主义的'人'，也即后期人文主义的思想核心。这里，以博爱和节制为重点的道德理性意义上的'上帝'，使后期人文主义的'人'更富有道德责任感，更理智沉稳"。②在莎士比亚的创作中"人"被赋予更丰富更深刻的内涵。可以说文艺复兴吸纳了两希文学的成果，重塑了文化模式，形成完整的"人文主义"思想。第二次"人的发现"是指启蒙运动。科学的进步及哲学的成就造就了18世纪的启蒙运动，是继文艺复兴之后又一次"人的发现"。较文艺复兴感性欲望意义上"人的发现"，启蒙运动主要指向理性意义上的"人"。所谓理性，主指与宗教信仰相对的人的全部知性能力，是"人类认识

---

① 转引自蒋承勇：《西方文学"两希"传统的文化阐释：从古希腊到18世纪》，中国社会科学出版社2003年版，第144页。

② 蒋承勇：《西方文学"人"的母题研究》，人民出版社2005年版，第134页。

真理的自然能力"和"人类的精神不靠信仰的光亮的帮助而能达到一系列真理"。① 启蒙者学者认为封建专制和宗教神学扼杀了人的理性，使人愚昧无知，因此要建立一个自由、平等、博爱的"理性王国"。

相比较，周作人看到中国"人的问题""须从头做起"，要"发见'人'，去'辟人荒'"。那么何为"人"呢？两个要点：一是人是"从动物"进化的，二是从动物"进化"的。一方面肯定人的生物生活本能，"凡是违反人性不自然的习惯制度，都应该排斥改正"。另一方面又相信人的"内面生活""渐与动物相远，终能达到高上和平的境地。凡兽性的余留，与古代礼法可以阻碍人性向上的发展者，也都应该排斥改正"。换言之，周既肯定了人的自然原欲，又要求人的道德完善，并对阻碍人性向上的礼法予以排斥。周进一步用"灵肉一致"加以阐释："兽性与神性，合起来便只是人性。"

文章进一步指出"人"的理想生活是怎样的图景，探讨"个人"与"人类"的关系。"彼此都是人类，却又各是人类的一个，所以须营一种利己而又利他，利他即是利己的生活。"其实周作人的这种"人"的生活理想图景的描绘是一种新村主义的理想，带有鲜明的乌托邦色彩，当然这是时代空气使然。周在后文中更明确了他所提倡的人道主义："并非世间所谓'悲天悯人'或'博施济众'的慈善主义，乃是一种个人主义的人间本位主义。这理由是，第一，人在人类中，正如森林中的一株树木。森林盛了，各树也都茂盛。但要森林盛，却仍非靠各树各自茂盛不可。第二，个人爱人类，就只为人类中有了我，与我相关的缘故。所以我说的人道主义，是从个人做起。要讲人道，爱人类，便须先使自己有人的资格，占得人的位置。"可见周在强调人间本位的同时更把个人主义摆到了第一位，个人有"人"的资格方可使人类"茂盛"，这是周作人的"立人"意识的体现。

以上可以说是周作人对于"人"的界定，紧接着周就导入的本文的主题：人的文学。"用这人道主义为本，对于人生诸问题，加以记录研究的文字，便谓之人的文学。其中又可以分作两项：（一）是正面的，写这理想生活，或人间上达的可能性；（二）是侧面的，写人的平常生活，或非人的生活，都很

---

① 蒋承勇：《西方文学"人"的母题研究》，人民出版社 2005 年版，第 182—190 页。

可以供研究之用。"从这一角度，周把中国古典文学的大部分看作异类："中国文学中，人的文学本来极少。从儒教道教出来的文章，几乎不合格。"并把《西游记》《封神榜》《水浒》《笑林广记》等古典作品视为"妨碍人性的生长，破坏人类的平和的东西"，在主义上"统应该排斥"。周的这种观点在今人看来未免过激，但在一个"打倒孔家店"的时代也有其合理性的一面，从另一层面看，周也似乎难逃那个时代对传统文化过激的空气。而从其价值判断和立意上看，周的出发点无可厚非，并且周在后五四时期进行了纠正和调整。周把文学中人的道德问题以两性之爱和亲子之爱为例。灵与肉、性爱、妇女、儿童一直是周作人人学关注的重要内容，我们通过他所举的例子可以看到其人道思想来源的一面，易卜生的《娜拉》、托尔斯泰的《安娜·卡列尼娜》、哈代的《苔丝》等作品所蕴含的现代人道精神为周作人所接受，构成其人学思想的重要思想资源之一。

《人的文学》是周作人人学思想的集中展现，周作人发表和翻译了一些作品进行思想革命。我们可以将周作人人学思想及其文学观的主要内容可以作简单归纳。

其一，在"人"的问题上，周作人肯定人作为"动物"的自然原欲，又强调人具有神性的道德律令的节制。这些观点在上文中已有阐述。简言之，人是从动物进化而来，"人的一切生活本能，都是美的善的，应该完全满足"。但人的"内面生活，却与动物相远，终能达到高上和平的境地。凡兽性的余留，与古代礼法可以阻碍人性向上的发展者，也都应该排斥改正。"人的生活是灵肉一致的生活，是一种利己而又利他、利他即是利己的生活。在物质层面，各尽其力，各取所需；道德上，以爱智信勇为基本，革除一切人道以下或人力以上的因袭的礼法。周把"人"放在人类进化的链条上对"人"加以认识，对"人"的属性的定位，对"人"的生活的设想无不透露出西方人道主义色彩，周希望能借助西方的人道主义思想来重新规划中国人的生活。

其二，在个人与人类的关系上，提倡个人主义的人间本位主义。这是周的人学思想中独特的一面。当然后来又有所变化，但是在周此时的思想世界里，人学思想的两端一边是个人，一边是人类，而无国族的隔阂。"许多重大问题，经了近代的科学的大洗礼，理论上都能得到了解决。如种族国家这些区别，从前当作天经地义的，现在知道都不过是一种偶像。所以现代觉醒的新人的主见，大抵是如此：'我只承认大的方面有人类，小的方面有我，是真实的。'"① "个人"与"人类"连接在一起，充满辩证，而国族被忽略掉了。在周看来，这无疑更具有普世价值。周期盼着一个大同世界的到来，而周的这种人间主义理想正是立足于一个健全的具有现代意识的人身上，个人为立人的基础，也是人类文明的凭借，而人类也是利害相通的。这是周受到欧洲文艺复兴以及世界主义、新村主义等思想影响及其自我选择的结果。这也是周作人的个人主义不同于其他五四新文化人的个人主义的地方之一，他们常常把个人主义和国族的救亡图存紧密结合起来（这种看法比较普遍，李泽厚、刘禾等人均有论证）。即使后五四时期的周作人虽然放弃了世界主义理想，但并未放弃"个人—人类"这一链接模式的思考方式和诉求，不过他的"人间"的重心转移到了人们的"日用"历史，但同样具有普范意义。

其三，对妇女、两性与儿童的现代观念的倡导，也即三大发现：人的发现、妇女的发现、儿童的发现。这些是周作人思想革命的重要内容。自晚清的改良运动以来，妇女解放和教育受到极大注意，各种妇女报刊比如《女子世界》等应运而生，甚至作者发表文章也用女名，周作人也曾以吴萍云、会稽十八龄女子吴萍云、会稽碧萝女士等女子名发表文章。这些方面，已经取得较多的研究成果，尤其是新世纪以来，不再赘述。

其四，以"人"为中心，周作人建立了"兽"—"人"—"鬼"—"神"的人学参照系。现代意识的"人"始终是周作人追求的目标，不过其内涵的侧重在不同阶段有所变化。"兽"是周作人人学的起点，人是从动物进化的，人的自然原欲受到周作人的肯定，但又到人之为人的自律性的节制。"鬼"是周作人对人的蛮性遗留的独特命名和想象，蕴含着周作人对千百年来民族劣根性的祛除，对种种压抑人性的"黑暗"之反抗，"故鬼重来"始终是萦绕周作人的忧惧。"神"的概念相对比较复杂。周既肯定人具有"神性"的一面，这里的神烛照着人向上的光芒，指引着人的方向，或者说是一种人神形象；另一种"神"则是压迫"人"的高高在上的权威势力。可以说后五四时期的

---

① 周作人：《新文学的要求》，1920 年 1 月 6 日在北京少年学会讲，载 1 月 8 日《晨报副刊》，署周作人。收《点滴》《艺术与生活》。

周作人的人学思想基本上是在这一框架下展开的，这将在下一节中进行集中讨论。

其五，"人的生活"的实现途径是以和平的方式进行，反对以暴抗暴。强调爱与宽恕的感化。受新村主义影响，周希望能够信托人间的理性与平和，建设规范人的生活。正如武者小路实笃在《一个青年的梦》序中所说，"我望平和的合理的又自然的，生出这新秩序。血腥的事，能避去时，最好是避去。这并不尽因为我胆小的缘故，实因我愿做平和的人民"。① 周作人反对阶级斗争，在谈到新村的工作分工时，周作人承认人与人之间的差异，却反对由此而进行的阶级划分："我们相信工作是人生的义务……我们以人类的一个相对，各各平等，但实际上仍是各各差异。天分的高下，专门技工的不同，便是差异，却不是阶级。阶级的不好，在于权利义务的不平等；现在权利却是平等，不过义务不同，不是量的不同，只是性质的不同。"② 周作人强调爱与宽恕的感化。这与其受到基督教精神的影响不无关系。周早年曾一度要翻译《圣经》，基督教的博爱与宽恕思想给予他一定的影响。周作人认为圣书对于文艺思想的变迁是一个重要的参考，"现代文学上的人道主义思想，差不多也都从基督教精神出来"。③《马太福音》中说："你们听见有话说，'以眼还眼，以牙还牙'。只是我告诉你们，不要与恶人作对。"（第五章三十八至三十九）"你们听见有话说，'当爱你的邻舍，恨你的仇敌'。只是我告诉你们，要爱你们的仇敌，为那逼迫你们的祷告。"（同上四三至四四）"你们中间谁是没有罪的，谁就可以先拿石头打他。"（约第八章七）"父啊，赦免他们，因为他们所作的，他们不晓得。"（路第二三章三四）。"爱是永不止息。先知讲道之能，终必归于无有；说方言之能，终必停止，知识也终必归于无有。"（林前第十三章八）"上帝就是爱；住在爱里面的，就是住在上帝里面，上帝也住在他里面。"（约壹第四章十六）周作人认为这些基督精神是构成近代文艺人道主义思想的重要源泉之一，并对俄国托尔斯泰、陀思妥耶夫斯基等文

---

① 转引自周作人：《日本的新村》，1919年3月15日《新青年》第6卷第3号，署周作人。收《艺术与生活》。

② 周作人：《"工学主义"与新村的讨论》，1920年3月28日《工学》第1卷第5号，署周作人。

③ 周作人：《圣书与中国文学》，1920年11月30日在燕京大学文学会讲，载1921年1月10日《小说月报》第12卷第1号，署周作人。收《艺术与生活》。

学书写中"爱的福音"产生重要影响。周作人甚至想通过基督教来打破昏乱的国民性，促进民智的发达："觉得要一新中国的人心，基督教实在是很适宜的。极少数的人能够以科学艺术或社会的运动去替代他宗教的要求，但在大多数是不可能的。我想最好便以能容受科学的一神教把中国现在的野蛮残忍的多神——其实是拜物教打倒，民智的发达才有点希望。"[①] 关于周作人早期思想与基督教文化之间的关系，已有较多研究者探讨[②]，本文此处想指出的是周作人的爱与恕的思想受到基督教较大影响，在后五四时期，周作人又把这种思想和儒家的仁爱等思想建立了链接，成为周作人人学思想的重要组成部分。

二、周作人的人学思想渊源
——以蔼理斯为中心的考察

那么，周作人人学思想的重要来源是什么？在笔者看来，周作人人学思想具有多个维度，这既离不开当时的时代语境，也与周作人的知识来源构成有密切的关系，除了上文所提及的周作人的基督教文化的影响、世界主义思潮的影响等因素外，笔者认为最重要的是其杂学式的知识结构使然，尤其是现代生物学、人类学、性心理学等西方学科给予了周作人以极大的影响。周作人说："我不相信世上有一部经典，可以千百年来当人类的教训，只有记载生物的生活现象的 Biologe（生物学）才可供我们参考，定人类行为的标准。"[③] 在周作人看来，现代科学的自然律法成为人之为人的重要参考，而现代性心理学等知识又进一步推进了对人的了解。蔼理斯（Havelock Ellis）、凯本德（Edward Carpenter）、勃莱克（Blake）、弗洛伊德、与谢野晶子等人的性观念及人学思想给予了周作人很大的影响。尤其是蔼理斯成为周作人一再

---

① 周作人：《山中杂信六（致伏园）》，1921年9月3日作，载6日《晨报副刊》，署仲密。收《雨天的书》。

② 可参见哈迎飞：《"爱的福音"与"暴力的迷信"——周作人与基督教文化关系论之一》，《福建师范大学学报》（哲学社会科学版）2006年第5期；王本朝：《周作人与基督教文化》，《中国现代文学研究丛刊》1996年第1期；杨剑龙：《论周作人与基督教文化》，《鲁迅研究月刊》1997年第6期等文。

③ 周作人：《祖先崇拜》，1919年2月23日《每周评论》第10期，署仲密。收《谈虎集》。

宣称服膺的对象。凯本德《爱的成年》肯定人生和人类的本能欲求的美善洁净，要求去除对于人身的种种不洁的思想，"世间唯一不洁的物，便只是那相信不洁的念"。希望能以自由和诚实为本改良两性的关系。勃莱克认同：灵肉合一；力（Energy）是唯一的生命，从肉体出，理（Reason）便是力的外界；力是永久的悦乐。周所翻译的与谢野晶子的《贞操论》也在当时产生极大的反响。周希望能把科学的光不仅放之于宗教政治领域，同样也要放到道德、社会以及性的领域，解放铐着种种枷锁的"人"。下面笔者以蔼理斯（Havelock Ellis）① 为例来考察蔼理斯对周作人人学思想的影响。

周作人在《急进的妓女》一文中说道："半生所读书中，性学书给我影响最大，蔼理斯、福勒耳、勃洛赫、鲍耶尔、凡佛耳台、希耳须弗耳特之流，皆我师也。他们所给的益处比圣经贤传为大，使我心眼开扩，懂得人情物理，虽然结局所感到的还是'怎么办'这一句话。"②（我以为这种谦卑的态度使周作人成为一个文化上多元吸收兼蓄并包者，也促进了其自由主义立场，而盲信常常导致一元论而排外。）

探讨周作人的思想，蔼理斯的影响是一个无法绕过的路径。苏雪林称周作人是"中国的蔼利斯"③，周自己也在不同时期一再宣称蔼理斯是其服膺的对象。"所读书中，于他最有影响的是英国蔼理斯的著作。"④ "蔼理斯（Havelock Ellis）是我所最佩服的一个思想家……看了他的言论，得到不少利

---

① 目前学界对此研究较少，据笔者看来，主要有两个原因：一是"性"话题的敏感，其实蔼理斯不仅仅是性心理学家，还是文艺批评家，文明批评家；二是资料的缺乏，蔼理斯的作品中译本极少，主要为性心理学方面的翻译，主要有：霭理士（Havelock Ellis）著，王青松译：《禁忌的作用——霭理士随笔》，东方出版社中心 2009 年 9 月版。[英] H. 霭理士（Havelock Ellis）著，刘宏威等译：《禁忌的功能》（英汉对照），中国人民大学出版社 2009 年 4 月版。[英] 爱理斯著，莎文黑子编译：《人性》，新世界出版社 2005 年 8 月版。[英] 爱理斯（Havelock Ellis）著，杨东雄编译：《幸福密码》，喀什维吾尔文出版社 2004 年 8 月版。[英] 埃利斯著，陈维政等译：《性心理学》，贵州人民出版社，2004 年 5 月版。[英] 埃利斯著，傅志强：《生命的舞蹈》，中国社会科学出版社 1994 年 1 月版。[英] 埃利斯（Ellis, H.）著，尚新建等译：《男与女》，中国文联出版公司 1989 年 10 月版。关于《性心理学》译本约 7 种，不再一一列出。

② 周作人：《急进的妓女》，1936 年 7 月 25 日作，载 9 月 1 日《宇宙风》第 24 期，署知堂。收《瓜豆集》时改题为《鬼怒川事件》。

③ 苏雪林：《周作人先生研究》，徐从辉编《周作人研究资料》，天津人民出版社 2014 年版，第253 页。

④ 周作人：《关于自己》，1937 年 7 月 22 日作，载 12 月 21 日《宇宙风》第 55 期，署知堂。

益，在我个人总可以确说，要比各种经典集合起来所给的更多。"① 蔼理斯生前出版著作近 40 种，1940 年止，周作人收集蔼理斯的图书竟达 29 册。② 可见周对于蔼理斯情有独钟。周作人最早接触蔼理斯作品是在日本留学期间。周回忆留学期间常去的丸善书店时提到蔼理斯的作品，"蔼理斯的《性心理之研究》七册，这是我的启蒙之书，使我读了之后眼上的鳞片倏忽落下，对于人生与社会成立了一种见解"。③ 这是蔼理斯对周作人的初次启发。此外，日本的白桦派诸人如武者小路实笃、有岛武郎、志贺直哉等对蔼理斯的推崇也影响着周作人。蔼理斯的原话、思想和观点成为周多次征引的对象。然而，学界对此研究较少深入探讨。鉴于此，笔者将继续深入探讨这一命题。

蔼理斯（1859—1939）是英国有名的善种学和性心理学家、文明批评家。和弗洛伊德与布洛赫等人的精神病学和性学研究相比，"蔼理斯（Havelock Ellis）是来自英语世界唯一的主要参与者，他的'性心理研究'对维多利亚时代人们对待正常与非正常性行为的态度产生了重大影响"。④ 也有研究者将蔼理斯之于现代性理论的贡献比之于马克斯·韦伯对于现代社会学、爱因斯坦对于现代物理的贡献。"现代性思想出现的中心人物是蔼理斯，而不是弗洛伊德，他也许有重要思想，但比不上蔼理斯。"⑤ 不幸的是，蔼理斯成为一个被遗忘的人物。尽管如此，仍有不少关于他的研究。美国评论家门肯（H. L. Mencken）称他为"当代最文明的英国人"。他和尼采、弗洛伊德一样是西方传统文化的叛逆者。其 1896 年第一卷《性逆转》（*Sexual inversion*）出版后引起轰动，被译成德、法、西、意等多种文字，而蔼理斯却因此受到责难，使他的思想更加沉郁。《性心理学研究录》的第二卷《羞怯心理的进化，

① 周作人：《蔼理斯的话》，1924 年 2 月 23 日《晨报副刊》，署荆生。收《雨天的书》。
② "蔼理斯是医师，是性的心理研究专家，所著书自七大册的《性的心理》以至文艺思想社会问题都有，一总有三十册以上，我所得的从《新精神》至去年所出的《选集》共只二十七册。"参见：《关于自己》，1937 年 7 月 22 日作，载 12 月 21 日《宇宙风》第 55 期。1940 年又购得蔼理斯的《我的生涯》（*My Life* 1939）、《从卢梭到普鲁斯忒》（*From Rousseau to Proust* 1935）。
③ 周作人：《怀东京之二》，1936 年 8 月 27 日作，载 10 月 1 日《宇宙风》第 26 期，署知堂。收《瓜豆集》。
④ ［英］Johnson J. *Havelock Ellis and his "Studies in the psychology of sex"*. Br J Psychiatry 1979；134（2）：522.
⑤ ［英］Paul Robinson. *The Modernization of Sex；Havelock Ellis，Alfred Kinsey，William Masters and Virginia Johnson*. Harper & Row 1977：3.

性的季候性，自动恋》（*The Evolution of Modesty*，*The Phenomena of Sexual Periodicity*，*Auto-Erotism*）问世不久，出版商即被逮捕，数千册书被查抄销毁。就是这样一个当时毁誉参半引起轰动的英国人如何影响了作为新文化重镇的周作人并走进中国文化追求现代性的进程？下文将从两性观念、妇女与儿童、世界观与人生观三个方面做简要考察。

"凡物本来没有不洁净的，唯独人以为不洁净的，在他就不洁净了。"

两性观念的开掘、妇女与儿童的发现是新文化"辟人荒"的重要内容，尤其是性的观念紧密关联着妇女解放，周在其中扮演了旗手的角色。从1904年发表的《论不宜以花字为女子之代名词》到新文化时期翻译与谢野晶子的《贞操论》，为郁达夫《沉沦》、汪静之《蕙的风》鸣不平，甚至延续到解放后的书写。这些都可以看出周关注这一问题的连续性。① 而霭理斯的两性、妇女与儿童的观念同样给予周重要影响。

霭理斯对两性观念缘于自身独特的生命体验及维多利亚时代的社会风尚。西方女性长期以来一直作为"第二性"和"多余的肋骨"处于附属地位，这与其宗教传统紧密相关。维多利亚时代的女性常常囿于家庭，无钱权，地位低下，牺牲自我、道德贞洁成为女性的道德规范。但这一时期也经历了从女性被压抑到女性意识觉醒的过程，女性作家的涌现即是其例。霭理斯正见证并参与了这一历史进程。随着达尔文的进化论在生物与人的观念上掀起的革命，孟德尔建立了现代遗传学，费希纳和冯特等将自然科学的研究方法引入对人的精神活动的研究。在性学和性心理学领域，引人瞩目的莫过于弗洛伊德和霭理斯，他们以丰富的研究成果奠定了现代性心理学的基础。霭理斯的《性的心理》（*Studies in the psychology of sex*）（七卷）为性心理学方面里程碑式的著作。他第一个指出性别的决定与细胞里的染色体有关，也指出性的启发与性的教育对于"今日文明社会生活的意义，要比任何时代都大"。"性作为一种生理、心理、社会现象，始终伴随着每一个人，它深刻地影响着一个人

---

① 关于周作人两性的研究，苏雪林、唐弢、舒芜、钱理群、徐敏、徐仲佳等人已有研究成果，本人不再赘述，在这里要指出的是霭理斯对周作人两性关系研究的重要意义。

的健康、幸福和人格。"①虽然性如此重要，但性问题被当时社会悬置了，蔼理斯虽然并不能解决这一问题，但也努力给予人们以知识上的了解。"被忽视的错误在于它导致了试图去压抑不可能被压抑住的东西，却可以被扭曲。在其他文明中，性本能通常会在健康的环境中成长。在我们的现代文明中，却不允许它健康发展。"②

蔼理斯不仅剖析了两性间性冲动的心理以及两性间的心理，而且从人类学善种学的角度来看待妇女儿童在人类进化上的意义。他在《男与女》中指出："在类人猿中，幼仔比成体更接近于人类。这意味着幼仔进化水平比成体高。人的进化不是由雄性猿开始的，而是从幼仔开始，在较小的程度上从雌性猿开始。婴儿与人类的关系和幼猿与猿类的关系相同，所以我们必然断定，他与种族未来进化的关系也很相似……我们种族的进步是年轻人的进步。"③蔼理斯强调女子在人类进化过程中的重要性，认为女子具有比男子更高级的人类特征，在某些方面引导进化过程，女子比男子更接近人类正在逼近的人类形式。蔼理斯指出妇女与儿童的人类学意义。

对于两性的平等观念，周作人受到蔼理斯的影响。一方面注重男女权利上的平等，同时又承认两性具有不同的生理特点，每个人都具有自己独特之处。所谓的平等是在个体有区别、互相补充的基础上建立起来的权利上的平等。蔼理斯曾在《男与女》中提及人们对两性平等学说的误解："当女子'低下'的传统们被奉为无可怀疑的教条时，鼓吹女子的'平等权利'迫在眉睫，整个19世纪，都是那么轰轰烈烈，捷报频传。然而，严格地说，并没有平等这种东西。不仅男女之间没有平等，男子与男子或女子与女子之间也没有平等，没有哪两个个体有真正的平等。因此，我们在谈及两性'平等'时，必须确切地解释其含义……我们并不能把平等理解为相像，而必须理解为'等价'。"④蔼

---

① ［英］爱理斯（Havelock Ellis）著，杨东雄编译：《幸福密码·序》，喀什维吾尔文出版社 2004年版。

② ［英］John Stewart Collis：*Havelock Ellis：Artist of Life：a study of his life and work*. William. Sloane Associates 1959：105.

③ ［英］埃利斯（Havelock Ellis）著，尚新建等译：《男与女》，中国文联出版公司 1989 年版，第375—376 页。

④ 同上，第382—383 页。

理斯对男女平等的阐释对于当时的妇女运动而言无疑是一种深化，这一观点在周作人的思想中得到继承。周作人在 1918 年 10 月所作首次提到蔼理斯的《随感录三十四》①一文中，考察英国凯本德（Edward Carpenter）著的《爱的成年》（Love's Coming of Age）时提到的女子问题，援引了蔼理斯的两著《性的进化》（Evolution in Sex）和《新精神》（The New Spirit）中的言论，希望能以自由和诚实为本，改良女性的状况和两性的关系。女子的解放不仅仅是经济独立的问题，又要兼顾到女子自身的特殊情况，比如生产（生育）；同时要去除关于女子"不洁的思想"。周在自己的文章中多次对男女平等的实质内涵进行了深入探讨。

对于两性婚姻以及性本身，周作人希望人们能以现代健康的眼光去看待，而不是一种道学的观念。他在《结婚的爱》等文中常常引用圣保罗和蔼理斯的话，对所谓的具有婚姻自由的新面孔而骨子里仍是旧思想的人加以讥讽。"圣保罗说：'凡物本来没有不洁净的，唯独人以为不洁净的，在他就不洁净了。'蔼理斯在《圣芳济与其他》中说，'我们现在直视一切，觉得没有一件事实太卑贱或太神圣不适于研究的。但是直视某种事实却是有害的，倘若你不能洁净地看。'以上也就是我的忠告。"②周作人希望人们能以科学的纯洁的眼光来看待两性之爱，在他看来，欲是本能，爱是艺术，是出于本能而加以调节者。两性之爱不能以道学的和宗教的眼光审视，这是周作人难能可贵的勇气，在其温和的气质之下却有为宣传现代人学思想的坚定，周借助文化人类学的视野，将性从礼教和宗教中解放出来。比如对于裸体的态度。蔼理斯在《圣芳济与其他》（St. Francis and Others）文中有云："希腊人曾将不喜裸体这件事看作波斯人及其他夷人的一种特性，日本人——别一时代与风土的希腊人——也并不想到避忌裸体，直到那西方夷人的淫逸的怕羞的眼告诉了他们。我们中间至今还觉得这是可嫌恶的，即使单露出脚来。"③周作人认为"淫逸的怕羞的眼"是一种"从淫逸发生出来的假正经"，具有"宗教与

---

① 周作人：《随感录三十四》，1918 年 10 月 15 日《新青年》第 5 卷第 4 号，署作人。收《谈龙集》时改题为《爱的成年》。
② 周作人：《〈结婚的爱〉》，1923 年 4 月 18 日《晨报副刊》，署作人。收《自己的园地》。
③ 周作人：《怀东京》，1936 年 8 月 8 日作，载 9 月 16 日《宇宙风》第 25 期，署知堂。收《瓜豆集》。

道学的伪善"。而日本生活里的有些习俗如清洁、有礼、洒脱倒是一种生活的理想，洒脱与有礼并不冲突。正如本尼迪克特在《菊与刀》中的观察："在日本人的哲学中，肉体不是罪恶。享受可能的肉体快乐不是犯罪。精神与肉体不是宇宙中对立的两大势力。"①日本人把肉体享乐当作值得培养和学习的生活智慧，同时又鄙视对性的沉溺放纵，他们的性观念洗涤了耻辱感和不洁感，抱有一种对肉体的美与丑均能正视的"性自然观"。在《随感录》中，蔼理斯提到"女子的羞耻"，举了两个例子：房屋失火情愿死在火里不肯裸体跑出来的意大利女人和一个脱去衣服救人的女子。对于后者，在蔼理斯看来是"优美而大胆的"。并提出自己的现代女性理想："我梦想一个世界，在那里女人的精神是比火更强的烈焰，在那里羞耻化为勇气而仍还是羞耻，在那里女人仍异于男子与我所欲毁灭的世界并无不同，在那里女人具有自己显示之美，如古代传说所讲的那样动人，但在那里富于为人类服务而自己牺牲的热情，远超出于旧世界之上。"②这一女性理想也获得周作人的高度认同，周在其所译的与谢野晶子的《贞操论》的后记中也提出类似观点。周作人曾将日本比作另一个小希腊，蔼理斯的性自然观对于周作人的影响不可忽视。周作人鼓励青年人写情诗，自己也写情诗《她们》《高楼》两则。周作人后来把两性感情和中国古代"发乎情止乎礼"的传统接洽起来。

然周作人对于其时的中国女性解放和两性教育似乎并不乐观。1928年3月18日北京《世界日报》"明珠"栏所载云召先生的《小说话》中有一节文章，是论"不良小说"的，认为其时禁止的包括《爱的艺术》在内的十一种不良小说都应该禁止，"《爱的艺术》是外人蔼里斯著的……此三书便是好书也该禁止，况且在性教育尚未确定的中国，这些非科学式的科学书是应该禁止发售的"。③《爱的艺术》为《性的心理之研究》第六卷中的一章，其学术上地位其时已有定论。然而在所谓的文明国却遭遇被禁的命运，周为之叹惋感慨。上溯中国古代，周作人读到《双节堂庸训》卷一《述先》中所记"显生

① ［美］本尼迪克特（Benedict, Ruth）著，吕万和等译：《菊与刀》，商务印书馆1990年版，第131页。
② ［英］蔼理斯：《蔼理斯〈感想录〉抄》，周作人译，载1925年2月9日《语丝》第13期。收《永日集》。
③ 周作人：《〈爱的艺术〉之不良》随感录（一一三），1928年4月16日刊《语丝》第4卷第16期，署岂明。收《永日集》。

妣徐太宜人佚事"，徐氏生病遇条石可坐却未坐，说"此过路人坐处，非妇人所宜"；徐氏寡言笑，有画师为其写真解颐，徐氏不应，后曰："吾夜间历忆生平，无可喜事，何处觅得笑来。"周读之黯然，并想到自己的祖母作为一个女人在礼教压抑下永劫的苦境，周的亲见感通，使他对封建之礼教极为愤慨，联系到当下女性的境况他有着深深的失落感。"我向来怀疑，女人小孩与农民恐怕永远是被损害与侮辱，不，或是被利用的，无论在某一时代会尊女人为圣母，比小孩于天使，称农民是主公，结果总还是士大夫吸了血去，历史上的治乱因革只是他们读书人的做举业取科名的变相，拥护与打倒的东西同样是药渣也。"① 周作人的痛楚直指历史的深处，几千年的礼教使女人成为背负道德宿命、被规训与惩罚的囚徒，故新文化启妇女解放之先声，女性解放是"人"的解放的重要内容，是社会改革的重要步骤。周担心女人、孩子与农民"被损害与侮辱"，永远处于社会的弱势地位。女性的解放有着太多的羁绊，必须进行更深入更广远的改革才能有所成效。这一关怀一直持续到周之余生。

儿童同样是蔼理斯关怀的对象，这一点也对周作人有所启发。蔼理斯注重童话对儿童的作用，为周作人所体察："以性的心理与善种学研究著名的医学博士蔼理斯在《凯沙诺伐论》中说及童话在儿童生活上之必要，因为这是他们精神上的最自然的食物。倘若不供给他，这个缺损永远无物能够弥补。"② 周对童话的翻译、对童谣的收录等教育儿童的工作也与他的这一感受密不可分。蔼理斯反对"圣书"教训成为儿童读物，他在《我的告白》(*My Confessional*，1934)说道：

现代教育上有许多看了叫人生气的事情。这样的一件事特别使我愤怒，这就是那普遍的习惯，将最崇高的人类想象的大作引到教室里去，叫不识不知的孩儿们去摸弄。不大有人想要把莎士比亚、玛罗和弥耳敦拉到启蒙书堆里去，让小孩们看了厌恶，（还有教师们自己，他们常常同样地欠缺知识）因为小孩们还不能懂得这里边所表现的，所净化成不朽的美的形色的，各种赤

---

① 周作人：《女人的命运》，1937年1月11日作，载2月16日《宇宙风》第35期，署知堂。收《秉烛谈》时改题为《双节堂庸训》。
② 周作人：《沟沿通信之三（致孙伏园）》，1924年9月1日作，载3日《晨报副刊》，署开明。收《雨天的书》时改题为《科学小说》。

裸的狂喜和苦闷。圣书这物事，在确实懂得的人看来，正也是这种神圣的艺术品之一，然而现在却也就正是这圣书，硬拿去塞在小孩的手里。①

同样，周拒绝在儿童教育上把所谓的"圣书""教训"硬塞给小孩，这样做违反了孩子的天性。周作人由英国联想到中国，"性教育的书岂能敌得《孝经》乎"，周曾发多篇文章申诉了这一观点。周感到在一个伦理化道德化的中国，现代科学知识的推行遭受到过去势力的种种阻力。

"将那光明固定的炬火递在他的手内，自己就隐没到黑暗里去。"

周作人的世界观以及对人生的态度亦受到蔼理斯的影响。周尤其喜欢蔼理斯《性的心理研究》的两节话，节录如下：

"有些人将以我的意见为太保守，有些人以为太偏激。世人总常有人很热心的想攀住过去，也常有人热心的想攫得他们所想象的未来。但是明智的人站在二者之间，能同情于他们，却知道我们是永远在于过渡时代。在无论何时，现在只是一个交点，为过去与未来相遇之处，我们对于二者都不能有所怨怼。不能有世界而无传统，亦不能有生命而无活动。正如赫拉克来多思在现代哲学的初期所说，我们不能在同一川流中入浴二次，虽然如我们在今日所知，川流仍是不断的回流着。没有一刻无新的晨光在地上，也没有一刻不见日没。最好是闲静的招呼那熹微的晨光，不必忙乱的奔向前去，也不要对于落日忘记感谢那曾为晨光之垂死的光明。

在道德的世界上，我们自己是那光明使者，那宇宙的历程即实现在我们身上。在一个短时间内，如我们愿意，我们可以用了光明去照我们路程的周围的黑暗。……我们所有的技巧便在怎样的将那光明固定的炬火递在他的手内，那时我们自己就隐没到黑暗里去。"②

周作人以为这是"很好的人生观"，"或者说是蔼理斯的代表思想亦无不可"。"这两节话我顶喜欢，觉得是一种很好的人生观，沉静，坚忍，是自然的，科学的态度。二十年后再来写这一册的《性的心理》，蔼理斯已是七十四

---

① 周作人：《关于读圣书》，1934年12月5日《华北日报》，署难知。收入《苦茶随笔》。
② 周作人：《蔼理斯的话》，1924年2月23日《晨报副镌》，署槐寿。收入《雨天的书》。

岁了，他的根据自然的科学的看法还是仍旧，但是渗透了人情物理，知识变了智慧，成就一种明净的观照。"① 这段话常常为周氏所征引，可见周对它的欣赏。在茫远的时空中，"我们"只属于"过渡时代"：一个渺小的过去与未来的交点。这种人类学意识使其跨越了国族的疆界，使"个人"的意义直通"人类"，这也是周作人在《人的文学》中所一再言说的诉求。"自我"被这种巨大的时空压抑得近乎虚无，所以才有后文的"黑暗"。这种"过渡时代"的意识更近于鲁迅的"中间物"意识，所不同的是，鲁迅更多的汲取了尼采的生命意志，把尼采的"超人"转变为"精神界之战士"，充满叛逆、反抗、破坏与超越。周作人则更多地取自蔼理斯的"明净的关照"，虽然其中不乏"叛徒"的因素。这种时空观在蔼理斯的《感想录》中得到更明确的表达。蔼理斯在《感想录》(*Impressions and Comments*)中谈及"进步"。在蔼理斯看来，世界并非直线进步，"进步"毋宁说是世人的一种建构。"那占据人心的进化之永久的动作，长有回旋之永久的动作与之抗衡。"也非简单的循环，世界像"喷泉之接续的迸跃，光辉的火焰之柱"，如赫拉克来多思（Herakleitos）的譬喻，"那永生的火焰，适度的燃着，同样的吹熄"。世界似"这半透明的神秘的火焰不死地照在我们眼前，没有两刹那间是同一的，常是神异地不可测计，是一个永久流动的火之川流"，"我们是永远立在新事件发生的瞬间，这些事件的重大远过于我们一切的梦想"。"没有人能预知生命的泉之此后的变相。"②总之，世界既非直线型的进步，也非简单的进步与倒退的简单循环，而是带有不可知论的色彩。

周的个人和人类通约，直接指向广漠之宇宙。换而言之，周作人的个人主义是建立在承认个人理性有限性的基础之上，这使人联想到哈耶克关于个人主义的论述：哈耶克认为十八世纪英国思想家的真正个人主义和法国笛卡尔学派的所谓"个人主义"在对待理性的看法上有所不同，前者认为理性在人类事务中起着相当小的作用，个人理性是有限的，但保持每个人的自由就会超出个人理性所能设计或预见到的成就。后者假定每个人都是完全均等地拥有理性，并

---

① 周作人：《性的心理》，1933 年 8 月 18 日作。收《夜读抄》。

② ［英］蔼理斯：《蔼理斯〈感想录〉抄》，1925 年 1 月 30 日周作人译，载 2 月 9 日《语丝》第 13 期。收《永日集》。

且人类取得的成就都直接是个人理性控制的结果。前者的产生由于意识到个人智力的有限而对社会过程采取谦卑的态度；后者过于相信个人理性力量，相信历史发展的必然规律而对那些没有经过理性设计或充分理解的事物非常轻蔑。这种对理性的迷信会导致利用强权来产生组织或协作。① 这种对理性的认知可以从人类历史的发展中管窥。对理性有限性的认同会使人在面对辽远宇宙时保持尘埃之微的谦逊心态。对周而言，既认可理性，又承认理性的有限性，这构成其思想的一部分，也是其保持"平和"姿态的重要思想资源。

那么，处于这种不可知的世界中，处于永远的"过渡时代"，"人"何去何从？蔼理斯把"我们"定位于"光明使者"，"用了光明去照我们路程的周围的黑暗"。这里，"我们"既是既有文明的承载者，也是新文明的启蒙者，这都处于人类文明演进的链条上。可能是宇宙意识及人类意识过于远阔，蔼理斯在对待人生时选取了"闲静的招呼"，而不是"忙乱的奔向前去"。这一人生态度在周作人这里得到承继。虽然这是一个充满象征的譬喻，但综观周的一生的大部分，这一说法并不为过。但周的这种"人类意识"与"闲静的招呼"的背后是一种乐观还是一种虚无？周所欣赏的《传道书》做了很好的回答。

蔼理斯曾在《感想录》中谈及《旧约》中的《雅歌》与《传道书》，称赞《传道书》是"最明智的，最人情的，最永久地现代的那一卷"，《雅歌》则是"咏男女之美"的好诗，"这是所有对于肉体崇拜的咏叹之杰作"。但在《传道书》中含有更深的智慧：

"这（《传道书》）真是愁思之书；并非厌世的，乃是厌世与乐天之一种微妙的均衡，正是我们所应兼备的态度，在我们要去适宜地把握住人生全体的时候。古希伯来人的先世的凶悍已经消灭，部落的一神教的狂热正已圆熟而成为宽广的慈悲，他的对于经济的热心那时尚未发生。在缺少这些希伯来特有的兴味的时代，这世界在哲人看来似乎有点空了，是'虚空'之住所了。然而这里还留着一种伟大的希伯来特性，一切特性中之最可宝贵者，便是温暖的博爱的世界主义。"②

---

① ［英］哈耶克著，贾湛等译：《个人主义与经济秩序》，北京经济学院出版社 1989 年版，第 17 页。
② ［英］Havelock Ellis：*Impressions and Comments*，见周作人译《蔼理斯〈感想录〉抄》，1925 年 2 月 9 日《语丝》第 13 期。

这智慧便是"厌世与乐天之一种微妙的均衡"，是"一神教的狂热"转化为"宽广的慈悲"和"博爱的世界主义"。蔼理斯从《传道书》中看出智慧，周作人从蔼理斯中读出"明净的关照"，虽然这种关照或强或弱，或激愤或平和。这种"明净的关照"深化了周作人的转向：由一个思想革命与主义的布道者转向一个沉思者，一个疏离社会却又保持思考与关注的人。这是后五四时期周作人的主要特征。这种"明净的关照"也成为周作人的世界观、人生观及其人学思想的重要组成部分。

周的这种人类哲学使他倾心于"新村主义"，孜孜不倦地建构他的世界主义乌托邦。而"新村主义"破产后转而俯身诉诸"大东亚"的梦幻，虽然不无胁迫的性质，但亦杂陈着周企图超越历史的尘梦。历史是残酷的，文化之鸟折翅于历史当下的广漠与沉寂，周死于自己的"捕风"之旅。

"蔼理斯的时代"

其实，不仅仅是周作人，20 世纪初的中国对蔼理斯都情有独钟。潘光旦、张竞生、周建人、金仲华等人对蔼理斯均有重要的译介，甚至出现一时"满城争说蔼理斯"。[①] 然而，蔼理斯仍时有不受待见。胡风对蔼理斯的批评即是其例。

胡风在《林语堂论》中批评林语堂的小品文实践，认为林的"寄沉痛于幽闲"实际上是封建士大夫的闲居情趣，远离了社会现实和五四文学精神，并把林的"闲适"上溯至周作人。胡风认为"蔼理斯底时代已经过去了，末世的我们已经发现不出来逃避了现实而又对现实有积极作用的道路"。批评周文找不出真实意义的"叛徒"来。[②] 胡文写于被称为"小品文年"的 1934年的年末，该文刊载于《文学》1935 年 1 月的新年专号上，其针对性不言而喻。1934 年，文坛上掀起了小品文热。也有了"小品文论战"和周作人"五十自寿诗"事件。作为左翼成员的胡风对林、周的小品文的批评同廖沫沙、聂

---

① 吕叔湘：《蔼理斯论塔布及其他》，《读书》1991 年第 3 期。
② 胡风：《林语堂论》，1934 年 12 月 11 日作，载《文学》1935 年第 1 期。

绀弩、阿英等左翼成员对小品文的批评并无二致。写作此文前，胡就周的"五十自寿诗"写作《"过去的幽灵"》（1934 年 4 月）对周的"谈狐说鬼"进行批评。

周作人随后针对胡风的"蔼理斯底时代已经过去了"进行回应："他的依据却总是科学的，以生物学人类学性学为基础，并非出发于何种主义与理论。所以爱理斯活到现在七十六岁，未曾立下什么主义，造成一派信徒，建立他的时代，他在现代文化上的存在完全寄托在他的性心理的研究以及由此了解人生的态度上面。现代世界虽曰文明，在这点上却还不大够得上说是蔼理斯的时代，虽然苏俄多少想学他，而卍字德国则正努力想和他绝缘，可怜中华民国更不必说了……蔼理斯只看见夜变成晨光，晨光变成夜，世事长此转变，不是轮回，却也不见得就是天国近了，不过他还是要跑他的路，到末了将火把交给接替他的人，归于虚无而无怨尤。这样，他与那有信仰的明明是隔教的，其将挨骂也是活该，正如一切隔教者之挨骂一样，但如称之为时代已经过去则甚不巧妙耳。"①周秉持其一贯的态度，笃信蔼理斯的生物学人类学性学，这种"自然"哲学反对各种主义和理论及其衍生的各种"八股"，这其实触及到周思想哲学的根本。换而言之，周的生物学、人类学、性学思想归于现代"科学"观念的范畴。新文化时期，"科学"振聋发聩，周作为新文化的主将对科学的推崇亦不例外。及至晚年，他还不断创作科学小品。

针对周的这种论调，胡风强调人的社会属性，认为每种性的迷信或道德成见都是特定社会制度的反映，反对把人从社会的存在还原为自然的存在。"如果离开了社会构成和发展底法则，只是用自然科学来解释人间社会的现象，那所谓科学就一定会变成莫名其妙的东西。"对于周作人对"明净的关照"的提倡和对"教徒般的热诚"的反对，胡风立于社会现实与斗争的立场加以反驳："连生命都朝不保夕的中国大众为了'求生'为了'求胜'的'热诚'为什么反而是可嘲笑的东西？知堂先生'身入地府'，'如实地观察过去'，然而却鄙视现在身在'地府'的我们想争取一个较好的明天！他希望我们感谢那曾为晨光之垂死的落日，但如果我们并不是苦雨的诗人而是赤地

---

① 周作人：《蔼理斯的时代》，1935 年 1 月 20 日《大公报》文艺副刊第 135 期，署知堂。收《苦茶随笔》。

千里上的耕者或是在火热的沙石路上双足流血了的旅客呢？"① 在另文《蔼理斯·法朗士·时代》中他引用法朗士的话讥讽周的自私与卑怯，认为周对两个阵地的抗拒与疏离是一种趋利自保的伪善。"法朗士的声音里面才有真实的人间的气息。"② 胡风认为人类的历史是斗争的历史。其时胡风刚从日本留学归来，汲取了马克思主义文艺理论，身为左翼的重要成员，立足于社会现实的斗争。对于胡而言，处于水深火热的人民大众需要的是"求生""求胜"的"热诚"，而不是远离当下的"明净的关照"，胡言周"身为血肉的身子而要用上帝的眼光来看这个世界"，这符合胡风当时的左翼立场。周则更多的承接了蔼理斯的善种学、人类学、生物学和自然人性论的关怀，因为蔼理斯是一个"自然历史家"（Natural-historian），而非唯心主义者或道德家。

胡风与周作人一个现实，一个迂儒，虽然同样根植于人道主义立场，但一个坚守现实主义立场，一个抱有乌托邦的梦幻；一个扎根大地，面向苍生大众，坚持"渡人"，一个漫步于时间的长河之中，以人类学的视野，凌空蹈虚，希望"渡己"以"渡人"，然最终从空中坠落。这种梦想家的迂阔和内敛敏讷的气质伴随着周的一生，从新文化的新村之梦，到抗战时期的"大东亚"之梦，一直延续到晚年的希腊神人之梦。这场论争中，蔼理斯并非论争的焦点，而是更多的指向"言外之意"，却触及胡与周两个人或者说两类人不同的知识与理论背景，这也预示了以后的异路。

必须指出的是，周对蔼理斯的认同在后五四时期进行了中国式的转化与重建。他把蔼理斯的世界观与人生观转化为对现实的"明净的关照"，这种关照以其人类学的视野辽阔迂远，而不胜历史现实的凄风苦雨，国族的旗帜在人类的当下从来都是高高飘扬；他把蔼理斯的两性、妇女与儿童的思想转化为对中国传统两性关系的开化，对妇女与儿童的发现与再造；他把生活之艺术转化为对中庸、礼乐传统的嫁接，把凡人日常从宏大叙事中剥离出来，进而进行百姓日用的别类重建，这种重建因而更具备现实的土壤。这也是周一反新文化时期的激进，转身中国现实语境的再次尝试。不过，现代性的选择具有多种面向和可能性，周的梦幻在中国大历史的纵横开阖中再次成为一种

---

① 胡风：《"蔼理斯的时代"问题》，载 1935 年《文学》第 4 卷第 3 期。

② 胡风：《蔼理斯·法朗士·时代》，载 1935 年 3 月 5 日《太白》第 1 卷第 12 期。

捕风。

在这里我还想指出的一点是：受蔼理斯的影响，周作人对待新文化的态度是一种生理学式的眼光，不仅揭出病痛，还有建设性的方案。刘再复曾把看待社会的眼光分为两种：生理学眼光和病理学眼光。前者着眼于"揭发、批判、破坏、疗治"；后者着眼于"生长、营养、建设"。他认为五四新文化运动的特点是"用病理学的眼光来看待社会和历史"。① 五四新文化对传统文化的颠覆，鲁迅式"吃人的筵席"、"铁屋子"、国民性的批判等，这些属于病理学式的启蒙，缺少揭发批判之后如何进行传统的现代转换的问题意识。在我看来，周作人在这一问题上是属于生理学式的，他在新文化运动中，对于"人"的发现以及国语建设的意见等多方面的见解是建设性的；后五四时期，周的"复兴"想象亦是对中国文化文学建设方案的另类诉求，这将在后文展开。周作人这一生理学式的眼光与其崇拜的蔼理斯是一个生理学家、文明批评家有很大的关系。

当然蔼理斯的思想仅是周作人"人学"思想的重要渊源之一，周作人的人学思想来源具有复杂多样性，比如儒家人文主义思想、古希腊文化、日本文化、基督教的爱与恕等思想，学界已有较多研究，所以本书不再一一探讨。

三、"人"的危机："兽""人""鬼"与"神"

"他毕竟还是诗人，他的工作只是唤起人们胸中的人类的爱与社会的悲，并不是指挥人去行暴动或别的政治运动；他的世界是童话似的梦的奇境，并不是共产或无政府的社会。他承认现代流行的几种主义未必能充分的实现，阶级争斗难以彻底解决一切问题，但是他并不因此而是认现社会制度，他以过大的对于现在的不平，造成他过大的对于未来的希望——这个爱的世界正与别的主义各各的世界一样的不能实现，因为更超过了他们了。想到太阳里去的雕，求理想的自由的金丝雀，想到地面上来的土拨鼠，都是向往于诗的乌托邦的代表者。"②

---

① 刘再复：《病理学启蒙的反思：刘再复、李泽厚对谈录》，见刘再复：《共鉴"五四"》，福建教育出版社 2010 年版，第 88 页。
② 周作人：《送爱罗先珂君》，1922 年 7 月 14 日作，载 1922 年 7 月 17 日《晨报副刊》，署仲密。

上文是周作人 1922 年纪念爱罗先珂去芬兰旅行的文章，是对爱罗先珂的一种诗意描述，颇有意味的是，考察周作人其时的文学与思想实践，这未尝不是他关于自我的一种隐喻。

五四新文化时期，周作人充满了各种希望，但随着新文化的落潮，周关于新村主义实践的失败，加上大病一场，周作人在后五四时期，渐渐放弃了各种"理想"和"主义"的诉求。周说："托尔斯泰的无我爱与尼采的超人，共产主义与善种学，耶佛孔老的教训与科学的例证，我都一样的喜欢尊重，却又不能调和统一起来，造成一条可以行的大路。"[1] 如同茅盾等作家所经历的"幻天""动摇"，后五四时期的周作为同样经历了思想上的混乱与动摇，如同"乡间的杂货一料店"，质疑思想上可以普世的"国道"。然而人学思想一直是周所秉持的价值尺度，即使在后五四时期。但在后五四时期，周作人人学思想的体系的话语中心由以前对于"人禽之辨"转向了对"鬼"与"神"的批判，也即话语重点从"兽"与"人"转向"鬼"与"神"。而这四个方面也构成周作人人学思想的重要参照体系。在我看来，周作人的人学思想是其思想的核心体系，但人学思想的生成并不是可以自我言明的，而是生成于一个参照体系之中。周作人人学思想的参照系便是"兽""鬼"与"神"，正是在这一参照系中，"人"的思想才得以确立，才构成一个完整的人学思想体系。虽然如上文所示，它是一个逐步完善和迁移的过程，但其概念的基本范畴几乎未有变动，这也使我们更好地理解周作人的人学思想。

"兽"，从西方文化背景而言，人与动物的联系由来已久。柏拉图、亚里士多德等人曾指出"人"与"动物"之间的关系。柏拉图在《法律》中说："人是一种温顺的有教养的动物；不过，仍然需要良好的教育和优良的素质；这样，在所有动物之中，人就可以变得最高尚、最有教养。但如果他所受的教育不足或很坏，那么他就是世界上所有生物中最粗野的。"[2] 柏拉图阐释了教育和素质之于人的重要意义，正因为如此，才使人和动物有了区分。亚里

---

[1] 周作人：《山中杂信一（致孙伏园）》，1921 年 6 月 6 日作，载 7 日《晨报副刊》，署仲密。收《雨天的书》。

[2] ［美］莫特玛·阿德勒等编：《西方思想宝库》，周汉林等译，中国广播电视出版社 1991 年版，第 6 页。

士多德在《政治学》中说："人趋于完善之后，就是动物中最好的，但一旦脱离法律与正义的约束，却是最坏的。——如果人没有美德，人就成了动物中最邪恶、最残暴、色欲与食欲也最大的动物。"① 亚里士多德认为人要在法律和正义的约束之下才能趋于完善。他们两者指出了教养、美德、法律之于人的重要意义。人一方面是"兽"，具有"兽"的生理特征，另一方面，又是从"兽"进化而来，需要道德律法的节制。尤其是达尔文提出进化论之后，人一直就摆脱不了和动物的关系。

中国的先秦儒家也有"人禽之辨"的说法。孔子曰："鸟兽不可与同群，吾非斯人之徒与而谁与？"（《论语·微子》）孔子着重人与鸟兽的分别，在人与鸟兽为不同类别之物种，也即《周易·系辞上》"人以类聚，物以群分"之义。孔子的"人禽之辨"重在人有"仁"与"知"。在冯友兰看来，所谓"仁"即人之真性情，"《论语》中言仁处甚多，总而言之，仁者，即人之性情之真的及合理的流露，而即本同情心以推己及人者也"。② 孟子继承发展了孔子的思想，更侧重道德伦理是人之为人的特质，使人"最为天下贵也"。人与禽兽差异在于"几希"："人之所以异于禽兽者几希，庶民去之，君子存之。"（《离娄下》）清学者焦循在注疏此句时指出："饮食男女，人有此性，禽兽亦有此性，未尝异也。乃人之性善，禽兽之性不善者，人能知义，禽兽不能知义也。因此心之所知而存之，则异于禽兽。"③ "几希"即孟子在孔子的"仁"的思想基础上对儒家倡导的美德的概括，包括了克己复礼、爱人、孝悌、忠恕、敬、忠、勇、恭等内容。到了清代，"人禽之辨"内涵的丰富性进一步扩大，并出现了放弃理学话语和严格的道德主义倾向，戴震、龚自珍等清代学者否定了道德的先验性，认为道德是后天建构的，是经过人类的实践而形成的，并把人的自然欲望的满足放入合乎道德的范畴之中，也即肯定了生物意义的人和文化意义上的人，而不是只是道德主义的人。

后五四时期，周作人在现实的屡屡碰壁中转向了对草木鱼虫的阅读，

---

① ［美］莫特玛·阿德勒等编：《西方思想宝库》，周汉林等译，中国广播电视出版社 1991 年版，第 7 页。
② 冯友兰：《中国哲学史》（上册），上海：华东师范大学出版社 2000 年版，第 60 页。
③ 焦循：《孟子正义》，河北人民出版社 1988 年版，第 334 页。

格物致知，以资人生问题的探寻。清朝平湖钱步曾著《百廿虫吟》一卷，一百二十章诗为咏虫之作。著者自序云："盈天地间皆物也，而其至纷赜至纤细者莫如昆虫……暇日无事，偶拈小题，得诗百余首，补《尔雅笺疏》之未备，志《齐民要术》所难周，蠕动蜎飞，搜罗殆略尽矣。明识雕虫末技，无当体裁，或亦格物致知之一助云尔。"周作人认为格物可以记录生物之生态，益于学术；同时还可看出生物生活的本来，做人生问题的参考。生物的行为若是非善恶可言，但人却不同。"人因为有了理智，根本固然不能违反生物的原则，却想多少加以节制，这便成了所谓文明。但是一方面也可以更加放纵，利用理智来无理的掩饰，此乃是禽兽所不为的勾当，例如烧死异端说是救他的灵魂，占去满洲说是行王道之类是也。"①周指出作为高级生物人的悖论：一方面形成文明，另一方面却也可比其他禽兽更放纵堕落。正如周在《人的文学》中对"兽"的比较，周意在建立"人"的价值尺度。周在此处通过格物来批判"人"之"兽"所不为的勾当，这是对人之为人的极大讽刺。充满人文主义精神和具有现代意识的"人"始终是周作人的核心价值，个体的自由意志，节制、宽恕、博爱构成其"人"之理想的关键价值。从五四新文化以及后五四时期，周一直秉持这一价值尺度。由此，他才会在北洋军阀的镇压下进行激烈的抨击，才会对"四一二""七一五"等事件表示极大的愤慨。周的价值观反对激进的暴力革命，而不排除思想的现代性变革。后五四时期，"故鬼重来"一直是周常常忧惧的命题，因为革命固然可以使一个新的政权替代一个旧的政权，但新政权会不会成为旧政权的轮回？周对此是有着焦虑的。

"鬼"是周作人人学谱系中另一重要参照。按照民间迷信的说法，人死后为鬼。周是唯物论者，自然不信鬼。然而在周看来，鬼是人生喜惧愿望之投影："虽然，我不信人死为鬼，却相信鬼后有人，我不懂什么是二气之良能，但鬼为生人喜惧愿望之投影则当不谬也……我们听人说鬼实即等于听其谈心矣。盖有鬼论者忧患的人生之鸦片烟，人对于最大的悲哀与恐怖之无可奈何的慰藉。"②对于唯物论者因为没有"鬼"可以慰安的凭借，所以只好"醒着割肉"。在周作人这里，"鬼"的概念的提出和频繁运用是到了新文化运动高

---

① 周作人：《百廿虫吟》，1934 年 7 月 3 日作。收《夜读抄》。
② 周作人：《鬼的生长》，1934 年 4 月 21 日刊《大公报》。

潮过去之后。易卜生的《群鬼》在五四时期就产生较大影响，另外周作人受到法国 G. LeBon 的影响，"G. LeBon 著《民族进化的心理》中说道：'我们一举一动，虽似自主，其实多受死鬼的牵制。将我们一代的人，和先前几百代的鬼比较起来，数目上就万不能敌了。'我们几百代的祖先里面，昏乱的人，定然不少：有讲道学的儒生，也有讲阴阳五行的道士，有静坐炼丹的仙人，也有打脸打把子的戏子。所以我们现在虽想好好做'人'，难保血管里的昏乱分子不来作怪，我们也不由自主，一变而为研究丹田脸谱的人物：这真是大可寒心的事。"[1] 周作人希望能以"科学"来医治好这中国的"昏乱病"，这里"鬼"预指着中国国民蛮性或劣根性的遗留。虽然政治革命或者社会革命能够给社会生活带来巨大变革，但是"蛮性"未必能从人们的心头去除。五四新文化高潮之后，复古思潮以及一系列的军阀的血腥镇压和专制制裁使周作人认识到去除人们心中的"鬼"实为不易。此处，"鬼"走向了"人"的反面，是人的劣根性的遗留。考察周作人笔下的"鬼"，大致指向以下方面：一是国民劣根性[2]，其中包括奴性、麻木、嗜杀性等；二是文化之遗传，比如制艺与圣道。下文逐一展开。

《古城周刊》1927 年第二期短评中报道这样一个消息：天津因为要处决几个党案的犯人，竟轰动万人去看热闹，而主因是其中有两个女犯。有两个路人的对话：

甲问："你老不是也上上权仙去看出红差吗？"

乙答："是呀，听说还有两个大娘们啦，看她们光着膀子挨刀真有意思呀。"

周对此感到异常愤慨和绝望："这实在足以表出中国民族的十足野蛮堕落

---

[1] 周作人：《随感录三十八》，1918 年 11 月 15 日《新青年》第 5 卷第 5 号，署迅。收鲁迅著《热风》。

[2] 刘禾在《国民性话语质疑》一文中梳理了国民性话语的来源及使用语境，提出"西方有关中国国民性的知识受当时的理论决定，而与现实较少有关联"。它像阿 Q 穿的"洋布的白背心"，是"洋布"编制出来的，认为任何关于中国国民性的笼统概念都不可靠的，国民性理论钳制了大多数中国读者和批评家，而文学批评恰恰巩固了国民性理论，使学者重蹈鲁迅当年的文化困境。国民性是"现代性"理论中的一个神话。（参刘禾：《跨语际实践》，北京：三联书店 2008 年版，第 73—109 页）我认同刘禾反对对国民性本质化的概括，以致使其变成"具有稳固性、超然性或真理性的东西"，但同时我也认为在具有这一意识的前提下，国民性话语可以成为临时性的针对当下的有效的批评话语，对于周作人而言，对国民劣根性的批判，都与那一特定的历史语境不可分割。

的恶根性来了！我常说中国人的天性是最好淫杀，最凶残而又卑怯的。——这个，我不愿外国流氓来冷嘲明骂，我自己却愿承认；我不愿帝国主义者说支那因此应该给他们去分吃，但我承认中国民族是亡有余辜。这实在是一个奴性天成的族类，凶残而卑怯，他们所需要者是压制与被压制，他们只知道奉能杀人及杀人给他们看的强人为主子。我因此觉得孙中山其实迂拙得可以，而口讲三民主义或无产阶级专政以为民众是在我这一边的各派朋友们尤为其愚不可及，——他们所要求于你们的，只有一件事，就是看光着膀子挨刀很有意思！"① 激愤和彻骨的悲凉！启蒙心态烛照下的周无论如何不愿面对这样的结论："中华民族亡有余辜"。这是"哀其不幸，怒其不争"的激愤之语！然而这一事件所体现出的国民的凶残与卑怯、淫杀与奴性实在令人无可面对！

周作人对民众的观察使我们不由得想起了鲁迅先生笔下的看客——"幻灯片事件"中围观的麻木的中国民众、《药》中用馒头蘸着革命者鲜血的华老栓，鲁迅看到国民的愚弱、麻木，弃医从文，进行呐喊。和鲁迅相比，周作人"哀其不幸，怒其不争"的心理并不减少，但他更多的是通过散文以现实和历史中的实例来表达自己的感情。周对被启蒙者的麻木和愚昧感到绝望，然而和这种麻木与愚昧相比，国民的嗜杀性更为周所恐惧。1904 年，周在《论死生》一文中谈及"扬州十日""嘉定三屠"："扬州十日，堆百万之头颅；嘉定三屠，断万家之烟火。试一披野史，虽相去二百年，犹觉磷飞鬼啸，纸上森森有阴气，是莫非我同胞畏死一念之所致也。呜呼！种族之感，人畜皆然。我同胞之濒于尽者亦屡矣，而今之尚苟延残喘者，不过'野火烧不尽，春风吹又生'耳。"② 此时的他还抱有通过种族革命来实现民族的"吹又生"，然而在自己亲身经历或听闻身边的各种屠杀后，这种体验似乎已经深入骨髓成为生命中挥之不去的悲哀色调。周作《诅咒》一文时，正是国民党"清党"之后不久，也是在"五卅""三一八"事件之后，周先后作文《李守常君之死》《愚见》《青年朋友之死》《侮辱死者的残忍》《功臣》等文对国民的残忍和不人道进行批判。这种残忍嗜杀似乎处处可见。1935 年 9 月 19 日《大公报》登

① 周作人：《诅咒》，1927 年 9 月作，载 10 月 8 日《语丝》第 152 号，署子荣。收《谈虎集》。
② 周作人：《说死生》，1904 年 5 月 15 日《女子世界》第 5 期，署吴萍云。

载了一则消息，关于两起活埋的案例。周感慨道："世界大同无论来否，战争刑罚一时似未必能废，斗殴谋杀之事亦殆难免，但野蛮的事纵或仍有，而野蛮之意或可减少。船火儿待客只预备馄饨与板刀面，殆可谓古者盗亦有道欤。人情恶活埋尤其是倒埋，而中国有人喜为之，此盖不得谓中国民族的好事情也。""中国民族似有嗜杀性，近三百年中张李洪杨以至义和拳诸事即其明征，书册所说录百不及一二，至今读之犹令人悚然。今日重翻此记，益深此感。呜呼，后之视今亦犹今之视昔乎。"[①] 翻阅历史，野蛮嗜杀之事扑面而来！ 1930 年代，周喜用"文抄公体"，现把周所抄读书笔记转引几例，以见周对国民嗜杀性的认识。

《旧唐书》卷五十六《朱粲传》：

"朱粲者，亳州城父人也，初为县佐史。大业末从军讨长白山贼，遂聚结为群盗。……军中罄竭，无所虏掠，乃取婴儿蒸而啖之，因令军士曰，'食之美者宁过于人肉乎，但令他国有人，我何所虑。'即勒所部，有掠得妇人小儿，皆烹之分给军士，乃税诸城堡取小弱男女，以益兵粮。隋著作佐郎陆从典、通事舍人颜愍楚因谴左迁并在南阳，粲悉引之为宾客，后遭饥馁，合家为贼所啖。"

谢在杭《文海披沙》卷七中有"食人"一条，其文云：

"隋麻叔谋朱粲常蒸小儿以为膳，唐高瓒蒸妾食之，严震独孤庄皆嗜食人，然皆菹醢而食也，未有生啖者。至梁羊道生见故旧部被缚，拔刀刳其睛吞之。宋王彦升俘获胡人，置酒宴饮，以手裂其耳，咀嚼久之，徐引卮酒，俘者流血被面，痛楚叫号，而彦升谈笑自若，前后凡啖数百人，即虎狼不若也。"

徐君义《玉芝堂谈荟》卷十一"好食人肉"条下有云：

"宋庄季裕《鸡肋编》，靖康丙午岁，金狄乱华，六七年间山东、京西、淮南等处荆榛千里，斗米至数千钱，盗贼官兵以至居民更互相食。人肉之价贱于犬豕，肥壮者一枚不过十五钱，全躯曝以为脯。又登州范温率忠义之人泛海至钱塘，有持至行在充食者，老瘦男子谓之饶把火，妇女少艾者名之为

---

① 周作人：《关于活埋》，1935 年 10 月 7 日刊《国闻周报》第 12 卷第 39 期。

美羊，小儿呼为和骨烂，又通目为两脚羊。"①

　　这是中国历史上的吃人事件，正如鲁迅笔下狂人透过字里行间看到的"吃人"二字。如果说鲁迅尚带有对封建吃人礼教的隐喻，那么周作人则通过活生生的史事告诉人们民族的"吃人"史，这无疑是一个痛苦的发现。虽然难以面对，虽然不忍卒读，但毕竟是历史无法抹去的污点。周一直致力于现代人道主义价值的弘扬。对比周氏五四新文化时期和后五四时期的思想，这正如一枚硬币的两面。前期重在人的正面价值的宣扬，包括现代人的意识、妇女解放、性的观念、儿童教育、人的文学等正面价值，这是周自觉借鉴西方等外来文明，希望能够加以介绍并进而影响中国的现代性的进程。然而五四落潮后，周看到了太多的罪恶与悲怆，看到民族蛮性之遗留，从故纸堆中寻出历史上的"群鬼"来，晾晒出来，让人痛楚，或有疗救的希望。此时的周由前期宣扬的高亢与自信转向后期的低回与抑郁，然而"人"依然在其心中，也是"人"之立场的坚持，才使得他寻出"故鬼"来。"吃人"是"故鬼"之一，同样是周作人的一大发现，这种警世意义同样振聋发聩，"故鬼"在前人学者的笔下，栩栩如生，从历史深处袅袅而来，弥散在国人追求"现代性"的"当下"。周作人在《谈食人》文末提到清末"煮贼为粮"的事，说这样的事"以后大约没有了罢?"这种反诘没想到一语成谶，这是难以直面的真相! 正如徐君义所言："至时值乱离，野无青草，民生斯时，弱肉强食，其性命不啻虫蚁。每阅史至此，不觉掩卷太息，岂真众生业障深重，致令阎浮国土化为罗刹之场耶。"当生命的吉光片羽消散在"故鬼"的不堪中，"人"显得何其卑微、脆弱与渺小!

　　周收集较多中国近世的丧乱记事，如曹静山的《十三日备尝记》，丹徒法又白的《京口偾城录》，杨羡门的《出围城记》，朱月樵的《草间日记》，陈昼卿的《蠡城被寇记》，会稽杨华庭的《夏虫自语》，鲁叔容的《虎口日记》，李小池《思痛记》，汪悔翁《乙丙日记》，王秀楚的《扬州十日记》。从"哄夷"犯江南到太平天国，周言最有情分的算是《思痛记》了，大有韦编三绝之慨，

---

① 周作人:《谈食人》，1937年3月1日作，载4月1日《宇宙风》第38期，署知堂。收《秉烛谈》时改题为《谈史志奇》。

因为吃人的事"太多而且深切"①。

文化之遗传是"故鬼"的另一形态，比如中国旧文化的"四大遗产"——太监、小脚、八股文、鸦片烟，尤其是新时代的八股文——制艺与圣道是周作人所批判的重点。

"神"是周作人人学思想的另一价值参照系。相对于"人"，"神"仿佛高高在上，有着无上的权威，从西方的基督教中的上帝，乃至中国的玉皇大帝，他们往往无所不知，无所不能。周作人对此种"神"是颇有微词的。

早在《圣经》研究中，周就不喜耶稣的布道，认为他是权威者的化身，虽然他对于耶稣的博爱、宽容赞扬有加。因为"神"意味着言论自由、思想自由的压迫，"神"在周作人这里是一种集权专制的象征，是权威偶像之凝聚，而五四的工作之一就是偶像破坏，所以神成为周作人批评和抵制的对象。《平民文学》中他又提出不必书写英雄豪杰的事业，而是书写凡人的日常。周作人的人生观和宇宙观使其深深打上了凡人意识，并转换为对于强权的抵抗，"文学是不革命，然而原来是反抗的"。② 在后五四的语境中，党派政治权力话语成为"神"的象征，周拒绝他们的征召。

但周对希腊的"神"情有独钟，甚至在自己的遗言中仍不忘兴寄："路吉阿诺斯的对话一直蛊惑了我四十多年，到去年才有机缘来着手选译他的作品，想趁秉烛之明，完成这多年的心愿，故乡有儿歌云：'二十夜，连夜夜，点得红灯做绣鞋。'很能说出这种心情。"③ "余一生文字无足称道，惟暮年所译希腊对话是五十年来的心愿，识者当自知之。"所谓暮年所译希腊对话也即《路吉阿诺斯对话集》。如何理解周的这种心情？

在第一篇《诸神对话》的序言中倒是可以梳理出周的心灵轨迹：

"希腊的宗教与各国的宗教有一个极大的不同，这便是没有圣书，因此也就没有所谓先知，它的圣书乃是诗人所作的诗篇，流传至今的有赫西俄多斯（Hesiodos）和荷墨洛斯（Homeros 今通称荷马）的三篇史诗，以及荷墨洛斯派的颂歌三十六章。换句话说，便是他们以诗人作为他们的祭师，而诗人却

---

① 周作人：《〈思痛记〉及其他》，1937 年 5 月 10 日《谈风》第 14 期，署知堂。
② 周作人：《〈燕知草〉跋》，1928 年 11 月 22 日作。收《永日集》。
③ 周作人：《八十心情——放翁适兴诗》，1964 年 3 月 15 日香港《新晚报》，署知堂。

又照例是爱美与富有人情的，以是希腊的神话经他们的手写出来，显得那么的美妙，虽是神异，却也是很近情的。他们的神也动感情，搞恋爱，做出了好些不大可以佩服的事……"。①

换句话说，周所看重的是希腊神话中的"美"与"人情"，而这两者正是非圣无法精神的体现。古埃及、印度、希伯来的神在周看来伟大威严，太神圣，"距离人间太远"，"仿佛有一种异物之感"。而希腊神话中的神虽然身份是神，但言动全是凡人，祛除了神的威严与高高在上之感。周在其思想的形成中，逐渐形成了"反抗"的哲学，反抗"专制""权威""神圣"及其象征物，希望将其还原为可以对话的状态中来。希腊神话中的神正符合周的这一期待与召唤。

文本中的诸神也颇为有趣，令人读来兴味盎然。他们实是凡人的化身，多情、嫉妒、忧愁，他们中男子可以留长发、弹琵琶或竖琴。阿波隆可以为恋爱而颓唐，也用模棱两可的所谓的"预言"欺骗主顾。赫拉、雅典娜和阿佛洛狄忒美丽至极，但又去争"最美的人"。赫拉为爱而产生的嫉妒。爱神爱洛斯是一个颇为顽皮的"小孩"。

宙斯，作为希腊神话中最高的神，没有中国玉皇大帝的威严，也没有基督教中耶稣的无所不能。他可以给别人神示，却无法左右自己的运命，显示了全知的不可能。他做过专恣暴虐之事，也有仍带有人间的习气，处处留情，甚至为情不惜变成公牛、金雨、天鹅、鹰、羊人，或者令太阳神赫利俄斯和月神塞勒涅延缓他们的行进，使黑夜更长方便偷情。同时他还是一个同性恋者，他看到特洛伊的美少年伽倪墨得斯，就化作鹰把他带到了奥林匹斯山。伊克西翁对宙斯的妻子赫拉存有爱恋之心，这是对宙斯很大的不敬。宙斯用云做成赫拉的模样去骗他，因为在宙斯看来，恋爱是个强有力的东西，统治着天上人间；而后来罚他则是因为伊克西翁讲大话。

赫尔墨斯，宙斯的一个儿子，诸神的使者，向自己的母亲迈亚抱怨自己可怜辛苦，"我必须一早起来，扫除餐室，铺那坐榻上的被单，整理一切，随后去伺候宙斯，拿了他的书札，像信差似的这里那里去送，等我回来的时候，

---

① ［古希腊］路吉阿诺斯著，周作人译：《路吉阿诺斯对话集》（上），中国对外翻译出版公司2003年版，第3页。

还是满身的尘土，就该分配那神食了……"（p11）

第一篇第12节中当宙斯之兄波塞冬想要拜见宙斯时遇见值守的赫尔墨斯，有下面的对话：

波塞冬："赫尔墨斯，我现在可以会见宙斯吗？"

赫尔墨斯："波塞冬，这不行呀。"

波塞冬："给我通知他一声吧。"

赫尔墨斯："我说，请你不要叫我为难吧。因为时候不大合适，所以你现在不能见到他。"

波塞冬："难道他是和赫拉睡觉么？"

赫尔墨斯："不，这是别一回事。"

…………

中国式的臣子拜见君上的情景在希腊神话上演，这种世俗化，或曰现世主义正是希腊神话的特点之一。希腊神话中的神不是神，而是神人，属于人的一种，或曰人格化的神，他们具有人的欢喜哀怨，恋爱生死。简言之，他们是"人"而不是"神"。除此之外，希腊神话还具有"爱美的精神"。神的形象多是美的。相比较，中国的神有三头六臂青面獠牙，埃及的神人面兽身，有可怕的形象。

周对此曾归纳为：希腊民族是不受祭司支配而是受诗人支配的，希腊的宗教没有祭司，没有圣书，保存宗教传说的只是一班诗人和美术家，他们涤除了原始时代遗留下来的丑陋分子。① 周认为作为近代欧洲文明的源泉两希思想中"希腊思想是肉的，希伯来思想是灵的；希腊是现世的，希伯来是永生的。希腊以人体为最美，所以神人同形，又同生活，神便是完全具足的人，神性便是理想的充实的人生。希伯来以为人是照着上帝的想象造成，所以偏重人类所分得的神性，要将他扩充起来，与神接近以至合一。这两种思想当初分立，互相撑拒，造成近代的文明，到得现代渐有融合的现象。"② 由此看

---

① 周作人：《希腊闲话》，1926年12月1日在北京大学二院讲，载1926年12月24日《新生》第1卷第2期，署周作人讲、朱契记录。

② 周作人：《圣书与中国文学》，1920年11月30日在燕京大学文学会讲，载1921年1月10日《小说月报》第12卷第1号，署周作人。收《艺术与生活》。

来，周作人所推崇的希腊的"神"之精神倒是契合了自己所追求的精神境界：现世的，爱美的，人情的，非圣无法的……这在一个言说受到压制的时代，恐怕这是周"借他人之酒杯，浇自己的块垒"，周借助这些"神"话来完成自身的乌托邦想象，重造他的人国。但丁言："人的高贵就其许许多多的成果而言，超过了天使的高贵。"在周作人笔下，"神"的高贵在于他所具备的"人"之光辉。因此凡俗的真人，"凡人的幸福"是周所追索的目标。而这也是欧洲文艺复兴至高的价值标尺。

总之，"人"成为周作人思想的核心命题，"兽""鬼"与"神"都是围绕"人"而展开的重要谱系元素。"兽"是周作人人学思想中"人"的生理起点，"鬼"是周作人对"人"的蛮性轮回的忧惧，而"神"则蕴含着周作人对压抑"人"的各种权力话语的反抗和"人"的另一种想象。这些谱系基本构成了周作人人学思想的基本框架，虽然"人"的内涵有所调整和变化，但仍处于这一思想范畴，包括其文学观的生成也是在这一基础上建立的。可以说"人"成为理解周作人思想的重要切入口，周作人在后五四时期与各种话语的对话基本是以这一思想谱系为逻辑起点的。

周希望能以"科学的光与艺术的香"去救治"落在礼教与迷信的两重网里"的中国①，在现代科学与艺术之美的基础上建立人国。

---

① 周作人：《再谈香园》，1927 年 8 月 5 日作，载 13 日《语丝》第 144 期，署岂明。收《谈龙集》。

回望"五四"：未竟的"复兴"

五四新文化运动距今已有百年的历史，它构成了一个众声喧哗的话语场。世界主义与国族主义、无政府主义与好政府主义、理性主义与浪漫主义、个人主义与集体主义等各种话语互相伴生、交织。既缤纷眩目、鼓舞振奋，又令人无所适从、迷离困惑。无可否认，五四运动是一个多层次多方面的运动，有其复杂性。张灏曾指出五四思想中的两歧性："就思想而言，五四实在是一个矛盾的时代：表面上它是一个强调科学、推崇理性的时代，而实际上它却是一个热血沸腾、情绪激荡的时代；表面上五四是以西方启蒙运动理性主义为楷模，而骨子里它却带有强烈的浪漫主义色彩。一方面，五四知识分子诅咒宗教，反对偶像；另一方面，他们却极需偶像和信念来满足他们内心的饥渴。一方面他们主张面对现实，'研究问题'；同时他们又急于找到一种主义，可以给他们一个简单而'一网打尽'的答案，逃避时代问题的复杂性。"① "五四"聚集了太多的期盼与话语。

一、重返"五四"

本书中的"五四"侧重五四新文化运动或者胡适所言的"中国文艺复兴"，同时包括五四学生运动。先从五四学生运动谈起。

五四学生运动高潮后，周并未停止对它的反思。周认为五四运动是国民觉醒的起头，但五四是一种群众运动，五四学生运动缺乏科学的理知的计划，趋于玄学的激进的感情是其弊端。这种虚妄的情感主要表现为对公理与群众运动的迷信，进而思想言论自由受到压迫。它相信"有公理无强权""群众运动可以成事"，结果造成无数大小同盟的设立，凭借电、宣言、游行企图解决一切的不自由不平等，把思想改造与实力养成等事放在脑后。"五四以来前后六年，国内除兵匪起灭以外别无成绩，对外又只是排列赤手空拳的人民为乱七八糟的国家之后盾，结果乃为讲演——游行——开枪——讲演……之循环，那个造因的五四运动实不能逃其责。"结果五四之后打破传统变为继承正统，伦理改革变为忠孝提倡，贞操的讨论变为拥护道德，与女学生通信的教员因学校之呈请而缉捕，主张自由恋爱的记者因教授之抗议而免职。思想言论之自由受到政府、民众及外国人三方面协同迫压，"旧的与新的迷信割据了全国的精神界，以前《新青年》同人所梦想的德先生和赛先生不但不见到来，恐怕反已愈逃愈远：复古与复古，这是民国的前途"。②1924 年北大教员杨先生与一位不认识的女生通信而被学校革职，周认为这种事"用不着校长过问，也用不着社会公断"，这种过重的处罚使人感到教育界"假道学的冷酷"，缺少"健全的思想与独立的判断"，而一些学生在其中也扮演了不好的角色，有在便所里写启事的GG，有张贴黄榜，发檄文者，周感到"现代青年的品性的堕落"。在周看来，这是五四群众运动的结果之一，"中国自五四以来，高唱群众运动社会制裁，到了今日变本加厉，大家忘记了自己的责任，都来干涉别人的事情，还自以为是头号的新文化，真是可怜悯者。我想现在最要紧

---

① 张灏：《重访五四：论五四思想的两歧性》，见余英时等著：《五四新论》，台湾联经出版社 1999 年版，第 34 页。

② 周作人：《五四运动之功过》，1925 年 6 月 29 日《京报副刊》，署益噤。

的是提倡个人解放，凡事由个人自己负责去做，自己去解决，不要闲人在旁吆喝叫打"。① 周从立人的立场注重个人的解放作为对抗群众运动的方法。鲁迅对于学生运动也曾有反省："我还记得第一次五四以后，军警们很客气地只用枪托，乱打那手无寸铁的教员和学生，威武到很像一队铁骑在苗田上驰骋；学生们则惊叫奔避，正如遇见虎狼的羊群。但是，当学生们成了大群，袭击他们的敌人时，不是遇见孩子也要推他摔几个筋斗么？在学校里，不是还唾骂敌人的儿子，使他非逃回家去不可？这和古代暴君的灭族的意见，有什么区分！"② 这种"凶兽"和"羊"本性同时兼具的国民遇"兽"则显示出"羊"来，遇"羊"则显示出"兽"来，这在将来的黄金世界是要摒除的。周作人受到吕滂（G. LeBon）的《民族发展之心理》及《群众心理》的影响，对群众运动颇不信任。在他看来，五四运动中的群众运动同样是历史之重现。"我相信历史上不曾有过的事中国此后也不会有，将来舞台上所演的还是那几出戏，不过换了角色，衣服与看客。五四运动以来的民气作用，有些人诧为旷古奇闻，以为国家将兴之兆，其实也是古已有之，汉之党人，宋之太学生，明之东林，前例甚多，照现在情形看去与明季尤相似：门户倾轧，骄兵悍将，流寇，外敌，其结果——总之不是文艺复兴！"③ 周直接否定了五四新文化是中国的文艺复兴之说，认为其中的群众运动并不鲜见。而重视"做人的资格"之觉醒，只有如此，才能"改革传统的谬思想恶习惯"，才有希望的萌芽。

对于学生运动的反思也成为部分新文化人的共识。"五四"一周年之后，胡适、蒋梦麟发表纪念文章《我们对于学生的希望》，一方面肯定了五四学生运动"是青年一种活动力的表现，是一种好现象"，它对于学生的自动的精神、学生对于社会国家的兴趣、增加团体生活的经验、求知识的欲望的发生有着积极的作用。但另一方面，这是在政治腐败的"变态社会"而不得已的下下策，也容易养成"依赖群众的恶心理""逃学的恶习惯""无意识的行为的

---

① 周作人：《一封反对新文化的信——致孙伏园》，1924 年 5 月 13 日作，载 16 日《晨报副刊》，署陶然。收《谈虎集》。
② 鲁迅：《忽然想到（七）》，1925 年 5 月 10 日作，见《鲁迅全集》第 3 卷，人民文学出版社 2005 年版，第 63 页。
③ 周作人：《代快邮——致万羽的信》，1925 年 7 月 27 日作，载 8 月 10 日《语丝》第 39 期，署凯明。收《谈虎集》。

恶习惯"。建议"学生运动如果要想保存五四和六三的荣誉，只有一个法子，就是改变活动的方向，把五四和六三的精神用到学校内外有益有用的学生活动上去"。① 可以说胡既肯定了学生运动的长处，也看到了隐忧。其后，胡适围绕五四学生运动在不同时间场合发表了《学生与社会》《五四运动纪念》《纪念五四》《个人自由与社会进步——再谈五四运动》等纪念五四的言辞。直到晚年，胡适在口述自传中仍认为五四运动是新文化运动的"政治干扰"："从我们所说的'中国文艺复兴'这个文化运动的观点来看，那项有北京学生所发动而为全国人民一致支持的、在1919年所发生的五四运动，实是这整个文化运动中一项历史性的政治干扰。它把一个文化运动转变成一个政治运动。"② 对于五四运动的遗憾溢于言表。蔡元培也发表过类似的看法，在"读书"与"救国"之间，如果说五四时期蔡强调"救国"，五四后则强调"读书"。蔡在《去年五月四日以来的回顾与今后的希望》《学校是为学术而设》《牺牲学业损失与失土相等》等文章或演讲中表达了学生的本位在于读书的这一观点，"救国之道，非止一端；根本要图，还在学术"。

当然也有不同的声音，本来学生运动的实际情况也比较复杂。比如在放火曹宅这件事上，并没有得到所有在场同学的赞同，如放火打人超越了理性的范畴，和五四倡导的精神并不相合。但一个悖论是：如果没有这些超出理性的行为，没有军警的抓捕，是否有后来如火如荼影响广泛的五四了呢？"北大、法政等校学生的讲究'文明'与'理性'，反倒不及匡互生们不计一切后果的反抗来得痛快淋漓，而且效果显著。"③ 这种看法和陈独秀的"直接行动"和"牺牲精神"一脉相承。陈独秀指出五四"特有的精神"就是"直接行动"和"牺牲精神"。所谓"直接行动"，就是"对于社会国家的黑暗，由人民直接行动，加以制裁，不诉诸法律，不利用特殊势力，不依赖代表。因为法律是强权的护符，特殊势力是民权的仇敌，代议员是欺骗者，决不能代表公众的意见……中国人最大的病根，是人人都想用很小的努力牺牲，得很大的效

---

① 胡适、蒋梦麟：《我们对于学生的希望》，原载1920年5月4日《晨报副刊》，又载于1920年5月《新教育》第2卷第5期。

② 胡适口述，唐德刚译注：《胡适口述自传》，广西师范大学出版社2005年版，第183页。

③ 陈平原、夏晓虹编：《触摸历史 五四人物与现代中国》，北京大学出版社2009年版，第43页。

果。这病不改，中国永远没有希望"。① 所谓牺牲精神就是"出了研究室就入监狱，出了监狱就入研究室"。在一个强权和非正义社会，五四学生运动在一个特定的情景中无疑有一定的合理性，但这种合理性并不能成为一个正常社会粗暴与违法行为的注脚。

胡适的观点也受到今人的遥映："游行示威，抗议政府丧权辱国的举止，到头来免不了要同维护公众秩序的警察发生冲突，这样开了一个学生界直接用暴力干政的先例，对国家有无好处，还是个值得我们深思的问题……我总觉得一大群学生火烧曹汝霖的住宅揪打一个驻日公使，没有什么光荣。即使把曹汝霖抓住了打死，又怎么样？国家这样弱，巴黎和会的中国代表团即使无意媚日，也很难为国家争得权利。对正在受高等教育的大学生而言，放火打人至少可说是无理性的暴行。参与五四运动的全国学生，当然出于一片爱国真心，他们的行动也的确提高了一般人民的爱国情绪。但此例一开，学生尝到了权力的滋味，觉得直接参与时政比读书更重要，更有意思，随时都可找个借口，推动一个学潮，同政府为难"，② 从而走上易为政治力量所利用的路途。其中的隐忧，朱家骅说得更明确："五四运动以后不久，青年运动的本身，又趋重于政治活动。当时的各种政治组织，都在'谁有青年，谁有将来'的观念之下，要取得青年的信仰，来领导青年。于是青年运动，变作了政治运动的一部分，于是青年也变作了获得政权的一种手段。"

对于新文化运动，周作人更愿采取以平实的眼光地看待，"实无功罪可说"，也并不认为其是"文艺复兴"。周作人1927年7月29日致江绍原信："北大的光荣孟真还以为是在过去。我则乏怀疑，以为它就还未有，近十年来北大的作为实在只是'幼稚运动'，那种'新文化运动'——注意，这新文化不是那新文化，与张竞生博士之大报有别——实无功罪可说，而有人大吹大擂以为中国之'文艺复兴'，殊属过奖，试观我中华之学问艺术界何处有一丝想破起讲之意乎？"③ "有人"大吹大擂以为是中国的"文艺复兴"，此处的

---

① 陈独秀：《五四运动的精神是什么？在中国公学第二次演讲会上的讲演》，载1920年4月22日《时报》。见《陈独秀著作选编》第2卷，上海人民出版社2009年版，第222—223页。
② 夏志清：《五四杂感》，见《新文学的传统》，新星出版社2005年版，第44页。
③ 张挺、江小惠笺注：《周作人早年佚简笺》，四川文艺出版社1992年版，第24—25页。

"人"应为胡适。胡适曾在多个场合把新文化运动比作"文艺复兴"。周为何对胡适暗含讥讽呢？同为新文化的中坚，同属自由主义知识分子。考虑到写信的时间，应是周对胡在国民党"清党"中保持沉默的不满。更主要的则是周并不看高新文化的实绩，后五四时期五四诸将的星散、社团刊物的难以为继……新文化的落潮让周相信过去北大的作为只是"幼稚运动"。究竟哪些具体因素使周对新文化运动保持反省，并不一味高估？在周以后的反思中，大致可以见出以下因素：

其一，五四新文化运动积蓄不够，持续时间也不够长久。1948年，周在谈到五四新文化运动时曾做了一个比方："说起发源于北大的新文化运动，即是中国知识阶级的斗争史来，实在是很可悲的。这有如一座小山，北面的山坡很短，一下子就到了山顶，这算甲点，从甲点至乙点是小小一片平地，南边乙点以下则是下山的路，大约很陡，底下是什么地方还没有人知道。……这其间的知识阶级运动的兴衰史的书页是很暗淡的——自然，这是中国现代全面史的一页，其暗淡或者不足为奇，不过这总是可悲的一件事。"这里的甲点与乙点即"五四"与"三一八"事件。在周看来，"五四的意义是很容易明白的。如说远因，自东汉南宋的太学生，以及明末的东林，清末的公车上书等，都有关系，但在民国实在酝酿并不久，积蓄也并不深，却是一飞冲天，达到了学生运动的顶点，其成功的迅速是可惊异的。可是好景不长，转瞬过了七年，就到了下坡的乙点，民国十五年三月十八日在执政府门前死的那些男女学生和工人市民，都当了牺牲品，纪念这大转变的开始。我真觉得奇怪，为什么世间对于'三一八'的事件后来总是那么冷淡或是健忘，这事虽然出在北京一隅，但其意义却是极其重大的，因为正如五四是代表了知识阶级对于北京政府进攻的成功，'三一八'乃是代表北京政府对于知识阶级以及人民的反攻的开始，而这反攻却比当初进攻更为猛烈，持久，它的影响说起来真是更仆难尽。"[1]周认可新文化的意义，但认为其积蓄不够，持续时间也不够长久，所以其影响而很快被随之而来的以"三一八"事件为代表的政府对知识分子的压抑所取代，所以他觉得是"很可悲的""很黯淡的"。简言之，政治构

---

[1] 周作人：《红楼内外之二》，1948年12月3日《子曰丛刊》第5辑，署王寿遐。

成了对思想文化运动的压制，使其最终夭折。

其二，新文化运动缺乏动力机制，尤其体现在"人"的方面，其中"仕"的思想为烈。"民初新文化运动中间，曾揭出民主与科学两大目标，但不久辗转变化，即当初发言人亦改口矣，此可为一例。国民传统率以性情为本，力至强大，中国科举制度与欧洲文艺复兴同时开始，于今已有五百余年，以八股式的文章为手段，以做官为目的，奕世相承，由来久矣。用了这种熟练的技巧，应付新来的事物，亦复绰有余裕，于是所谓洋八股者立即发生，即有极好的新思想，也遂由甜俗而终于腐化，此又一厄也。"① 要克服文人"八股式文的作法与应举的心理"。

周作人在《新中国文学复兴之途径》一文中反省了新文化运动，突出了"人"的因素，周言："在二十多年前中国有过一次文艺复兴的运动，即是所谓新文化运动。虽然那时途径还没有像现在的那么明了，但是整理国故，接受新潮，这目标并未定错，而且也有相当的人才，相当的热心，然而成绩不很大，这是什么缘故呢。中国士流向来看重政治，从事文化工作者往往心不专一，觉得弄政治更为有效，逐渐的转移过去了。其实文化工作者固不必看轻政治，却也无须太看重，只应把自己的事业看作与政治一样重要……要能耐久，耐寂寞。"② 以上这段话似乎也对 1940 年代的周作人具有反讽意味，但是周的言论未尝不是一种值得纳入考察范围的思考。

其三，对文艺的采择要兼容并包，注重"整个的复兴"，并注意从源头梳理。周作人认为欧洲的文艺复兴是整体的复兴，文艺、学术、美术、思想、宗教等领域都取得了成绩，这种"整个的复兴"从而在"人与事业的重与大与深与厚上面，是再也没有可以和这相比的了"。日本的明治维新也是在艺术、文史、理论的与应用的科学以及法政军事方面都有极大的进展，而中国的新文化运动"偏于局部"："中国近年的新文化运动可以说是有了做起讲之意，却是并不做得完篇，其原因便是这运动偏于局部，只有若干文人出来嚷嚷，别的各方面没有什么动静，完全是孤立偏枯的状态，即使不转入政治或

---

① 周作人：《文艺复兴之梦》，1944 年 2 月 29 日作，载 5 月 15 日《求是月刊》第 1 卷第 3 号，署知堂。收《苦口甘口》。

② 周作人：《新中国文学复兴之途径》，1944 年 1 月 20 日《中国文学》创刊号，署周作人。

社会运动方面去，也是难得希望充分发达成功的。"①周的这一评价可谓一语中的。至今，以整体的眼光、世界的眼光来关照中国文学，产生重要影响的仍是《诗经》、《楚辞》、唐诗、宋词等，中国新文学作家能够放置于世界文学中产生重要影响的经典作品少之又少，这让我们不得不客观反思五四新文化的实绩。

新文化运动带来了古今中外的思想文化成果，但其整理需要时日，激进或保守都不可取，要"认清了上自圣贤下至凡民所同具的中国固有思想，外加世界人类所共有的新兴文明，胆大心细的决行调整，基础既定，然后文化工作才可以进行"。(《新中国文学复兴之途径》)这也是周作人思想的一贯。1920年代周就希望"以遗传的国民性为素地，尽他本质上的可能的量去承受各方面的影响，使其融和沁透，合为一体，连续变化下去"，方可望"造成一个永久而常新的国民性，正如人的遗传之逐代增入异分子而不失其根本的性格"。②周强调对传统文化的继承，否则很难建立起新的大厦。这一点，胡适的观察颇与其相似。胡适反省中日两国在接受西方文明成败的原因时曾指出中日两国文化类型的不同，日本是"中央控制型"，而中国则属"发散渗透型"，这种类型的文化变革常通过"长期接触"和"缓慢渗透"而实现。③

对于文化的采择，周希望能通过"外援内应"来实现"复兴"。文化的采择，周作人认为要追根溯源，务求深广，"对于外国文化的影响，应溯流寻源，不仅以现代为足，直寻求其古典的根源而接受之，又不仅以一国为足，多学习数种外国语，适宜的加以采择，务深务广，依存之弊自可去矣"。④故而周的翻译实践和文学的典范直取两希文明的成果，这一思路即使在今日仍值得推崇。

"兼容并包"需要克服激进主义的思想对文化汲取的影响。包括对传统的

---

① 周作人：《文艺复兴之梦》，1944年2月29日作，载5月15日《求是月刊》第1卷第3号，署知堂。收《苦口甘口》。
② 周作人：《国粹与欧化》，1922年2月12日《晨报副刊》，署仲密。收《自己的园地》。
③ 胡适：《中国的文艺复兴》，欧阳哲生等编，外语教学与研究出版社2001年版，第167—169页。
④ 周作人：《文艺复兴之梦》，1944年2月29日作，载5月15日《求是月刊》第1卷第3号，署知堂。收《苦口甘口》。

全盘否定或民粹主义思想都是不足取的，欧洲的文艺复兴，是在固有的政教的传统上，加上外来的文化的影响，发生变化，成就了这段光荣的历史。"中国如有文艺复兴发生，原因大概也应当如此。不过这里有一件很不相同的事，欧洲那时外来的影响是希腊罗马的古典文化，古时虽是某一民族的产物，其时却早已过去，现今成为国际公产，换句话说便是没有国旗在背后的。而在现代中国则此影响悉来自强邻列国，虽然文化侵略未必尽真，总之此种文化带有国旗的影子，乃是事实。接受这些影响，要能消化吸收，又不留有反应与副作用，这比接受古典文化其事更难。"① 不仅仅是"国旗"，古今中外的有益分子都要采择。譬如国语，周提出"现代国语须是合古今中外的分子融合而成的一种中国语"，要使它高深复杂，"足以表现一切高上精微的感情与思想，作为艺术学问的工具"②，要采纳古语、方言、新名词及语法的严密化。周作人的复古的经验告诉他复古一途是行不通的，而改用外语也不可取。周对古今中外语言分子的采择展现了一种兼容并包的胸怀。王元化曾在 1990 年代对五四的激进情绪、功利主义、庸俗进化论、意图伦理进行反思③，如果进一步上溯，我们可以看到，周作人一直在规避着前三者带来的弊端，当然两人的语境不同。

总之，周作人对五四新文化本身的看法既有和其他五四同人的共通之处，也有自己的独特感受，这一思想和他在后五四时期的文学与思想实践紧密结合起来。多年之后的今天，我们仍能从中受到一些有益的启发。

---

① 周作人：《文艺复兴之梦》，1944 年 2 月 29 日作，载 5 月 15 日《求是月刊》第 1 卷第 3 号，署知堂。收《苦口甘口》。

② 周作人：《国语改造的意见》，1922 年 9 月 10 日《东方杂志》第 19 卷第 17 号，署周作人。

③ 王元化认为"五四"时期所流行的四种观念值得注意的："第一，庸俗进化观点（这不是直接来自达尔文的进化论，而是源于严复将赫胥黎与斯宾塞两种学说杂交起来而撰成的《天演论》。这种观点演变为僵硬地断言凡是新的必定胜过旧的）；第二，激进主义（这是指态度偏激、思想狂热、趋于极端、喜爱暴力的倾向，它成了后来极左思潮的根源）；第三，功利主义（使学术失去其自身独立的目的，而作为为其自身以外目的服务的一种手段）；第四，意图伦理（即在认识论上先确立拥护什么和反对什么的立场，这就形成了在学术问题上往往不是实事求是地把考虑真理是非问题放在首位）。"见王元化：《九十年代反思录》，上海古籍出版社 2000 年版，第 127 页。

二、对话"现代性"

我对"现代性"这一概念并不热衷，觉得它所预设的古今对立的逻辑使论者有落入观念预设在先自说自话的风险。然而，在苏文瑜笔下，"现代性"这一内涵包含着深刻的问题意识，她把周作人置于这一深广的背景中加以考察富有意义。下文将以苏对周的论述为中心①。

苏文瑜在其论著《周作人：自己的园地》②中以探讨周作人对现代性及与之紧密关联的国族主义的回应为中心，它置放于探讨第三世界的知识分子对被启蒙主流话语所压抑的另类文明发展可能性的诉求的背景之中。苏区分了两种形态的现代性。她借用霍金斯等人的全球化来阐释现代性的两种形态。霍金斯等人把全球化分为四类：古全球化，由大帝国主导；全球化原型，十六至十八世纪，国家开始张扬、稳固，金融与制造业逐渐活跃，贸易、人、物的流动频繁；现在全球化，1800 年至 1950 年，全球化与国族兴起和工业化的普及密不可分；后殖民全球化，1950 年至今。苏文瑜认为"第一种形态"的现代性，非常多样化，更普遍，有些布罗戴尔（Braudelian）式的社会经济改变过程，能促成更高层次的全球经济整合，与"全球化原型"相对应。"第二种形态"则与"现在全球化"相对应，国族在其中扮演主要角色。那么二级现代性为何与民族国家不可分割？它们之间的关系如何？苏认为"现代性产生于过去两百年来的帝国主义和殖民主义的大环境中"。这是因为一方面亚洲深受向外扩张的欧洲国家的影响，二是出现在都市和殖民地的现代民族国家及国族意识形态是引发全球性危机创造现代性的重要因素之一。苏文瑜梳理和考察了伯曼（Marshall Berman）、包曼（Zygmunt Bauman）、葛尔纳（Ernest Gellner）、安德森（Benedict Anderson）、格林菲尔德（Liah Greenfeld）、吉登斯（Anthony Giddens）、查特吉（Partha Chatterjee）、泰勒（Charles Taylor）、吕格尔（Paul Ricoeur）等人关于现代性或国族主义研究的

---

① 以下部分内容已发表，见《周作人对现代性的另类回应：评苏文瑜〈周作人：自己的园地〉》，《现代中文学刊》2012 年第 3 期。

② Susan Daruvala, *Zhou Zuoren and An Alternative Chinese Response to Modernity*，Harvard University Press，2000. 中译本为陈思齐、凌曼苹合译：《周作人：自己的园地》，台湾麦田出版社 2011 年 3 月版。

相关理论，这是苏文瑜进行论证的理论参照起点。其中伯曼和包曼的观点对苏对现代性的反思产生影响。伯曼认为对于资产阶级无休止的创造方式和不断更新的生产方式让"一切固态物体皆化为烟云"；包曼则对现代性危害亦有深刻的认识：理性和科技原则下所形成的现代社会，使道德行为和价值沦为个人私事，科技的目标成为社会行动的唯一量尺，并指出现代性是造成犹太人大屠杀的决定性因素。这些观点对苏有所启发，但他们均未指出国族主义与现代性之间的内在联系。相比较葛尔纳和安德森关于现代民族国家是工业化的结果的观点，苏文瑜更倾向于格林菲尔德和查特吉的关于现代民族国家的观点。格林菲尔德通过对英、法、德、苏俄以及美国的国族主义的研究，得出"国家是现代性的框架元素，不可倒置"的结论，但其并没指出民族国家概念散播所涉及的权力关系。查特吉认为思想本身具有征服力，任何的论述场域都是政治的角力场，"国族主义思想进入殖民世界时，既是定位欧洲后启蒙时期理性与认识知识论述的一部分，又扮演支撑欧洲经济和军事力量的角色"。这一观点对苏产生两点启发：国族主义是随着帝国主义而进入非西方世界；国族主义产生了"变异论述"。

那么是现代性的哪种特质使世界走向了民族国家的道路而抑制了其他历史选择的可能性？苏从查特吉、泰勒那里找到重要因素。查特吉的回答是："理智骑在资本的市场肩背上巡游世界"，也即第三世界被纳入理性和资本控制的世界格局之中。在泰勒看来，"离根理智的立场"（stance of disengaged reason）是现代性的品质特性之一，其重要的一点是"能'事先关闭一切选项'，否定或忽略哪些所它所取代的哲学先例"。正是这一姿态不断侵扰现代世界，使伦理无法发声。但这种对"过去"的切割看起来似乎与现代民族国家建国所需要的"独特的文化遗产""独特传统"相违背。在苏看来，实际上，建国论述即是经过驯化以适合现代民族国家所具有的独特理性化参数，渗入人际关系和个人主体意识的过程，并因此而唤起、发明或再造建国过程中的文化身份标记，而对于现代性理性化行动之外的知识形式及自我意识模式都不认为是不合法或不合时宜的。这是苏的一个深刻的观察和延伸。这种"离根理智的立场"紧密地和杜赞奇（Prasenjit Duara）所称的"启蒙大历史"纠合在一起：

它允许这个民族国家把自己视为独特的社群，在传统与现代、位阶与平等、帝国与国族的拉扯之中为自己找到适当位置。在这样的脉络中，国家以新近实现的大历史主权主体现身，具体实现某种道德与政治力量，这种力量曾经征服那些被视为在历史上代表自己的王朝、贵族、当道僧侣，以及满人。与他们对照之下。国家是一个集体的历史主体，它四平八稳地等着实现它在现代化未来中的命运。①

这种论述得到进化论及社会达尔文主义的加持。我们何以面对？在苏看来，正如南迪所言，文明是一个伟大而空间丰足的整体，每一种文明涵纳多重脉络，不同的文明有不同的价值，且有自我批判产生不同愿景之资源，它们可以共存于同一地理空间。正是带着这样的文明关照与审视性思考苏文瑜走入周作人的文本世界。

周作人所针对的是现在全球化语境下的民族国家所操办的现代性（即二级现代性），周作人的精髓在于"他清楚地看到，中国知识界正热中于现代性，个人的知识与道德自由因此而饱受国家论述的摧残"。苏追溯了中国立国论述或者说国族主义形成的过程。五四的特殊历史语境导致了立国论述，五四运动继承，并且扩大了清朝改革派针对人民的论述，而其叙述主轴是中国对现代性的回应，与历史叙事中现代性的不可避免，不谋而合。但立国论述的过于强大构成了对五四运动和知识分子在知识及文学上展现的不同面貌的压抑。这种立国论述，形成在帝国主义主宰之下的中国的现实语境之中，它所提到的文明劣势深深扭曲了文学、现代国家以及被文学所形塑的现代自我。但周作人身上呈现出一种前所未有的意图，想要重新思考个人与国家，以及国家与现代性之间的对应关系。周将传统美学置于其作品的中心地位，他显示"尽管现代性宣称'现在'较之'过去'质优，我们仍可以不受它摆布。周的行动本身就是一种声明：倘若我们善加利用中国文明的资源，是可以建构中国自己的现代性的"。同时，"因为民族国家是现代性的独有特色，周的文学之声代表着对现代性的另类回应，影响深远的改变现代性最危险的一项特质，即是身为道德主体的个人，在观念上由现实抽离出来"。②周的个

---

① 苏文瑜：《周作人：自己的园地》，陈思齐、凌曼苹合译，台湾麦田出版社2011年版，第20—21页。
② 苏文瑜：《周作人：自己的园地》，陈思齐、凌曼苹合译，台湾麦田出版社2011年版，第29页。

人主体和地方性的文学建构方式挑战了国族主义意识形态逻辑和文学想象国家的方法。

苏文瑜把鲁迅和周作人放在比较的视野上加以观察。在苏看来，鲁迅表达了主流派五四启蒙论述的内在思考逻辑，是五四运动知识分子的典范，正代表了南迪所称之为"对现代性的主流回应"，鲁迅作品中成为典范形式的群众及国家论述。他将中国文明比喻成一个铁屋子，中国的历史是吃人的历史，而宾客都是自欺欺人的阿Q。苏认为鲁迅"拥抱了现代性中两样哲学基础的极致，即马克思思想中尼采的自我观及黑格尔的史学模式。尼采的'征服意志'建造在自我能创造自我的美学主体之观点上……马克思主义公认为替意志角色超越进化论提供了科学依据；因为革命正巧表达了社会有机体中最先进的部分之意志。此外，在行铸计划的过程中，痛苦地取得科学知识也象征一种'克服'。以他对哲学客观中正的忠诚，鲁迅既代表他想克服的那一部分，又代表他对未来的希望；结果，他的文学自我身份就被'国家'所制约了"。①

那么，周作人是如何对现代性做出另类回应的？早在白话文运动中，陈独秀胡适的路线"代表建国过程中的一大步"，是"人民论述之延伸"，他造就的是"一个白话文表述平民思想的现代国家"，是以新国家的形象来想象普罗大众，这种想象发生在"对照西方所产生的中国自卑感的母体之内"。周与之不同的是"周并不以中国人文化与个性上固有低劣性为念"，并不以为中国的文明已经破产。周更关注如何把国外的观念引进中国社会，更关注思想革命，否则语言变革就会沦为新瓶旧酒。因此在新文化运动之初，周在使用白话文的意义上就与胡适、陈独秀有所不同。直至周"新村运动"相关的文章出现，他和陈、胡路线上的根本差异才显示出来。在苏看来，周作人以三种策略对现代性做出另类回应：他使用传统的美学范畴；看重作家的身份认同及自我表达时相关的地方性；他建构了与主流模式背道而驰的文学史。

周极力推崇传统美学范畴中的趣味和本色。苏认为在1930年代左翼文学"载道"意味浓厚的时刻，周作人转接了文学史中的一直被"载道"派斥为

① 苏文瑜：《周作人：自己的园地》，陈思齐、凌曼苹合译，台湾麦田出版社2011年版，第63页。

"小道"的"咏物"传统，从而把双方置于相对立的局面。"周作人对这些活活泼泼生命的兴趣、对日常生活的投入、对平凡的热情，在美学上可用两个字概括，那就是'趣味'。'趣味'便是他把'日常'从政治、宗教等霸权中拉拔出来的法宝。"① 作为地方与物质文化的诗意的趣味不同于一向是富国强兵、一切以大我为依归的五四传统，周氏的理论重点在"个人"、在"日常"，也即"小我"，五四"国强民富"的神圣性便被削弱。

趣味与地方性紧密相连，书写地方色彩，一位作家才最能落实"趣味"美学的要求。正如苏所认为的"地方性"是了解周作人美学观的关键，它是国家与作家的中介，将地方性而非国家看作作家身份和自我表述的重要条件。周所宣称的地方性"并不以籍贯为原则，只是说到风土的影响，惟重那培养个性的土之力"。(《地方与文艺》) 周引尼采的话："忠于地"，人是"地之子"。维多利亚时期的人类学、神话学，东京和江户庶民文化以及柳田国男等人的作品，周作人对民俗的兴趣以不同的方式影响周氏作品中地方性和文化观念的理路和深度。地方性如同一具缓冲器，抵挡那把文学视为为国家现代化服务、当作意识形态传声筒工具运用的风潮。

本色是作家能否觉察和发展他的真知灼见，并借重语言的敏感加以传输。周作人把"个人情志"置于文学创作中心。诗言志的"志"，不是五四主流所提倡的"家国之志"，而是私人之缘情，文学与个人本身生命紧密相连，周作人把他唤作"本色"。周以传统美学范畴来试图对抗政治及教条主义。周的美学来自晚明新儒学派，在这里他找到了现代自我主体，认为人类生而具有道德判断能力。周的创造在于把其中自由自在不受拘束的"自我"加以放大，独立于宗教、政治教条之外并使之世俗化。在苏看来，周对中国传统美学概念的使用成为他在国族论述下建构自我身份的途径。在这里，"美学变成双刃刀的尖锐端，将'国家'从习以为常作为现代性的象征之位置翘起来，以便于质问现代性概括一切的宣示"。②

在苏看来，《中国新文学源流》，这部在国族主义高涨时期写出的文学史，既隐含对中国只有自体繁殖之身份认同的抗拒，又影射五四运动是清朝桐城

---

① 苏文瑜：《周作人：自己的园地》，陈思齐、凌曼苹合译，台湾麦田出版社 2011 年版，第 186 页。

② 苏文瑜：《周作人：自己的园地》，陈思齐、凌曼苹合译，台湾麦田出版社 2011 年版，第 86 页。

学派教条主义的继承人。周作人把现代散文源头推至晚明小品，相对于五四新文学运动是散文起因，以及马克思主义观点（散文兴起有其历史任务）来说，周的这种做法可能看似有违"现代"。在苏看来，小品文论争，"散文在当时政治或意识形态所扮演的角色，已在争辩中居次要位置，它的源头才是大家关注的焦点，这已转换为合法性的争夺，确定源流，就能为散文的现在以及未来定位。此外，这场争夺'合法性'的辩论不仅为了在文学上建构自我，更是为了现实生活里作者的自我认同，更进一步说，是要建构那忍耐国家现代化话语底下的'我'"。① 周所追求内省而自我圆满的自我，不同于五四现代性所要建立的是西方启蒙之后的自我，周对小品文溯源和作用的强调即是想以此和笛卡尔式主体的缺陷相抗衡，也因此和国族主义话语发生冲突。

周的美学深深置于历史的反思，周作人关心的是全人类共通的主体性，其所建立的是共通的人类通性，有别于笛卡尔以降的由帝国主义、殖民主义和国族建构结合而成的现代性，而后者涵盖了多数以意识形态想象国家民族的人。周所关心的是人民的"日用人事"。日常的小变化是整个宇宙运行的一小部分，生活中的器物和风俗本身的意义与重要性超越了它们的物质和任何潜在的功利的意识形态价值。在日常生活和宇宙之间，我们拥有凡人的历史，而不是国族的历史。换言之，生活本身具有它内在的道德秩序。也就是说周对文明与国族有个自觉的分野，他拒绝把"人"的意义消泯于国族的整体价值之中。其实，苏所言的周对日用人事的关注正是延续了前文所言的儒家的日常人生化的取向，只不过苏把周的文学与思想置于现代性的视野之下进行关照。

三、未竟的"复兴"："梦想者的悲哀"

余英时在《五四运动与中国传统》文末问道："五四运动也成功地摧毁了中国传统的文化秩序，但是五四以来的中国人尽管运用了无数新的和外来的观念，可是他们所重建的文化秩序，也还没有突破传统的格局。中国大陆上自从'四人帮'垮台以后，几乎每个知识分子都追问：何以中国的'封建'

---

① 苏文瑜：《周作人：自己的园地》，陈思齐、凌曼苹合译，台湾麦田出版社 2011 年版，第 271 页。

和'专制'，竟能屡经'革命'而不衰？"①这确实是一个值得认真思考的问题。需要指出的是，中国较其他国家经历了漫长的封建时期，"走出中世纪"注定是一次艰难长久的旅程。而未来的世界会不会有"技术高度发达的中世纪"的复归仍将是摆在世人面前的一项重大课题。

林毓生认为对于它和建国后的"文化大革命"有着共同的特点："都是要对传统观念和传统价值采取疾恶如仇、全盘否定的立场。而且这两次革命的产生，都是基于一种相同的预设，即：要进行意义深远的政治和社会改革，基本前提是要先使人的价值和人的精神整体的改变。如果实现这样的革命，就必须进一步彻底摒弃中国过去的传统主流。"②林认为现代中国第一、二代知识分子有着"借思想文化以解决问题的途径"的观念。

我认同林对激进主义的反省，新文化运动初期，确实出现过"打倒孔家店""废除汉字"等激进的文化主张，这一点也得到学界认同。但我认为就价值取向上而言，思想文化作为解决问题之一途也值得重视，如余英时之问，我以为如果国人的思想没有变化，很难建立一个新的国度，当然林所指有具体语境。对周作人而言，周赞同思想革命，认为这是政治和社会革命的深入进行的必要条件，但问题在于：其一，周并未否定政治和社会改革，而是提出思想革命的重要性；其二，人的价值和精神的改变是渐变式的，而不可能一蹴而就整体改变；其三，周并未主张"彻底摒弃中国过去的传统主流"，相反认可传统文化中的有益成分，并加上外来文化精神的调和，进而"立人"。在我看来，周的"复兴"想象是建立在民间个人的觉醒的基础之上，也即"百姓日用"或者说凡人的日常伦理完善的基础之上。周为之诉诸中庸之道、礼乐传统，诉诸科学精神与美，诉诸文艺上的抒情美典，诉诸……而这些是建立在既有的国民性的基础之上，通过渐进的影响以实现"复兴"之梦。周的这种自力的"复兴"植于其"絮絮叨叨"的"启蒙"之中，然而终归于"虚空"，归于"梦"。

1921年病后的周作人写下了《梦想者的悲哀》：

---

① 余英时：《五四运动与中国传统》，见《中国思想传统及其现代变迁》，广西师范大学出版社2004年版，第89页。

② 林毓生：《中国意识的危机》，贵州人民出版社1986年版，第2—3页。

"我的梦太多了。"

外面敲门的声音，

恰将我从梦中叫醒了。

你这冷酷的声音，

叫我去黑夜里游行么？

阿，曙光在哪里呢？

我的力真太小了，

我怕要在黑夜里发了狂呢！

穿入室内的寒风，

不要吹动我的火罢。

灯火吹熄了，

心里的微焰却终是不灭，——

只怕在风里发火，

要将我的心烧尽了。

阿，我心里的微焰，

我怎能长保你的安静呢？①

周作人以诗的语言为自己的道路写下了预言。建立在虚妄之上的捕风乃是梦想，因之实现的可能也小。周在后五四时期对个人自由发声言志的笃守，"外援内应"式的以"生活的艺术"为中心的"复兴"的想象与努力，对文学抒情性与独立性的坚持构成了对新文化的另类回应，也证实了一个理想者的追梦，这个梦在血与火的年代终究没能实现，其"人"的理想也不胜迂远。他的梦是宏大的，因为他在中国现代文学史上形成了另一个和鲁迅传统相交织的传统，并在新时期的文学中有所继承和发展；他的梦又是微弱的，很快湮没于时代的强音之中，渐渐消失在尘封的记忆里，零落成泥，化入这广袤而冷寂的大地。这既是他个人的悲剧，也是一个时代知识分子命运的隐喻。有研究者把其比作哈姆雷特②，其实在某些方面他更像唐·吉诃德，他的抗争

---

① 周作人：《梦想者的悲哀》，1921 年 3 月 2 日作，载 7 日《晨报副刊》，署仲密。收《过去的生命》。

② 李劼：《作为唐·吉诃德的鲁迅和作为哈姆雷特的周作人》，见 http://www.aisixiang.com/data/15736.html。

更多的是通过建设性的、看似平淡的方式而进行的，只不过他建立的国度过于美好，也过于迂远，在一个激进的年代也仅仅是一阵细雨，阳光出来，袅袅而去。他的言语只能化成"昼梦"的呓语：

"我曾试我的力量，却还不能把院子里的蓖麻连根拔起。

"我在山上叫喊，却只有返响回来，告诉我的声音的可痛地微弱。

"我住何处去祈求呢？只有未知之人与未知之神了。"①

总之，在我看来，周作人在后五四时期所建立的凡人的日常叙事书写了以凡人大众为主体，以日常生活为生命的常态形式，以中庸等儒家价值为规范的文明诉求，它构成了对在新文化运动中逐步加强的国族诉求的另类回应；周作人所主张的抒情文学观充满着对理性人性的想象：建立在自然人性基础上的优美健康而又富于节制的人性形式，这种文学也是连接"个人"与"人类"的"美典"，具有审美无功利性，它构成了对自新文化以来"为人生"的文学以及后五四时期革命文学、左翼文学和国民党的党派文学的文学政治化、功利化的另类回应。因为周所主张的凡人日常叙事承接了原始儒家以及晚明以来儒家日常人生化的倾向，周所标举的抒情文学亦以两希文学的抒情传统和中国文学自《诗经》以来的抒情传统为根柢，具有一种"复兴"的特征，这也正是周所宣称的，但它并不是完全意义上的"复兴"，它糅合了更多的现代意识。

这种"复兴"的想象在 1940 年代上半期由于周作人登上政治的舞台而呈恢宏之势，周先后撰写了《汉文学的传统》《中国的国民思想》《新中国文学复兴之途径》《文艺复兴之梦》等文，只是此时的"复兴"想象在政治的胁迫下有更多的异质性成分②，我们需要以更加审慎的态度去甄别。这种"复兴"想象也绵延在晚年周作人的翻译生活中，周延宕着他虚弱的呓语！

周仅是新文化群像中一员，他在后五四时期对新文化的思考与探索构成我们回眸新文化的重要视角之一。其实这也应是新文化的一部分，它是大浪

---

① 周作人：《昼梦》，1923 年 1 月 3 日作，载 15 日《晨报副刊》，署作人。收《过去的生命》。

② 对于周作人敌伪期间的文字，包括周"复兴"的想象，不同的研究者有不同的看法。在我初步看来，周敌伪时期的"复兴"想象更容易让人勾联起日本当时的"大东亚共荣圈"的建设，这一问题将另文考察。

淘沙之后的积淀与淡然。时至今日，"德先生"与"赛先生"，"宽容"与"兼容"，"独立之精神，自由之思想"仍是新文化多声部交响曲中的优美篇章，也是我们的宝贵遗产！先贤们在"感时忧国"的悲怆中绽放着自己的"新声"与"呐喊"，装饰着那无声的中国与悲凉的大地！

我常遥想：假如又过了一个世纪、两个世纪乃至更久远的世纪，我们又如何回过头来看待新文化？在时间的长河中它又居何位置呢？是不是像今人观之于宋明之际的别样"启蒙"，甚至轴心时代的诸子百家？还是如福柯视域中的沙滩肖像，被随之而来的海水轻轻抹去了呢？

历史如森林中的幽灵，不可捉摸；又如赫拉克利特笔下之水，浩浩汤汤，不可复踏。然而，在历史的另一头，我们远远地眺望彼岸，想象着灯火通明、人花相映的盛宴。我想，在 21 世纪，乃至更久远的未来，我们回头时，仍可回想起先人的复兴与逐梦之旅，因为它仍将照耀着我们的前行之路！

参考文献

周作人作品（按时间顺序）：

《周作人诗全编笺注》，王仲三笺注，学林出版社，1995 年。

《周作人日记》（影印本），鲁迅博物馆藏，大象出版社，1996 年。

《周作人晚年书信》，香港真文化出版公司，1997 年。

《周作人自编文集》，止庵校订，河北教育出版社，2002 年。

《近代欧洲文学史》，止庵、戴大洪校注，团结出版社，2007 年。

《周作人散文全集》，钟书河编，广西师范大学出版社，2009 年。

周作人自编文集的原版本（略）

译文：

《如梦记》，文汇出版社，1997 年。

《希腊的神与英雄》，海南出版社，1998 年。

《全译伊索寓言集》，中国对外翻译出版公司，1999 年。

《希腊神话》，中国对外翻译出版公司，1999 年。

《财神·希腊拟曲》，中国对外翻译出版公司，1999 年。

《古事记》，中国对外翻译出版公司，2001 年。

《平家物语》，中国对外翻译出版公司，2001 年。

《枕草子》，中国对外翻译出版公司，2001 年。

《狂言选》，中国对外翻译出版公司，2001 年。

《浮世澡堂》，中国对外翻译出版公司，2001 年。

《浮世理发馆》，中国对外翻译出版公司，2001 年。

《欧里庇得斯悲剧集》（上、中、下三册），中国对外翻译出版公司，2003 年。

《路吉阿诺斯对话集》，中国对外翻译出版公司，2003 年。

《周氏兄弟合译文集·现代小说译丛第一集》，止庵编，新星出版社，2006 年。

《周氏兄弟合译文集·现代日本小说集》，止庵编，新星出版社，2006 年。

《周氏兄弟合译文集·红星佚史》，止庵编，新星出版社，2006 年。

《周作人译文全集》（套装共 11 卷），止庵编，上海人民出版社，2012 年。

周作人研究著作（按时间顺序）：

倪墨炎：《中国的叛徒与隐士：周作人》，上海文艺出版社，1990 年。

钱理群：《周作人传》，北京十月文艺出版社，1990 年。

孙郁：《鲁迅与周作人》，河北人民出版社，1997 年。

黄开发：《人在旅途：周作人的思想和文体》，人民文学出版社，1999 年。

程光炜：《周作人评说八十年》，中国华侨出版社，2000 年。

张菊香、张铁荣：《周作人年谱（修订版）》，天津人民出版社，2000 年。

舒芜：《周作人的是非功过（修订版）》，辽宁教育出版社，2000 年。

王友贵：《翻译家周作人》，四川人民出版社，2001 年。

孙郁：《周作人和他的苦雨斋》，人民文学出版社，2003 年。

孙郁、黄乔生：《回望周作人丛书》，河南大学出版社，2004 年。

钱理群：《周作人研究二十一讲》，中华书局，2004年。

张铁荣：《周作人平议（再版）》，天津人民出版社，2006年。

徐敏：《女性主义的中国道路：五四女性思潮中的周作人女性思想》，中国社会科学出版社，2006年。

陈漱渝、宋娜：《胡适与周氏兄弟》，湖北人民出版社，2007年。

哈迎飞：《半是儒家半释家——周作人思想研究》，人民文学出版社，2007年。

刘绪源：《解读周作人》，上海书店出版社，2008年。

［日］木山英雄：《北京苦住庵记》，赵京华译，三联书店，2008年。

止庵：《周作人传》，山东画报出版社，2009年。

张先飞：《人的发现："五四"文学现代人道主义思潮》，人民出版社，2009年。

胡辉杰：《周作人中庸思想研究》，湖南大学出版社，2010年。

其他著作（按时间顺序）：

［日］日本新潮社，过耀根译述：《近代思想》，上海商务印书馆，1918年。

［英］耶德瓦德·嘉本特著，后安译述：《爱的成年》，北京晨报社，1920年。

［日］厨川白村著，罗迪先译述：《近代文学十讲·上卷》，学术研究会总会，1921年。

［日］厨川白村著，罗迪先译述：《近代文学十讲·下卷》，学术研究会总会，1922年。

［日］武者小路实笃著，李宗武等译：《人的生活》，上海中华书局，1922年。

孙俍工编著：《新文艺评论》，上海民智书局，1923年。

沈雁冰等编：《近代俄国文学家史话》，上海商务印书馆，1923年。

郑振铎：《俄国文学史略》，上海商务印书馆，1924年。

［日］厨川白村著，樊从予译：《文艺思潮论》，商务印书馆，1924年。

［日］与谢野晶子著，张娴译：《与谢野晶子论文集》，上海开明书店，1926年。

［日］武者小路实笃著，孙百刚译：《新村》，上海光华书局，1927年。

［日］谷崎润一郎著，章克标辑译：《谷崎润一郎集》，开明书店，1929 年。

谢六逸：《日本文学史》，北新书局，1929 年。

［日］本间久雄著，沈端先译：《欧洲近代文艺思潮概论》，上海开明书店，1929 年。

茅盾：《西洋文学通论》，上海世界书局，1930 年。

［日］相马御风述著，汪馥泉译：《欧洲近代文学思潮》，上海中华书局，1930 年。

孙席珍：《近代文艺思潮》，北平人文书店，1932 年。

陶明志编：《周作人论》，上海北新书局，1934 年。

Theodore Whitefield Hunt 著，傅东华译，《文学概论》，商务印书馆，1935 年。

司马长风：《中国新文学史》，昭明出版社，1980 年。

李何林：《近二十年中国文艺思潮论》，陕西人民出版社，1981 年。

章太炎：《章太炎全集》，上海人民出版社，1982 年。

王瑶：《中国新文学史稿》，上海文艺出版社，1982 年。

《中国新文学大系（1927～1937 年）》，上海文艺出版社，1984～1989 年。

俞元桂等编：《中国现代散文理论》，广西人民出版社，1984 年。

王哲甫：《中国新文学运动史》，景山书社 1933 年 9 月，上海书店影印，1986 年。

［美］林毓生：《中国意识的危机》，贵州人民出版社，1986 年。

［美］苏珊·朗格，刘大基译：《情感与形式》，中国社会科学出版社，1986 年。

康有为：《康有为全集》(卷 1)，上海古籍出版社，1987 年。

陈旭麓：《五四以来政派及其思想》，上海人民出版社，1987 年。

［捷］普实克著、李燕乔译：《普实克中国现代文学论文集》，湖南文艺出版社，1987 年。

朱光潜：《朱光潜全集》，安徽教育出版社，1987 年。

刘再复、林岗：《传统与中国人》，生活·读书·新知三联书店，1988 年。

［日］近藤邦康著，丁晓强等译：《救亡与传统：五四思想形成之内在逻辑》，山西人民出版社，1988 年。

〔美〕张灏著，高力赢等译：《危机中的中国知识分子：寻找秩序与意义》，山西人民出版社，1988年。

〔英〕蔼理斯著，徐钟环等译：《生命之舞》，生活·读书·新知三联书店，1989年。

〔法〕戈德曼：《文学社会学方法论》，工人出版社，1989年。

俞元桂等著：《中国现代散文十六家综论》，华东师范大学出版社，1989年。

〔英〕H.埃利斯著，尚新建等译：《男与女》，中国文联出版公司，1989年。

〔美〕维拉·施瓦支著，李国英等译：《中国的启蒙运动：知识分子与五四遗产》，山西人民出版社1989年。

〔美〕纪文勋著，程农等译：《现代中国的思想冲突：民主主义与权威主义》，山西人民出版社，1989年。

丁晓强、徐梓编：《五四与现代中国：五四新论》，山西人民出版社，1989年。

王跃、高力克选编：《五四：文化的阐释与评价——西方学者论五四》，山西人民出版社，1989年。

萧延中、朱艺编：《启蒙的价值与局限：台港学者论五四》，山西人民出版社，1989年。

〔捷〕马立安·高利克著，伍晓明等译：《中西文学关系的里程碑》，北京大学出版社，1990年。

中共北京市委党史研究室、中共天津市委党史资料征集委员会编：《北方左翼文化运动资料汇编》，北京出版社，1991年。

梁启超：《梁启超文选》，中国广播电视出版社，1992年。

〔美〕易劳逸著，陈谦平等译：《流产的革命——1927—1937年的国民党》，中国青年出版社，1992年。

〔美〕费正清：《剑桥中华民国史（1912—1949）》（上、下），中国社会科学出版社，1993年。

许道明：《京派文学的世界》，复旦大学出版社，1994年。

汪晖：《无地彷徨："五四"及其回声》，浙江文艺出版社，1994年。

刘梦溪等编：《中国现代学术经典·黄侃刘师培卷》，河北教育出版社，1996年。

俞平伯：《俞平伯全集》，花山文艺出版社，1997年。

曹聚仁：《文坛五十年》，东方出版中心，1997年。

陈万雄：《五四新文化的源流》，三联书店，1997年。

张君劢、丁文江等著：《科学与人生观》，山东人民出版社，1997年。

胡适：《胡适文集》，欧阳哲生编，北京大学出版社，1998年。

钱理群等：《中国现代文学三十年》，北京大学出版社，1998年。

陈世骧：《陈世骧文存》，辽宁教育出版社，1998年。

旷新年：《1928：革命文学》，济南：山东教育出版社，1998年。

钱玄同：《钱玄同文集》，中国人民大学出版社，1999年。

李泽厚：《中国思想史论》，安徽文艺出版社，1999年。

［美］周策纵著，周子平等译：《五四运动：现代中国的思想革命》，江苏人民出版社，1999年。

舒芜：《回归五四》，辽宁教育出版社，1999年。

刘禾：《语际书写——现代思想史写作批判纲要》，上海三联书店，1999年。

［德］荷尔德林著，戴晖译：《希腊的美的艺术的历史》，《荷尔德林文集》，商务印书馆，1999年。

［日］永井荷风著，陈薇译：《永井荷风选集》，作家出版社，1999年。

［美］杜维明：《论儒学的宗教性》，武汉大学出版社，1999年。

高恒文：《京派文人：学院派的风采》，上海教育出版社，2000年。

范培松：《中国散文批评史（20世纪）》，江苏教育出版社，2000年。

刘川鄂：《自由主义文学论稿》，武汉出版社，2000年。

范培松：《中国散文理论批评史》，江苏教育出版社2000年。

［美］威廉·科尔曼著，严晴艳译：《19世纪的生物学和人学》，复旦大学出版社，2000年。

［法］布迪厄著，刘晖译：《艺术的法则——文学场的发生与结构》，中央编译出版社，2001年。

［法］米歇尔·福柯著、莫伟民译：《词与物》，三联书店，2001年。

［美］赫伯特·马尔库塞著、李小兵译:《审美之维》，广西师范大学，2001 年。

［美］舒衡哲著，李绍明译:《张申府访谈录》，北京图书馆出版社，2001 年。

周仁政:《京派文学与现代文化》，湖南师范大学出版社，2002 年。

南京大学中国现代文学研究中心编:《中国现代文学传统》，人民文学出版社，2002 年。

旷新年:《1928 革命文学》，山东教育出版社，2002 年。

徐复观:《徐复观文集》，湖北人民出版社，2002 年。

［美］爱德华·W. 萨义德著，单德兴译:《知识分子论》，北京三联书店，2002 年。

［美］格里德尔著、单正平译:《知识分子与现代中国》，南开大学出版社，2002 年。

［美］萨义德著，单德兴译:《知识分子论》，生活·读书·新知三联书店，2002 年。

［美］刘禾著，宋伟杰等译:《跨语际实践:文学，民族文化与被译介的现代性》，三联书店，2002 年。

吴承学等编:《晚明文学思潮研究》，湖北教育出版社，2002 年。

［英］杰佛瑞-威克斯著，宋文伟等译:《20 世纪的性理论和性观念》，江苏人民出版社，2002 年。

王凯符:《八股文概说》，中华书局出版社，2002 年。

《中国新文学大系（1917～1927 年）》（影印本），上海文艺出版社，2003 年。

杨义:《京派海派综论》（图志本），中国社会科学出版社，2003 年。

［美］余英时:《士与中国文化》，上海人民出版社，2003 年。

罗根泽:《中国文学批评史》，上海书店出版社，2003 年。

陈方竞:《多重对话:中国新文学的发生》，人民文学出版社，2003 年。

［日］柄谷行人著，赵京华译:《日本现代文学的起源》，三联书店，2003 年。

［俄］巴枯宁:《国家主义与无政府》，中国政法大学出版社，2003 年。

［德］恩斯特·卡西尔著，甘阳译:《人论》，上海译文出版社，2003 年。

江文顶:《无声的河流:现代散文论集》，上海远东出版社，2003 年。

王尔敏：《中国近代思想史论》，社会科学文献出版社，2003 年。

余英时：《中国思想传统及其现代变迁》，广西师范大学出版社，2004 年。

黄开发：《从启蒙到革命》，北京十月文艺出版社，2004 年。

谢天振：《中国现代翻译文学史》，上海外语教育出版社，2004 年。

朱晓进：《非文学的世纪》，南京师范大学出版社，2004 年。

［法］古斯塔夫·勒庞著，佟德志等译：《革命心理学》，吉林人民出版社，2004 年。

［日］木山英雄著，赵京华译：《文学复古与文学革命》，北京大学出版社 2004 年。

谢天振等主编：《中国现代翻译文学史（1898—1949）》，上海外语教育出版社，2004 年。

陈平原：《文人之文到学者之文》，三联书店，2004 年。

钱基博：《现代中国文学史》，上海书店出版社，2004 年。

［美］费约翰著，李恭忠等译：《唤醒中国——国民革命中的政治、文化与阶级》，生活·读书·新知三联书店，2004 年。

启功、张中行、金克木：《说八股》，中华书局出版社，2004 年。

鲁迅：《鲁迅全集》，人民文学出版社，2005 年。

高恒文：《论京派》，天津社会科学院出版社，2005 年。

余英时：《现代危机与思想人物》，生活·读书·新知三联书店，2005 年。

宗白华：《美学散步》，广西师范大学出版社，2005 年。

［美］李欧梵著，王宏志等译：《中国现代作家的浪漫一代》，新星出版社，2005 年。

［法］古斯塔夫·勒庞著，冯克利译：《乌合之众》，中央编译出版社，2005 年。

［日］竹内好：《近代的超克》，生活·读书·新知三联书店，2005 年。

［美］勒内·韦勒克、奥斯汀·沃伦：《文学理论》，江苏教育出版社，2005 年。

程光炜：《文人集团与中国现当代文学》，人民文学出版社，2005 年。

孟昭毅，李载道：《中国翻译文学史》，北京大学出版社，2005 年。

［日］伊藤虎丸著，孙猛等译：《鲁迅、创造社与日本文学：中日近现代比较文学初探》，北京大学出版社，2005年。

夏晓虹等：《文学语言与文章体式：从晚清到"五四"》，安徽教育出版社，2005年。

钱穆：《中国文学论丛》，三联书店，2005年。

王尔敏：《中国近代思想史论续集》，社会科学文献出版社，2005年。

陈离：《在"我"与"世界"之间：语丝社研究》，东方出版中心，2006年。

曹聚仁：《鲁迅评传》，东方出版中心，2006年。

张全之：《火与歌：中国现代文学、文人与战争》，新星出版社，2006年。

［英］蔼理士著，潘光旦译：《性心理学》，上海三联书店，2006年。

［美］耿德华著，张泉译：《被冷落的缪斯中国沦陷区文学史1937—1945》，新星出版社，2006年。

陈离：《在我与世界之间——语丝社研究》，东方出版中心，2006年。

谭家健：《中国古代散文史稿》，重庆出版社，2006年。

周振甫：《中国文章学史》，江苏教育出版社，2006年。

徐复观：《中国文学精神》，上海书店出版社，2006年。

黄修己：《中国新文学史编纂史》，北京大学出版社，2007年。

［英］默雷著，孙席珍等译：《古希腊文学史》，上海译文出版社，2007年。

杨义：《京派文学与海派文学》，上海三联书店，2007年。

［美］舒衡哲：《中国启蒙运动》，新星出版社，2007年。

［法］米歇尔·福柯著，谢强等译：《知识考古学》，三联书店，2007年。

［美］萨义德著，王宇根译，《东方学》，生活·读书·新知三联书店，2007年。

［美］史书美著，何恬译：《现代的诱惑书写半殖民地中国的现代主义1917—1937》，江苏人民出版社，2007年。

王国维：《王国维集》，周锡山编校，中国社会科学出版社，2008年。

许志英等：《中国现代文学主潮》，南京大学出版社，2008年。

高友工：《美典：中国文学研究论集》，生活·读书·新知三联书店，2008年。

周宪主编：《中国文学与文化的认同》，北京大学出版社，2008 年。

汪晖：《中国现代思想的兴起》，生活·读书·新知三联书店，2008 年。

郭预衡：《中国散文史长编》（上、下），山西教育出版社，2008 年。

孔庆茂：《八股文史》，凤凰出版社，2008 年。

陈独秀：《陈独秀著作选编》，任建树编，上海人民出版社，2009 年。

废名：《废名集》，北京大学出版社，2009 年。

江绍原：《苦雨斋文丛·江绍原卷》，北京鲁迅博物馆编，辽宁人民出版社，2009 年。

沈启无：《苦雨斋文丛·沈启无卷》，北京鲁迅博物馆编，辽宁人民出版社，2009 年。

叶渭渠：《日本文学思潮史》，北京大学出版社，2009 年。

罗志田：《裂变中的传承》，中华书局，2009 年。

师为公：《〈中庸〉深解》，作家出版社，2009 年。

［俄］克鲁泡特金：《互助论》，商务印书馆，2009 年。

吴福辉：《中国现代文学发展史》（插图本），北京大学出版社，2010 年。

罗志田：《变动时代的文化履迹》，复旦大学出版社，2010 年。

王德威：《抒情传统与中国现代性》，生活·读书·新知三联书店，2010 年。

陈平原：《中国散文小说史》，北京大学出版社，2010 年。

［美］杜维明：《儒家传统与文明对话》，人民出版社，2010 年。

［美］安乐哲、郝大维著，彭国翔译：《切中伦常：〈中庸〉的新诠与新译》，中国社会科学出版社，2011 年。

英文书目：

Susan Daruvala, *Zhou Zuoren and An Alternative Chinese Response to Modernity*, Harvard University Press, 2000.

Charles A. Laughlin, *The Literature of Leisure and Chinese Modernity*, University of Hawai'i Press, 2008.

Claire De Obaldia, *The Essayistic Spirit*, Oxford University Press, 1995.

Theodore Whitefield Hunt, *Literature, Its Principles and Problems*, Nabu

Press, 2010.

Ellis Havelock, *Affirmation*, Walter Scott, Limited, London, 1898.

Ellis Havelock, *Impressions and Comments*, 1914—1920, Constable and Company Limited, London, 1921.

Ellis Havelock, *Impressions and Comments*, 1920—1923, Houghton mifflin Company, Boston, 1924.

Ellis Havelock, *The Dance of Life*, Houghton mifflin Company, Boston and New York, 1923.

Ellis Havelock, *New Spirit*, Constable and Company Limited, London, 1925.

Ellis Havelock, *The Art of Life*, Constable and Company Limited, London. 1929.

Ellis Havelock, *Studies in the Psychology of Sex*, V. 1—V. 4, Random House, New York, 1936.

Ellis, Havelock: *My life-autobiography*, Boston: Houghton Mifflin, 1939.

Ellis, Havelock: *Studies in the psychology of sex. V. 5, erotic symbolism, the mechanism of detumescence, the psychic state in pregnancy*, Philadelphia: Davis, 1926.

Ellis, Havelock: *Studies in the psychology of sex. V. 1, Evolution of modesty, the phenomena of sexual periodicity, auto-erotism*, Philadelphia: Davis, 1926.

Ellis, Havelock: *Fountain of life: being the impressions and comments*, Boston: Mifflin, 1930.

Lsaac Goldberg: *Havelock Ellis: A Biographical and Critical Survey*, London: Constable, 1926.

Peterson, Houston: *Havelock Ellis, philosopher of love*. Bost.: Mifflin, 1928.

Collis, John Stewart: *Havelock Ellis: artist of life: a study of his life and work*, W. Sloane Associates, 1959.

Adele Austin Rickett, *Chinese Approaches to Literature from Confucius to Liang Ch'i-Ch'ao*, Princeton University Press, 1978.

Brome, Vincent：*Havelock Ellis：philosopher of sex：a biography.* London：Routledge, 1979.

Matei Calinescu, *Five Faces of Modernity*, Duke University Press, 1987.

Marston Anderson, *The Limits of Realism：Chinese Fiction in the Revolutionary Period*, university of California press, 1990.

Dewei Wang, *Fictional Realism in Twentieth-Century China*, Columbia University Press, 1992.

Lydia Liu, *Translingual Practice：Literature, National Culture, and Translated*, Stanford University Press 1995.

Kirk A. Denton ed, *Modern Chinese literary thought：writings on literature, 1893—1945*, Stanford University Press 1996.

Ellen Widmer, Kang-i Sun Chang, *Writing Women in Late Imperial China*, Stanford University Press, 1997.

Susan Daruvala, *Zhou Zuoren and An Alternative Chinese Response to Modernity*, Harvard University Press, 2000.

Merle Goldman, Leo Ou-fan Lee ed, *An Intellectual History of Modern China*, Cambridge University Press, 2002.

Theodore Huters, *Bringing the world home：appropriating the West in late Qing and early Republican China*, University of Hawai'i Press, 2005.

Jing Tsu, *Failure, Nationalism and Literature：The Making of Modern Chinese Identity*, Stanford University Press, 2005.

Rudolf G. Wagner ed, *Joining the Global Public：Word, Image, and City in Early Chinese Newspapers*, State University of New York, 2007.

期刊论文：

周作人研究：

李景彬：《评周作人在文学革命中的主张》，《新文学论丛》1980 年 3 月号。

许志英：《论周作人早期散文的思想倾向》，《中国现代文学研究丛刊》1980 年第 4 期。

钱理群：《试论鲁迅与周作人的思想发展道路》，《中国现代文学研究丛刊》1981 年第 4 期。

李景彬：《两个寻路的人——鲁迅与周作人比较论》，《晋阳学刊》1981 年第 5 期。

许志英：《论周作人早期散文的艺术成就》，《文学评论》1981 年第 6 期。

钱理群：《鲁迅、周作人文学观发展道路比较研究（摘要）》，《中国现代文学研究丛刊》1985 年第 1 期。

陈思和：《读〈知堂杂诗抄〉》，《中国现代文学研究丛刊》1988 年第 2 期。

赵京华：《周作人审美理想与散文艺术综论》，《文学评论》1988 年第 4 期。

张铁荣：《〈鲁迅周作人比较论〉读后》，《鲁迅研究月刊》1989 年第 1 期。

舒芜：《不为苟异（上）——关于鲁迅、周作人后期的相同点》，《鲁迅研究月刊》1989 年第 1 期。

李书磊、赵京华、舒芜：《关于周作人文化态度的讨论》，《中国现代文学研究丛刊》1989 年第 1 期。

止庵：《晚期周作人》，《读书》1989 年第 6 期。

陈漱渝：《两峰并峙双水分流（上）——胡适与周作人》，《鲁迅研究月刊》1990 年第 12 期。

陈漱渝：《两峰并峙双水分流（下）——胡适与周作人》，《鲁迅研究月刊》1991 年第 1 期。

顾琅川：《越文化与周作人》，《中国现代文学研究丛刊》1991 年第 2 期。

陈思和：《关于周作人的传记》，《中国现代文学研究丛刊》1991 年第 3 期。

汪晖：《循环的历史读钱理群著〈周作人传〉》，《读书》1991 年第 5 期。

顾琅川：《论周作人的"人学"理论》，《绍兴文理学院学报（社科版）》1992 年第 1 期。

谭桂林：《论周作人与佛教文化的关系》，《中国文学研究》1992 年第 3 期。

孙郁：《周作人的审美追求与现代社会之抵牾》，《天津师范大学学报（社会科学版）》1992 年第 4 期。

董炳月：《周作人的附逆与文化观》，《二十一世纪》1992 年 10 月号。

钱理群：《"五四"新村运动和知识分子的堂吉诃德气》，《天津社会科学》1993 年第 1 期。

张光芒：《符号学阐释：周作人散文小品的语言艺术》，《山东师范大学学报（人文社会科学版）》1993 年第 2 期。

顾琅川：《论周作人的中庸主义》，《绍兴文理学院学报（社科版）》1993 年第 2 期。

顾琅川：《论周作人的中庸主义（续）》，《绍兴文理学院学报（社科版）》1993 年第 3 期。

钟友循：《试论周作人后期散文的历史地位——兼与舒芜先生商榷》，《长沙理工大学学报（社会科学版）》1993 年第 3 期。

袁良骏：《鲁迅、周作人杂文比较论》，《北京社会科学》1993 年第 4 期。

钱理群：《有缺憾的价值——关于我的周作人研究》，《读书》1993 年第 6 期。

伊藤德也著、文萍译：《周作人研究在日本》，《鲁迅研究月刊》1993 年第 8 期。

顾琅川：《铁与温雅——论周作人的气质及其变迁》，《中国现代文学研究丛刊》1994 年第 2 期。

常风：《记周作人先生》，《黄河》1994 年第 3 期。

王铁仙：《周作人的人性观和个性主义思想的嬗变》，《华东师范大学学报（哲学社会科学版）》1994 年第 3 期。

黄开发：《论周作人的"人学"思想》，《北京教育学院学报》1994 年第 4 期。

黄开发：《论周作人"自己表现"的文学观》，《鲁迅研究月刊》1994 年第 6 期。

舒芜：《重在思想革命——周作人论新文学新文化运动》，《中国文化》1995 年第 1 期。

高瑞泉：《作为思想家的周作人》，《书城》1995 年第 2 期。

杨扬：《〈解读周作人〉阅后》，《文学自由谈》1995 年第 3 期。

袁进：《略谈周作人早期的文学美学思想》，《文艺理论研究》1995 年第

4 期。

王福湘：《评周作人研究中的非历史倾向》，《衡阳师范学院学报》1995 年第 4 期。

舒芜：《理论勇气和宽容精神》，《读书》1995 年第 12 期。

王福湘：《关于周作人研究的几个问题》，《中国现代文学研究丛刊》1996 年第 1 期。

胡有清：《论周作人的个性主义文学思想》，《中国现代文学研究丛刊》1996 年第 1 期。

王本朝：《周作人与基督教文化》，《中国现代文学研究丛刊》1996 年第 1 期。

黄科安：《周作人早期抒情小品的民俗现象及其表现艺术》，《泉州师专学报（社会科学版）》1996 年第 1 期。

谢茂松：《普通人日常生活的重新发现——40 年代沦陷区散文概论》，《北京大学学报》（哲学社会科学版）1996 年第 1 期。

王军：《鲁迅与周作人人道主义思想比较》，《大连大学学报》1996 年第 3 期。

罗岗：《写史偏多言外意——从周作人〈中国新文学的源流〉看中国现代"文学"观念的建构》，《中国现代文学研究丛刊》1996 年第 3 期。

解志熙：《文化批评的历史性原则——从近期的周作人研究谈起》，《中州学刊》1996 年第 4 期。

王向远：《文体材料趣味个性——以周作人为代表的中国现代小品文与日本写生文比较观》，《鲁迅研究月刊》1996 年第 4 期。

高恒文：《周作人与永井荷风——周作人与日本文学》，《鲁迅研究月刊》1996 年第 6 期。

胡有清：《二三十年代周作人文学思想论析》，《南京大学学报（人文社科版）》1997 年第 2 期。

杨剑龙：《论周作人与基督教文化》，《鲁迅研究月刊》1997 年第 6 期。

赵京华：《周作人与永井荷风、谷崎润一郎》，《中国现代文学研究丛刊》1998 年第 2 期。

王确：《中庸传统与周作人的文化选择——两种文化之间的灵魂困境》，《东北师范大学学报（哲学社会科学版）》1998 年第 3 期。

张先飞：《从普遍的人道理想到个人的求胜意志——论 20 年代前期周作人"人学"观念的一个重要转变》，《鲁迅研究月刊》1999 年第 2 期。

喻大翔：《周作人言志散文体系论》，《文学评论》1999 年第 2 期。

何尔光：《钱钟书眼里的周作人》，《中国现代文学研究丛刊》2000 年第 2 期。

董炳月：《周作人的"国家"与"文化"》，《中国现代文学研究丛刊》2000 年第 3 期。

骆玉明：《古典与现代之间——胡适、周作人对中国新文学源流的回溯及其中的问题》，《中国文学研究》2000 年第 4 期。

温儒敏：《文学史观的建构与对话——围绕初期新文学的评价》，《北京大学学报（哲学社会科学版）》2000 年第 4 期。

徐敏：《论日本文化对周作人女性思想的影响》，《外国文学研究》2001 年第 2 期。

［日］波多野真矢：《周作人与立教大学》，《鲁迅研究月刊》2001 年第 2 期。

董炳月：《异乡的浮世绘》，《读书》2001 年第 3 期。

孙郁：《当代文学中的周作人传统》，《当代作家评论》2001 年第 4 期。

古大勇：《鲁迅周作人人道主义思想比较论》，《伊犁师范学院学报》2001 年第 4 期。

傅汝成：《漫谈周作人的"新儒学"思想》，《河南广播电视大学学报》2001 年第 4 期。

李仲凡：《诗情与诗艺——鲁迅与周作人诗观合论》，《社科纵横》2001 年第 4 期。

哈迎飞：《"无信"与"中庸"——周作人"中庸"观之我见》，《东南学术》2001 年第 6 期。

何勇：《从功利到审美：周作人早年文学功用观新探》，《鲁迅研究月刊》2001 年第 9 期。

颜浩：《〈语丝〉时期的苦雨斋弟子》，《鲁迅研究月刊》2001 年第 12 期。

王光东：《在民间与启蒙之间——五四时期周作人的民间理论》，《文艺争鸣》2002 年第 1 期。

孙郁：《周作人谈胡适》，《鲁迅研究月刊》2002 年第 1 期。

黄昌勇、郅庭阁：《从"为人生的艺术"到"为艺术的艺术"——周作人文学观念变迁轨迹之描述》，《河北学刊》2002 年第 3 期。

赵恒瑾：《中庸主义、个人主义对中国现代知识分子人格的影响——以周作人及与鲁迅的比较为例》，《杭州师范学院学报（社会科学版）》2002 年第 4 期。

周荷初：《周作人与晚明文学思潮》，《鲁迅研究月刊》2002 年第 6 期。

季蒙：《周氏弟兄的文学史》，《鲁迅研究月刊》2002 年第 9 期。

散木：《周氏兄弟眼中的蔡元培》，《鲁迅研究月刊》2002 年第 9 期。

赵京华：《周作人与柳田国男》，《鲁迅研究月刊》2002 年第 9 期。

吕若涵：《现代性个人主体的坚执——论 1930 年代周作人及论语派的政治思想理念》，《鲁迅研究月刊》2002 年第 12 期。

曾锋：《周作人与尼采》，《中国现代文学研究丛刊》2003 年第 1 期。

靳新来：《胡适、周作人文学革命观比较》，《胜利油田师范专科学校学报》2003 年第 2 期。

董炳月：《梦与梦之间——中国新文学作家与武者小路实笃的相遇》，《鲁迅研究月刊》2003 年第 2 期。

胡慧翼：《论"五四"知识分子先驱对民间歌谣的发现——以胡适、周作人、刘半农为中心》，《西南民族大学学报（人文社科版）》2003 年第 3 期。

曾锋：《轮回对历史叙述的支配——〈中国新文学的源流〉及周作人论之一》，《鲁迅研究月刊》2003 年第 4 期。

孙郁：《〈周作人和他的苦雨斋〉引子》，《鲁迅研究月刊》2003 年第 6 期。

葛飞：《周作人与清儒笔记》，《鲁迅研究月刊》2003 年第 11 期。

姜异新：《五四启蒙主体的文化原罪意识》，《鲁迅研究月刊》2004 年第 1 期。

陈思和：《现代知识分子岗位意识的确立：〈知堂文集〉》，《杭州师范学院学报（社会科学版）》2004 年第 1 期。

高玉：《"自由至上主义"及其命运：周作人附敌事件之成因》，《河北学刊》2004 年第 3 期。

束景南、姚诚：《激烈的"猛士"与冲淡的"名士"——鲁迅与周作人对吴越文化精神的不同承传》，《文学评论》2004 年第 3 期。

方长安：《形成、调整与质变——周作人"人的文学"观与日本文学的关系》，《文学评论》2004 年第 3 期。

黄开发：《周作人的文学观与功利主义》，《中国现代文学研究丛刊》2004 年第 3 期。

张先飞：《从人道主义理想到"自己的园地"——1918—1922：周作人现代人道主义观念的转变》，《淮北煤炭师范学院学报（哲学社会科学版）》2004 年第 4 期。

徐鹏绪、武侠：《论周作人的人生哲学及其对文艺观和文学创作的影响（一）》，《鲁迅研究月刊》2004 年第 4 期。

蔡长青：《论周作人生活观的建构》，《安徽教育学院学报》2004 年第 4 期。

徐鹏绪、武侠：《论周作人的人生哲学及其对文艺观和文学创作的影响（二）》，《鲁迅研究月刊》2004 年第 5 期。

徐鹏绪、武侠：《论周作人的人生哲学及其对文艺观和文学创作的影响（三）》，《鲁迅研究月刊》2004 年第 6 期。

黄科安：《"人情物理"：周作人随笔的智慧言说》，《绍兴文理学院学报（社科版）》2005 年第 3 期。

庄萱：《周作人中庸思想的文化渊源与历史评估》，《福建师范大学学报（哲学社会科学版）》2005 年第 6 期。

丸川哲史、纪旭峰：《日中战争的文化空间——周作人与竹内好》，《开放时代》2006 年第 1 期。

王风：《文学革命的胡适叙事与周氏兄弟路线——兼及"新文学""现代文学"的概念问题》，《中国现代文学研究丛刊》2006 年第 1 期。

王剑：《中国文学现代演进的三个环节——以梁启超、王国维、周作人为个案的考察》，《周口师范学院学报》2006 年第 1 期。

张先飞：《发生期新文学科学"人学"观念的建构》，《文学评论》2006年第3期。

张丽华：《从"君子安雅"到"越人安越"——周作人的风物追忆与民俗关怀（1930—1945）》，《鲁迅研究月刊》2006年第3期。

冯尚：《周作人的神话意识与对现代性建构的自省》，《文学评论》2006年第3期。

刘全福：《"主美"与"移情"：周作人古希腊文学接受与译介思想述评》，《解放军外国语学院学报》2006年第4期。

哈迎飞：《"爱的福音"与"暴力的迷信"——周作人与基督教文化关系论之一》，《福建师范大学学报（哲学社会科学版）》2006年第5期。

黄仁生：《论公安派在现代文坛的多重回响》，《复旦学报（社会科学版）》2006年第6期。

徐翔：《周作人女性观中的异质性成分》，《中国现代文学研究丛刊》2006年第6期。

哈迎飞：《基督教文化对周作人文学观的影响》，《武汉理工大学学报（社会科学版）》2007年第1期。

丁智才：《"人的文学"烛照下中国现代审美性文学的功利观——以周作人、沈从文、徐訏为例》，《陇东学院学报（社会科学版）》2007年第2期。

梁仁昌：《论周作人的"言志"与"载道"观》，《广西大学学报（哲学社会科学版）》2007年第2期。

徐萍：《寂寞沙洲冷——周作人1923年之作品读解》，《鲁迅研究月刊》2007年第3期。

哈迎飞：《论"五四"时期周作人的国家观》，《鲁迅研究月刊》2007年第3期。

伊藤德也：《"生活之艺术"的几个问题——参照周作人的"颓废"和伦理主体》，《鲁迅研究月刊》2007年第5期。

郝庆军：《两个"晚明"在现代中国的复活——鲁迅与周作人在文学史观上的分野和冲突》，《中国现代文学研究丛刊》2007年第6期。

尹康庄：《论20世纪中国人本主义文学思潮的形成及其特异性——以王国

维、鲁迅、周作人为中心》,《暨南学报（哲学社会科学版）》2007 年第 6 期。

耿传明：《"公共写作"与"私人书写"中的周作人》,《新文学史料》2008 年第 1 期。

褚自刚：《多元・宽容・流变——由〈欧洲文学史〉及〈中国新文学的源流〉看周作人的文学史观》,《开封大学学报》2008 年第 4 期。

胡辉杰：《贵族与平民——周作人中庸范畴论之一》,《鲁迅研究月刊》2008 年第 4 期。

姜异新：《浅谈周作人的生活启蒙》,《中国现代文学研究丛刊》2008 年第 6 期。

范永康、徐中原：《周作人"言志"文艺观的发展分期和理论形态》,《楚雄师范学院学报》2008 年第 10 期。

谭佳：《"晚明叙事"的美学话语建构与中国的审美现代性问题——以周作人的晚明研究为考察点》,《文艺争鸣》2008 年第 11 期。

陈平原：《燕山柳色太凄迷》,《读书》2008 年第 12 期。

范永康：《悲情的古典主义——周作人"言志"文艺思想探析》,《沈阳大学学报》2009 年第 1 期。

张旭东著、谢俊译：《散文与社会个体性的创造——论周作人 30 年代小品文写作的审美政治》,《中国现代文学研究丛刊》2009 年第 1 期。

胡辉杰：《载道与言志——周作人中庸范畴论之二》,《鲁迅研究月刊》2009 年第 1 期。

胡辉杰：《人情与物理：周作人中庸范畴论之三》,《鲁迅研究月刊》2009 年第 2 期。

张旭东：《现代散文与传统的再发明——作为激进阐释学的〈中国新文学的源流〉》,《现代中国》第 12 辑。

哈迎飞：《论周作人的儒释观》,《文学评论》2009 年第 5 期。

徐仲佳：《思想革命的利器——论周作人的性爱思想》,《鲁迅研究月刊》2009 年第 5 期。

丁文：《周作人与 1930 年左翼文学批评的对峙与对话》,《中国现代文学研究丛刊》2009 年第 5 期。

郜元宝:《从"美文"到"杂文"(上)周作人散文论述诸概念辨析》,《鲁迅研究月刊》2010年第1期。

王本朝:《"文以载道"观的批判与新文学观念的确立》,《文学评论》2010年第1期。

张先飞:《"五四"现代人道主义观念的当下反思》,《北京科技大学学报(社会科学版)》2010年第1期。

郜元宝:《从"美文"到"杂文"(下)周作人散文论述诸概念辨析》,《鲁迅研究月刊》2010年第2期。

宋剑华:《"言志"诗学对中国现代文学的内在影响》,《中国社会科学》2010年第6期。

张铁荣:《周氏兄弟与五四新文化运动》,《广东社会科学》2010年第6期。

朱晓江:《论周作人散文的"反抗性"特征及其思想内涵》,《文学评论》2011年第4期。

胡令远:《周作人日本文化研究方法刍议》,《日本学刊》2012年第1期。

郜元宝:《失败者的抵抗——从〈北京苦住庵记〉说起》,《学术月刊》2012年第5期。

李雅娟:《周作人与"人情美"的日本文化像》,《鲁迅研究月刊》2012年第5期。

其他研究:

贾芝:《关于周作人的一点史料——他与李大钊的一家》,《新文学史料》1983年第4期。

吴小如:《读朱自清先生〈诗言志辨〉》,《北京大学学报(哲学社会科学版)》,1984年第6期。

陈北欧:《忆谷万川》,《新文学史料》1985年第1期。

王志之:《谷万川印象记》,《新文学史料》1985年第1期。

杨纤如:《北方左翼作家谷万川》,《新文学史料》,1985年第1期。

赵园:《京味小说与北京人"生活的艺术"》,《文艺研究》1988年第5期。

李少雍:《朱自清先生对古典文学研究的贡献》,《文学遗产》1991年第

1 期。

封世辉：《三十年代前中期北平左翼文学刊物钩沉》，《现代文学研究丛刊》1992 年第 1、2 期。

张菊香：《红楼奠基的深情——周作人与李大钊》，《党史纵横》1994 年第 7 期。

李之舟：《传统文人抒情模式的困境与诗的复兴》，《贵州社会科学》，1996 年第 6 期。

罗志田：《西方的分裂：国际风云与五四前后中国思想的演变》，《中国社会科学》1999 年第 3 期。

林贤治：《五四之魂》，《书屋》1999 年第 6 期。

李新宇：《1928：新文化危机中的鲁迅》，《中国现代文学研究丛刊》2001 年第 7 期。

傅汝成：《漫谈周作人的"新儒学"思想》，《河南广播电视大学学报》2001 年第 4 期。

刘俊阳：《论雅诗中的抒情诗与中国诗歌抒情传统的形成》，《国际关系学院学报》2005 年第 2 期。

张节末：《中国美学史研究的新途之一——海外华人学者对中国美学抒情传统的研寻》，《江西社会科学》2006 年第 1 期。

吴奇：《从"文学场"看"发愤抒情"文学传统之形成》，《北京教育学院学报》2006 年第 2 期。

黄修己：《论中国现代文学史的阐释体系》，《学术研究》2007 年第 8 期。

季进：《抒情传统与中国现代性——王德威教授访谈录》，《书城》2008 年第 6 期。

王德威：《现代性下的抒情传统》，《复旦学报》2008 年第 6 期。

张春田：《王国维的学术转变与抒情传统的现代危机》，《杭州师范大学学报》2009 年第 1 期。

邬国平：《朱自清与〈诗言志辨〉》（上、下），《古典文学知识》2009 年第 1、2 期。

张伯伟：《中国文学批评的抒情性传统》，《文学评论》2009 年第 1 期。

陈国球：《"抒情传统论"以前——陈世骧与中国现代文学及政治》,《现代中文学刊》2009 年第 6 期。

马俊江：《二十世纪三十年代北平小报与故都革命文艺青年：以〈觉今日报·文艺地带〉为线索的历史考察》,北大博士论文 2009 年。

庄萱：《科学小品：诗与科学的融合》,《福建师范大学学报（哲学社会科学版）》2010 年第 1 期。

董乃斌：《论中国文学史抒情和叙事两大传统》,《社会科学》, 2010 年第 3 期。

陈国球：《诗意的追寻——林庚文学史论述与"抒情传统"说》,《北京大学学报》2010 年第 4 期。

周展安：《进化论在鲁迅后期思想中的位置——从翻译普列汉诺夫的〈艺术论〉谈起》,《中国现代文学研究丛刊》2010 年第 5 期。

［斯洛伐克］马利安·高利克：《〈雅歌〉与〈诗经〉的比较研究》,《基督教文化学刊》2011 年第 1 期。

沈一帆：《台湾中国抒情传统研究述评》,《华文文学》2011 年第 1 期。

沈一帆：《普林斯顿的追随者：抒情传统视野下的中国古典文学史叙事》,《海南师范大学学报》2011 年第 2 期。

陈国球：《"抒情传统"论述与中国文学研究——以陈世骧之说为例》,《文化与诗学》2011 年第 1 期。

范伟：《北平左联与上海中国左联的关系辨析》,《东岳论丛》2011 年第 3 期。

鲍国华、李丁卓：《天津左翼作家联盟成立的时间考辨》,《东岳论丛》, 2011 年第 3 期。

庞书纬：《以"中国"的方式想象中国——读王德威〈抒情传统与中国现代性〉兼谈中国现当代文学研究中的"汉学化"问题》,《中国比较文学》2011 年第 3 期。

［日］近藤龙哉：《〈文学杂志〉、〈文艺月报〉与左联活动探赜》,《东岳论丛》2011 年第 3 期。

刘毅青：《作为文化认同的抒情美学传统》,《中国文学研究》2011 年第

4 期。

吴盛青、高嘉谦：《抒情传统与维新时代：一个视域的形构》，《扬子江评论》2011 年第 5 期。

吕正惠：《抒情传统与中国现代文学》，《现代中文学刊》2011 年第 5 期。

薛祖清：《晚年周作人与文化复兴之梦：——以〈路吉阿诺斯对话集〉为中心》，复旦大学博士论文，2011 年。

沈一帆：《观念的肇始：陈世骧与"中国抒情传统"的发明》，《当代文坛》2012 年第 2 期。

何婧雅：《北平左翼文化迁动的发生：1927—1933》，中央民族大学硕士论文 2012 年。

李荣华、吕周聚：《中国文学现代性的重新发现与阐释——评王德威〈抒情传统与中国现代性：在北大的八堂课〉》，《海南师范大学学报》，2012 年第 6 期。

附周作人研究的相关博士论文及专著：

博士论文：

Chou Tso-jen：modern China's pioneer of the essay，Ernst Wolff，Thesis（Ph. D.）—University of Washington，1966.

The literary values of Chou Tso-Jen and their place in the Chinese tradition，David E Pollard，Thesis（doctoral）—University of London，1970.

『西洋の衝撃と中日近代文化の創出と挫折—周作人と永井荷風』，劉岸偉，東京大学 1989 年。

Chou Tso-Jen：a serene radical in the new culture movement，William Cheong-Loong Chow，Thesis（Ph. D.）—University of Wisconsin-Madison，1990.

Zhou Zuoren and Japan，Nancy Elizabeth Chapman，Thesis（Ph. D.）—Princeton University，1990.

Zhou Zuoren（1885—1967）and an alternative Chinese response to modernity，Susan Daruvala，Thesis（Ph. D.）—University of Chicago，Dept. of East Asian Languages and Civilizations，1993.

The politics of aestheticization：*Zhou Zuoren and the crisis of the Chinese new culture*（*1927—1937*），Xudong Zhang，Thesis（Ph. D.）—Duke University，1995.

《周作人论》，赵恒瑾，南京大学，1998 年。

『新しき村から「大東亜戦争」へ —周作人と武者小路実篤との比較研究』，董炳月，東京大学，1998 年。

『周作人と日本文化』，趙京華，一橋大学，1998 年。

『日本近現代文学と周作人』，于耀明，武庫川女子大学 1999 年。

《人文河流中的自由文人：中日文化与鲁迅周作人的自由人文精神》，韩星婴，华东师范大学，1999 年。

《周作人文学翻译研究》，王友贵，复旦大学，2000 年。

『周作人と日本江戸庶民文芸』，呉紅華，九州大学，2000 年。

《周作人个人主义论》，韩靖，南京大学，2003 年。

《周作人翻译多视角研究》，刘全福，上海外国语大学，2003 年。

『周作人とギリシア文学』，根岸宗一郎，東京大学，2003 年。

《东有启明　西有长庚：周氏兄弟散文风格比较研究》，肖剑南，福建师范大学，2004 年。

《周作人文学思想及创作的民俗文化视野》，常峻，华东师范大学，2004 年。

《周作人文学思想略论》，高娟，山东大学，2005 年。

《周作人与中国传统文化（1885—1949）》，吴炳钊，中山大学，2005 年。

《周作人中庸思想研究》，胡辉杰，武汉大学，2005 年。

『周作人の児童文学論・婦人論と日本』，刘军，北京外国语大学，2005 年。

《周作人："言志"与"载道"之间的文学选择》，汪成法，南京大学，2006 年。

《周作人文学思想研究》，关峰，兰州大学，2006 年。

Authority on the margin：*the informal essays of Virginia Woolf, Natsume Sōseki, and Zhou Zuoren*，Daniel Dee Baird，Thesis（Ph. D.）　—University of Oregon，2006.

『「生活の芸術」を目指して：周作人のセクシュアリティ論』，王蘭，大阪大学，2006 年。

『近代中国における民俗学研究：周作人、江紹原、顧頡剛の民俗学研究の検討を通じて』，子安加余子，お茶の水女子大学，2006 年。

『周作人と日本古典文学：その一九二〇年代の日本古典の翻訳をめぐって』，潘秀蓉，東京外国語大学，2006 年。

《周作人的文学翻译研究》，于小植，吉林大学，2007 年。

《从"先驱"到"附逆"》，王美春，山东大学，2008 年。

《五四新文化人的自我塑造——以鲁迅、周作人为考察中心》，林分份，北京大学，2008 年。

《周作人："士大夫"的发现》，石坚，华东师范大学，2008 年。

A modernity in pre-modern tune: classical-style poetry of Yu Dafu, Guo Moruo, and Zhou Zuoren, Haosheng Yang, Thesis（Ph. D., Dept. of East Asian Languages and Civilizations）—Harvard University, 2008.

《当代文学研究中的神话化现象批判》，徐翔，北京师范大学，2009 年。

《周作人晚期散文研究（1949—1967）》，严辉，华中师范大学，2009 年。

《过渡时代的炬火》，庄萱，福建师范大学，2009 年。

《周作人的文学道路》，黄江苏，复旦大学，2011 年。

《晚年周作人与文化复兴之梦》，薛祖清，复旦大学，2011 年。

《日本梦与中国乡：论周作人对风物的"寄情"书写》，石圆圆，复旦大学，2011 年。

《周作人文学思想研究》，贺殿广，东北师范大学，2011 年。

《传统文化对周作人的影响以及周作人的道路》，陈文辉，复旦大学，2011 年。

《"文学"与"文明"：周作人散文"反抗性"因素研究》，朱晓江，复旦大学，2011 年。

《审美现代性视域下周作人文学思想研究》，赖博熙，辽宁大学，2012 年。

研究著作及论文集：
《周作人论》，陶明志编，北新书局 1934 年 12 月第 1 版。

『周作人先生的事』，[日]方纪生编，日本光风馆 1944 年第 1 版。

Chou Tso-Jen，By Ernst Wolff，New York，Twayne Publishers，1971.

A Chinese Look at Literature：*The Literary Values of Chou Tso-jen in Relation to the Tradition*，by David E. Pollard，Berkley，University of California Press，1973（注：本书后来被翻译《一个中国人的文学观——周作人的文学思想》，[英]大卫·卜立德著、陈广宏译，复旦大学出版社，2001 年 7 月）.

《周作人著作及研究资料》香港九龙实用书局，约 1977 年。

《北京苦住庵记——日中战争时代的周作人》，[日]木山英雄著，日本筑摩书房 1978 年第 1 版（注：后赵京华译，三联书店，2008 年 8 月）。

《周作人年谱》，张菊香编，南开大学出版社，1985 年 9 月第 1 版。

《周作人评析》，李景彬著，陕西人民出版社，1986 年 3 月第 1 版。

《周作人概观》，舒芜著，湖南人民出版社，1986 年 8 月第 1 版。

《周作人研究资料》，张菊香、张铁荣编，天津人民出版社，1986 年 11 月第 1 版。

《周作人论（修订版）》，陶明志编，上海书店，1987 年 3 月修订版。

《鲁迅周作人比较论》，李景彬著，南开大学出版社，1987 年 10 月第 1 版。

《寻找精神家园：周作人文化思想与审美追求》，赵京华著，中国人民大学出版社，1989 年 11 月第 1 版。

《周作人散文欣赏》，张恩和著，广西教育出版社，1989 年 12 月第 1 版。

《中国的叛徒与隐士：周作人》，倪墨炎著，上海文艺出版社，1990 年 7 月第 1 版。

《周作人传》，钱理群著，北京十月文艺出版社，1990 年 9 月第 1 版。

The development of Zhou Zuoren's style：*essays*，*1917—1927*，Clare Wilshaw，Cambridge，1990.

《东洋人的悲哀——周作人与日本》，刘岸伟著，日本河出书房新社，1991 年 1 月第 1 版。

《凡人的悲哀——周作人传》，钱理群著，台北业强出版社，1991 年 1 月第 1 版。

《周作人》，张恩和编著，台北海风出版社，1991 年 1 月第 1 版。

《周作人论》，钱理群著，上海人民出版社，1991 年 8 月第 1 版。

《周作人的是非功过》，舒芜著，人民文学出版社，1993 年 6 月第 1 版。

《解读周作人》，刘绪源著，上海文艺出版社，1994 年 8 月第 1 版。

《闲适渡沧桑——周作人》，肖同庆，中国青年出版社，1994 年 12 月第 1 版。

《在家和尚——周作人》，萧南编，四川文艺出版社，1995 年 5 月第 1 版。

『周作人先生のこと：伝記・周作人』，方纪生编，东京大空社，1995。

《周作人评传》，李景彬、邱梦英著，重庆出版社，1996 年 2 月第 1 版。

《周作人平议（初版）》，张铁荣著，天津人民出版社，1996 年 3 月第 1 版。

《苦境故事——周作人传》，雷启立著，上海文艺出版社，1996 年 4 月第 1 版。

《闲话周作人》，陈子善编，浙江文艺出版社，1996 年 7 月第 1 版。

《周作人印象》，刘如溪编，学林出版社，1997 年 1 月第 1 版。

《周作人》(名家简传书系)，钱理群著，中国华侨出版社，1997 年 4 月第 1 版。

《知堂情理论》，顾琅川著，中国文联出版公司，1997 年 6 月第 1 版。

《鲁迅与周作人》，孙郁著，河北人民出版社，1997 年 7 月第 1 版。

《兄弟文豪》，叶羽晴川编著，四川人民出版社，1997 年 11 月第 1 版。

《渡尽劫波——周氏三兄弟》，黄乔生著，群众出版社，1998 年 1 月第 1 版。

《苦雨斋主：名人笔下的周作人　周作人笔下的名人》，刘绪源编，上海东方出版中心，1998 年 1 月第 1 版。

《话说周氏兄弟——北大讲演录》，钱理群著，山东画报出版社，1998 年 12 月第 1 版。

《五四时期周作人的文学理论》，［新加坡］徐舒虹著，上海学林出版社，1999 年 4 月第 1 版。

《人在旅途：周作人的思想和文体》，黄开发著，人民文学出版社，1999 年 7 月第 1 版。

Zhou Zuoren and An Alternative Chinese Response to Modernity，Susan Daruvala，Harvard University Press，2000.

《周作人评说八十年》，程光炜编，中国华侨出版社，2000 年 1 月第 1 版。

《周作人》，余斌著，江苏文艺出版社，2000 年 2 月第 1 版。

《周作人年谱（修订版）》，张菊香、张铁荣编著，天津人民出版社，2000 年 4 月。

《周作人的是非功过（修订版）》，舒芜著，辽宁教育出版社，2000 年 9 月修订版。

《周作人与日本近代文学》，于耀明著，日本翰林书房，2001 年第 1 版。

《翻译家周作人》，王友贵著，四川人民出版社，2001 年 6 月第 1 版。

《寂寞的乌篷船——周作人传》，徐国源著，台北文史哲出版社，2001 年 9 月第 1 版。

《读周作人》，钱理群著，天津古籍出版社，2001 年 10 月。

《苦雨斋识小》，止庵著，东方出版社，2002 年 3 月第 1 版。

《周作人和他的苦雨斋》，孙郁著，人民文学出版社，2003 年 7 月第 1 版。

《苦雨斋主人周作人》，倪墨炎著，上海人民出版社，2003 年 8 月第 1 版。

《周氏三兄弟》，朱正著，东方出版社，2003 年 9 月第 1 版。

《回望周作人·知堂先生》，孙郁黄乔生编，河南大学出版社，2004 年 4 月第 1 版。

《回望周作人·周氏兄弟》，孙郁黄乔生编，河南大学出版社，2004 年 4 月第 1 版。

《回望周作人·国难声中》，孙郁黄乔生编，河南大学出版社，2004 年 4 月第 1 版。

《回望周作人·致周作人》，孙郁黄乔生编，河南大学出版社，2004 年 4 月第 1 版。

《回望周作人·其文其书》，孙郁黄乔生编，河南大学出版社，2004 年 4 月第 1 版。

《回望周作人·是非之间》，孙郁黄乔生编，河南大学出版社，2004 年 4

月第 1 版。

《回望周作人·研究述评》，孙郁黄乔生编，河南大学出版社，2004 年 4 月第 1 版。

《回望周作人·资料索引》，孙郁黄乔生编，河南大学出版社，2004 年 4 月第 1 版。

《周作人研究二十一讲》，钱理群著，中华书局，2004 年 10 月第 2 版。

『周作人「対日協力」の顚末　補注「北京苦住庵記」』ならびに後日編，木山英雄著，東京岩波書店，2004 年版。

《周作人传》，钱理群著，北京十月文艺出版社，2005 年 1 月第 2 版。

《周作人的最后 22 年》，耿传明著，中国文史出版社，2005 年 4 月第 1 版。

《周作人生平疑案》，王锡荣著，广西师范大学，2005 年 7 月第 1 版。

『周作人と江戸庶民文芸』，吳紅華著，東京都創土社，2005 年版。

Der kritische politische Essay in China：Zhou Zuoren，Ba Jin und Zhu Ziqing in neuem Licht，Martin Woesler，Bochum：Europäischer Universitätsverlag，2005 年版。

《周作人平议（再版）》，张铁荣著，天津人民出版社，2006 年 5 月第 2 版。

《女性主义的中国道路：五四女性思潮中的周作人女性思想》，徐敏著，中国社会科学出版社，2006 年 10 月第 1 版。

《周作人文学思想研究》，关峰著，民族出版社，2006 年 12 月第 1 版。

《鲁迅与周作人》，孙郁著，辽宁人民出版社，2007 年 1 月第 1 版。

《翻译家周作人论》，刘全福著，上海外语教育出版社，2007 年 4 月第 1 版。

《胡适与周氏兄弟》，陈漱渝、宋娜著，湖北人民出版社，2007 年 6 月第 1 版。

《半是儒家半释家——周作人思想研究》，哈迎飞著，人民文学出版社，2007 年 8 月第 1 版。

《周氏三兄弟：周树人周作人周建人合传》，黄乔生著，浙江人民出版社，

2008 年 1 月第 1 版。

《周氏兄弟与浙东文化》，顾琅川著，人民出版社，2008 年 3 月第 1 版。

《解读周作人》，刘绪源著，上海书店出版社，2008 年 6 月第 1 版。

《鲁迅与周作人》，张耀杰著，台北市秀威信息科技出版 2008 年版。

《周作人传》，止庵著，山东画报出版社，2009 年 1 月第 1 版。

《周作人左右》，孙郁编著，贵州人民出版社，2009 年 1 月第 1 版。

《周作人文学思想及创作的民俗文化视野》，常峻著，上海书店出版社，2009 年 2 月第 1 版。

《"人"的发现："五四"文学现代人道主义思潮源流》，张先飞，人民出版社，2009 年 12 月第 1 版。

《周作人正传》，钱理群，江苏文艺出版社，2010 年 1 月第 1 版。

《周作人的清风苦雨》，蹇小兰编著，东方出版社，2010 年 2 月第 1 版。

《周作人中庸思想研究》，胡辉杰著，湖南大学出版社，2010 年 6 月第 1 版。

《日本文化视域中的周作人》，刘军著，上海文艺出版社 2010 年 12 月第 1 版。

《从"先驱"到"附逆"：周作人思想、文化心态衍变研究》，王美春著，四川大学出版社，2011 年 1 月第 1 版。

《胡适往来书信选》，中国社会科学院近代史研究所中华民国史研究室编，中华书局香港分局，1983 年 11 月第 1 版。

《鲁迅、许广平所藏书信选》，周海婴编，湖南文艺出版社，1987 年 1 月第 1 版。

《伪廷幽影录——对汪伪政权的回忆纪实》，黄美真编，中国文史出版社，1991 年 5 月第 1 版。

《审讯汪伪汉奸笔录》，南京市档案馆编，江苏古籍出版社，1992 年 7 月第 1 版。

《沦陷时期北京文学八年》，张泉，中国和平出版社，1994 年 10 月第 1 版。

《新思潮与传统——五四思想史论集》，周昌龙，台北时报出版公司，

1995 年第 1 版。

《中国近代文学大系·史料索引集》，魏绍昌编，上海书店，1996 年 8 月第 1 版。

《周作人俞平伯往来书札影真》，北京图书馆出版社，1999 年 11 月第 1 版。

《中国沦陷区文学大系·史料卷》，封世辉编著，广西教育出版社，2000 年 4 月第 1 版。

《文学复古与文学革命》，［日］木山英雄著、赵京华译，北京大学出版社，2004 年 9 月第 1 版。

《被冷落的缪斯　中国沦陷区文学史 1937—1945》，［美］耿德华（Edward M. Gunn）著、张泉译，北京新星出版社，2006 年 8 月第 1 版。

《江绍原藏近代名人手札》，江小惠编，中华书局，2006 年 10 月第 1 版。

《鲁迅回忆录》(手稿本)，许广平，长江文艺出版社，2010 年 3 月第 1 版。

《周作人俞平伯往来通信集》，周作人、俞平伯，上海译文出版社，2013 年 1 月第 1 版。

《周作人致松枝茂夫手札》，周作人著，小川利康、止庵编，广西师范大学出版社，2013 年 1 月第 1 版。

后 记

寻访"周作人"、重返"新文化"是一件很辛苦的事，亦是一种修炼。一次偶然的机缘我编选了《周作人研究资料》，虽颇费时力，却加深了我对周的认识，增加了对周研究的兴趣和信心，因为我一向对周作人研究是畏惧的：周之知识结构少有人能及；学界仍有以道德批判代替学术研究之现象，因为周的政治污点。我是抱着极大的勇气来尝试的。随着对周阅读的深入，我有了更多的思考，并确定了以"复兴的想象：周作人对新文化的另类回应"为题，作为我博士论文的研究对象。而今时过近三年，虽做了些许修改，但文中仍有种种不足和不够完善的地方，然毕竟也付出了许多努力，拙作的出版，对我来说，算是对在华东师大求学的一种纪念吧。

华东师大是我与学术结缘的地方，亦是我的福地。我在华师读书的时候文学院已从中北校区移至"闵大荒"闵行校区，学校旁边就是吴泾镇。闵行校区有条河从校区穿越到一路之隔的研究生公寓，叫樱桃河，虽然我并没有注意到旁边有没有樱桃树，它似乎也比不上中北校区的丽娃河，丽娃河有美丽动人的传说，还闪烁着"丽娃作家群"的星光，然而我的多数记忆却停留在这平实素朴的樱桃河上。图书馆就在樱桃河的旁边，我至今还觉得它是华师最美的景致，曾有很长一段时间我常常泡在那儿，不停地阅读、写作。晚上时有在图书馆前面的一块大草地上散步，看着图书馆绽放的华光，别有一番滋味。偶尔去打打球，或是三五成群在铁道旁边的酒家小聚，天南地北、海阔天空地乱说一通，这些星星点点的快乐点缀着我的博士生活。

读博期间，我编选了《周作人研究资料》，并关注到了在剑桥大学执教的 Susan Daruvala，她在美国芝加哥大学攻读博士学位时师从著名学者李欧梵先生，其博士论文 Zhou Zuoren and an alternative Chinese response to modernity 于 2000 年在哈佛大学出版社出版。于是在一个美丽的四月，我来到了剑桥，开始了我的访问学生生活。剑桥的美于今仍是我记忆中的美好。康河潺潺的流水，撑篙者轻轻划过的舟影，两岸绿草如茵，穿梭过有着动人传说的古桥，漫溯在涟漪与绿柳之间，恍然如梦。在 Granchester 果园待上半日，把身体舒展于散落在草地上的躺椅上，品着下午茶，与友人聊聊学术乃至家常，看着小鸟就在你身边踱步，或是跳上你的茶桌。那份人与物的悠容自在可抵尘世的旧梦。时有抵 Castle Hill 之巅，于黄昏日出之时，眺望剑桥，遥想远方；在夜色中倚于 Jesus Green 的草地上，看灿烂星空。骑上单车寻访徐志摩与张幼仪当年在 Sawston 的寓所……这一切于我都是最美，都是可怀。有一刻，我脱离了学问，在美景中忘乎所以。剑桥的美还来自其浓厚的学术氛围，我时常在图书馆遇见上了年纪或是白发苍苍的老人流连其间，这种求知的执著给了我很大的影响。感谢 Susan，她的亲和与善良温暖了一个异国学子的问学之心，她为学的理论视野给予我极大的启发！

在这里，我尤其要感谢我的导师杨扬老师，当年我背着沉重的希冀祈求问学之门，承蒙杨老师不弃，接纳了我，给予了我再一次的学习机会，这对于我来说意义非凡！衷心感谢杨老师对我的栽培，感谢他给予我的学术指导，对我的鼓励、批评与关怀！对我自由选择的宽容！他治学的严谨与广博，为人的独立与洒脱都给了我很大影响。这将是我生命中的重要财富！只是我一向愚钝拙笨，怕是负了他的一番苦心。

感谢陈子善老师，我在华师研修时的导师，他对文学史料的随手拈来，舒徐自如地把控让我感佩！感谢殷国明老师，感谢他的睿智与宽容为我开启的路！感谢朱七春老师，我本科时的班主任，正是她的温良与鼓励促我不断前行！感谢吴尚华老师，我的硕士导师，他的洒脱与不羁给予我影响！感谢我华师的授课老师，正是你们给予了我成长！感谢华师一起学习与玩耍的同学与朋友，是你们陪我度过了那段难忘的时光！感谢答辩委员会主席钱谷融先生，已是90多岁高龄的他依然神采奕奕地出席我的论文答辩会！感谢答辩委员王纪人、殷国明、夏中义、郜元宝、文贵良、刘晓丽教授，诸位老师针对我的博士论文给予我中肯的建议。我博士论文的大部分都已以论文的形式在《文学评论》《鲁迅研究月刊》《新文学史料》《文艺争鸣》《华东师范大学学报》(哲社)等刊物发表，真心感谢这些编辑们的无私支持！

感谢华东师范大学，赐予我新的起点与人生！感谢康河！她的静美与洒落给予我恒久的温馨回忆！

我同时还要感谢给予本书出版进行经费支持的浙江师大国际学院、浙江省江南文化研究中心！感谢本书的编辑李梦露女士为本书的出版而付出的努力！

是以为记，纪念我那段读书岁月！并以此作为问学之始！

徐从辉

2019 年 4 月于浙师大

图书在版编目（CIP）数据

复兴的想象：周作人对新文化的回应 / 徐从辉著. — 上海：
上海教育出版社，2021.5
ISBN 978-7-5720-0665-4

Ⅰ.①复… Ⅱ.①徐… Ⅲ.①周作人（1885-1967）–影响
–新文学(五四)–文学研究 Ⅳ.①I206.6

中国版本图书馆CIP数据核字(2023)第010507号

责任编辑　李梦露　杨林成
封面设计　王　捷

复兴的想象：周作人对新文化的回应
徐从辉　著

出版发行　上海教育出版社有限公司
官　　网　www.seph.com.cn
地　　址　上海市闵行区号景路159弄C座
邮　　编　201101
印　　刷　上海龙腾印务有限公司
开　　本　700×1000　1/16　印张 15.5
字　　数　238 千字
版　　次　2023年2月第1版
印　　次　2023年2月第1次印刷
书　　号　ISBN 978-7-5720-0665-4/G·0502
定　　价　68.00 元

如发现质量问题，读者可向本社调换　电话：021-64373213